FUEGO

Über den Autor

Für Peter Greminger war Reisen immer eine besondere Herausforderung. Er verbrachte den größten Teil seines Lebens im südostasiatischen Raum, wo er lange beruflich tätig war. Schon damals hielt er seine Erlebnisse oft in Reiseberichten und Kurzgeschichten fest.
Nach Abschluss seiner Tätigkeit verbrachte der Autor zwei Jahre in Neuseeland, wo vier Romane über das Land der Kiwis entstanden: „Pakeha" (Fremde in Neuseeland), „Tangiwai" (Weinendes Wasser), „Paua" (Meerohrschnecken) und „Kahurangi" (Grüner Stein). Ein weiteres Buch „Sunda" erzählt eine spannende Geschichte aus Indonesien.
Der vorliegende Roman entstand dann auf der Insel Lanzarote wohin er mit seiner Frau oft dem Winter entfloh. Die bizarre Landschaft und die oft groteske Lebensweise der vielen Touristen veranlassten ihn, diese futuristische Geschichte mit viel gedankenvollem Inhalt zu schreiben.

Peter Greminger

Ausschnitt aus den handgeschriebenen Aufzeichnungen des
damaligen Pfarrers von Yaiza auf Lanzarote:

*Am 1. September 1730, zwischen 9 und 10 Uhr abends, öffnete sich
plötzlich die Erde bei Timanfaya, zwei Wegstunden von Yaiza. Ein
gewaltiger Berg bildete sich bereits in der ersten Nacht, und Flammen schossen aus seinem Gipfel, die 19 Tage lang weiter brannten...*

Andrés Lorenzo Curbelo

ISBN 978-3-7528-7766-3

PETER GREMINGER

FUEGO

ROMAN

Ende des 21sten Jahrhunderts gerät die Welt aus den Fugen, und
das Gebaren der Menschen offenbart sich schrecklich.

Kapitel 1

Grelle Blitze schossen in den violett leuchtenden Himmel. Das Donnern klang wie ein Gebrüll aus dem Innersten, dem Schlund der Welt. Riesige glühende Brocken fuhren in die Höhe, wie wenn sie das endgültige Feuerwerk der Apokalypse veranstalten wollten. Sie fielen herunter in die aufgerissene Erde, wir Bomben, die ihre eigenen Krater nochmals und nochmals aufreißen wollten.

Mitten aus der brodelnden, kreischenden Glut stieg ein schwarzes Ungeheuer. Es stemmte sich hoch, schüttelte die hageren Schultern und spuckte Feuer und Asche in die Nacht hinaus. Für eine Weile hielt es inne und blickte mit Augen, die wie Phosphor glühten, in die Höhe.

„Diabólico infierno degenerado!", brüllte es aus dem zerrissenen Mund.

Erneut: „Diabólico!"

Ein weiteres Mal: „Diabólico!"

Ein glühender Fünfzack erschien in seiner Hand und zeigte drohend in die Höhe. Ein Knall. Mit einem gewaltigen Satz schwang sich das Ungeheuer auf den Feuerrand. Sein rauchend schwelender Schwanz peitschte in die schweflige Luft. Es blickte in die Runde und grinste zufrieden. Die Welt war explodiert, zerstört und Nichts blieb übrig. Die Insel brodelte, glühende Ströme schoben sich unaufhaltsam in das kochende Meer. Es zischte und schäumte. Beißender Rauch, Asche und Dampf schossen in die Höhe und verdeckten den Himmel. Die Sterne erloschen, und der Mond versank in den schwarz wallenden Wolken.

„Lanzarote!", schrie das Ungeheuer. „Endlich bist du mein, du Ort meiner höllischen Begierde und Macht. Ich, El Diablo, ich beherrsche dich. Dein Untergang, dein Tod ist mein."

Damit sprang er in die höllische Flut aus Feuer und Lava, hüpfte von Krater zu Krater und ließ die glühenden Felsen fliegen wie Kiesel in einen brodelnden Teich. Er sprang auf den höchsten der Vulkane, kratzte sich zwischen den Hörnern und verfolgte zufrieden den Untergang seiner Insel, die einmal ein Paradies war.

Kapitel 2

„Die Vögel!", flüsterte Morena verstört. „Sie fliegen hinaus aufs Meer?" Sie setzte sich auf und blickte in die Ferne. Kein Lüftchen wehte, und es herrschte eine Stille wie in einer großen Kirche. Ihre grünen Augen schimmerten trübe und sie hielt sich die Hand darüber, um das gleißende Sonnenlicht abzudecken. Selbst unter dem Schutzdach war es unerträglich heiß. Sie hatte sich schon in eine schützende Kühldecke gewickelt, aber deren Wirkung hielt nicht lange. Die weiße Haut glühte und verlangte nach Abkühlung im Wasser. Sie warf die Decke von sich und war mit wenigen Schritten am Rand des Beckens. Ihr makelloser Körper glänzte von der schützenden UV-Salbe. Eigentlich verabscheute Morena die schmierige Substanz, aber es war Pflicht, sich vor den aggressiven Strahlen zu schützen.

Sovero Roj blickte ihr nach und dachte, dass sie trotz ihrer achtundvierzig Jahre immer noch wunderschön und jugendlich wirkte. Früher, da hatten sich die Mädchen in der Sonne geaalt, bis sie braun wie Ebenholz waren, aber heutzutage galt die hellhäutige Nixe als genauso verführerisch.

„Vorsichtig, meine Liebe!", rief er warnend. „Der Kälteschock!" Das Wasser im Pool war auf fünfundzwanzig Grad gekühlt, und wenn man da zu schnell hineinsprang, konnte das zum

Herzstillstand führen. Roj sah zu, wie sie langsam ins grünblaue Wasser glitt und sich treiben ließ. Er selber war zu träge, um ihr zu folgen. Er genoss die Ruhe in der Anlage. Seine große Gestalt wirkte etwas unbeholfen, aber wer ihn näher kannte wusste, dass viel Energie in seinen sehnigen Muskeln steckte. Sein Haar war schon früh ergraut. Die hellblauen Augen passten hervorragend zu seiner ruhigen Erscheinung.

Sie ließ sich auf dem Rücken treiben. Richtiges Schwimmen war sowieso nicht möglich, da die Größe des Beckens gesetzlich limitiert war und deshalb kaum sechs Meter betrug. Man sparte so Wasser und Energie zur Kühlung. Sie zeigte nochmals aufgeregt in den Himmel und rief: „Roj, schau doch, die fliegen alle aufs Meer hinaus. Was sind denn das für schwarze Vögel?"

„Woher soll ich das wissen?", brummte der Mann. „Ich bin kein Ornithologe, sondern Ingenieur. Die Tiere haben doch alle ihre eigenen Marotten. Es schein, die wollen alle hinüber nach Afrika."

Es war schon außergewöhnlich wie dieser Schwarm davonzog, aber was kümmerte ihn das. Sie verbrachten endlich einmal einen wohlverdienten Urlaub. Trotz der Hitze war es hier auf Lanzarote noch angenehm, denn oft wehte ein Wind und verschaffte so etwas Kühlung. Das Schönste aber war, dass man hier so herrlich ungestört sein konnte. Früher wimmelte es hier an den Stränden und Promenaden von Touristen und Sonnenanbetern. Heute lagen die meisten Anlagen wie ausgestorben und verfielen, denn die Leute bevorzugten die kühleren Ziele, wie Skandinavien, Schottland und sogar Sibirien. Seit die Erderwärmung derart rapide fortschritt, fuhren die Wenigsten in den Süden an die Sonne. So waren die Kanaren ein Typ für Ruhesuchende und Nostalgiker geworden. Sie beide hatten keine Stunde bereut, diese Reise angetreten zu haben.

Das kleine Hotel Fayna lag unmittelbar an der einsamen Bucht, etwas außerhalb von Puerto Calero, wo immer noch die vielen teuren Yachten lagen. Der Anstieg des Meeresspiegels, wie er vor Jahrzehnten vorausgesagt worden war, war fast gänzlich ausgeblieben. Die Gletscher schmolzen wohl immer schneller weg, aber nach neuesten Erkenntnissen verflüchtigte sich bei der Wärme auch viel Wasser in die Luft und dann als Microeiskristalle in die Weite des Universums. Die Buchten präsentierten sich also wie eh und je, nur war das Schwimmen nicht mehr ratsam, da der hohe Salzgehalt des Wassers gefährlich war. Ein einziger unbeabsichtigter Schluck konnte bereits tödlich sein. Die Erde hatte damit weit mehr ein Problem mit Austrocknung und Dürre, als mit Überflutungen. Roj war sich bewusst, dass die riesigen Meerwasserentsalzungsanlagen für die Trinkwasserversorgung durchaus reichten, aber auch, dass diese Unmengen an Energie verbrauchten. In seinem Job im Forschungsinstitut MAR in Basel, suchten sie fieberhaft nach einem Verfahren, welches diesen Teufelskreislauf durchbrechen könnte.

Seine Gedanken wurden durch Morena unterbrochen, als diese aus dem Pool kletterte und zu ihm in den Schatten flüchtete. Sie griff nach ihrem Transcom und sprach leise darauf ein.

„Was machst du da?", verlangte Roj zu wissen. „Du weißt doch, dass diese Strahlungen schädlich sind."

„Nur ganz kurz", winkte sie ab. „Ich bestell unser Abendessen. Es gibt Huhn in Koriander mit Karottenmus. - Ist das ok?"

„Ja, gut, und dazu einen trockenen Malvasia aus Polen. Das ist ausgezeichnet."

Sie legte das Transcom hin und küsste Roj. „Ich freue mich auf einen schönen Abend. „Danach fahren wir zum Konzert."

Im Speisesaal traf sich eine illustre Gesellschaft, Männer und Frauen aller Rassen und Altersklassen. Kinder sah man keine. Es war zwar nicht verboten, seine Sprösslinge mit auf die Inseln zu nehmen, aber es war genauso deplatziert. Man wollte die Kinder nicht der Sonne und der Hitze aussetzen und ließ sie besser zu Hause, wo sie unter der Obhut von Nannies bestens versorgt wurden. Über diese Ordnung regte sich Morena öfters auf, denn sie verstand nicht, wie man so selbstsüchtig sein konnte. Wenn sie selber Kinder hätte, dann würde man an die kühle Ostsee fahren oder zu Hause bleiben. Allerdings wurde ihr der Wunsch nach eigenen Kindern nie erfüllt, und jetzt war es wohl zu spät. Sie war mit diesem Problem aber nicht allein, denn seit einigen Jahrzehnten nahm die Zeugungskraft der Männer, wie auch die Fruchtbarkeit der Frauen stetig ab. Längst war das nicht nur in Europa der Fall, sondern auch in Asien und Afrika. In den südlichen Kontinenten war dies eher eine Notwendigkeit, denn einen weiteren Anstieg der Bevölkerung konnten diese Länder nicht mehr verkraften. Dort verhalfen deshalb Verhütungsmittel, welche tonnenweise verteilt wurden, zum Rückgang des Kindersegens. Ein leiser, schmerzhafter Stich im Herzen traf aber Morena immer noch, wenn sie an ihre eigene Kinderlosigkeit dachte.

Der lange Tisch stand in der Mitte eines großen Raumes mit riesigen Aussichtsfenstern, durch welche einen Moment lang das herrliche Farbenspiel der einsetzenden Dämmerung zu bewundern war. Das Meer wechselte rasch die Farbe von hellem Silber zu schwerem Blei bis es dann pechschwarz die geheimnisvollen Tiefen erahnen ließ. Die Dunkelheit brach rasch herein, aber im Saal erstrahlten automatisch die Leuchten über dem Tisch. Im Hintergrund waren die Takte eines spanischen Liebesliedes zu hören.

Morena trug ein hautenges, schillerndes grünes Kleid, keinen Schmuck und nur sehr wenig Makeup. Auch die anderen Frauen hatten sich in zauberhafte luftige Kleider gehüllt. Die meisten ließen sehr viel freie Haut sehen, was tagsüber ja kaum möglich war. Die Männer gefielen sich in einem Standard-Outfit von dunkler Hose und schneeweißem Oberhemd mit weiten Ärmeln. Die letzteren erinnerten etwas an Figuren aus den alten Märchen. Auf jeden Fall herrschte eine durchaus elegante Stimmung.

Etwa zwei Dutzend Personen gruppierten sich um den Tisch, Paare und Einzelgänger setzten sich an die bezeichneten Plätze. Damit der programmierte Servrobot die Speisen richtig verteilen konnte, war es wichtig, sich an die Sitzordnung zu halten.

„Ach, wie schön war's doch damals, als man den Wein noch kosten und sich über seine Qualität und Reife mit dem Kellner anlegen durfte", brummte ein älterer Herr gegenüber von Morena und nahm einen kräftigen Zug aus dem Kelch.

„Der hier ist aber hervorragend", sagte Morena und nippte am Glas. - Wie war doch ihr Name? - Herr..."

„Ferguson, meine Verehrte", antwortete er charmant. „Ariel Ferguson, Dozent der Naturwissenschaften in Berlin, jetzt allerdings im Ruhestand. Ich verbringe hier meine Zeit und fröne meinem Hobby. Sie sind neu?"

Morena nickte. „Ja, mein Mann und ich sind gestern angekommen. Wir wollen drei Wochen Urlaub verbringen. Es ist herrlich hier, wenn auch etwas heiß. Das Klima wird immer schlimmer."

„Da kann ich ihnen nur beipflichten, und das hat natürlich Auswirkungen auf die Fauna und die Flora dieser Insel. Schon früher war es für Pflanzen schwierig mit dem wenigen Wasser. Heute verdorren bald die letzten Halme. Man müsste unbedingt viel mehr Bewässerungsanlagen installieren. Aber was langweile ich Sie da mit meinen Überlegungen…“

„Nein, nein, Herr Professor, Sie langweilen mich überhaupt nicht. Glauben Sie, dass auf Lanzarote mit der Zeit alles ausstirbt?“

Sie wurden unterbrochen durch den Arm des Servrobot, der einen Teller auf den Tisch schob. Das Essen sah verführerisch aus, herrlich garniert mit allerlei Kräutern.

„Bitte meine Liebe“, sagte der Professor. „Genießen Sie das Essen, so schnell geht Lanzarote nicht unter. - Guten Appetit!“

„Danke!“

Roj beugte sich zu ihr und wünschte: „Ebenfalls guten Appetit, das war tatsächlich eine hervorragende Wahl.“

Sein Nachbar links nickte und machte sich ebenfalls über das Essen her. Es war ein Schwarzer, was das blütenweiße Hemd entsprechend unterstrich. Er blickte hinüber und lächelte. Das Weiße der Augen funkelte wie zwei Lichter.

„Ihre Frau Gemahlin ist eine Augenweide“, sagte er leise zu Roj. „Sie sind ein Glückspilz.“

„Ja, wir sind auch glücklich“, versicherte Roj und drückte Morenas Arm. „Ich denke, das trifft auch auf Sie und ihre reizende Gemahlin zu.“

Der Schwarze lachte. „Aber sicher. Darf ich vorstellen, mein Name ist Mohammed Achmed Arubani Onyemaechi. Aber nennen Sie mich einfach Bani. Und das ist meine Assistentin Nahla.“

Die Frau lächelte. Sie war eine Schönheit, so wie sie oft schwarze Frauen ausstrahlen.

„Freut mich“, kam die übliche Antwort. „Ich bin Roj und das ist meine Frau Morena. - Was machen Sie denn hier auf dieser sinkenden Insel?“

„Ha! Sinkende Insel, das ist gut. Ich versuche hier meine letzten Besitztümer zu retten. Wir hatten einmal ein erstklassiges Modegeschäft, aber es ist nicht mehr viel übrig. Wir hätten uns die Reise sparen können. In Senegal haben wir jetzt aber eine hervorragende

Zukunft. Das Land macht enorme Fortschritte, und in ein paar Jahren werden wir dort die Nummer Eins im Modesektor sein."

„Das freut mich für Sie..."

„Oh! Ein Modezar!", mischte sich von gegenüber eine Dame mit schriller Stimme ein. „Wie aufregend! - Sagen Sie, verraten Sie mir, was die neue Sommerkollektion bringt?"

Die Frau, um die sechzig, war auffallend extravagant gekleidet. Rote glänzende Seide wollte irgendwie nicht zu dem bleich gepuderten Gesicht passen. Eine lange Kette von Perlen hing über ihrer flachen Brust, und das Haar war eindeutig zu hell gefärbt.

„Ich kleide mich gerne modebewusst, nicht war Timothy. - So sag doch etwas!"

„Ja, ja", brummte der unscheinbare Mann neben ihr.

Bani lächelte und sagte: „Sie sehen bezaubernd aus Madame, und ich bin überzeugt, dass Sie als Erste dem neuen Trend des Sommers folgen werden."

Sie strahlte wie ein Schulmädchen. „Danke, vielen Dank für das Kompliment. Es gibt einfach immer noch Gentlemen mit ausgezeichnetem Geschmack."

„Lass das!", knurrte nun ihr Gatte. „Immer diese Übertreibungen. Der Herr ist einfach nur höflich zu dir."

Sie hob die Hand und winkte energisch ab. Die Geste sah aus, wie wenn sie ihn schlagen wollte. „Du Miesmacher, du verstehst doch überhaupt nichts. Du verdirbst immer jede Stimmung."

„Ja, ja, ja..."

Sie erhob sich und keifte: „Komm schon! Wir gehen! Ich halte das nicht mehr aus."

Damit rauschte sie aus dem Saal und hinterließ eine Fahne von teurem Parfüm. Der Mann folgte zögernd.

Neben den leer gewordenen Plätzen beugte sich ein junger Mann über den Tisch und wandte sich an den Modemann: „Gestatten Sie, wie ich höre, besitzen Sie immer noch Guthaben auf Lanzarote. - Mein Name ist Beneton, James Beneton, von der Lloyd & Henson Bank of London. Darf ich fragen, mit welchem Geldinstitut der Insel Sie in Verbindung stehen. Nach unseren Informationen sind die meisten spanischen Banken hier doch geschlossen worden."

Selbst in diesem blütenweißen Hemd konnte man den Banker erahnen. Schon immer hatten sie eine Art Aura des Geldes um sich. Auch jetzt, wo der Handel praktisch nur noch elektronisch erfolgte, war das immer noch genauso spürbar. Das glatt rasierte Gesicht und die suchenden Augen verrieten ihn. Ein typischer Engländer mit zurückgekämmtem blondem Haar und einem zu klein geratenen Mund.

Als der Angesprochene nicht sofort reagierte, sagte er schnell: „Entschuldigen Sie, ich wollte nicht aufdringlich sein, aber ich bin von unserem Stammhaus beauftragt, die letzten Verbindungen hier zu analysieren.“

„Da ist wohl nicht mehr viel zu analysieren“, lachte Bani gutmütig.

„Sie wollen doch nicht sagen, dass unsere Chipins auf einmal nicht mehr gültig sind?“, warf Morena leicht besorgt ein.

„Ach wo!“, lachte Roj. „Die Herren meinen natürlich, dass die Zeit der großen Geschäfte hier vorbei ist. Unser kleine Beitrag an die hiesige Wirtschaft ist sicher nicht gefährdet.“

Das Bargeld von damals war längst durch programmierte Chipins abgelöst worden. Eine Zeit lang waren Kreditkarten das gängige Zahlungsmittel, bis diese dann immer weniger sicher wurden und die Delikte drastisch zunahmen. Der ganze elektronische Daten- und Zahlungsverkehr brach in den Fünfzigerjahren völlig zusammen und musste durch neue Systeme ersetzt werden. Bezahlt wird nun mit einem implantierten Chip, der ein Leben lang gültig bleibt.

„Dann bin ich beruhigt, wollte ich doch morgens am Puerto das Geschäft mit den tollen Kleidern besuchen. - Ist das vielleicht eines der ihren, Mr. Bani?“

„Ja, das ist es“, sagte Bani. „Es wird aber demnächst ebenfalls geschlossen. - Das war's dann.“

Morena wand sich. „Schade, da gab es doch herrliche luftige Abendkleider, aber was soll's, wir bleiben sowieso nicht lange hier.“

Bani beugte sich vor und raunte: „Ihr Kleid ist doch bezaubernd, Verehrte.“

Roj fühlte sich etwas betreten. Es genügte mit all dieser Schmeichelei. Wollte der Kerl seine Frau anmachen?

Morena merkte mit feinem Instinkt, was in Roj vorging und fasste sofort den Entschluss, dem ein Ende zu bereiten. Sie erhob sich und wünschte dem Rest der Tischgesellschaft einen schönen Abend. Auch Roj erhob sich und begleitete seine Frau hinaus. Unter der Tür flüsterte er: „Welch ein Heuchler, dieser Schwarze."

„Lass es gut sein", sagte Morena und hakte ein. Dann entrüstet: „Wieso Heuchler? Du meinst wohl ich sehe nicht gut aus?"

„Ach, so war das doch nicht gemeint, Liebste. Du bist und bleibst immer die Schönste."

Zufrieden und glücklich drückte sie seinen Arm. „Du bist ein Schatz und ich liebe dich. - Wir sollten uns jetzt aber fürs Konzert bereit machen."

Kapitel 3

Die Forschungsstation auf dem Atalaya war 2072 erbaut und drei Jahre darauf in Betrieb genommen worden. Es handelte sich dabei um eine Einrichtung zur Erfassung der seismischen Aktivitäten im östlichen Atlantik. Es war festgestellt worden, dass der Afrikanische Kontinent immer weiter und schneller gegen Westen driftete und dort die südamerikanische Platte in die Höhe schob. Natürlich waren das jährlich nur ein paar wenige Zentimeter, aber doch geschah es fortlaufend. Eine erhöhte Aktivität der Vulkane und mehrere Erdbeben waren die Folgen.

Die Station war lediglich durch zwei Personen besetzt, welche sich im Dienst abwechselten. Da die Geräte vollautomatisch funktionierten, war eine Dauerbesatzung auch nicht notwendig.

Am 23sten Januar 2089 um 17:46:50 Uhr registrierte der Hauptseismograph eine ungewöhnliche, leichte tektonische Aktivität im Raume der nördlichen Vulkane auf Lanzarote.

Roger Denaux versah an diesem Nachmittag seinen Dienst und wartete eigentlich nur noch auf den wohlverdienten Feierabend. Er bemerkte den außergewöhnlichen, aber kleinen Ausschlag sofort und überlegte, ob er die Feststellung wirklich weiterleiten müsste. Er entschied vorerst einmal abzuwarten. Das Ganze beruhigte sich auch wieder und er dachte zufrieden, dass man ja nicht gleich wegen jedem kleinen Rülpser die ganze Welt in Aufregung versetzen sollte. Dadurch unterblieb eine rechtzeitige Warnung, die der Bevölkerung eine reale Chance gegeben hätte.

Roger trat vor die Türe. Ein kräftiger Wind blies ihm aus Nordosten entgegen. Das war auf dieser Höhe eigentlich immer so, denn der Atalaya war mit 609 Metern die höchste Erhebung des südlichen Teils der Insel. Er blickte hinüber zu den Feuerbergen bei Timanfaya und war wie immer von der unglaublichen Szenerie gefangen. Im sanften Licht der niedrigen Sonne sah alles wie ein großes, herrliches, dreidimensionales Gemälde aus. Unten breiteten sich bereits die Schatten aus, während oben die Berge in einem überirdischen Licht glänzten. Vulkankegel an Kegel, Krater an Krater erstreckten sich über einer bizarren Landschaft aus erstarrter Lava und Lapilli. Zwar hatte sich die Natur in den letzten Jahrzehnten einen großen Teil der verwüsteten Gegend zurückgeholt, so dass einzelne Büsche, Flechten und zähes Alphagras sich breit machten, aber die Narben der verheerenden Eruptionen von vor rund dreihundertfünfzig Jahren waren immer noch deutlich zu sehen. Solche Ereignisse waren auch in der jetzigen Zeit durchaus vorstellbar, dachte Roger. Man war aber gut gerüstet, und diese, seine Messstation, war ein Teil davon. Das System der Beobachtungsstationen war weltweit lückenlos und auch durch Satelliten unterstützt.

Nach seinem Geologiestudium in Toulouse hatte er eine Zeit lang für das Majesté Menjoulas Institut gearbeitet, bis er vor vier Jahren Maria kennenlernte hatte. Sie war eine Austauschstudentin aus Madrid, und Roger hatte sich sofort in die temperamentvolle Zwanzigjährige verliebt. Schlank, sexy, aber nicht besonders groß, war sie der Inbegriff seiner Träume. Schnell war die Beziehung zu Etwas herangewachsen, das sein Leben bestimmte. Maria wollte aber, fest entschlossen, ihr Studium in Spanien fortsetzen und nach Abschluss eine Karriere im Tourismussektor anstreben. Als dann eine Stelle auf der spanischen Insel Lanzarote ausgeschrieben wurde, griff Roger ohne zu zögern zu. Die Betreuung einer geologischen Messstation war genau das, was er sich in der Praxis vorgestellt hatte, und irgendwann würde Maria nach Lanzarote folgen und eine Stelle in der Tourismusindustrie einnehmen. Leider waren diese Pläne etwas voreilig, denn der Besucherandrang auf der Insel nahm immer mehr ab, und eine Zukunft in der Branche war kaum mehr wahrscheinlich. So saß er nun hier fest, und Maria verbrachte das letzte Semester an der Uni in Madrid.

Roger klaubte sein Transcom hervor und drückte auf Marias Icon. Fast sofort war sie dran und strahlte ihn an. „Hola Querido, schön dich zu sehen." Das Bild war gestochen scharf und der Ton, wie wenn sie vor ihm stehen würde. „Was machst du denn? Ich sehe, du bist immer noch auf deinem Berg."

„Nun ja, ich habe bald Feierabend, dann fahre ich hinunter nach Femés. Ich wollte eigentlich nur deine Stimme hören und sehen wie es dir geht."

„Mir geht es gut", antwortete die junge Frau lächelnd. „Wenn es auch in Madrid wahrscheinlich noch heißer ist als bei dir auf der Insel. In drei Wochen ist hier aber alles vorbei. Die Prüfungen sind geschrieben und wir warten eigentlich nur noch auf die Diplomfeier. Dann komme ich mit dem ersten Flug zu dir."

„Darauf freue ich mich sehr. Es wird wohl Zeit, dass ich mich nach einer Wohnung umsehe. Hier in Femés ist kaum der Ort wo du dich wohl fühlen könntest. Ich wohne immer noch bei der Doña Catalina. Sie ist ja in Ordnung, aber das Zimmer ist wirklich eine einfache Behausung. Für dich nicht zumutbar."

„Ach, das ist doch egal", schmeichelte sie. „Hauptsache wir sind zusammen." - „Was ist das?"

Roger hatte es sofort gespürt, ein leichter Erdstoß. Einen Moment unterbrach die Verbindung, und das Bild wackelte. Ein Erdbeben.

„Bist du noch dran? - Mach dir keine Sorgen, das war eine leichte Erschütterung. Ich muss rein zu den Geräten. Ich ruf später nochmals an. - Ich liebe dich!"

Drinnen spielten die Skalen verrückt. Die Ausschläge zeigten bis zur Stärke 3. Das musste gemeldet werden. Mittlerweile war es 18:45 Uhr, und die Sonne war hinter dem Horizont am Versinken.

Mit geübten Griffen schaltete Roger den Transmitter an und beugte sich über das Mikrofon. „X2 Atalaya, ich rufe OX15W, bitte antworten."

Prompt kam die Antwort. „OX15W verstanden. Was gibt's denn?"

Die Stimme klang distanziert, aber Roger erkannte sie sofort. „Bist du das Xenia? Habt ihr das Beben vorhin mitbekommen?“

Xenia gehörte zur Besatzung des stationären Überwachungssatelliten OX15W im Orbit über dem Äquator. Die reservierte Antwort war aber nicht nur der großen Distanz zuzuschreiben. Vergangene Bilder stiegen schmerzhaft in Roger hoch.

Entsprechend ruppig war dann die weitere Frage: „Hör‘ mal, schlaft ihr dort oben eigentlich? Wir hatten eben ein Erdbeben der Stärke 3. Habt ihr mehr Informationen?“

Für einen Moment war nur das Knistern der Verbindung zu hören. Was zum Teufel war los?

Dann kam die Stimme des Commanders: „X2 Atalaya, ich habe übernommen. - Roger, wir sind seit Stunden äußerst besorgt. Unsere Aufnahmen zeigen einen deutlichen Riss entlang der afrikanischen Kontinentalplatte. Er führt ziemlich genau von den Azoren durch die Kanaren bis in den Süden Richtung Cape Verde. Wir versuchen eben vom weiter westlich liegenden Satelliten OX45W mehr Daten zu bekommen. Alles deutet auf einen tektonischen Bruch hin.“

„Und was heißt das?“

„Das heißt, dass wenn der Bruch tatsächlich passiert, dann wird sich die Welt des Atlantiks drastisch verändern.“

Roger wurde wütend. „Nun sag schon, was heißt das für uns hier?“

„Schwierig zu beurteilen“, lenkte der Commander der OX15W ab. „Wir sollten die Berichte aus dem Westen abwarten. Im schlimmsten Fall gibt es schwere Erdbeben und Eruptionen von ungeahntem Ausmaß. Die völlig überhitzten Erdplatten werden bersten.“

„Großer Gott! Und das erfahren wir erst jetzt“, sagte Roger entsetzt. „So etwas kann den Untergang der ganzen Inseln zur Folge haben. Wir müssen sofort alarmieren und die Evakuierung veranlassen. Die eben erlebten Beben sind wohl ein erster Warnschuss.“

„Das kann durchaus sein, aber bevor wir den Bericht aus dem Westen haben, sollten wir Nichts überstürzen. Ich gebe sofort Bescheid, wenn es so weit ist.“

„Gut danke, ich warte“, sagte Roger. „Ich werde trotzdem vorsorglich die kommunalen Stellen benachrichtigen.“

„Ja, tu das. Ich melde mich. - Aus."

Der Gobernador, der verantwortliche Statthalter, war aber nicht erreichbar, und das entsprechende Büro war um diese Zeit auch nicht mehr besetzt. Verflucht, wenn man einmal einen brauchte, war der bestimmt nicht zu finden. Roger versuchte es wieder und wieder. Nichts.

Die Zeit verstrich ohne dass etwas geschah. Langsam fragte sich Roger, ober er nicht überreagierte. Die aus dem Satelliten sahen vielleicht auch nur Gespenster. Ha, ein Bruch in der Erde? Man stelle sich vor, so etwas wie ein gigantischer Rippenbruch. Daran ging doch keiner gleich zu Grunde.

Als seine Ablösung ankam, war Roger erleichtert. Juan war ein schweigsamer Mann, den nichts so schnell aus der Fassung bringen konnte. Auf Rogers Schilderung reagierte er gelassen.

„Warten wir's mal ab", brummte er. Und als er die Aufzeichnungen des Seismographen sah, beruhigte er: „Ja, ja, wir hatten schon schlimmere Beben. Ich werd' ein Auge darauf haben."

Roger ließ seinen Kameraden allein zurück. Die steile kurvenreiche Straße hinunter bewältigte er mit seinem allradgetriebenen Monteporter spielend. Diese Fahrzeuge waren immer noch mit Diesel betrieben, obwohl die modernen Autoporter längst mit Wasserstoffzellen fuhren. Er fuhr aber nicht zu seiner Pension, sondern nahm die Straße hinunter nach Puerto Calero. Er kannte das Haus des Statthalters. Der Gobernador musste doch irgendwo zu finden sein.

Puerto Calero war immer noch ein beliebter Yachthafen. Entlang dem Quai lagen ein paar exklusive Lokale, wo sich die Besitzer der stolzen Schiffe amüsierten. Der Hafen von Arrecife war längst zu einem unbedeutenden Umschlagsplatz für Frachter geworden. Die frühere Hauptstadt hatte, als die Touristen ausblieben, vor Jahren ihre Bedeutung verloren. Ein großer Teil der Bevölkerung war ausgewandert, nach Spanien oder Nordafrika. Geblieben waren ein paar Händler und Arbeiter. Was hier noch Rang und Namen hatte, war an die südliche Küste gezogen, so zum Beispiel nach Puerto Calero.

Das Haus des Gobernadors lag etwas oberhalb, mit einem herrlichen Blick auf das Meer und die Yachten. Riesige Büsche von roten Bougainvilleen flankierten die hohen Mauern, welche von gleißenden Flutlichtern angestrahlt wurden. Roger hielt in der Einfahrt. Im Erdgeschoss brannte Licht, also musste jemand da sein. Auf sein Klopfen öffnete ein Dienstmädchen im schwarzen Kleid.

„Nein, El Gobernador ist nicht zu Hause", verkündete sie auf Rogers Frage. „Er und Madame sind zum Concierto zu den Cuevas gefahren."

„Er gibt aber mit seinem Transcom keine Antwort", entgegnete Roger. - Dann: „Moment mal, du meinst die Jameos del Agua, die Lavahöhlen?"

„Ja sicher. Da ist heute Abend ein Konzert der Philharmoniker von Gran Canaria."

„Zum Teufel! In den Höhlen! Ausgerechnet! Wir erwarten schwere Erdbeben."

Die Hausangestellte wurde bleich. „Sie sind schon vor zwei Stunden losgefahren. Sie wollten vorher noch eine Mahlzeit einnehmen. Sie sind sicher schon dort..."

„Da sind wahrscheinlich einige Hundert Besucher", sagte Roger entsetzt. „Und keiner hat eine Ahnung. - Können wir denn da niemanden erreichen? - Die müssen da raus, aber schnell."

„Ich weiß auch nicht", klagte das Mädchen.

„Ich fahr hin! Die sind verrückt, wenn ein Beben kommt, haben die keine Chance. Diese Konzerthöhle bricht beim ersten Stoß wie ein trockener Kuchen zusammen. - Ruf du Juan an, er wird wissen was zu tun ist. Hast du ein Transcom?"

„Ja, aber die Nummer..."

Er gab sie ihr. Dann rannte er zum Monteporter und fuhr mit aufheulendem Motor davon.

Die starken Scheinwerfer warfen ein gespenstisches helles Band auf die Fahrbahn. Roger beschleunigte bis zum Maximum und verfluchte den Umstand, dass dieses Gefährt für Gebirgstrassen gebaut war und nicht für die Schnellbahn. Diese Straßen waren für Geschwindigkeiten bis zu zweihundert kmh gebaut und er, er zuckelte mit kaum der Hälfte dahin. Es half nichts, er würde mindestens eine halbe Stunde brauchen.

Kapitel 4

Ihr Multiporter schaffte die Strecke in fünfundzwanzig Minuten. Die Gäste des Hotels Fayna waren fast alle der Einladung zum Konzert gefolgt. Zwei Sinfonien von Ludwig van Beethoven, das war nicht jedermanns Musik. Sie stammte aus den Jahren anfangs des achtzehnten Jahrhunderts und wurde heute von den Philharmonikern von Gran Canaria gespielt.

Morena beobachtete die bunte Gesellschaft mit gemischten Gefühlen. Die Gruppe bestand aus etwas über zwanzig Beteiligten, eine bunte Schar von Touristen und Besuchern. Sie konnte sich des Gedankens nicht erwehren, dass da einige dabei waren, die von klassischer Musik keine Ahnung hatten, und welche einfach die Neugier dahin trieb. Gestern hatte man ihr am Empfang erklärt, dass die Angebote auf Lanzarote immer spärlicher würden, denn wer wollte schon das Risiko eingehen, mit viel Aufwand einen Event zu organisieren, der dann doch kaum Beachtung fand. Beachtung war vielleicht das falsche Wort, die wenigen Besucher der Insel brachten wohl Interesse für einen Anlass auf, aber es waren einfach zu wenige da.

Die Jameos del Agua waren aber schon immer so etwas wie ein magischer Anziehungspunkt. Sie liegen ein paar Kilometer nördlich von Arrieta in einem Gebiet, das als „Malpaís" gilt, einem

„Schlechten Land“. Der Vulkan Corona hatte vor dreitausend Jahren eine bizarre Landschaft geformt, in der durch Lavaflüsse unterirdische Höhlen entstanden waren. Während die Lava oberirdisch erkaltete, bewegte sich das heiße Magma unterirdisch weiterhin dem Meere zu und hinterließ dadurch gigantischen Höhlen. Diese erstrecken sich über viele Kilometer den Hang hinunter und weit in den Ozean hinaus. Sie sind nur teilweise erforscht. Der Künstler César Manrique, welcher im vorigen Jahrhundert lebte, war fasziniert von diesen Lavablasen und baute darin sogar sein Wohnhaus, einige Restaurants und eben diese einzigartige Konzerthalle. Das alles hatte Morena dem Prospekt entnommen, welcher im Zimmer auf dem Tischchen lag.

Die Gesellschaft, welche nun diesem Ziel entgegenfuhr, war wohl eher an diesem speziellen Ort interessiert, als an der klassischen Musik. César Manrique war für Morena aber doch ein ganz besonderer Mann. Er war Architekt, Künstler und Maler. Seinem Engagement war zu verdanken, dass Lanzarote lange vom fürchterlichen Touristenboom Ende des letzten Jahrhunderts verschont geblieben war. Da er aber 1992 verstarb, ließ sich leider auch hier die fragwürdige Entwicklung nicht aufhalten, und es folgten Jahrzehnte des ungebremsten Tourismus. Wie alles Überbordende fand auch das ein abruptes Ende. Wirtschafts- und Finanzkriese, sowie riesige Immigrantenströme aus dem Süden, zwangen die Leute zu bescheidenerem Leben, und Ferienreisen wurden immer mehr zum Luxus. Lanzarotes Wirtschaft, welche damals fast ausschließlich vom Tourismus lebte, brach, als die Besucher ausblieben, dramatisch zusammen.

Diese Entwicklung empfand Morena aber nicht nur negativ, denn sie erlaubte es ihnen, nun ungestörte Wochen an einem faszinierenden Ort zu verbringen. Als Kunsthistorikerin hatte sie ein besonderes Interesse an diesem Manrique, und seine Bilder faszinierten sie ungemein. Manriques Arbeiten erstreckten sich von beinahe kindlichen, heimatlichen Motiven über gigantische Wandmalereien bis hin zu abstrakten, fast dreidimensionalen Werken. Vor gut einem Jahrhundert hatte er gelebt und gearbeitet. Sein Einfluss auf die Entwicklung der Insel war nicht unbedeutend. Dank guten Beziehungen zu den Behörden, erreichte er damals eine Baukultur, welche sich an den einfachen, kubischen Gebäuden im maurischen Stil orientierte. Die weißen Orte aus verschachtelten Häusern mit grün oder blau gestrichenen Türen und Fenstern waren ein Markenzeichen von Lanzarote. Leider wurde später vieles wieder dem Profit geopfert, und es entstanden einige hässliche Bettenburgen an den schönsten Stränden von Puerto del Carmen und der Playa Blanca. Diese waren jetzt verlassen und verfielen zunehmend. Es war, wie wenn die Natur sich rächen und die Auswüchse der gierigen Gesellschaft wieder beseitigen wollte.

Während der Transporter durch die Nacht schoss, dachte Morena an eine längst versunkene Zeit. Wie musste es damals ausgesehen haben? Etwa hundert Jahre zurück, das war eigentlich kein besonders riesiger Zeitsprung, trotzdem hatte sich viel verändert. War es nun besser oder schlechter? Historiker kämpften wohl immer mit dieser Frage und fanden kaum eine wirkliche Antwort. Besser waren sicher die vielen Möglichkeiten, Annehmlichkeiten und Techniken, die sich dem modernen Menschen boten. Aber waren diese damit glücklicher. Schlechter war doch die Vereinsamung der einzelnen Individuen, was manchmal an Isolierung grenzte. Man war schneller, effektiver, vernetzter, aber auch einsamer geworden. Es wurde notwendig, sich ultimative Freiräume zu schaffen, so wie sie es mit Roj hielt. Ihr Televisor war tagsüber gesperrt und das Transcom war nur jeweils zehn Minuten für wichtige Nachrichten zugelassen. Jegliche unkontrollierte Benutzung der Kommunikationsmittel war untersagt, da beachtliche gesundheitliche und psychische Schäden durch Verstrahlung nachgewiesen wurden.

Hier auf Lanzarote war das alles wahrscheinlich noch nicht besonders schlimm. Die paar Transcoms konnten sicher keinem Schaden anrichten. Anders war es in den riesigen Ballungsgebieten der meisten Weltstädte. Da war die ganze Strahlungsproblematik zum Ernstfall geworden.

Mit abklingendem Motorenlärm bogen sie in den großen Platz vor dem unscheinbaren Gebäude ein. Natürlich, der Konzertsaal lag ja unterirdisch und war von außen nicht sichtbar. Neben ihr schreckte Roj auf. Er hatte die Angewohnheit bei einer noch so kurzen Fahrt, gleich einzunicken. Sorglosigkeit schien ihn wie eine warme Decke einzuhüllen, während Morena aufrecht dasaß und die Ereignisse hellwach auf sich einwirken ließ.

„Komm schon!", schupste sie ihn und kletterte aus dem Gefährt. Helle Strahler erleuchteten den Platz und warfen lange Schatten in die umliegenden Lavafelder. Bizarre schwarze Gebilde zeichneten sich wie gespenstische Skulpturen gegen den etwas helleren Hintergrund ab. Weiter unten hörte man ein regelmäßig wiederkehrendes Rauschen der Brandung. Manchmal schimmerte es matt von flüchtiger Gischt, Wellen, die sofort wieder in der Dunkelheit versanken. Dahinter erahnte man die tiefschwarze Weite des Meeres.

Im hellen Licht der Scheinwerfer strebte die kleine Gruppe dem Eingang zu. Vor ihnen stiegen weitere Besucher lärmend und lachend hinab in den Untergrund. Morena klammerte sich an den Arm ihres Mannes und folgte ihnen. Die Eingangskontrolle erfolgte völlig unbemerkt elektronisch über das Chipin jedes Besuchers. Morena fragte sich im Stillen, wo sich denn die entsprechenden Sensoren und Kameras befänden. Eine Treppe führte hinunter zu einer riesigen Grotte. Nachts vermittelte das dunkle Portal dem Ankömmling das Gefühl, in eine grausame Unterwelt hinabzusteigen. Was würde sie dort unten erwarten? Waren nicht bedrohliche Gestalten in den dunklen Schatten versteckt? Ein Schlund, der sie ohne Gnade verschlingen würde, bevor nur einer von ihnen wieder den Ausgang aus diesem Höllengrund finden würde.

Sobald man aber unten einem kleinen unterirdischen Teich entlang weiterging, entstand im sanften Licht der fackelgleichen Laternen eine romantische Stimmung. Weiter hinten war der eigentliche Eingang zum Konzertsaal. Davor lag so etwas wie ein Foyer mit einer Bar und kleinen Tischchen. Erstaunlicherweise wuchsen hier unten in großen Steintöpfen Farne und großblättrige Philodendren. Bei näherem Hinsehen entdeckte man, dass diese tagsüber durch von oben hinunterführende Schächte mit Licht versorgt wurden. Diese dienten wohl auch der Lüftung.

Mittlerweile drängten sich die Besucher um den Eingang. Das Konzert sollte in weniger als einer halben Stunde beginnen. Als sie den Saal betraten, entfuhr Morena ein Ton des Entzückens. Begeistert drückte sie Rojs Arm und raunte: „Es ist unglaublich, einfach himmlisch!"

Man betrat das Auditorium eigentlich von oben. Vor dem Besucher erstreckten sich die Reihen wie Terrassen hinunter in die Tiefe, wo sie vor einer Bühne Halt machten. Die Letztere lag in einer wunderschönen, hell erleuchteten Grotte. Dort befand sich aber nicht eine weihnächtliche Krippe, sondern das Orchester. Ein breiter Mittelgang führte hinunter. Menschen drängten sich jetzt wie Wogen, nach ihren Plätzen suchend. Über ihnen wölbte sich die gigantische Lavablase mit einer matt schimmernden Kuppel. Das Licht von Scheinwerfern beleuchtete das Gestein, so dass ein fantastisches Schattenspiel weit in die Höhe hinauf entstand. Mitten in diesem Zauber hing ein silbernes filigranes Gebilde, einem Stern oder Spinnennetz gleichend und schwebte schwerelos über der unterirdischen Szene.

Roj und Morena entdeckten bald ihre Plätze. Sie befanden sich im unteren Drittel, gleich neben dem Mittelgang. Die Besucher verteilten sich weiter in den Rängen, und es war erstaunlich wie wenig Lärm entstand. Irgendwie war eine ehrfürchtige Stimmung entstanden, die laute Worte verwehrte. Auch Morena flüsterte: „Roj, das ist einfach phantastisch. Ich habe noch nie so etwas erlebt."

Ein eher verhaltener Applaus begrüßte den Dirigenten. Dann wurde es mäuschenstill. Als die Musik einsetzte und die vibrierenden Töne der Geigen durch die Halle schwebten schien, der Saal erfüllt von einer überirdischen Reinheit. Die Sinfonie begann mit einem „adagio molto".

Während die herrlichen Töne dahinschwebten, versank Morena in einen Zustand der Schwerelosigkeit. Die Musik hob und senkte sich mit ihr, und ihr Geist nahm teil an einer Reise durch himmlische, schwebende Sphären. Ihr Leben erschien auf einmal so leicht, wie es diese Musik vorgaukelte. War alles nur eine Frage des Hinhörens, des Sichgleitenlaßens auf Wolken der Selbstfindung. Sie hatte sich für Roj entschieden noch ehe sie sich im Klaren war, dass ihre alte Beziehung zu Ende war. Beziehungen waren zu etwas geworden, was einer verpflichtenden Dauerhaftigkeit nicht mehr entsprach. Früher redete man von Lebensabschnittpartnerschaft, dann von Zeitbeziehungen, alles weit entfernt von der monogamen Ehe, wie sie im vorigen Jahrhundert noch bestanden hatte. Doch, war der Wunsch nach fortwährender Hingabe und Entgegennahme von beständiger Liebe wirklich so absurd? Ihre Gefühle zu Roj sprachen etwas Anderes. Sie sehnte sich nach Geborgenheit bis an das Ende der Tage. In starken C-Dur-Akkorden unterstrich die Musik die Gedanken eines Menschen, der mühsam einen Weg durch das Dickicht der modernen Zeit suchte.

Die Akkorde waren noch nicht richtig verklungen, da erlosch plötzlich das Licht. Einen Moment herrschte unsicheres Schweigen im Publikum. Ein gewollter Effekt der Regie? Kaum. Von der Bühne hörte man ein paar laute Geräusche. Dann flammte ein Scheinwerfer auf, und die Zuhörerschaft erstarrte. Da stand eine Gestalt in schwarzer Montur in der Mitte und schwenkte eine Maschinenpistole. Eine Frau schrie.

„Ruhe!", brüllte der Mann, der sich eines Mikrofons bemächtigt hatte und feuerte eine kurze Salve in die Höhe. Wie ein Kanonenschuss hallte es durch das Gewölbe. „Ruhe! Wer sich bewegt, wird erschossen. Alle Ausgänge sind besetzt, und keiner wird entkommen."

Es dauerte eine ganze Weile, bis diese Ansage wirklich bei den Anwesenden ankam. Dann verstummten aber auch die Letzten und harrten angsterfüllt der Dinge.

„Ihr werdet alle sterben", sagte der Mann dort vorne und schwenkte seine Waffe demonstrativ gegen das Orchester und zurück. „Nur wenn uns die Europäische Zentralbank zwanzig Milliarden überweist, habt ihr eine Chance."

Roger Denaux erreichte den Ort gerade noch rechtzeitig. Er blieb einen Moment vor dem Eingang stehen und benutzte sein Transcom. Unten in der Höhle würde die Verbindung kaum mehr funktionieren. Er sprach mit Juan.

„Juan, gibt's etwas Neues?"

„Nein, nichts. Es war wohl falscher Alarm. Dieses Hausmädchen des Gobernadors ist einfach hysterisch."

„Nimm das nicht zu leicht", warnte Roger. „Hast du nochmals mit OX15W gesprochen?

„Nein, noch nicht. - Werd' ich aber tun, wenn du das wünscht."

„Ja, tu das! - Was ist mit den Seismographen?"

„Nichts Außergewöhnliches. Alle Anzeigen der letzten Stunde sind im normalen Rahmen.“

„Gut, ich geh‘ jetzt hinein, das Konzert beginnt gleich. Ich versuche die Besucher trotzdem zu evakuieren. Eine Vorsichtsmaßnahme.“

„Na dann, viel Erfolg!“ Der Sarkasmus war deutlich zu hören.

Roger versuchte nochmals die Nummer des Statthalters, denn wie sollte er sich ohne amtliche Zustimmung Gehör verschaffen und eine solche Evakuierung durchsetzen. Wie erwartet, war der entsprechende Teilnehmer nicht zu erreichen. Der Gobernador war sicher bereits im Inneren der Konzerthöhle und deshalb außerhalb des Funkbereiches. Während er sich zum Eingang begab, hörte er plötzlich ein fernes Grollen und Donnern, so wie wenn irgendwo weit entfernt ein Fahrzeug vorbei fahren würde. Ein leichtes Zittern erschütterte den Boden. Roger blieb stehen und erstarrte. Der Corona, durchfuhr ihn ein schrecklicher Gedanke. Der Monte Corona war kurz vor einer Eruption. Jetzt musste er schnell handeln.

Er holte sich die große Stablampe aus dem Monteporter und rannte los. Er erreichte aber den Eingang nicht mehr. Ein mächtiger Stoß erschütterte die Erde, Risse taten sich auf und riesige Gesteinsbrocken polterten heran. Über allem erhob sich ein glühender Himmel, zu welchem dicke dunkle Wolken hochstiegen.

Die Felsen über dem vorderen Eingang stürzten krachend zusammen. Ein Durchkommen war aussichtslos. Nicht auszudenken, was im Konzertsaal passieren musste, wenn die ganze Kuppel einbrach. Menschen würden erschlagen, Panik würde ausbrechen. Er musste hinein, koste es was es wolle. Er brauchte auch niemanden mehr zu allarmieren. Diese Katastrophe war nicht zu übersehen.

Roger rannte los. Er wich Steinen aus, umrundete Felsen, wo vorher keine waren und sprang über Gräben. Rechts, hinter dem Gebäude, das eigentlich nur noch eine Ruine war, musste der Notausgang liegen. Ja, wenn der noch frei war…

Weitere Stöße erschütterten die Welt. Ein Blick zum Meer enthüllte, dass dieses in schäumendem Aufruhr war. Wellen überschlugen sich und sogen das brodelnde Wasser von der Küste weg hinaus. Noch drohte von dort keine Gefahr, aber danach war mit einer Monsterwelle zu rechnen. Mittlerweile regnete es Kiesel und

Asche. Irgendwo schlugen auch größere Brocken ein. Die Himmelsglut schien zu wachsen und erhellte die Szenerie, der Vulkan war am Bersten. Gnade uns Gott!

Der Schacht mit der Treppe war noch da. Roger stieß Felsen aus dem Weg und kletterte hinunter. Die Stablampe half ihm dabei. Er zitterte vor Anstrengung und Angst. Wenn jetzt ein nächster Erdstoß kam, war er geliefert. Er würde erdrückt, zermalmt werden wir ein lästiges Insekt. Unten führte ein Gang direkt hinter die Bühne. Als erstes hörte er die Schreie, unmenschliche Töne und Stöhnen. Hier war es für viele schon zu spät, erkannte Roger sofort. Irgendwie hatte eine Notbeleuchtung den Geist noch nicht aufgegeben. Ein Teil der Decke war eingestürzt. Glücklich, wer da sofort erschlagen worden war und einen schnellen Tod fand. Andere schrien eingeklemmt um Hilfe. Die Bühne war relativ unversehrt. Die massive Grotte hatte standgehalten. Die Mitglieder des Orchesters rannten unter Schock in alle Richtungen und ließen ihre Instrumente schutzlos zurück. Da lag sogar eine Maschinenpistole.

Roger schrie und gestikulierte in Richtung Ausgang. „Raus! Schnell raus!", schrie er. „Da hinten ist ein Ausgang!" Niemand achtete darauf. Die Panik hatte die Überlebenden ergriffen. Es schien unmöglich, die Menschen zu Vernunft zu bringen. Da packte Roger die Maschinenpistole, riegelte daran und feuerte eine kräftige Salve in die Luft. Ein gemeinsamer Schrei, dann plötzlich Totenstille. Nochmals schrie Roger: „Alle raus hier! Dort hinten ist ein Ausgang!"

Wie eine mörderische Antwort darauf, bebte die Erde erneut und brachte die Wände der Höhle ins Wanken. Was nun folgte war grauenhaft. Die linke Seite stürzte ein und begrub, zusammen mit der Kuppel, den größten Teil der Konzertbesucher. Roger wich einem herunterstürzenden Felsen mit knapper Not aus und musste mitansehen, wie der Notausgang ebenfalls einstürzte und viele der Musikanten in den Tod riss. Die Beleuchtung fiel ganz aus. „Hierher!", schrie er erneut und fuchtelte mit der Lampe. „In die Grotte der Bühne!" Ein paar Taschenlampen und Feuerzeuge flackerten auf. Noch immer umklammerte Roger die Maschinenpistole, bis er begriff, was er da überhaupt in der Hand hielt. Dann warf er die

Waffe weg und half einer Frau, welche verzweifelt auf die Bühne klettern wollte.

„Sind Sie verletzt?“, fragte Roger automatisch.

„Nein, nein! Aber Roj, mein Mann. Wo ist er denn?“

„Helfen Sie doch!“, fuhr er sie an, als eine ältere Dame auf die Bühne zu schwankte.

„Timothy“, stammelte die Frau. „Ich glaube er liegt dort unten. Er wollte ja unbedingt dort auf der linken Seite sitzen.“

Dann tauchte auch Roj auf. „Los, hinauf!“, sagte er grob und schob die Dame in Richtung Morena. Wieder erzitterte die Erde, und alle blickten nach oben. Wie grinsende Fratzen des Todes hingen über ihnen die Felsen und keiner wusste, welcher sie wohl gleich treffen würde. Wie durch ein Wunder stürzte die Höhle aber nicht weiter ein. Oben, dort wo einst die Kuppel war, klaffte ein Loch, und der rote Feuerschein des Himmels leuchtete gespenstisch darüber. Ein schwacher Schimmer drang in die Tiefe und enthüllte ein Bild der Verwüstung. Zwischen den riesigen Brocken, in den Schatten der Spalten, lagen zertrümmerte Sitze. Unter Bergen von Gestein mussten hunderte von Leichen liegen. Menschen, die einen genussvollen Abend erwartet hatten und hier grausam den Tod gefunden hatten.

Langsam rappelten sich die Überlebenden zusammen. Viele bluteten oder hielten sich verletzte Gliedmaßen, aber alle waren totenbleich, gezeichnet vom Schock, völlig desorientiert. Die Meisten der Gruppe aus dem Hotel Fayna gehörten zu den einstweilig Verschonten. Ihre Plätze waren am wenigsten von den herabstürzenden Felsen getroffen worden. Was aber nichts zu sagen hatte.

„Nahla, wo ist Nahla? Sie saß doch neben mir.“

„Nahla!“, gellte der Schrei durch den Raum. Er kam von Bani, dem Schwarzen mit dem komplizierten Namen. Sein dunkles Gesicht schimmerte verschwitzt, und seine Augen irrten umher.

„Helft den Verletzten hierher in die Grotte!“, schrie Roger. Ohne zu überlegen, hatte er das Kommando übernommen. Er war es auch, der als erster bemerkte, dass es ruhig geworden war. Die Beben hatten aufgehört. Er wusste aber auch, dass das eine trügerische Feststellung war.

„Macht schnell! Es kann jeden Moment wieder beben. Es gibt sicher mehrere starke Nachbeben."

Rogers Stablampe fuhr gespenstisch umher und erfasste plötzlich eine schwarze Gestalt am Boden. Diese schob sich langsam über die Bretter und streckte die Hand nach der Maschinenpistole aus.

„He!", rief Roger. „Was macht der da?"

Roj stand am nächsten. Er reagierte sofort, kam aber zu spät. Der Mann riss die Waffe hoch und feuerte. Roj warf sich auf den Angreifer, und sofort waren Bani und Roger zur Stelle. Die Maschinenpistole schepperte davon, und der Mann sackte nach einem Schlag auf den Kopf leblos hin.

„Roj!", schrie Morena entsetzt, als sie sah wie ihr Freund sich das Bein hielt. „Bist du verletzt?"

„Es schmerzt schrecklich...", antwortete der Verletzte stöhnend. „Dieser Scheißkerl! Ist es nicht genug, dass wir hier erschlagen werden?"

Roger war neben ihm und riss an der Hose. Eine klaffende Wunde kam am Unterschenkel zum Vorschein. Sie blutete stark.

„Wir müssen verbinden", sagte Roger etwas sinnlos. „Ein Druckverband!"

Sie arbeiteten hastig, und nach geraumer Zeit kümmerten sich auch Andere um die Verletzten. Hilferufe und Stöhnen hallten durch das verschüttete Gewölbe. Möglichst viele wurden in die fragwürdige Sicherheit der Grotte der Bühne gebracht. Bunte Tücher, welche vermutlich normalerweise für Kulissen Verwendung fanden, lieferten das notwendige Verbandsmaterial. Schreckliche Momente erlebten sie, als ein hoffnungslos Eingeklemmter wimmernd starb, ohne dass sie ihm helfen konnten.

Roger hörte erstaunt von dem schrecklichen Überfall, kurz vor der Katastrophe, von den Geiselnehmern, welche eine Unsumme gefordert hatten.

„Er sagte, sie hätten alle Ausgänge besetzt und wir würden alle sterben, wenn sie die zwanzig Milliarden nicht bekämen.", berichtete Morena. Dann resigniert: „Aber jetzt ist es ja sowieso vorbei. Wir werden alle sterben."

„Um die Ausgänge müssen wir uns keine Sorgen mehr machen, die sind jetzt sowieso zu. Hatten die vielleicht noch eine Bombe dabei?“

Morena überlegte. „Das wissen wir nicht. Wir sahen eigentlich nur den einen, diesen hier. Aber da müssen schon noch mehrere gewesen sein.“

„Da haben Sie wahrscheinlich Recht. Wie sonst sollte ein Einzelner hunderte von Personen im Schach halten. Wir müssen also damit rechnen, dass noch so einer irgendwo ist.“

„Glauben Sie, dass wir hier wieder lebend hinausfinden?“, flüsterte Morena ohne Hoffnung.

Roger holte sich die Maschinenpistole und prüfte sie sorgfältig. Dann nickte er beruhigend. „Ich denke, wir haben eine gute Chance, denn die Rettungskräfte sind sicher schon unterwegs.“

Diese Aussage triefte nur so von Optimismus. Das gestand sich Roger gleich selbst. Es hing eigentlich nur davon ab, ob diese Eruptionen sich weiter ausdehnten und nicht aufhörten. Wenn die Afrikanische Platte tatsächlich barst, dann waren die Kanaren dem Untergang geweiht, damit auch Lanzarote und sie alle. Es würde weitere verheerende Ausbrüche geben, Feuer und Lava würde die ganze Insel zerreißen und nichts verschonen. Wenn die Urgewalt des Magmas aus der Tiefe dann vielleicht aufhörte, würde sich der Ozean aufbäumen und mit riesigen Tsunamis die kläglichen Reste dieser Welt vernichten. Ihr Tod konnte viele Gesichter haben. Ein weiteres Beben konnte sie begraben, dann war nicht auszudenken, was geschehen würde, wenn die glühende Lava, den Berg hinunter, den Weg in die Höhlensysteme fand. Weiter, der zu erwartende Tsunami, der sie alle jämmerlich ertränken würde, denn diese Höhle lag nicht viel über dem Meeresspiegel. Welches Ende sie schlussendlich erlitten war unwichtig, aber es würde schrecklich sein.

Vor rund dreihundert Jahren erlebte Lanzarote schon einmal gewaltige Eruptionen. Diese verwüsteten einen großen Teil der Insel, aber sie forderten keine Opfer, denn die wenigen Menschen konnten rechtzeitig fliehen. Heute war die Situation anders. Das gewaltige Aufbäumen der Erdkruste ließ niemandem die Möglichkeit zur Flucht. So gesehen, waren die Menschen draussen nicht viel besser daran, als sie hier in dieser Höhle. Die Insel hatte rund fünfzigtausend Einwohner und ein paar Touristen. Wenn es zum Schlimmsten kam, wären genau so viele Opfer zu beklagen. Es war kaum wahrscheinlich, dass sich jemand rechtzeitig in Sicherheit bringen konnte. Trotz Frühwarnsysteme, Satellitenüberwachung und Katastrophenplänen, diesen urgewaltigen Elementen war niemand gewachsen.

Es war ein fürchterlicher Absturz aus den Höhen eines der letzten herrlichen Rückzugsorte dieser Erde, und von der Sinnesfreude dieses fantastischen Konzertes hier, hinab in die Tiefe des Grauens, des unfassbaren Verderbens, des gnadenlosen Todes. Im düsteren, zuckenden Schein der Stablampe präsentierte sich ein Bild von unglaublicher Skurrilität. Zwischen zerborstenen Instrumenten, Notenständern und herumliegenden Notenblättern stand eine Bassgeige völlig unversehrt an einem Stuhl, wie wenn der Musiker nur schnell seinen Platz verlassen hätte, um gleich wieder zu kommen und weiterzuspielen.

Die Musik, die hier gespielt worden war, entsprach so etwas wie einer bizarren Auferstehung. Konzerte dieser Art gab es kaum mehr, und sie galten als absolut unzeitgemäß. Nur eingefleischte Nostalgiker fanden einen Beethoven noch einen Genuss. Im Zeitalter der elektronischen Musik waren auch solche Instrumente eigentlich ins Museum verbannt. Soundonik wurde seit einiger Zeit direkt vom Transcom ins Hörzentrum übertragen und war jetzt vor allem bei jungen Leuten sehr beliebt. Nicht nur das, die geräuschlose Übertragung gewährte der Gesellschaft eine erhebliche Verringerung der früheren Lärmbelästigungen, wie sie seit den fünfziger Jahren dramatische Ausmaße angenommen hatten.

Konzerte dieser Art waren also äußerst selten, und viele der großen Namen der Komponisten und Musiker gingen langsam vergessen. Vage erinnerte sich Roger noch, dass in seinem Elternhaus damals noch am Fernseher große Orchester aufspielten und dann im ganzen Haus Ruhe befohlen war. Die Töne drangen durch die Wände, während die Geigen und Flöten wie himmlische Engelsmusik erklangen, schreckten manchmal laute Paukenschläge und Fanfaren die heimlichen Mithörer auf. Arien und Sopranstimmen klangen wie Töne aus einer fremden Welt.

Die kurzen Gedanken an eine begeisternde, beinahe vergessene Musik konnten aber nicht von Dauer sein, denn die Realität in dieser Gruft sah anders aus. Roger graute es davor, was den paar Menschen um ihn herum noch alles bevorstehen konnte. Noch waren die meisten in einem Zustand von Schock und Entsetzen. Bald aber würde der Kampf ums Überleben beginnen, und dann würden sich die wahren Gesichter der Menschen zeigen. Würde es ihm gelingen eine aufkommende Panik zu besänftigen, die Verwundeten vorrangig zu versorgen und die Stärksten zu Höchstleistungen anzutreiben. Vielleicht konnte man eine Verbindung mit der Außenwelt herstellen, einen Ausgang freibekommen oder schlicht das Notwendigste, Wasser und Nahrung organisieren. Roger fühlte sich wie ein Dirigent mit einem Orchester, das keine Ahnung hatte, was es spielen sollte. Würde es scheußliche Misstöne geben oder war das Ganze mit ein paar kräftigen Paukenschlägen zu meistern? Die nächsten Stunden, Tage oder mehr würden es zeigen...

Kapitel 5

Der Commander riss seiner Untergebenen das Mikrofon aus der Hand und bellte: „Hier spricht Commander Hendriks der OX15W, reißen Sie sich zusammen! Wie steht es X2?"

„Sir, ich habe keine Verbindungen mehr mit den lokalen Behörden", stotterte Juan. „Gewaltige tektonische Erschütterungen haben unsere Geräte praktisch unbrauchbar gemacht, und die Vulkane speien Feuer und Rauch. Lava fließt in breiten Strömen gegen das Meer, und Ascheregen behindert die Sicht. Es ist jetzt 07:24 Uhr und noch immer dunkel."

Einen Moment herrschte Stille. Ein fernes Donnern unterstrich die Worte des Beobachters auf dem Atalaya.

„Durchhalten!", befahl Hendriks. „Wir haben die Rettungseinheiten in Gibraltar benachrichtigt. Sie sind unterwegs. Haben Sie Angaben über Opferzahlen und wo auf der Insel evakuiert werden kann?"

„Arrecife und Puerto del Carmen sind offensichtlich verschüttet. Ich glaube kaum, dass da noch etwas zu retten ist. Die Ajaches Berge, zu denen der Atalaya gehört, sind vorderhand noch verschont. Die Ebene von El Rubicon könnte in deren Schutz vielleicht auch noch frei sein."

„Gut, ich werde sofort veranlassen, dass die Rettungseinheiten dort im Süden an Land gehen. Sie bleiben unterdessen dort oben auf dem Posten. Versuchen Sie Kontakt mit dem Hafen und den Behörden aufzunehmen. Diese sollen sich bereithalten."

Juan zauderte, sprach dann aber aus, was ihm besondere Sorgen bereitete: „Oben im Norden ist in den Jameos del Agua ein Konzert im Gange. Mein Freund ist dorthin gefahren und versucht die Besucher zu retten. Ich habe keine Ahnung ob das gelingt."

„Missliche Lage für ihren Freund. Wieviele Personen sind denn da zum Konzert?"

„Es müssen mehrere Hundert sein und natürlich das ganze Personal und die Musiker", antwortete Juan.

„Wir versuchen was wir können. Die EU-Navy hat mehrere Schiffe in der Nähe. Die nehmen Kurs auf Lanzarote. Ein Autokopter Einsatz könnte helfen. - Allerdings ist das in der Nähe der Vulkane sehr riskant."

„Danke. Hoffen wir, dass es trotzdem gelingt."

Wie zur Bestätigung, dass es wohl kaum gelingen wird, schlugen in der Nähe mehrere Gesteinsbrocken ein.

„Ja, hoffen wir. Es sieht schlimm aus in diesem Teil des Atlantiks. Die Kanaren sind besonders betroffen, wobei die westlichste, La Palma, im Begriff ist in die Tiefe abzurutschen. El Hierro und La Gomera gibt es bereits nicht mehr."

Krachend schlug ein Stein durch das Dach und zertrümmerte ein Gerät. „Ich muss in den Unterstand!", rief Juan.

„Melden Sie sich jede Stunde!", bellte der Commander noch. Besorgt reichte er das Mikrofon an Xenia und brummte: „Die haben kaum eine Chance. Der Riss ist viel grösser als wir dachten."

Auch Xenia war schockiert. Die Welt dort unten, und es war auch ihre Welt, schien auseinander zu brechen. Es war wie wenn ein zu heiß gewordener Bratapfel platzen würde. Die Aufnahmen der Wärmesensoren ergaben ein erschreckendes Bild. Die Bruchstelle zog sich entlang der afrikanischen Küste hinunter bis weit in den Süden. Optisch registrierten die Kameras enorme vulkanologische Aktivitäten, welche alle in dieser Region liegenden Inseln betrafen. Nicht nur auf den Inseln, auch im entsprechenden Teil des Atlantiks erfolgten riesige, geophysikalische Verwerfungen, welche zur Entstehung neuer Vulkane und Inseln führen konnten. Nördlich von Lanzarote war so eine Neugeburt buchstäblich aus dem Meer gewachsen und spie Rauch und Asche in die Stratosphäre. Nicht genug, ein Tsunami hatte eben die Küste von Westafrika erreicht und verheerende Verwüstungen angerichtet. Dakar war praktisch verschwunden. Senegal, Mauretanien, West Sahara und Marokko waren schwer betroffen. Es musste Hunderttausende von Toten gegeben haben, wenn nicht sogar Millionen. Die Monsterwelle raste aber auch auf die andere Seite, auf den amerikanischen Kontinent zu, das sah man auf den Monitoren genau. Noch hatten die Menschen dieser Länder Zeit zur Flucht, aber auch dort würde die gewaltige Flut mit großer Wucht ankommen und enorme Schäden anrichten.

Xenia starrte auf die Bildschirme, ohne wirklich etwas wahrzunehmen. Das Ganze war einfach grauenhaft und außerordentlich erschreckend. Aus der Höhe von fast 36'000 km erschien das Geschehen wie von einer anderen Welt. War die Erde am Untergehen? Ihre ganze Familie lebte dort unten im westlichen Teil der Sahara. Sie gehörte der maurisch berberischen Minderheit des Staates Mauretanien an. Ihre Vorfahren zählten dort einmal zur bevorzugten Oberschicht. Das hatte aber heutzutage nichts mehr zu bedeuten, denn pseudodemokratische, sozialistische Regierungen, welche sich wie schmutzige Unterwäsche dauernd wechselten, hatten die einst wohlhabenden Stammesfürsten verarmen lassen. Ihre Mutter und drei Geschwister lebten mit ihren Familien seit Jahren in einer Oase in der Nähe von Chinquetti, fünfzig Kilometer östlich von Atar. Von der Hauptstadt Nouakchott aus war das eine ganze Tagesreise über die N1 und später über holprige Schotterstraßen hinauf auf das Adrar-Plateau. Die einfachen Gemäuer gruppierten sich locker um ein kümmerliches Wasserloch. Ein paar armselige Dattelpalmen fristeten ihr staubiges Dasein. Das Dorf hatte nur wenige Einwohner, ein paar Ziegenhirte, welche von früheren Nomaden abstammten, meist waren das ältere Leute. Die Zeit schien dort stehen geblieben. Die Jungen waren längst weggezogen oder ausgewandert. Wer blieb, fand vielleicht eine Arbeit in dem naheliegenden größeren Ort Chinquetti.

Es war kaum anzunehmen, dass ihre Familie unmittelbar bedroht war, denn sie lebte in der Provinz Adrar auf einem zentralen Hochplateau, dreihundert Meter über Meer. Dass Xenia heute eine wichtige Stelle der internationalen Geoastronautik einnahm, hatte sie eigentümlicherweise ihrer Mutter zu verdanken. Die Frau, als Kräuterfrau und Seherin weit herum bekannt, hatte immer wieder wichtige Persönlichkeiten zu Gast, die ihre Hilfe in Anspruch nahmen. So war eines Tages der Minister für Kommunikation zu Mama Fatiga gekommen und wollte wissen, ob ihm seine Lieblingsfrau wirklich keine Kinder schenken könne oder ob ein besonderer Trunk vielleicht helfen könne. Diese etwas heikle Frage konnte Fatiga problemlos lösen, wobei sie ihm einen Sohn voraussagte. Als das tatsächlich eintraf, wollte der Minister seiner Helferin einen Wunsch erfüllen. Fatiga, bescheiden wir sie war, verlangte nur, dass ihre Tochter Xenia eine gute Ausbildung erhalten sollte. Durch die entsprechenden Stipendien und Empfehlungen schaffte das intelligente Mädchen einen Universitätsabschluss von dem andere nur träumen konnten. Das wieder öffnete ihr die Tür zur internationalen Stelle für Geophysik in Paris.

Durch den Erfolg stieg die einfache Kräuterfrau immer mehr zu einer außergewöhnlichen Weissagerin auf. Ihre Gabe, die Zukunft zu erkennen, verstärkte sich zunehmend, und sie sagte kommende Ereignisse, wie Kriege, Hungersnöte, Wirtschaftswunder, Aufstiege und auch Katastrophen treffend voraus.

An diesem Samstag, den 23. Januar 2089, war die alte Frau schon früh am Morgen auf den Beinen und lief im Haus umher, wie von einer unsichtbaren Unruhe getrieben. Sie schob die Gläser mit den unterschiedlichsten Mixturen und Kräutern planlos hin und her und ordnete Knochenstücke und magische Steine in neuer Reihenfolge. Sie murmelte ununterbrochen etwas vor sich hin, hielt den Kopf schief und schien auf etwas zu horchen.

Nach geraumer Zeit rief sie das stumme Mädchen, welches ihr normalerweise zur Hand ging, zu sich und bedeutete ihr, dass sie die nächsten Stunden für niemanden zu sprechen sei. Sie warf sich einen mit Federn des Schlangenadlers besetzten Umhang über die Schultern und machte sich auf den Weg. Da die Sonne bereits erbarmungslos brannte, zog sie den Umhang über den Kopf und ging unbeirrt weiter in die Wüste hinaus. Gleich einer einsamen namenlosen Gestalt wanderte sie dahin, in einem Meer von Sand und Geröll, scheinbar ziellos, den im flirrenden Dunst kaum sichtbaren Dünen entgegen.

Nach zwanzig Minuten erreichte sie ein, an einige verwitterte Felsen gelehntes, zerfallenes Gemäuer. Dürres Gestrüpp verdeckte den Eingang und ein paar gebleichte Tierschädel markierten den heiligen Ort. Mambo Fatiga bahnte sich den Weg durch eine Lücke und betrat das düstere Innere. Geheimnisvolle Worte murmelnd stand sie einen Moment da, bis sich ihre Augen an das Dämmerlicht gewöhnt hatten. Im gleichen Moment, wie sie die fürchterliche Gestalt des Loa Agau erblickte, sank sie zu Boden und wand sich stöhnend auf dem staubigen Lehm. Die scheußliche, gehörnte Gottheit mit blutenden Augen kreischte ihr laut entgegen und schrie nach einem Opfer. Fatiga hatte vorgesorgt und eine Phiole mit Rum, versetzt mit dem Öl der Samen des Koloquinte-Teufelsapfels, mitgebracht. Sie schob diese zitternd dem Ungeheuer entgegen. Dann sank sie in Ohnmacht.

Aufschreiend packte der zornige Gott das Fläschchen und brüllte: „Was störst du mich du Kreatur? Heute ist mein Tag. Die Zeit der Rache ist gekommen. Sie werden alle untergehen und in der Hölle schmoren. El Diablo wird sie alle vernichten." Gierig schluckte er die dargebotene Medizin, rülpste und wiederholte drohend: „El Diablo… el Diablo…"

Die Magierin hob in Trance angstvoll den Kopf und stammelte: „El Diablo, wer ist das?"

„Die ganze Erde wird sich aufbäumen und die scheinheilige Brut vernichten. El Diablo wird als Erstes Lanzarote ins Meer versenken."

„Warum…?"

„Warum, warum.. warum… Ich hab' es satt, all die Fragerei. Es muss geschehen."

Die Frau setzte sich auf und sagte mutiger: „Großer Loa, du hast die Gewalt und die Macht, du kannst die Erde beben und die Feuer speien lassen. Sag uns wenigstens wann. Ich bin die Botin, die die Menschen vorbereiten kann."

„Du willst sie warnen!", grinste der Loa Agau boshaft. „Noch heute Nacht wird alles vorbei sein, und keiner wird entrinnen."

„Es sind aber nicht alle Menschen schlecht, und nicht alle haben das verdient. Hab auch Erbarmen, bitte."

Die krummen Hörner des Gottes bebten und seine Augen glühten wie Kohlen. Aus den scheußlichen Lefzen rann schwarzer Speichel, und das Gesicht nahm die Farbe von faulen Tomaten an. Er zitterte am ganzen Leib und stieß mit den dreifingrigen Händen nach Fatiga. „Schweig, du unnütze Plage, bevor ich dich zertrete wie eine Fliege."

Sofort warf sich Fatiga wieder zu Boden und flehte: „Lass wenigstens dieses Land verschont. Wir haben dir immer gehorcht. Sag mir, was sollen wir tun, damit wir eine Chance haben."

Erneut rülpste der Loa. Das Mittel, das dargebrachte Opfer, musste endlich wirken. Er schien sich langsam zu beruhigen. „Ha, du willst, dass ich jemanden verschone? Wie stellst du dir das vor? - Vielleicht du selber möchtest entkommen, ha… ha…"

„Ich bin eine alte Frau", entgegnete Fatiga. „Meine Zeit ist nicht so wichtig. - Aber ich sehe viele gute Menschen eingeschlossen in einer Höhle. Sie hörten Musik. Sie sind verzweifelt…"

Loa Agau grinste. „Da sind aber, selbst bei diesen Kunstverehrern auch Bösewichte dabei. Willst du die auch retten?"

Die Vision verblasste. Sie war am Ende ihrer Kräfte. Auf den Knien versuchte sie angestrengt das Bild zurückzuholen. Nein, es war nicht ihr Land. - Lanzarote…?

„Du siehst richtig, Mambo, bestätigte der Gott. „Die Insel. El Diablo wird dort niemanden entkommen lassen. Er ist unerbittlich und gnadenlos."

„Was will er? Was muss ich tun?"

„Du könntest mir noch etwas von dem Trunk bringen. Dann…"

„Ach, noch ein Fläschchen Rum?"

Der Loa Agau gluckste: „Vergiss die Koloquinte Würze nicht!"

Fatiga erhob sich und drehte sich zum Ausgang. „Ich bin in einer Stunde zurück. Du sollst dein Opfer bekommen."

Eine Stunde später war Fatiga zurück, mit einer neuen Phiole im Umhang versteckt. Auf dem niedrigen Altar stand jetzt aber nur eine einfache Holzpuppe und starrte ihr mit leeren Augen entgegen.

„Loa Agau!", stammelte die Frau enttäuscht und stellte das Fläschchen auf das Podest.

Da erhob sich ein lautes Brausen, und mitten im Raum stand ein schwarzer Geselle mit angsteinflößendem Fünfzack, Hörnern und einem langen Schwanz. Dieser peitschte herrisch auf den Boden, dass Funken sprühten. Fatiga fuhr zu Tode erschrocken zurück und versuchte das Antlitz dieses Teufels zu sehen. Es lag im Düstern, war flach und reglos, wie wenn es aus einer geschmiedeten Platte gestanzt wäre. - El Diablo, durchfuhr es Fatiga heiß. Dieser Teufel war El Diablo, verantwortlich für die angekündigte Katastrophe, den Untergang eines großen Teils dieser Welt.

„El Diablo", flüsterte Fatiga.

„Ja", kreischte der Teufel. „Ja, ich bin's und ich höre, du willst mich aufhalten. Drohend hob er die Gabel.

„Ich bin nur eine alte Frau", stammelte Fatiga. „Ich sehe die Eingeschlossenen auf Lanzarote und habe den Loa Agau angefleht, wenigstens diese zu verschonen."

Die heisere Stimme des Teufels tönte wie eine Kreissäge. „Den Lohn für seine Hilfe hast du ja schon geliefert. Du glaubst doch nicht im Ernst, dass ich, El Diablo, mir die Menschen dort einfach so entgehen lasse. - Übrigens, du hast nicht richtig gesehen. Viele werden sofort sterben und nur eine kleine Anzahl wird sich noch gegen das Schicksal wehren."

„Dann rette wenigstens die!"

„Und meine Belohnung für so viel Hilfe und Mitleid?"

„Ach, du willst auch einen Trunk von Rum mit Teufelsapfelöl?"

Nun lachte der Teufel höhnisch, so dass Fatiga erschrocken zurückwich. „Ich, und trinken! Siehst du denn nicht, dass ich keine Speise und keinen Trank benötige. Was ich brauche, sind Seelen, möglichst böse Seelen."

„Soll ich vielleicht um Seelen handeln!", rief Fatiga entsetzt.

„Na ja, mindestens die Hälfte müssten es sein."

„Nein! Nie!"

„Fünf, die Anzahl Zacken meines Spießes", feilschte der Teufel listig."

Fatiga überlegte fieberhaft. Wie nur konnte sie die Menschen retten, welche dort in der Höhle praktisch begraben liegen würden.

Einen Pakt mit dem Teufel abschließen, das war unvorstellbar. Warum nur half der Loa Agau nicht? Er war der Gott der Beben und des Feuers. Warum stoppte der das ganze Unheil nicht, bevor's zu spät war?

„Mach dir keine unnötigen Hoffnungen", sagte der Teufel. „Dein Loa Agau ist nicht allmächtig, aber sehr zornig. Die Menschen haben nicht auf ihn gehört und die Erde immer weiter aufgewärmt. So ist die Katastrophe nicht abzuwenden, auch wenn er das wollte. Und das freut mich natürlich ganz besonders. - Also gut drei Leben."

Fatiga wand sich und rief alle ihr bekannten Geister an, aber sie musste eine Entscheidung treffen.

„Nein, drei sind zuviel", sagte sie. „Du bekommst ein Leben, sobald alle anderen frei sind."

„So geht das nicht", erwiderte der Teufel. „Ich will meins zuerst."

„Nein, es ist besiegelt, du bekommst ein Leben, alle andern sind gerettet."

Der Teufel krächzte bitter, aber willigte schließlich ein. „Du bist ein Teufelsweib!"

„Nein, nein, ich bin nur eine arme Seherin, und ich muss jetzt wieder zurück zu meinem Haus. Meine Gabe, in die Zukunft zu sehen, ist mir eine schwere Bürde. Sie macht mich noch verrückt."

Sie verließ den Ort, ohne sich umzudrehen und stapfte davon. Sie sah nicht mehr, wie der Teufel oben auf der Mauer hockte und ihr sinnend nachblickte. Seine schwarze Silhouette war einen Augenblick gegen das gleißende Sonnenlicht zu sehen, dann blitzte es auf und er war verschwunden.

Kapitel 6

Dreißig Meter unter der Erdoberfläche wurde den eingeschlossenen Menschen langsam bewusst, was passiert war und wie gering, ja aussichtslos, ihre Chancen standen. Roger versuchte die Anzahl der Überlebenden zu ermitteln und was für Verletzungen diese hatten. Beides war beinahe ein Ding der Unmöglichkeit, denn die Dunkelheit hatte zugenommen. Einerseits versiegten die Feuerzeuge und die Taschenlampen zunehmend, andererseits erstarb der Schimmer durch das Loch in der Kuppel, weit über ihnen, immer mehr. Der Vulkan Corona war vielleicht weniger aktiv oder, was wahrscheinlicher war, der Auswurf von Asche verdunkelte zunehmend den Himmel. Es würde wohl erst besser werden, wenn der neue Tag anbrach und damit etwas Licht herein kam. Das dauerte aber noch Stunden, und ob sie dann noch lebten, das war so Ungewiss wie ein Sonnenstrahl in tiefster Nacht.

Neben Rojs Schussverletzung war da ein Beinbruch eines älteren Mannes. Dieser lag stöhnend am linken Rand der Bühne. Seine Frau kauerte neben ihm und sprach beruhigend auf ihn ein. Eine alte Frau klagte über eine lädierte Schulter, und Morena hatte eine Quetschung am Knie. Die schwarze Frau, mit dem Namen Nahla, wurde gefunden und lag jetzt auf dem Schoss ihres Freundes Bani. Sie schien unverletzt, soweit man das in der Dunkelheit beurteilen konnte, aber über innere Verletzungen konnte man nur spekulieren.

Im Ganzen mussten ungefähr dreißig Personen die Katastrophe überlebt haben. Sie saßen oder lagen alle auf der Bühne in der Grotte, welche sie von Schlimmerem bewahrt hatte, und harrten schweigend oder stöhnend aus. Das stoßweise Weinen einer Frau klang wie die verzweifelte Suche eines Welpen nach seiner verlorengegangenen Mutter.

Es waren kaum mehr Erschütterungen zu spüren, aber das konnte sich schlagartig ändern. In der Ferne war immer noch ein leises Grollen zu hören, und Blitze erhellten manchmal die Öffnung über ihnen, wie wenn draußen jemand mit Blitzlicht fotografieren würde. Irgendwoher stank es nach Schwefel wie von faulen Eiern.

Beinahe hätte Roger den Verbrecher vergessen. Der lag noch immer, scheinbar bewusstlos, auf den Brettern. Roger konnte sich des Gedankens nicht erwehren, dass es einfacher gewesen wäre, wenn der Kerl gleich von den herunterstürzenden Felsen erschlagen worden wäre. So musste der irgendwie sichergestellt werden. Er kroch umher, suchte sich einige der Stoffstreifen, und versuchte den Liegenden an Händen und Füssen zu fesseln. Morena kam ihm dabei zu Hilfe. Das sah in den Filmen immer so einfach aus. In Tat und Wahrheit konnten sie sich nicht sicher sein, dass die Knoten auch halten würden.

Noch weniger sicher konnten sie wissen, ob nicht noch ein Kumpan da war, der nur darauf wartete, sie alle zu überwältigen. Was das in ihrer Situation allerdings bringen sollte, konnte man nicht erahnen. Es war jedoch bekannt, dass solche Gangster, einmal in die Enge getrieben, oft wenig Logik bewiesen. Roger nahm sich vor, wachsam zu sein und die Maschinenpistole immer in seiner Nähe bereit zu halten.

Noch wichtiger war jetzt aber, zu versuchen, mit der Außenwelt Kontakt aufzunehmen.

„Hört mal alle her!“, rief er. Wer ein Transcom bei sich trägt, soll es bitte herbringen.“

„Ich versuch schon die ganze Zeit jemanden zu erreichen“, rief ein Mann zurück. „Da tut sich nichts. Hier drin ist doch kein Empfang.“

„Bitte! Hören Sie auf damit! Schonen Sie die Batterie und bringen Sie das Gerät zu mir. - Hier herüber bitte!"

„Was erlauben Sie sich? Ich mach mit meinem Transcom was ich will."

„Bitte seien Sie doch vernünftig! Bringt jetzt alle Geräte her, auch alle Taschenlampen oder andere Lichtquellen. Wir wissen nicht wie lange wir hier eingeschlossen bleiben, und deshalb muss ab jetzt für alle gemeinsam gesorgt werden. Auch Lebensmittel und Getränke sind sofort abzugeben. Das ist gültige Regel in so einer Notsituation"

Die Ausbeute war dürftig. Im schwachen Schein der Stablampe zählte Roger vier Transcoms, zwei Taschenlampen, acht Feuerzeuge, zwei Schokoriegel und eine kleine Flasche Mineralwasser, halb leer. Ein junger Mann schob sich neben Roger.

„Ich bin Malko, einer der Bühnenarbeiter", keuchte er. „Da hinten ist ein kleiner Lagerraum für das Personal. …Da könnte einiges liegen was uns helfen würde."

„Ausgezeichnet, vielen Dank Malko", entgegnete Roger. „Ist alles in Ordnung bei ihnen?"

„Ja, es ist nur das Asthma. Es geht schon wieder. Der Raum ist dort hinten links, …aber ich glaube der Zugang ist …verschüttet."

„Bleiben Sie ruhig liegen!", ordnete Roger an. „Morena bleiben Sie bei ihm! - Ich seh' nach."

Nach mühsamer Suche entdeckte Roger den Eingang, stellte aber fest, dass er durch große Felsen versperrt war. Das musste warten, denn an ein Wegräumen in der Dunkelheit war nicht zu denken. Es war viel zu gefährlich. Leicht könnte sich ein Teil lösen und jemanden erschlagen. Es blieb die Hoffnung, dass bei Tagesanbruch etwas Licht in die Höhle dringen und das Vorhaben begünstigen würde.

Im Moment beschäftigte Roger aber ein anderes Problem, und dieses war weit wichtiger. Es schien ein Ding der Unmöglichkeit, dass sie sich selber befreien konnten. Sie brauchten Hilfe von außen und das schnell. Bis dahin hatten ihn die unmittelbaren Ereignisse pausenlos in Anspruch genommen. Erst jetzt wurde ihm das Ausmaß der Katastrophe richtig bewusst. Der Berg über ihnen war explodiert und mit ihm wahrscheinlich viele andere Krater. Die Insel wurde übersät mit Felsen, Geröll, Schutt und Asche. Noch viel gefährlicher war aber die austretende Lava. Ja, sie befanden sich genau in so einer Höhle, geformt von der Lava früherer Eruptionen. Wehe ihnen allen, wenn jetzt ein glühender Fluss den alten Weg hinunter fand. Sie würden verbrannt werden, wie in einem riesigen Krematorium, nur würden sie dabei noch nicht tot sein. Dieser Gedanke war noch schrecklicher als der, dass sie bei einer erneuten Erschütterung allesamt erschlagen und begraben werden konnten.

Erschöpft ließ sich Roger, dort wo er stand, nieder und lehnte sich an einen Felsen. Die Gruppe der Überlebenden saß nun nahe zusammen, wie wenn man sich gegenseitig Mut machen wollte. Man flüsterte und versuchte die Hoffnung zu nähren, dass man bald gerettet würde. Hilfe musste inzwischen unterwegs sein. Roger ahnte aber etwas ganz anderes. Die Insel musste völlig zerstört und jeglicher Infrastruktur beraubt sein. Er dachte an die Station auf dem Atalaya. Mit etwas Glück war dieser Teil des Ajaches Gebirge noch verschont, so dass Juan von dort über den Satelliten den Rest der Welt alarmieren konnte. Wäre er dort oben geblieben und hätte sich nicht völlig kopflos in diese hoffnungslose Rettungsaktion gestürzt, dann säße er jetzt nicht hier in der Finsternis und müsste damit rechnen, demnächst dem sicheren Tod in die Augen zu sehen.

Die Zeit verrann schleppend. In der Gruppe war es ruhig geworden, man hatte sich nichts mehr zu sagen und brütete in eigenen endlosen Gedanken. Dann und wann war ein Stöhnen eines Verletzten zu hören. Viel später erhellte sich die Öffnung über ihnen und schwaches Licht fiel in die Gruft. Was sich langsam aus der Dunkelheit enthüllte, war noch grausamer als in der Nacht davor. Bizarre Felsen türmten sich in den Schatten vor ihnen auf, wie wenn das Auditorium jetzt die Bühne wäre und dort eine schreckliche Szene präsentiert würde. Ein paar unversehrte Sitze waren zu grotesken Akteuren geworden und erzählten das grausige Spiel vom Tod. Die Überlebenden erkannten sich kaum mehr. Das Licht in der Grotte war zu gering, als dass man mehr als die Silhouetten ausmachen konnte. Trotzdem, in der Nacht hatten sich die Augen an die Dunkelheit gewöhnt und gestatteten ihnen jetzt, sich zu orientieren. Sofort veranlasste Roger, dass sich mehrere Männer an die Räumung beim Eingang zum vermuteten Lagerraum machten. Krachend fielen Felsen herunter, so dass alle zusammenfuhren.

„So seid doch vorsichtig!", schrie Roger.

Sie maulten, fuhren aber fort die Steine wegzuschaffen. „Der spielt sich hier auf, wie wenn er der Boss wäre", murrte einer.

Ein Anderer: „Komm, mach weiter, vielleicht finden wir ja etwas zu essen und zu trinken. Ich hab' vielleicht einen Durst."

„Also los, weiter!"

Inzwischen nahm sich Roger die Transcoms vor. Er überprüfte die Batterien und brummte zufrieden vor sich hin. Er versuchte die Forschungsstation auf dem Atalaya zu erreichen. Kein Erfolg. Eigentlich war das logisch. Einfacher wäre eine Verbindung direkt zum OX15W, denn im Satelliten hatten sie starke Peilgeräte, womit sie jedes Transcom orten konnten. Die könnten einen Kontakt herstellen, wenn sie das entsprechende Gerät fanden. Eines musste demnach immer eingeschaltet sein. Eine schwache Hoffnung.

Nach einer weiteren Stunde ließen die Männer von ihrer Arbeit ab. Erschöpft ließen sie sich fallen und befühlten ihre zerschundenen Hände.

„Wasser!", stöhnte einer von ihnen.

„Da weiter vorne, da lag doch ein ganzer Teich. Ist denn davon nichts geblieben?", war eine weitere Stimme zu hören.

Natürlich, der Mangel an Wasser dürfte ein erstes schwerwiegendes Problem werden, überlegte Roger. Vermutlich gab es in diesem Lagerraum hinter den Felsen Flaschen von Mineralwasser, bereitgestellt für die Musiker und das Personal, aber erst mussten sie da hinein. Auf eine natürliche Quelle oder einen unterirdischen Lauf konnten sie nicht hoffen, denn auf Lanzarote regnete es kaum. Sie mussten weiter machen und den Eingang frei bekommen. Er trieb die Männer an und schuftete selber bis zum Umfallen.

Ein Schrei gellte durch die Höhle. Der Mann nebenan hatte sich die Hand gequetscht und blutete stark. Rasch humpelte Morena heran und versuchte notdürftig zu verbinden.

„Diese verfluchte Plackerei bringt doch nichts", jammerte der Mann. „Wir werden hier unten alle jämmerlich verrecken."

„Er hat Recht!", rief ein Anderer. „Das ist doch hoffnungslos."

„Bitte nicht aufgeben!", flehte Morena und wandte sich an den Verletzten. Wie heißen Sie denn?"

„Ich heiße Sanders", flüsterte der Gefragte. „Wollte meiner Frau mit dem Konzert eine Freude bereiten. Nun ist sie tot. Ich wünschte, ich läge auch da unter den Felsen. Es hat doch keinen Sinn mehr."

Morena nahm den schluchzenden Mann in die Arme und tröstete: „Bitte Herr Sanders, es hat immer einen Sinn. Wir alle werden nicht aufgeben."

Nach stundenlangem Bemühen waren sie dem Ziel nur wenig näher gekommen. Die großen Felsbrocken waren einfach zu schwer und bewegten sich keinen Millimeter. Einer hatte aber noch nicht mitgeholfen, der Verbrecher. Er lag bewegungslos da und verfolgte das Tun durch halbgeschlossene Augenschlitze.

Roger trat zu dem Gefesselten und krächzte: „Willst du mithelfen, oder hier unten einfach verrecken?"

„Ihr seid doch alles Stümper", knurrte der Mann. „Das werdet ihr nie frei bekommen."

„Na ja, du musst es ja wissen", entgegnete Roger und wandte sich ab.

„Kann sein, dass ich helfen kann!"

Roger fuhr herum. „Wie bitte? Wie meinst du das? Wie heißt du überhaupt?"

„Ich heiße Mahud und verrecken möchte ich auch nicht", sagte der Verbrecher. „Ich kann helfen."

„Und wie stellst du dir das vor?"

„Binde mich los, dann wirst du's erfahren."

„Tu's nicht!", rief Roj entsetzt. „Der Mann ist doch zu allem fähig. Er hat mir ins Bein geschossen."

Mahud schwieg und schluckte, dann sagte er: „Nein, ich werde keinen Unfug mehr veranstalten. Ist doch logisch, auch ich will hier wieder heraus, und unser Deal ist ja sowieso geplatzt."

„Ja, deine Pläne sind nicht aufgegangen, aber du gehörst ins Gefängnis", knurrte Roj. „Du kannst ja sowieso nicht helfen."

„Doch, kann ich!"

„So? Und wie denn?", begehrte Roger zu wissen.

„Bindet mich los, dann zeig' ich's euch."

Mittlerweile hatte sich die Gruppe um die Kontrahenten geschart. Roger überlegte fieberhaft. Er hatte die Maschinenpistole gut versteckt und sie waren ja offensichtlich in der Überzahl. Der Kerl hatte allen Grund zu helfen, denn sonst hätte er, wie sie alle, kaum eine Chance zu überleben.

„Also gut", sagte Roger. „Doch vorher möchte ich wissen, ob du noch Kumpels dabei hast. - Also?"

„Ja, da waren noch zwei, oben beim Eingang. Jamal und Rachid, sie sind sehr wahrscheinlich tot."

„Was sollte der blödsinnige Überfall überhaupt?"

„Wir brauchen Geld", kam die lapidare Antwort.

„Klar!", spottete Roger. „Aber jetzt wohl nicht mehr. Das Mindeste was du nun tun kannst, ist beim Wegräumen zu helfen. Wir binden dich los, aber wehe dir, du machst auch nur eine falsche Bewegung, wir schlagen dich ohne große Umstände tot. Dann bist du wieder bei deinen Freunden."

„Gut, binden wir ihn los!

Starr stand die Gruppe da und beobachtete, wie Roger die Fesseln löste und dem Kerl auf die Beine half.

„Danke!", sagte Mahud und wandte sich an Roger. „Du hast nicht nach der Bombe gefragt."

Roger durchfuhr es heiß und kalt. Wie konnte er nur so blöd sein. Natürlich, diese Gefahr lag doch auf der Hand.

„Na ja", fuhr Mahud fort. „Die kann uns jetzt helfen. Wir sprengen die Felsen vor dem Eingang. Bumm… und alle unsere Sorgen sind wir los."

Sofort entstand ein Tumult. „Seid ihr verrückt?", schrie eine Frau. „Wollt ihr uns alle begraben?"

„Nein, nein, wir machen das kontrolliert, so dass nur die Felsen vor dem Lagereingang wegfliegen. - Ich weiß was ich tue", versicherte Mahud.

„Warum sprengen wir uns dann nicht den Notausgang frei?", verlangte Bani zu wissen. „Wo ist diese Bombe überhaupt? - Und geht die nicht los, sobald wir nur in die Nähe kommen?"

„Nein, ich werde natürlich als erstes die Zünder entfernen. Dann ist sie völlig harmlos und wir können die Dynamitstäbe einzeln verwenden. Vertraut mir, ich weiß wovon ich rede."

„Ha, ein Experte“, höhnte Bani. „Wir geben unser Leben also in die Hände eines Mörders. Sind wir alle verrückt geworden?“

„Bani, lass das“, flüsterte neben ihm Nahla. Die schwarze Frau schien von Schmerzen gequält und schwankte. „Du bist Modefachmann und kein...“

„Nahla, Liebling, leg dich wieder hin!“, stöhnte der Mann und half ihr zur Seite.

„Sie hat Recht“, knurrte Roger. „Wir sind alle keine Experten. Wo ist die Bombe denn, Mahud?“

„Dort hinter der Bühne“, antwortete der Mann ruhig. „Ich geh‘ jetzt hin und entschärfe sie.“

Alle starrten ihm nach, wie er zur rechten Ecke der Bühne ging und zwischen den Felsen hinunter stieg. Jederzeit erwarteten sie die Explosion, die sie alle ins Jenseits befördern würde. Himmel, auf was hatten sie sich da eingelassen? Wie konnten sie nur so naiv sein, einem Verbrecher zu vertrauen. Roger war nach hinten geeilt und stand mit der Maschinenpistole im Anschlag im Schatten. Eine falsche Bewegung und er würde den Mann niedermähen.

Es dauerte lange, viel zu lange. Dann, nach mehr als zehn Minuten, tauchte der Kopf wieder auf. Mahud stieg auf die Bühne und hielt ein Paket im Arm und in der rechten Hand einige zylindrische Teile. Es musste sich um die Zündkapseln handeln.

„Wir haben hier zehn Stangen Dynamit, die Zünder und etwas Lunte“, erklärte der Mann ruhig. „In getrenntem Zustand ist alles völlig harmlos.“

Mit diesen Worten ließ er alles auf die Bretter poltern. Einige fuhren erschrocken zurück. Roger wurde klar, der Mann hatte Wort gehalten und die Bombe entschärft.

„Gut“, sagte er mit trockenem Mund. „Du scheinst ein Experte zu sein. Nun sieh zu, dass der Eingang zum Lager frei kommt.“

„Ja, ich denke, dass zwei Stangen richtig platziert wohl reichen. Wir wollen ja nicht, dass die ganze Höhle einstürzt.“

In der folgenden Viertelstunde, während Mahud seine Vorbereitungen erledigte, herrschte reges Treiben. Alle suchten sich einen Platz möglichst weit entfernt von der Sprengstelle. Bange beäugten sie die Decke über ihnen und fragten sich im Stillen, ob die Felsen dort oben auch wirklich halten würden, oder genau an dem Ort wo man sich aufhielt herunterstürzen würden.

Die Verwundeten wurden möglichst nahe der Felswand gebettet, um ihnen besonderen Schutz zu gewähren. Roger warnte alle, sich möglichst klein zu machen und die Ohren zuzuhalten. Der Knall würde fürchterlich sein.

Bani hielt Nahla in den Armen und wiegte sie tröstend hin und her. Trotz ihrer Schmerzen lächelte sie tapfer und sagte: „Liebster, wenn wir hier wieder draußen sind, dann sollten wir endlich eine Familie gründen und Kinder großziehen."

„Ja meine Liebe, das sollten wir, denn eines ist mir jetzt klar geworden. Man sollte nicht warten, denn man weiß nie wann es zu spät ist. Ich liebe dich sehr und das sollst du auch erleben."

In diesem Moment brüllte Mahud eine Warnung und dann brach die Hölle über sie herein.

Kapitel 7

Das sphärische Rauschen war nerventötend. Die automatischen digitalen Peilempfänger versuchten aus den wirren Frequenzen etwas Verständliches herauszufiltern. Seit Stunden war die Verbindung zu X2 abgebrochen. Sie hatten keine Ahnung, was dort unten passierte.

„Versuchen Sie es weiter, Sergeant Xenia!", befahl der Commander. „Wir brauchen eine Lagebeurteilung."

Sie drückte weitere Knöpfe, um die Peilung noch genauer einzustellen und wusste gleichzeitig, dass es sinnlos war. Wenn die ganze Insel verschüttet war, dann waren auch die Transcoms nicht mehr erreichbar und damit eine Verbindung unmöglich geworden.

Xenia angelte sich am Automaten eine Einheit Kraftdrink und sog das süßsaure Getränk gierig in sich hinein. Sie lebten hier schon seit Monaten von solchem künstlichen Zeugs, und mit der Zeit sehnte man sich einfach nach einer vernünftigen Mahlzeit. Das heißt, wenn es dort unten so etwas überhaupt noch gab. Seit die Ernährungsvorschriften der UN-Behörde UNIFOOD weltweit für verbindlich erklärt wurden, konnte man sich da auch nicht mehr auf ein saftiges Steak und Bratkartoffeln freuen. Natürlich gab es einen riesigen Schwarzmarkt, und wer den notwendigen Kredit hatte, konnte sich alles leisten. Es hatte sich also für die armen Länder Afrikas,

Südamerikas und Asiens nicht viel verändert. Die Welt kämpfte nach wie vor um die Ernährung von vielen Milliarden Menschen ziemlich machtlos. Aber was sinnierte sie da über die Welternährung, wenn dort unten die Hölle los war und sie eine verschüttete Gruppe finden sollte.

Der Commander hatte rechtzeitig die Information bekommen, dass der südliche Teil von Lanzarote noch zugänglich sei. Er hatte sofort die Rettungskräfte in die entsprechende Richtung geschickt. Fieberhaft wurde ein Verbindungsnetzwerk aufgebaut, und es war schnell offensichtlich, dass die dort verbliebene Bevölkerung sofort evakuiert werden musste. Aschewolken und niederprasselnde Steine gefährdeten die Menschen zunehmend. Die Marine würde versuchen mit gepanzerten Amphibienfahrzeugen an Land zu gehen. Es würde ein Wettrennen gegen dem Untergang werden.

Im Norden der Insel sah die Sache weit schlimmer aus. Noch immer wusste man nicht, ob dort überhaupt Überlebende waren, und wenn, deren genaue Position. Auf der elektronischen Karte sah Xenia, dass die Jameos del Agua in der Nähe des Ortes Arrieta lagen, aber mit dem Peilgerät war nichts zu finden. Auch die Wärmesensoren waren unbrauchbar, denn die spielten bei den Eruptionen mit den enormen Temperaturen allesamt verrückt. Normalerweise konnten die empfindlichen Geräte problemlos die Wärme von Lebewesen erfassen und Menschen sogar unter der Erde entdecken, sofern die noch lebten, aber hier schien das unmöglich.

Xenia wollte einfach nicht glauben, dass dort unten niemand mehr lebte. Es war wie die sprichwörtliche Suche nach der Nadel im Heuhaufen. Nur mit Glück konnte sie die Überlebenden finden. Also weiter und noch gezielter suchen. Ihre schlanken Finger flogen über die Tastatur der Konsole vor ihr. Trotz ihrer zierlichen und eher kleinen Figur war Xenia eine tatkräftige Person, die sich nicht so schnell unterkriegen ließ. Ihre schwarzen Augen zeugten von einem eisernen Willen. Diese Eigenschaften waren Voraussetzung für ihre Aufgabe in einem Überwachungssatelliten. Dass zwei Menschen auf engstem Raum zwei Jahre lang im Weltall draußen überhaupt existieren konnten, setzte besondere Charakterzüge voraus. Sie lebten hier näher zusammen als manches Paar auf der Erde und hatten keine Chance sich irgendwie zu entkommen. Die Kapsel hatte, nebst der Versorgungseinheit, nur Platz für zwei getrennte Kojen, einen kleinen Waschraum und natürlich für diesen Kommandoraum. Alles zusammen maß gerade mal vier auf fünf Meter. Das größte Problem bestand nicht etwa darin, die routinemäßigen Aufgaben zu bewältigen, sondern in dieser Situation das tägliche Leben zu meistern. Xenia wusste von erfahrenen Astronauten, die nach kurzer Zeit völlig durchdrehten und mit schweren psychischen Schäden aus dem Dienst schieden. Als sie sich für diese Mission entschied, war sie sich der besonderen Aufgabe bewusst und vertraute auf ihre gesunde Einstellung zu ihrem Körper und Geist. Allerdings hatte sie dem ausbildenden Experten verschwiegen, dass sie kurze Zeit zuvor aus einer schwierigen Beziehung geflohen war. Männer waren doch alle gleich, sie brauchte keinen mehr. Zwei Jahre Enthaltsamkeit schien ihr genau das Richtige zu sein, und dass die Ärzte mit Medikamenten den Sexualtrieb eindämmten, machte ihr nichts aus. Auch war der Commander Hendriks Jahrzehnte älter und überhaupt nicht ihr Typ. Auch er wurde entsprechend behandelt, worüber er öfters grinste und meinte, sie würden zu Eunuchen umprogrammiert.

Bob Hendriks war ein drahtiger Kerl, um die 45 und mit scharfem Verstand. Seine hellblauen Augen formten sich zu schmalen Schlitzen, als er zum ersten Mal seine zukünftige Assistentin sah. Hatte er vielleicht Vorbehalte wegen ihrer Jugend oder weil sie eine Schwarze war? Diese Bedenken zerstreuten sich aber bald. Er war ein zielstrebiger Mann mit einem hohen IQ und einem Wissen gleich einem lebenden Lexikon. Nichts konnte ihn aus der Ruhe bringen. Er absolvierte das Trainingsprogramm wie ein Roboter. Ein einziges Mal schien er außer Fassung zu kommen, als im Laufe eines Überlebenstrainings seine Rationen, dem Körpergewicht angepasst, grösser waren als die von Xenia. Er fluchte fürchterlich darüber, dass man, seiner Ansicht nach, schwächere Personen auch noch benachteiligte. Dabei hatte Xenia überhaupt kein Problem mit dem bisschen Hungern. Erst viel später fand sie heraus, dass Hendriks viele Jahre in Afrika verbracht hatte und mitansehen musste, wie die Bevölkerung während einer Dürreperiode dahinstarb. Bruchstückhaft erzählte er von einem Landstrich in der Sahelzone, wo er als junger Arzt sterbende Kinder in den Armen hielt, ohne wirklich helfen zu können. Er verfluchte die Weltgemeinschaft, welche seiner Ansicht nach nicht genug für die Ärmsten dieser Erde unternahm, und wäre daran fast zerbrochen. Frustriert und radikalisiert kehrte er zurück mit dem Ansinnen, diese Bande von Politikern endlich aufzurütteln und aufzuschrecken. Wenn es sein musste, würde er sich mitten auf dem Petersplatz in Rom mit Benzin übergießen und anzünden.

Wie es danach dazu kam, dass er sein Vorhaben aufgab, sich bei ESRIN, dem Zentrum für Erdobservation meldete und schlussendlich das Kommando über einen Satelliten übernahm, darüber schwieg er beharrlich. Xenia forschte auch nicht weiter nach und schwieg, wenn sie sah, wie sich ein unsichtbarer Schleier wie Nebel über sein Gesicht ausbreitete, wenn seine Augen einen starren Blick bekamen. Er hatte sicher seine Gründe und vielleicht würde in der Einsamkeit des Weltalls die starre Maske einmal sachte gelüftet. Allerdings konnte das bedenkliche Folgen für sie Beide nach sich ziehen, denn emotionale Ausbrüche waren das Letzte, was man auf so engem Raum sich wünschte.

Eines war auch Xenia klar, zwei Jahre eng zusammengepfercht stellten hohe Anforderungen an sie. Zwei Menschen mit Verstand, Seele und eignem Charakter, das war nicht leicht zu vereinen. Das war weit schwieriger als eine Ehe zwischen zwei unterschiedlichen Menschen. Eheleute konnten sich jeder Zeit streiten, mit Tellern nacheinander werfen, sich wieder versöhnen oder wütend abhauen. Das war hier alles unmöglich. Sie fragte sich oft, warum man für so einen Einsatz nicht einfach Roboter verwendete. Die neuesten Generationen waren wahre Wunderwerke und wurden bereits vielseitig eingesetzt. In Industrie und Handwerk waren sie nicht mehr wegzudenken. Selbst Dienstleistungen wurden oft durch Roboter verrichtet. Krankenpflege, Service in Restaurants, Hotels und Tourismus war ein großes Einsatzgebiet. Xenia lächelte bedrückt vor sich hin. Selbst im Sexgewerbe waren die gefühlvoll programmierten Gespielen und Gespielinnen äußerst beliebt. Wenigstens da hatte sich die Gesellschaft von einer bedenklichen Ausbeutung der Frauen, der Prostitution, befreit.

Roboter als Besatzung von Raumfähren oder Satelliten waren natürlich nicht neu. Schon die alten Sonden waren als vollautomatische Geräte bereits so etwas wie Roboter. Die Sinne des Menschen konnten aber die besten, weiterentwickelten Roboter immer noch nicht ersetzen. Immer wieder gab es Gerüchte über intelligente, sogenannte Brainboters, die mit einem Superhirn ausgestattet seien. Solange aber das menschliche Hirn noch immer nicht bis ins Letzte erforscht war, war eine funktionierende Kopie davon wohl weiterhin noch Utopie. Dann waren da noch Gefühle, Emotionen und Instinkte, die den Menschen einzigartig und nicht ersetzbar machten.

Man würde also weiterhin, wie sie jetzt, Besatzungen brauchen, die sich den neuen Aufgaben im Weltraum stellten. - Nur, hier saß sie nun und fühlte sich völlig hilflos. Sie hatte die modernsten Geräte zur Verfügung, ohne dass sie wirklich helfen konnte. Dort unten saßen Menschen in der Falle, und sie konnte sie nicht einmal finden. Verzweifelt hämmerte sie erneut auf die Tastatur ein und merkte kaum, wie diese vor ihren Augen verschwamm, als sich Tränen unter ihre Lider stahlen.

Commander Hendriks saß auf der anderen Seite vor seiner Konsole und sprach leise aber bestimmt in das Mikrofon. Fünfunddreißig Tausend Kilometer tiefer war der Kommandant des Stützpunktes Gibraltar an seinem Platz.

„Verdammt noch mal, Hendriks, ich kann auch nicht hexen!", brüllte der Kommandant im Range eines Admirals. „Unsere Schiffe sind längst ausgelaufen und liegen fünfzig Seemeilen vor Lanzarote. Wir können nicht näher, da die Monsterwelle sonst alle versenkt. Nur auf hoher See sind sie noch sicher, zu nah an der Küste werden sie zerschmettert."

„Dann versucht es doch wenigstens mit Autokoptern oder meinetwegen mit diesen neuartigen Drohnen. Die sollen Liveaufnahmen übermitteln, damit wir uns ein Bild von der Situation machen können."

Admiral McGregor war ein altgedienter Haudegen von siebzig Jahren. Er kannte diesen Hendriks vom OX15W kaum und dachte an einen jungen Streber, der alles besser wissen wollte.

„Was glauben Sie, was wir hier tun?", bellte er. Wir haben die ganze verfluchte Marine in Bewegung gesetzt. Sie versuchen eben jetzt im Süden der Insel zu landen. Wir haben noch keine Ahnung was uns erwartet. Da kann alles Mögliche passieren. Auch dort sind unsere Einheiten durch den Tsunami stark gefährdet."

„Es tut mir leid, Admiral", sagte Hendriks. „Ich zweifle keineswegs daran, dass Sie alles Mögliche tun. Es ist nur, im Norden der Insel ist eine Gruppe Konzertbesucher verschüttet, und wir wissen nicht, wo sie sind und ob sie noch leben. Unsere Sensoren versagen den Dienst bei der Hitze dort unten."

„Na ja, das kann ja heiter werden", entgegnete der Admiral zugänglicher. „Ich rede mit dem Kommandanten der Farragora, sie hat fünf Autokopters an Bord. Er soll einen losschicken und so nah als möglich dort hin."

„Danke Sir!", sagte Hendriks. „Ich warte auf ihren Bericht und hoffe, dass es nicht zu spät ist."

„Na ja, wie sagt man so schön?", brummte der Ältere. „Die Hoffnung stirbt zuletzt. - Wir versuchen alles nur Mögliche." Dann in gewohnter militärischer Art der Befehl: „Nächste Kontaktaufnahme genau in einer Stunde!"

Xenia beobachtete aus den Augenwinkeln, wie der Commander das Mikrofon ablegte und etwas ins Logbuch eintrug. Die Herren der Schöpfung verließen sich voll und ganz auf ihr Können und vertrauten darauf, dass es ihnen gelingen würde, die Hoffnung und die Zukunft zu meistern. Sie selber zweifelte stark daran und dachte dabei an ihre Mutter. Einer ihrer Lieblingssprüche war: „Die Vergangenheit, die kann man bewältigen und verarbeiten, aber die Zukunft kann man nur ertragen."

Xenia berührte sachte das goldene Kreuzchen, welches sie unter dem vorschriftsgemäßen Anzug zwischen ihren Brüsten befestigt hatte. Das Kreuz der damaligen Christen hatte für sie immer noch eine beruhigende Bedeutung. Es stand für eine Zukunft, welche einen Sinn hatte, ohne den Anspruch zu erheben, alles meistern zu können, ja bis hin, sogar in den Tod. Es gab eine höhere Macht, einen Gott, der das zu bestimmen hatte, davon war sie fest überzeugt. Der heutige Trend alles selber zu bestimmen, den Zeitpunkt des eigenen Endes, ja die Entscheidung über die Berechtigung anderer auf Leben, das war ein Trend des Teufels. Auch wenn Religionen offiziell abgeschafft waren, sie glaubte und mit ihr immer mehr nachdenklich gewordene Menschen. Sie verstand ihre Mutter sehr gut, die mit ihren Kräften in die Zukunft blicken konnte, aber um sie zu ertragen, da brauchte es die Gewissheit der Liebe Gottes. Manchmal glaubte sie, das Vermächtnis ihrer Mutter in sich zu tragen und zu sehen, was anderen verborgen blieb. Zweifel zerrissen dann ihre Seele und an einen teuflischen Hokuspokus wollte sie schon gar nicht glauben. Dort, im Dorf am Rande der Wüste, waren solche Praktiken von Zauberei, Wahrsagerei und Voodoo immer noch zu finden. Ihre Mutter war ein Teil davon, aber sie selber wollte nur an die Kraft des einen Gottes glauben und wenn ihr dadurch eine Gabe geschenkt wurde, dann nur in seinem Namen.

Ja, sah sie dort unten in einer Höhle tatsächlich Menschen, die verzweifelt auf Hilfe warteten? War da nicht eine Gestalt, die ihr so nahe stand, dass es sie schmerzte? Wo nur waren sie…?

Erschrocken fuhr Xenia hoch. Über die Konsole gebeugt war sie in ihre Träume versunken. Hastig gab sie neue Koordinaten ein. Die Verschütteten mussten gefunden werden!

Kapitel 8

Als das fürchterliche Krachen und Poltern endlich verstummte und sich der Staub legte, bot sich ein düsteres Bild des Grauens. Minutenlang war es totenstill. Die Menschen lagen oder hockten zusammengekauert in einer Wüste aus Felsen und Schutt. Kaum einer, der nicht irgendetwas abbekommen hatte. Am härtesten schien es Mahud getroffen zu haben. Er stand bei der Explosion auch am nächsten. Ein Felsbrocken prallte gegen seine Schulter, warf ihn um und zertrümmerte Arm und Schlüsselbein.

Der Eingang zum Lager war jetzt frei. Es gab aber keinen Jubel über diesen Erfolg. Wer immer konnte, beteiligte sich am Wegräumen der restlichen Steine. Die Türe war zerschmettert, und ein paar kräftige Fußtritte machten den Weg frei.

Morena suchte unverzüglich nach Verletzten. Im düsteren Licht, welches von weit oben hereinfiel, sahen die Menschen fürchterlich zugerichtet aus. Schrammen, Beulen und Quetschungen waren fast bei allen festzustellen. Die Gesichter waren entstellt durch Dreck und Staub und sahen aus wie gespenstische Masken.

Die Meisten kümmerten sich aber wenig um ihre Verletzungen, sondern drängten nun durch die Türe in den kleinen Lagerraum. Dort war es noch dunkler als draußen. Der Strahl einer Taschenlampe geisterte umher. Ein Regal war umgekippt und hatte alles auf dem Boden zwischen dem Schutt verstreut. Einige knieten im Staub und rissen die Sachen wahllos an sich. Pet-Flaschen mit Mineralwasser waren die beste Beute, wurden geöffnet und gierig ausgetrunken.

„Halt!", schrie Roger und sprang dazwischen. „Halt! Seid ihr alle verrückt! Die Sachen sind für alle!" Er riss Sanders die Flasche aus der Hand und hob drohend die Faust.

Bani kam ihm zu Hilfe: „Zurück!", schrie auch er. „Seid doch vernünftig!"

Endlich kam etwas Ruhe in die verzweifelten Menschen. Langsam realisierten sie ihre Selbstsucht und schämten sich. Morena begann die Vorräte einzusammeln und stapelte sie in einer Ecke. Eine alte Frau half ihr dabei. Diese murmelte dauernd vor sich hin.

„Bitte, meine Liebe", wehrte Morena ab. „Sie müssen nicht helfen, ich schaff das schon alleine. - Wie war denn ihr Name?"

„Ich heiße Elisabeth", antwortete die Frau. „Aber nennen Sie mich einfach Betty. Ich will mich etwas nützlich machen, wenn ich kann."

„Ja, dann. Vielen Dank Betty!", sagte Morena zögernd. „Dann werde ich mich jetzt nochmals um die Verwundeten kümmern. Den Mann mit der Bombe, den hat es ganz schön erwischt."

„Tun Sie das. Ich komme hier schon zurecht, und mit Vorräten, da kenne ich mich aus."

Das war doch die mit dem Modefimmel, fuhr es Morena durch den Kopf. Kannte die sich wirklich mit Mineralwasser, Keksen und Dosenfrüchten aus? - Was soll's, da waren andere, die ihre Hilfe brauchten.

Als sie bei dem verletzten Bomber ankam, war Roger schon da. Der quoll nur so über mit Fragen und Vorwürfen: „Mensch, bist du total verrückt! Warum hast du das getan? Wir könnten alle tot und begraben sein!"

„Sind wir aber nicht", entgegnete Morena, die neben ihm niederkniete. „Lass mich mal sehen, der Mann ist doch schwer verletzt, bitte Roger."

„Schon gut", grunzte Roger und ließ das Licht der Stablampe über den Verletzten wandern. „Die Verletzung am Oberarm ist vermutlich nur äußerlich, aber das Schlüsselbein könnte gebrochen sein. - Haben Sie große Schmerzen?"

Das Gesicht des Mannes war unter der Staubschicht bleich und verzerrt. Er versuchte sich aufzurichten, fiel aber stöhnend zurück. „Ja, verdammt noch mal, es schmerzt fürchterlich. Ich kann mich kaum bewegen."

„Wir müssen den Arm fixieren", sagte Morena. „Wir brauchen mehr Stoff für eine Schlinge. - Eine Notfallapotheke wäre auch nicht schlecht."

Sie stolperte zurück zum Lager, wo Betty mit energischen Gesten alle draußen hielt. „Keiner kommt hier rein, bevor nicht alles erfasst und rationiert ist", knurrte sie.

„Betty!", rief Morena. „Hast du irgendetwas wie eine Notapotheke gefunden, oder einfach Verbandszeug und ein paar Schmerztabletten?"

„Klar", kam die Antwort. „Da ist so eine viereckige Dose, da müsste so etwas drin sein."

„Danke Betty, du bist ein Engel."

Die Angesprochene brummte etwas und wühlte weiter suchend im Schutt.

Während sie Mahud behelfsmäßig fixierten und aufsetzten, stöhnte der Mann laut. „Sei nicht so wehleidig!", fuhr ihn Roger an. „Für einen Terroristen bist du ein richtiger Jammerlappen."

„Ich bin kein Terrorist", entgegnete der Mann leise. „Wir wollen den Menschen doch nichts antun. Wir haben keine andere Wahl."

„Ha, mit einer Maschinenpistole fuchteln? Da hat man keine Wahl?"

„Wir wollten doch niemanden erschießen. Das war doch alles nur Theater. Wir brauchen einfach Geld."

„Ich auch", knurrte Roger. „Aber deshalb nehme ich nicht die ganzen Besucher eines Konzertes als Geisel."

„Señor, Sie verstehen nicht. Unsere Lage ist hoffnungslos."

„Ja, meine auch! Aber deshalb schieße ich nicht gleich dem nächst Besten ins Bein."

„Das wollte ich doch nicht. Es war ein Unfall, die Waffe war nicht gesichert und ging einfach los."

Der Mann stöhnte und sank zurück.

„Bitte!"

Morena konnte nicht weiter zuhören. „Nun hört doch endlich auf!", protestierte sie. „Der Mann braucht jetzt Ruhe. Er kann uns doch nicht weiter schaden, in seinem Zustand."

„Da haben Sie wahrscheinlich Recht. Außerdem hat er uns tatsächlich geholfen. Wir haben ein paar Lebensmittel, die uns etwas Zeit verschaffen. - Ich muss dem Kerl wohl noch dankbar sein."

„Das kann man wohl sagen", meinte Morena versöhnlich. „Betty ist dort drin und ordnet unsere Vorräte."

„Betty?"

„Ja, Elisabeth, die Frau, die den Modezar vergötterte und mit ihrem Mann darüber in Streit geriet. - Der ist, soviel ich weiß, leider dort irgendwo unter den Trümmern."

Roger erschrak. „Wie? Und die ist jetzt dort an der Arbeit?"

Morena nickte nur und wandte sich einem alten Mann zu. „Professor Ferguson! Was ist mit ihnen?"

Der Professor hatte nur ein paar Schürfungen, die schnell versorgt waren. Er saß an einen Felsen gelehnt und murmelte vor sich hin, etwas über Klimaerwärmung und unabwendbarer Folgen. Auf Morenas Unverständnis sagte er: „Wissenschaftlich ist schon seit langem klar, dass so etwas passieren könnte. Die Welt hat sich selber zerstört, indem sie lange bekannte Maßnahmen nicht durchsetzte. Es nützt nichts, jahrelang Konferenzen zu veranstalten und dann doch nichts zu tun."

Nun ja, das hilft uns jetzt auch nicht weiter, dachte Morena und wandte sich Roj zu. Ihr Freund lag mit dem Rücken zur Felswand und befand sich in einem halbwachen Zustand. Hatte er Fieber? Die Stirn war heiß, und er verlangte nach Wasser. Er grinste schwach und sagte: „Ich bin euch keine Hilfe, ich kann nicht gehen."

„Das sollst du auch nicht", entgegnete Morena. „Hast du schreckliche Schmerzen?"

„Es geht schon. Es ist einfach der Durst..."

„Wir haben Mineralwasser gefunden. Gleich wirst du etwas bekommen. Vielleicht finde ich auch eine Schmerztablette."

„Wie geht es den anderen?"

„Es sieht schlimmer aus als es ist", beruhigte Morena. „Schürfungen, Prellungen, Schock und Dreck. Der Verbrecher hat sich wahrscheinlich das Schlüsselbein gebrochen."

„Der hätte gleich zur Hölle fahren können!", krächzte Roj.

Morena zögerte. „Er hat uns aber geholfen. Das Lager ist frei."

„Trotzdem, der Kerl ist gefährlich und gehört ins Gefängnis."

„Ja, Liebling, das gehört er wohl. Aber zuerst müssen wir hier wieder herauskommen. Bis dahin sind wir wohl alle gleich."

„Du nimmst ihn in Schutz? Er hat mir ins Bein geschossen! Wer weiß, ob ich überhaupt je wieder gehen kann."

„Natürlich wirst du wieder gesund. Jetzt ruh dich erst einmal aus. Ich muss Roger helfen."

Sie fand Roger vorne am Rand der Bühne. Die Öffnung über ihnen war inzwischen heller geworden, so dass unten im Schatten die Gestalten besser zu erkennen waren. Neben Roger kauerte Beneton, der Banker. Der Mann schien unverletzt, starrte aber blicklos vor sich hin.

„Ich muss nach Hause", murmelte er. „Der Bericht kann nicht warten, da stehen Milliarden auf dem Spiel. Der Vorstand erwartet mich, ich muss hier raus."

Beneton war völlig durcheinander. Seine blonden Haare hingen ihm in schmutziggrauen Strähnen ins Gesicht, was ihm das Aussehen eines alten Mannes gab. Er versuchte aufzustehen, was ihm aber kläglich misslang. Mit weinerlicher Stimme wiederholte er zum wievielten Male: „Ich muss sofort zurück. London wartet auf mich."

„Nun beruhigen Sie sich doch!", fuhr ihn Roger etwas ungehalten an. „Wir können alle hier nicht raus. Wir müssen warten."

„Ich kann nicht warten! Ich will nicht! Nun lasst mich endlich gehen!" Beneton rappelte sich erneut hoch, es gelang ihm gerade, auf die Knie zu kommen. Ziellos kroch er umher und schrie immer lauter: „Ich will raus…! Raus…"

„Er hat einen Schock…", begann Morena, da hatte Roger aber schon zugeschlagen. Er gab dem verwirrten Mann eine klatschende Ohrfeige und rüttelte ihn grob.

„Stehen Sie auf, Sie Jammerlappen!", schrie er ihn an. „Sie sind nicht er Einzige hier. Helfen Sie dort einen Liegeplatz für die wirklich Verletzten zu schaffen. Suchen Sie Tücher, Polster oder was auch immer, um es ihnen bequemer zu machen."

„Ja, ja…ja", knurrte der so Angefahrene und rappelte sich hoch. „Ich mach ja schon." Er blickte verärgert auf Roger und rieb sich die Wange. Dann schüttelte er den Kopf und machte sich an die Arbeit.

„War das notwendig?", fragte Morena zögernd.

Roger grinste. „Na ja, Auf jeden Fall hat's gewirkt. In so einer Situation kann man nicht wählerisch sein."

„Im Grunde hatte er aber Recht. Wir müssen hier irgendwie raus."

„Stimmt", knurrte Roger. „Die Gefahr ist lange nicht vorbei. Ein neues Beben könnte uns definitiv begraben. An einen Wassereinbruch oder an heiße Lava will ich gar nicht denken. So oder so, der Teufel wird uns ganz rasch holen."

„Lass den Teufel aus dem Spiel! - Gibt es denn keine Möglichkeit…?" Dabei blickte Morena mutlos in die Höhe. „Da kommen wir nie hinauf."

„Nein", stimmte Roger zu. „Da kommt niemand hoch, selbst wenn wir die notwendige Kletterausrüstung, Haken, Seile und Karabiner, hätten. - Die haben wir aber sowieso nicht."

„Und die Ausgänge?"

„Haupt- und Notausgang sind eingebrochen und zugeschüttet. Ja, wir müssen das nochmals ansehen. - Vielleicht mit vereinten Kräften…"

Kurze Zeit später tasteten sie sich in der beinahe völligen Dunkelheit dem Felsen entlang, über riesige Brocken und Bergen von Gestein. Bald erkannten sie: Es war unmöglich.

„Selbst mit schwerem Gerät, wir Bagger und Kompressoren, unmöglich, mit bloßen Händen, das schaffen wir nie", fasste Roger zusammen.

„Und das Dynamit?", wagte Morena vorzuschlagen.

„Daran hab ich auch schon gedacht", erwiderte Roger. „Aber ich denke, wir könnten uns gleich selber in die Luft sprengen. Das braucht viel zu viel, so dass die ganze Grotte einstürzen würde. - Nun ja, ich könnte mal unseren Experten fragen."

„Aber können wir dem vertrauen?"

Roger überlegte eine ganze Weile. „Ich denke, der wird keine krumme Tour mehr wagen. Auch er muss hier raus, und außerdem ist er ja behindert. - Nur, ich weiß nicht, ob er so etwas wirklich beurteilen kann."

„Irgendwie scheint mir dieser, wie heißt er schon…?"

„Mahud."

„Dieser Mahud scheint nicht so richtig ins Bild eines gefährlichen Terroristen zu passen. Außerdem hat er uns schon geholfen."

Dieser Gedankengang hatte Roger schon seit einiger Zeit beschäftigt. Schon von allem Anfang an wirkte der Überfall stümperhaft. Wie konnte so einer mit einer alten Maschinenpistole herumfuchteln, wenn es doch moderne, viel effektivere Waffen gab. Natürlich waren die knallenden Schüsse gegenüber lautlosen Lasern im Moment viel effektiver und erschreckten die Opfer dramatisch. Aber auch die Bombe passte nicht ins Bild. Ein wirklicher Terrorist hätte die sichtbar umgeschnallt und würde sich im entscheidenden Moment wohl auch in die Luft sprengen. Dieser hier war ein Amateur. Aber auch Amateure konnten gefährlich sein.

„Ich werde mit ihm reden", brummte Roger. „Aber mit Sprengen werden wir wohl kaum etwas erreichen. Viel wichtiger scheint mir, dass Hilfe von außen kommt. Kurz vor der Katastrophe hatten wir Kontakt mit dem Satelliten OX15W. Die haben natürlich alles mitbekommen und suchen uns jetzt. Das heißt, wenn sie überhaupt an Überlebende denken. Sie haben hochempfindliche Sensoren zur Verfügung und sollten uns eigentlich rasch entdecken."

Er staunte selber über seinen Optimismus, war doch überhaupt nicht sicher, dass sie in dieser Gruft entdeckt werden konnten. Die Transcoms sprachen eine andere Sprache. Keines der Geräte hatte bisher auf irgendeine Verbindung reagiert.

„Unterdessen sollten wir uns aber den hinteren Ausgang vornehmen, und sehen, ob da vielleicht doch eine Möglichkeit hinauszukommen besteht."

Mittlerweile hatten alle die Ernsthaftigkeit ihrer Lage erkannt und folgten, soweit sie in der Lage waren, Roger zum verschütteten Seiteneingang. Berge von Schutt und Felsen türmten sich auf, trotzdem begannen die Menschen sofort mit der Arbeit. Sie versuchten das Trümmerfeld zu räumen, schleppten zuerst die kleineren Steine zur Seite und bildeten eine Kette, um das Geröll von der Bühne zu schaffen. Es sah aus, wie wenn Gespenster im düsteren Licht einen makabren Reigen veranstalten würden. Bald erlahmten die Kräfte und immer öfter ließ jemand einen Brocken fallen oder fluchte hemmungslos, wenn er sich an den scharfen Kanten verletzt hatte. Man schaffte wohl den vordersten Schutt zur Seite, aber an die eigentlichen, die schweren Brocken, kamen sie nicht. Zudem stieg das Risiko, dass ein unterhöhlter Fels abstürzte und den vordersten Mann erschlug. Bald gaben die Ersten auf und pflegten notdürftig ihre wunden Hände. Es war zwecklos. Nur einer kniete immer noch vor dem Felsenberg und zerrte an den Blöcken. Beneton, der junge Banker riss sich weiter die Finger auf.

„Wir müssen raus!", murmelte er und lauter: „So macht doch weiter, wir müssen raus…"

Morena kniete sich neben ihn und berührte seine Schulter. „Lassen Sie es gut sein, Mr. Beneton. Wir müssen eine andere Möglichkeit finden."

Ein Stein fiel polternd herunter und verfehlte die Beiden nur knapp. Morena zog den Mann weg. „Kommen Sie, da vorne ist es sicherer. - Ruhen Sie sich aus."

Später scharte sich die Gruppe um den Eingang zum Lager. Dort hatte Betty das Heft in der Hand und verteilte kleine Rationen von Wasser und jedem zwei Biskuits.

„Wenn wir sparsam sind, reicht es vielleicht drei Tage", verkündete sie. „Ein Festmahl gibt es dann erst wieder draußen."

Morena staunte ob dem Sarkasmus und der Tatkraft der alten Frau. Sie hatte diese völlig falsch eingeschätzt. Von der kneifenden Dame, welche ihren Mann herumkommandierte, war nichts mehr zu entdecken. Obwohl der Letztere irgendwo dort vorne tot unter den Trümmern lag, leistete sie Gewaltiges und hatte die gefundenen Vorräte ordentlich gestapelt und gezählt. Ein Quartiermeister der Armee hätte es nicht besser machen können. Es war auch Betty, die in einem ruhigen Moment Roger beiseite nahm und ihm nahelegte, dass das Lager gesichert werden müsse. Würde ihre unglückliche Situation länger andauern, musste man mit Übergriffen rechnen, dann, wenn die Menschen ums nackte Überleben kämpften.

„Ja, ich verstehe durchaus, liebe Frau", sagte Roger. „Noch sind wir nicht so weit und natürlich hoffe ich, dass wir vorher gerettet werden. Dennoch, ich danke ihnen für ihre Hilfe."

Als der Abend nahte, rief Roger die Gruppe in der Nähe der Verletzten zusammen. „Bevor es dunkel wird, und ich versichere euch, ihr werdet bald nicht einmal mehr die Hand vor den Augen erkennen, möchte ich euch allen für die gute Haltung in unserer Situation danken. Leider haben wir bis jetzt keinen Ausweg gefunden, noch haben wir Kontakt mit draußen herstellen können. Das Letztere ist aber sicher nur eine Frage der Zeit. Man wird uns finden, und bis dann müssen wir tapfer und geduldig sein. - Ein paar Regeln müssen aber unbedingt eingehalten werden. Verpflegung ist äußerst knapp, und die Ausgabe macht Betty. Sie hat das ja bereits übernommen. Eine andere, etwas peinliche Angelegenheit: Verrichten Sie bitte ihre Notdurft möglichst weg von der Gruppe, aber bringen Sie sich dabei, besonders nachts, nicht in Gefahr. Taschenlampen sind nur im äußersten Notfall zu brauchen. Schonen Sie ihre Kräfte und versuchen Sie zu schlafen. - Sind noch Fragen?"

„Ja, doch", meldete sich Morena. „Haben wir etwas gegen die Kälte? Roj wird sicher frieren."

„Das könnte sein", antwortete Roger. „Seine Verletzung und der Blutverlust wird ihm zu schaffen machen. Wir haben aber leider keine Decken."

„Er kann meine Jacke haben", sagte Professor Ferguson sofort. „Ich brauche sie nicht. Glücklicherweise ist diese Lavahöhle das Beste an Isolation, das man sich denken kann. Es wird hier drin kaum merklich abkühlen."

„Genau", bestätigte Roger. „Danke Herr Professor. - Wie steht's mit Mahud? - Auch der ist verletzt."

Keiner meldete sich, und Roger wurde schmerzlich bewusst, dass die Hilfsbereitschaft für einen Bösewicht verschwindend klein war. Er selber nahm sich da nicht aus, auch er hatte wenig Erbarmen mit dem Mann, obwohl der ihnen letztlich doch sehr geholfen hatte. Es lag wohl im Wesen der Menschen, dass sie nachtragend waren und eine Sinnesänderung nur zögernd und mit Vorsicht verfolgten. Er konnte ja auch nicht helfen. So wünschte er eine gute

Nacht und suchte sich einen Platz, wo er seine Beine ausstrecken konnte.

An Schlaf war nicht zu denken. Rogers Gedanken spielten verrückt. Solch lange Reden und die Übernahme der Führung war überhaupt nicht sein Ding. Viel mehr möchte er sich aus allem heraus halten, aber die Aufgabe schien ihm einfach zuzufallen. Er hatte sich, der großen Gefahr bewusst, eingemischt und war jetzt mitgefangen. Es blieb ihm gar keine Wahl, er musste sehen, dass hier alle heil hinaus kamen. Er war sich durchaus im Klaren, dass die jetzt noch ruhige Situation eine fragile Sache war. Wie leicht konnten sich die Gemüter erhitzen, wenn es um Wasserrationen, Nahrung oder schlicht und einfach um aufsteigende Angst ging.

Angst und Verzweiflung, das waren völlig unberechenbare Faktoren. Sie konnten dort ausbrechen, wo man sie am allerwenigsten erwartet. Diese Erfahrung hatte er in seinem Leben schon einmal gemacht und war völlig unvorbereitet getroffen worden. Ohne Vorwarnung hatten sie zugeschlagen und hatten ihn gnadenlos in ein Loch der Leere und Hoffnungslosigkeit geworfen. Seine Gefühle lagen zerschmettert vor ihm, und es war schier unfassbar, wie sie ihn derart überwältigen konnten.

Nein, eigentlich stimmte das alles nur zum Teil. Nicht die Angst, sondern die mögliche Gefahr war zuerst da, sie lauerte wie ein Raubtier im hohen Gras, wissend, dass das sorglose Opfer eine leichte Beute werden würde. Als sie dann aber zuschlug, war es wie der gnadenlose Biss der Bestie, brutal und tödlich. Die Liebe lag erwürgt und erlegt vor ihm, ohne Gnade oder Chance. Die Angst kam erst viel später, als er sich fragte, wie es weitergehen sollte, ob noch etwas zu retten war oder ob danach eine neue Beziehung je wieder Sinn machen würde. Seine Bereitschaft für wahre Liebe schien für immer verloren.

Fast wäre er zerbrochen, sah keinen Sinn mehr und die Zweifel nagten an seiner Seele wie ein Krebsgeschwür. Nie würde er fähig sein, sich einer anderen Frau zu nähern. - Bis er Maria kennenlernte. Aber da schlug die Angst erst Recht zu. War es richtig, was er da machte, konnte er Maria wirklich lieben? Sie war so lebendig, attraktiv und sorglos. Eine Studentin, die das Leben in vollen Zügen genoss. Die schöne Frau schmeichelte ihm, und er genoss es, die neidischen Blicke der Kommilitonen zu sehen, wenn er mit ihr frühzeitig von der Party verschwand. Der Sex war gut, aber am anderen Tag kroch diese Angst leise wieder in seine wirren Gedanken, dass er eigentlich nicht richtig liebte. Liebe, das war doch etwas viel Größeres. Er konnte es nicht erklären. Liebe, das war für ihn einfach - Xenia.

Wann immer er, wir jetzt, die Augen schloss, tauchte das Bild der geliebten Frau auf. Ihre dunklen Augen mit den glänzenden Sternen schienen ihn magisch anzuziehen. Ihr Schimmer war wie eine Verheißung des Glücks, das tief in seine Seele eindrang. Samte dunkle Haut und ein keck geschwungener Mund, der zum Küssen lockte. Xenia war eine anmutige Frau, mit einer Figur, nach der sich die Männer umdrehten. Sie war aber eine zurückhaltende und scheue Person und versuchte, den Avancen der Männer auszuweichen. Roger rettete sie eines Abends in einer Bar aus den Fängen eines aufdringlichen Freundes und brachte sie beschützend zurück zum Campus.

„Danke!", sagte sie mit einem Lächeln, das ihn elektrisierte.

„Gerne!", stammelte er verlegen.

Roger wusste danach selber nicht, wie er es bewerkstelligt hatte, dass sie ihm ein nächstes Treffen erlaubte. Von dem Moment an war es um ihn geschehen und eine herrliche Zeit brach an. Es folgten unbeschwerte Monate, bis das Unheil plötzlich hereinbrach.

An einem trüben Novembertag, sie hatten sich in der Kantine verabredet, erschien Xenia mit steinernem Gesicht. Sie setzte sich schweigend Roger gegenüber. Alles Licht schien aus ihren Augen erloschen, und die Lippen presste sie zu einem schmalen Strich zusammen. Sie hatte eine Stricknadel in der Hand und ließ diese auf den Tisch fallen.

„Kann ich dir etwas aus dem Autoservo holen?", begann Roger vorsichtig.

„Nein danke!", antwortete sie. „Ich bin nur hier, um dir das zu geben."

„Was ist das?"

„Eine Nadel."

„Und wofür brauche ich das?", wunderte Roger sich.

„Das ist dein Tod. - Mein Mutter hat es geschickt."

Roger grinste. „Ein Witz! - Ja, etwas makaber, aber eben, ein Witz."

„Oh nein!", rief Xenia. „Es bedeutet, dass wenn wir zusammen bleiben, wirst du durch diese Nadel sterben. Deshalb werde ich dich ab jetzt nie mehr sehen."

Nun wurde es Roger zu bunt. „So hör' doch auf mit diesem Quatsch. Deine Mutter, wo lebt sie schon wieder, in Mauretanien, sie kann solchen Hokuspokus von mir aus glauben, aber wir hier halten doch nichts von solchem Voodoo Zeugs."

„Willst du es draufankommen lassen?", sagte Xenia leise. „Ich jedenfalls weiß, dass meine Mutter keine Schwindlerin ist."

„So einen Blödsinn habe ich noch nie gehört. Wir leben Ende des einundzwanzigsten Jahrhunderts und so etwas gibt es einfach nicht. Du studierst Mathematik, Physik und Geologie, alles Fächer von ausgeprägter realer Wissenschaft. Du kannst doch unmöglich so etwas glauben. Komm, lass uns einen Ausflug machen, ich habe heute nachmittags frei genommen."

Sie ließ sich ohne Widerrede dazu bewegen, aber der Ton ihrer Beziehung hatte sich verändert. Sie blieb schweigsam, in sich gekehrt, und die fröhliche Studentin existierte nicht mehr.

Ein paar Wochen danach klagte Roger über Schmerzen in der Brust. „Eine Erkältung", erklärte er sorglos.

Als die Symptome schlimmer wurden und ein besuchter Arzt keine genaue Diagnose stellen konnte, kroch die Angst langsam in ihm hoch. Er weigerte sich aber standhaft, an den Quatsch von Xenias Mutter erinnert zu werden. Die Tage vergingen, und Roger schlich gequält und lustlos herum. Die Stiche in der Brust nahmen zu.

Zwei Tage später war Xenia spurlos verschwunden.

Kapitel 9

Erneut lamentierte Beneton über die katastrophale Situation in welche ihn dieses Eingeschlossensein bringen würde. Seine Karriere sei unwiederbringlich zerstört, und die Verluste würden mit jeder Stunde ins Unermessliche steigen.

Morena, welche das Gejammer aus der Nähe mit anhören musste, reagierte genervt: „Nun hören Sie endlich auf! Wir sind alle in der gleichen Notlage, Sie sind nicht der Einzige. Sie haben keine Verletzungen und leben. Seien Sie dafür dankbar. Roj geht es bedeutend schlechter und auch Mahud ist nicht zu beneiden."

„Soll ich vielleicht Erbarmen mit diesem Lump haben?", knurrte Beneton. „Der hätte ruhig vor die Hunde gehen können…"

„Genug!", bellte Morena zornig. „Legen Sie sich irgendwo zum Schlafen hin, und schweigen Sie endlich!"

Die Dunkelheit nahm nun rasch zu, und die Umrisse der Menschen verschwanden zunehmend. Morena ließ sich neben Roj nieder und strich ihm zärtlich über Stirn und Haar.

Erschrocken fuhr sie zurück. „Du glühst ja richtig", flüsterte sie besorgt. „Du hast Fieber."

„Mir ist eher kalt", widersprach der Verletzte tapfer. „Aber das ist nicht so schlimm."

„Schmerzt dein Bein sehr?"

„Es geht schon. Wie stehen unsere Chancen hier heraus zu kommen? - Was sagt dieser Roger?"

„Er meint, dass man sicher bereits nach uns sucht", versuchte Morena zu beruhigen. „Schlaf jetzt, in der Nacht können wir sowieso nichts tun."

„Ja, bleib du bei mir, in der Nähe."

„Natürlich Liebling. Ich bleibe bei dir. Es wird sicher alles wieder gut."

Sie kuschelte sich an ihren Liebsten und versuchte ihn zu wärmen. So lagen sie in der Dunkelheit, aber keiner konnte den Schlaf finden. Morenas Gedanken jagten sich wild. Wenn sich Rojs Verletzung entzündete, und die Wahrscheinlichkeit stand hoch, da anzunehmen war, dass die Kugel noch im Bein steckte, dann wurde die Zeit knapp. Sie hatten weder Desinfektionsmittel noch Antibiotika zur Hand, und an eine Operation war überhaupt nicht zu denken. Während ein Beneton über ihre Gefangenschaft nervenaufreibend jammerte, hatte sie weit mehr Sorgen um Roj und um die Möglichkeit, ihn in ärztliche Behandlung zu geben. Sein steigendes Fieber deutete darauf hin, dass ihnen nicht mehr viel Zeit blieb.

Irgendwann in der Nacht bebte die Erde erneut und riss alle hoch. Eine Frau schrie auf und versank in ein Schluchzen. In der Dunkelheit saßen sie starr und hatten keine Ahnung, ob die Felsen über ihnen standhalten würden. Wie ein unsichtbares Damoklesschwert schwebte es über ihnen, und keiner wusste, ob sich nicht sein Schicksal in der nächsten Sekunde besiegeln würde. Morena warf sich über Roj in der sinnlosen Absicht ihn zu schützen, oder vielleicht einfach, dem Tod gemeinsam entgegenzutreten.

Das unterirdische Grollen versiegte langsam, und die Menschen atmeten auf, waren aber darauf gefasst, weiteres Unheil zu erfahren. Eine Bewegung unmittelbar neben sich ließ Morena auffahren. Was war das? Roj lag still. War einer der anderen Eingeschlossenen herangekrochen? Plötzlich flammte ein schwaches Licht auf und erleuchtete die teuflische Fratze eines unbekannten Mannes.

Morena schrie gellend auf. Keine drei Meter entfernt war jemand, der wie ein Gespenst mit wirren Augen auf sie starrte. Im gleichen Moment stürzte die Dunkelheit erneut über sie herein. Morena schrie nochmals, lauter, voller Angst.

„Bitte…", krächzte jemand flehend. „Ich…, ich tue keinem etwas."

„Hilfe! Roger helfen Sie mir!", schrie Morena weiter. „Da ist jemand!"

Nach einer Ewigkeit geisterte plötzlich der Strahl einer Taschenlampe heran. Er blendete Morena, fuhr weiter und blieb abrupt stehen.

„Tatsächlich, da ist einer", krächzte Roger. „Ganz ruhig Morena, der ist nicht in der Lage ihnen etwas anzutun."

Während Morena sich an Roj klammerte, umrundete Roger die Beiden und kauerte neben der Gestalt hin. Er lenkte den Strahl der Taschenlampe über den Mann und versuchte festzustellen, was mit ihm war. Er kannte ihn nicht. Er schien klein und schwach zu sein. Sein Gesicht wirkte hilflos und verängstigt. Schmutz und Staub bedeckte seine Haare, seinen Körper und die Glieder. Er streckte die Arme kraftlos aus und versuchte das blendende Licht abzuwehren. Erschrocken sah Roger die völlig aufgerissenen Hände, die abgebrochenen Fingernägel und die blutigen Hautfetzen. Der Mann war am Ende seiner Kräfte und sank zurück.

„Wer sind sie?", murmelte Roger, ohne eine Antwort zu erwarten. „Ich kenne Sie nicht. Woher kommen sie?"

„Ich… Andoni…, ich bin…" Die Stimme versagte.

Das Licht erlosch und Roger sagte in Richtung Morena: „Er ist wahrscheinlich bewusstlos. Es ist schwierig in der Dunkelheit festzustellen, was mit ihm ist. Ich will kein Risiko eingehen und bleibe hier neben ihm."

„Ist er schwer verletzt?", fragte Morena.

„Ich kann nichts wirklich feststellen, außer an seinen Händen scheint er unversehrt."

„Vielleicht einer der sich versteckt hielt?"

„Könnte sein, aber ich glaube eher, dass der irgendwo verschüttet war, so wie der aussieht. Morgen werden wir sicher mehr erfahren."

„Ja, wenn er dann noch lebt…"

„Ja, wenn…", brummte Roger. „Es wird eine lange Nacht werden. - Versuchen Sie doch wenigstens etwas zu schlafen."

Ein frommer Wunsch, dachte Morena. Wie konnte sie an Schlaf denken, wenn dort, wenige Meter entfernt, in der Dunkelheit ein unbekannter Mann lag. Sie hatten keine Ahnung, woher er kam und was mit ihm war. Gehörte er vielleicht zu den Terroristen? War er harmlos und war nach so langer Zeit einfach aus dem Schutt gekrochen? Dort vorne lagen wohl noch Hunderte unter den Felsmassen, erschlagen und tot. Würden jetzt plötzlich die Toten hervor gekrochen kommen und ihr Recht einfordern? Da draußen war ein riesiger Friedhof. Das Grauen schüttelte Morena. Würden sie alle bald auch dazugehören und einfach etwas später dem großen Totenzug folgen?

Es konnte aber auch ganz anders sein. Eine Auferstehung, ein Zeichen Gottes, welches Hoffnung und Leben versprach. Morena hatte sich Zeit ihres Lebens kaum um so etwas wie den christlichen Glauben gekümmert. Bei dem war doch die Rede von einem Heiland, der auferstanden war…

Die Nacht zog sich dahin, und als der erste Schimmer von Licht durch die weit oben liegende Öffnung drang, waren alle hellwach und starrten mit müden Augen um sich. Die Schatten zeichneten ein Bild von Trostlosigkeit, von Gestalten, die Gespenstern gleich herumsaßen oder dalagen und mit den Konturen der schwarzen Felsbrocken verschmolzen.

Roger saß wie versteinert an seinem Platz. Erst jetzt entdeckte Morena, dass er die Maschinenpistole in seinem Schoss hatte. Roj schien in einen unruhigen Schlaf gefallen zu sein. Sie löste sich vorsichtig von ihrem Liebsten und kroch neben Roger.

„Denken Sie der Mann ist gefährlich?", flüsterte sie und deutete auf die Waffe.

Roger zögerte. „Eigentlich nicht", antwortete er. „Aber ganz können wir nicht ausschließen, dass er doch zu den Geiselnehmern gehört. Sein Name, Andoni oder - Antony, was auch immer, lässt seine Herkunft kaum erraten. Seine Kleidung ist total zerrissen und verschmutzt, war aber eher etwas Teures. Er kann ein harmloser Konzertbesucher sein oder aber ein gefährlicher Terrorist. Ich sehe mich einfach vor."

„Seine Hände müssen versorgt werden."

„Ist da noch Verbandsmaterial?"

Morena nickte. „Wenig“, sagte sie und holte die Blechkiste mit der Notapotheke.

Sie versuchte die Wunden notdürftig zu reinigen, als der Mann zusammenzuckte und stöhnend den Kopf hob.

„Oh, Sie sind wach!“, entfuhr es Morena. „Es wird schmerzen, aber ich versuche die Hände zu verbinden. - Was haben Sie denn da gemacht?“

„Ich bin heraus…“, stammelte der Verletzte. „Ich war bewusstlos. - Wo bin ich?“

„Bleiben Sie ganz ruhig“, sagte Morena und wickelte Stoff um die verletzte linke Hand. „Haben Sie noch mehr Schmerzen? Können Sie aufsitzen?“

Er stemmte sich hoch und blickte verwirrt um sich. „Mein Kopf…“

„Vermutlich eine Gehirnerschütterung“, sagte Morena und beendete ihre dürftige Erste Hilfe.

Mittlerweile waren auch andere der Eingeschlossenen aufmerksam geworden. Sie versammelten sich um den Verletzten und begannen zu argumentieren.

Roger griff ein: „Kennt ihn jemand?“

In stummer Verneinung verharrten alle schweigend. Einige kamen näher und schüttelten den Kopf. Ein Unbekannter, ein Fremder. Und dann gleich die große Frage: Woher kam dieser Mann? Wie konnte es sein, dass er erst jetzt nach sechsunddreißig Stunden auftauchte? Das war doch verdächtig!

„Das ist sicher ein Kumpan des Verbrechers dort hinten“, rief ein Mann.

„Der hat sich doch versteckt!“

„Warum sagt er nicht was er im Schilde führt!“

„Wir wollen hier raus! Da soll uns ja keiner daran hindern!“

Die Stimmen wurden immer lauter und es stand zu befürchten, dass die verängstigen, übermüdeten Menschen sich selber vergaßen und einen vielleicht Unschuldigen angreifen wollten. Roger wusste nicht so Recht, wie er dem Einhalt gebieten sollte. Da kam ihm von unerwarteter Seite Hilfe.

„Es ist Zeit für eine Essensration!“, rief Betty und stellte sich am Eingang zum Lager bereit. „Bitte, einer nach dem anderen.“

„Nein, mehr gibt es nicht!“, wehrte sie kurz darauf die Andrängenden ab. „Seien Sie doch vernünftig.“

Roger und Morena atmeten erleichtert auf, doch die Sorgen erreichten sie sofort wieder. Roj war erwacht und schien völlig verwirrt. Er glühte vom Fieber und phantasierte. Morena untersuchte, so gut es im fahlen Licht möglich war, die Schussverletzung und erschrak. Die Wunde war entzündet und die Röte breitete sich bis zum Knie aus.

„Er wird sterben, wenn wir nicht bald hier raus kommen“, sagte sie verzweifelt zu Roger. „Ich kann überhaupt nichts tun. Ich hab nicht einmal Wasser, um seine heiße Stirn zu kühlen.“

„Holen Sie ihre Rationen!“, riet Roger. „Die letzten Tropfen Wasser gibt es vor allem für die Verletzten. Kein Wasser, das ist unsere grösste Sorge. Ja, ich muss mich sofort um Verbindung mit der Außenwelt bemühen, aber erst muss ich das mit diesem Antony klären.“

Während Morena sich zu Betty durchdrängte, wandte sich Roger an den Fremden. „Wie geht es ihnen? Haben Sie Schmerzen?“

„Es geht“, antwortete dieser. „Mein Hände…“

„Ja, die haben wir so gut es ging versorgt. - Können Sie aufstehen, Antony?“

„Andoni“, korrigierte der Fremde. Er setzte sich auf. „Was ist denn hier los? Wo bin ich?“

„Wir sind hier in der Konzerthöhle verschüttet und eingeschlossen“, erklärte Roger. „Erinnern Sie sich was passiert ist?“

„Konzert?... verschüttet? Was für ein Konzert?“

„Alles der Reihe nach“, beruhigte Roger. „Wer sind Sie und woher kommen sie?“

„Ich bin Andoni…“

„Und, weiter?“

„Was?“

„Weiter, wie noch und was sind sie?“ Roger wurde langsam ungeduldig.

Andoni schien sich zu mühen, brachte aber kein Wort heraus.

„Los, erzählen Sie schon!“

„Ich weiß nicht… Was machen wir hier?“

„Wir versuchen gerade zu erfahren wer Sie sind. - Vielleicht ein Freund dieses Mahuds?"

„Mahud…?

„Ja."

„Ich kann mich nicht erinnern. - Wer ist Mahud?"

„Sie erinnern sich nicht?", fragte Roger zweifelnd.

„Nein, ich habe keine Ahnung. Ich weiß nur, dass ich vorhin dort hinten aus dem Schutt gekrochen bin. Hab' Stimmen gehört. Musste mich mit den Händen…"

Langsam schien er die Situation zu begreifen. „Wir sind hier eingeschlossen. - Mein Gott! - Warum?"

„Sie erinnern sich wirklich nicht? - Aber den Namen, Andoni, an den erinnern Sie sich? Und wie heißen Sie weiter?"

„Weiß ich nicht. - Andoni, ja, Andoni…"

„Wie weiter?"

Ein schwaches Kopfschütteln begleitet von einem Stöhnen.

„Sie haben Kopfschmerzen?"

„Ja, es pocht hier drin wie verrückt."

Roger zögerte. „Bleiben Sie hier sitzen, ich hol' ihnen etwas Wasser."

Mittlerweile war Morena zurück bei Roj, gab ihm behutsam etwas zu trinken und versuchte seine Stirn zu kühlen. Verzweifelt blickte sie auf und versuchte die Tränen zu unterdrücken. Der Mann gegenüber beobachtete sie.

„Ihr Freund?", stellte Andoni leise fest.

„Ja", sagte Morena bedrückt. „Er hat hohes Fieber."

„Er muss ins Krankenhaus."

„Ja", antwortete sie mutlos. „Ja, wenn wir könnten. Hier kommen wir nie raus, und wenn doch, dann ist es für Roj zu spät."

„Nur den Mut nicht verlieren. Sie sind ja nicht allein", tröstete Andoni.

Roger hatte die letzten Worte mitbekommen und sagte, während er Andoni eine Flasche reichte: „Er hat Recht, Morena. Ich werde nochmals versuchen Kontakt mit dem Satelliten herzustellen. Bleiben Sie hier und passen Sie auf."

Mit diesen Worten deutete er auf die Maschinenpistole und legte sie auf der gegenüberliegenden Seite neben Roj auf den Boden, Sie war damit außer Reichweite des Fremden.

Morena schüttelte den Kopf. „Ich kann mit so etwas überhaupt nicht umgehen."

„Natürlich", sagte Roger. „Es ist aber ganz einfach, entriegeln und abdrücken. Außerdem glaube ich nicht, dass Sie die Waffe brauchen werden. Unser Gast scheint ungefährlich. Er hat nur sein Gedächtnis verloren."

„Er kann sich an Nichts erinnern?"

„Ja, außer seinem Namen weiß er Nichts mehr. - Sagt er. Er klagt auch über Kopfschmerzen."

„Es geht schon", warf Andoni ein. Er hatte alles mitbekommen. „Seien Sie unbesorgt, ich bin sicher nicht gefährlich."

„Gut", antwortete Morena. „Legen Sie sich einfach hin, ihr Kopf braucht Ruhe und außerdem können Sie hier sowieso nichts anderes tun. Versuchen Sie zu schlafen."

Roger wandte sich ab und ging zur Nische, wo er die Transcoms in der Nacht versteckt hatte. Er überlegte, OX15W war doch direkt über ihnen positioniert. Es müsste doch gelingen, dessen Peilungen aufzufangen und mit einem Transcom zu koppeln. Das Problem war, dass sie in der Grotte, auf der Bühne, nicht direkt unter der Öffnung der ehemaligen Kuppel waren. Er musste also dort hinaus und über die riesigen Felsen klettern. Ein Versuch war es wert.

Roger war sich keineswegs sicher, ob er es schaffen konnte. Die Felsen lagen so bizarr hoch aufgetürmt vor ihm. Lähmende Schwäche lauerte in seine Knochen, so dass er fast den Mut verlor. Trotzdem versuchte er einen der vordersten Ungetüme zu überklettern. Es musste sein, es waren nur wenige Meter. Die aber schienen unüberwindlich. Kaum hatte er den ersten Felsen erklommen, klaffte eine riesige Lücke vor ihm auf. Das Dunkel darunter war gespenstisch und bodenlos. Er sprang in blindem Vertrauen, klammerte sich fest und zog sich hoch. Noch eine schräge Flanke und ein Haufen Schutt. Wie weit noch? Mehrmals rutschte er ab und fand sich in einer Grube oder einem Loch wieder. Obwohl er nur wenige Meter von der Gruppe entfernt war, fühlte er sich alleingelassen, hilflos um das Überleben kämpfend. Waren alle seine Bemühungen zum

Vornherein schon zum Scheitern verurteilt? Konnte er die richtige Stelle überhaupt finden, auch erreichen oder blieb er, eingeklemmt und kraftlos gefangen, dem Tode ausgeliefert, hier draußen liegen. Er war schon völlig erschöpft. Der Wunsch, einfach aufzugeben oder umzukehren war übermächtig. - Nein, er durfte nicht aufgeben. Da warteten mehr als zwei Dutzend Menschen und hofften auf ihre Rettung. Er klammerte sich an Ritzen, schürfte sich die Hände auf und zog sich hoch. Er fasste den nächsten Vorsprung, kämpfte sich hoch und erreichte eine kleine Platte. Dort kauerte er und rang um Atem. Er musste weiter, das reichte nicht. Die nächsten Klimmzüge brachten ihn aus einer Spalte heraus, aber schon stand er vor dem nächsten Hindernis. Ein Fels, so groß wie ein Haus, versperrte den Weg. Er versuchte ihn zu umgehen, schaffte es hart an einem riesigen Abgrund vorbei und fand sich endlich auf einer Fläche, welche sich anscheinend direkt unter dem Loch in der Decke befand. Dort sank er zu Boden.

Es dauerte eine ganze Ewigkeit, bis Roger sich wieder aufrappelte. Er blickte nach oben und betete, dass seine Überlegungen zutrafen und eine Verbindung mit dem Satelliten durch dieses Loch möglich war. Das düstere Licht war nicht viel besser als in der Grotte, aber Roger konnte doch die verschiedenen Transcom, welche er vor sich ausbreitete, erkennen. Er versuchte das Erste, musste aber bald feststellen, dass die Batterie völlig leer war. Auch mit Nummer zwei hatte er kein Glück. Es war unmöglich irgendeine Verbindung herzustellen. Es war zum Verzweifeln, es war einfach niemand da, der die Signale empfangen könnte. Es war, wie wenn die Insel Lanzarote, und mit ihr die ganze Welt, einfach ausgelöscht wären. Wie konnte es sein, dass wirklich niemand mehr in der Nähe war. Roger versuchte es mit dem internationalen Notruf, der eigentlich über alle Frequenzen hinweg zu empfangen war. Keine Antwort. Das Gefühl der Verlassenheit fraß sich in ihn hinein. Er lehnte sich an den Felsen und dachte verzweifelt an die Menschen, für die es jetzt kaum eine Hoffnung gab. Sie würden alle umkommen. Sie hatten kaum Wasser und Nahrung, innerhalb weniger Tage würden sie, wenn sie Glück hatten, langsam hinüber dämmern. Ja wenn, viel eher war, dass ein dämonischer Kampf um die letzten Tropfen und Krümel ausbrechen würde. Ein Aufbäumen, welches jeglicher

Menschlichkeit entbehren würde. Niemand konnte voraussehen, wie sich die Menschen in so einer Situation verhalten würden. Er, Roger, wusste ja von sich selber nicht was er im letzten Moment machen würde. Konnte man wirklich in Würde das Unabwendbare hinnehmen und auf den letzten Atemzug warten, oder würde auch er sich bis zum Letzten wehren.

Lange saß Roger dort in der Einsamkeit, haderte und dämmerte hoffnungslos vor sich hin. Plötzlich wurde er von einem erneuten Erdstoß überrascht. Sich an den nächsten Vorsprung klammernd, musste er zusehen, wie die Transcoms langsam in den eben aufgebrochenen Spalt rutschten. Die letzte Hoffnung schlitterte einfach so weg. Sein verzweifelter Hechtsprung ging ins Leere. Er schlug sich die Knie blutig und schrie seine ganze Verzweiflung hinaus. So blieb er liegen und haderte mit dem Schicksal, warum es ihn nicht einfach gnädig mit einem herunterstürzenden Felsen erschlagen konnte. Alles wäre besser, als das langsame dahindämmern mit der Gewissheit, den wartenden, hoffenden Menschen dort hinten nicht helfen zu können. Dann traf ihn etwas am Kopf…

Kapitel 10

Der Teufel blickte sorgenvoll mit gerunzeltem Antlitz und peitschendem Schwanz über das verbrannte Land. Sein Vorhaben war nicht ganz so gelaufen, wie er es sich vorgenommen hatte. Auch wenn Lanzarote buchstäblich in Schutt und Asche lag, dort in dieser Höhle, da harrten sie aus.

El Diablo kratzte sich seinen Hintern und machte einen gewaltigen Sprung in Richtung des Vulkanes Corona. Sein Fünfzack fuhr in die Höhe und glühte grell auf.

„Lava!“, brüllte er. „Glühende heiße Lava wird sie in der Hölle schmoren lassen.“

Er hockte auf dem Rand des Kraters und schlug eine Bresche in die östliche Richtung. Magma brodelte über und ergoss sich feurig rot den Hang hinunter. Unten in der Ebene erlahmte der Strom, erkaltete zusehends und floss nur noch langsam.

„Mehr, mehr!“, heulte El Diablo. „Ich will reiten auf diesen Wellen des Todes!“ Damit sprang er hinab gegen das Meer, wo sich die Hitze mit dem kalten Wasser vereinte und sich tosend aufbäumte. Ein Schauspiel der vernichtenden Gewalt, wie er es liebte.

Drinnen in der Gruft fand er die verängstigen Menschen. Dreißig leicht zu habende Opfer drängten sich dort zusammen. El Diablo spähte über die Felsen und zählte sie begierig an den Fingern ab. Da fehlte doch einer. Wo zum Teufel war der? Kichernd bemerkte er, dass er sich ja selber beim Namen gerufen hatte. Fast hätte er sich verraten, aber da musste noch einer sein.

Seine diabolischen Sensoren zeigten genau, wo noch menschliche Schwingungen her kamen. Der Mann lag direkt unter dem Loch dort drüben. Wollte der vielleicht dort hochspringen? El Diablo grinste schief. Das war unmöglich, Menschen sprangen nicht wie Flöhe, das war selbst für ihn gewagt. Er schwang sich näher und betrachtete den Mann genauer. Den kannte er doch. Den hatte er bei Loa Agau gesehen.

El Diablo hockte sich neben die Gestalt und betrachtete sie vergnügt. „Na, Kleiner, hat dich der Agau nicht erwischt? - Hast es wohl mit der Angst zu tun bekommen. Hm, das gefällt mir, für dich hab' ich was ganz Besonderes bereit. Eine Stricknadel hat nämlich zwei Spitzen, eine für dich, die andere für deine Liebste. Was meinst du? Das wird ein Fest.“

Noch einmal ließ er die Erde erbeben, nur ganz leicht, damit die Menschen vor Angst erstarrten. Das war köstlich, diese Wellen der Panik, diese urmenschliche Art, sich vor dem Tode zu fürchten und ihn dann doch herbeizusehnen, so dass endlich alles vorbei wäre. Komische Kreaturen waren das, aber es machte Spaß, mit ihnen Katz und Maus zu spielen.

Früher, als er noch mit Loa Bakulu zusammen war, da trieben sie sich im Wald herum und die Tiere waren ihre Opfer. Hunderte der Spezies mussten dran glauben und verschwanden von der Erdoberfläche. Sie galten als ausgestorben und für immer verloren. Die Menschen versuchten mit allen Mitteln, die letzten Exemplare zu retten. Wenn nur noch ein paar Wenige übrig waren, päppelten sie diese auf und versuchten sie wieder irgendwo anzusiedeln. Der Erfolg war gering, und Bakulu fuhr immer wieder dazwischen. Eigentlich müssten die Menschen dankbar sein, denn was würden sie tun, wenn Dinosaurier, Mammut, Säbelzahntiger und Megalondon noch existierten und ihr Unwesen trieben.

El Diablo grinste vor sich hin. Es gäbe noch ganz andere Tiere, die sich mit dem Homo sapiens anlegen könnten. Eingeschleppte, sich massiv ausbreitende Viecher, Insekten, Räuber und Schädlinge, sie alle könnten Plagen von unvorstellbarem Ausmaß werden. Er erinnerte sich an eine kleine Laus, die den ganzen Rebbau gefährdete. Hi, hi, hiii, da hätten sich diese Trinker beinahe den ganzen Weingenuss zunichte gemacht.

Zum Teufel, nun hatte er sich heute tatsächlich selber um den köstlichen Tropfen, der auf Lanzarote angebaut worden war, gebracht. Die alten Weinberge, mit Tausenden von Rebstöcken in tiefen Trichtern, waren unwiederbringlich unter Felsen, Lava und Asche begraben. Was sollte er jetzt trinken? - Wasser vielleicht? Pfui Teu…!

Solche Gedanken setzten El Diablo gewaltig zu, und sein schwarzes Gesicht verzog sich zu einer grinsenden Fratze. Hatte er sich vielleicht von Loa Agau zu stark beeinflussen lassen. Ganze Tiergattungen auszurotten, wie damals mit Bakulu, das war diabolisch wirklich interessant gewesen, aber jetzt löschten sie eine ganze Insel aus.

Er sprang auf und stampfte wütend. „Ich, El Diablo, ich bin der Teufel, und ich bin da, um sie alle zu vernichten!", schrie er. „Auch diesen kleinen Wurm hier, auch der wird nicht verschont werden. - Wach auf du Wicht! Ich, El Diablo, hab' mit dir zu reden."

Die Gestalt auf dem Boden bewegte sich.

„Was ist denn?", murmelte Roger „Was zum Teufel ist das?"

El Diablo beugte sich über ihn und grinste höhnisch: „Ganz richtig, ich bin's. Du bist jetzt mein und die ganze Bande dort hinten auch."

Zu Tode erschrocken richtete sich Roger auf. War er noch klar im Kopf? Der Teufel stand vor ihm in ganzer scheußlicher Gestalt. Schwarz, verbrannt und widerlich war er, mit einer Fratze von einem Gesicht, durchfurcht und zerrissen. Die Augen glichen zwei glühenden Kohlestücken mit Rändern aus grauer Asche. Ein langer Schwanz peitschte den Boden wie ein verbogener Pinsel. Den Fünfzack hatte er fallen lassen und reckte die verkrüppelten Hände seinem Opfer entgegen.

„Was hattest du hier im Sinn?", kreischte des Teufels grauenhafte Stimme. „Wieso bist du nicht bei den Andern?"

„Ich… ich…", stotterte Roger.

„Du wolltest dich alleine retten", höhnte El Diablo. „Wird dir aber nicht gelingen. Hier kommst du nie hinaus."

„Nein, das stimmt doch nicht."

„Soo… Und wieso liegst du dann hier? Willst du da hochspringen? - So probier's doch! - Ich könnte dir dabei vielleicht sogar helfen."

Listig legte der Teufel den Kopf schief. Na ja, er hatte nicht vergessen, dass ihm ein Leben versprochen worden war. Dass er sich daran halten würde, das müsste nach den satanischen Regeln eigentlich nicht unbedingt sein. - Andererseits wäre das ein besonderer Spaß und eine Befriedigung, wenn er diesen Einen dazu verleiten könnte, die Anderen im Stich zu lassen. Das wäre der teuflische Beweis, wie wenig Mitleid diese ganze Brut in sich trug. Und den Einen, den hätte er dann ja auf sicher.

„Du kannst dich retten", zischelte er. „Ich helf' dir hoch, dafür bekomm ich dann deine Seele."

„Du bekommst gar nichts", murmelte Roger. „So wahr mir Gott helfe."

„Ajaaaahh…!", heulte der Teufel und stampfte wütend. „Hör' mit diesem … auf! Ich hol' dich gleich auf der Stelle." Er schnappte sich den Fünfzack und fuchtelte mit dem glühenden Eisen drohend über Roger.

Roger wurde es eiskalt. Er schien wie gefesselt auf einem steinernen Altar zu liegen und erwartete jeden Augenblick den Tod durch diese scheußliche Gestalt. - Ja, war er vielleicht schon tot und dieses war nun das Fegefeuer, sogar die Hölle. Konnte er nicht einfach zurückgleiten in den Zustand von Nichts und Vergessen...

„He, bleib da, du Wicht!", heulte El Diablo. „Wir sind noch nicht fertig miteinander. Du musst dich entscheiden, du oder alle."

„Das kann ich nicht…"

„Ich lass dir keine Wahl", grinste der Teufel.

„Nein…!"

„Sei nicht so dumm, ich helf' dir raus."

„Ich…"

Nein… Roger driftete in einen Abgrund wie in ein endloses Universum. Er steuerte auf ein schwarzes Loch zu und drohte zu versinken. In diesen Splitsekunden rasten Bilder seines Lebens vorbei, Bilder, die ihn seit langem beschäftigten. Ja, er war nicht ehrlich gewesen, gegenüber Maria und auch sich selber. Das, was ihm jetzt der Teufel vorschlug, das hatte er seit langem bereits ohne Reue gelebt. Es war so einfach gewesen, die Beziehung, der Sex und die Bequemlichkeit zu genießen, ohne daran zu denken, was er den Anderen dadurch antat. Er hatte die Liebe zu Xenia begraben, ohne dafür zu kämpfen, hatte die teuflischen Mächte darüber entscheiden lassen und war den bequemen Weg gegangen. - War das nicht auch eine gleiche Entscheidung gewesen, so wie sie jetzt dieser Teufel von ihm verlangte. Nein, das wollte er nicht mehr…

Kapitel 11

Langsam kämpfte sich das Bewusstsein an die Oberfläche. Zuerst tauchte ein schwarzer Hintergrund mit bizarren Formen auf. Das düstere Bild verschwamm aber, als sich Rogers Sinne auf die nähere Umgebung konzentrierten, sofort wieder. Er lag auf einem harten steinigen Untergrund und sein ganzer Körper schmerzte, wie wenn er von einem Auto überfahren worden wäre. Dem war aber offensichtlich nicht so. Langsam realisierte er, dass er in einer dunklen Gruft lag und der Boden unter ihm keine Autostraße, sondern ein Fels aus hartem Gestein war.

Als nächstes registrierten seine erwachenden Sinne ein Geräusch, wie wenn ein Vogel, irgendwo in der Ferne, in einem Gebüsch zwitschern würde. Was war das? Reiß dich zusammen! Hör' auf zu phantasieren und erwach endlich!

Roger richtete sich auf und betastete seinen Kopf. Was war passiert? Er musste weggetreten sein. Im Schädel hämmerte es wie mit Meißeln. Er musste gestürzt sein, aber gebrochen hatte er sich offenbar nichts. Dann kehrte die ganze Dramatik wieder zurück. Er war in der Höhle und irgendwo, dort hinten, mit ihm eine ganze Gruppe. Sein Versuch, mit der Außenwelt Kontakt aufzunehmen, war gründlich gescheitert. Da war ein Beben…

Erneut vernahm Roger ein Piepsen. Vögel? - So ein Blödsinn, hier drin gab es ganz sicher keine Vögel. Oder doch, verirrt und eingeschlossen wie sie alle? Fledermäuse? Könnte sein, aber die hätten sie doch längst bemerkt. Piep, piep, piep…

Plötzlich durchfuhr es Roger brühend heiß. Ein Transcom! - Die hatte er aber alle verloren. Er hatte selber gesehen, wie sie beim Erdbeben in einer Spalte verschwanden. - Vielleicht?

Vorsichtig robbte Roger in die Richtung. Die Töne wurden lauter. Plötzlich war da eine Stimme aus weiter Ferne: „…ruft X2 …alle…" Dann wieder dieses Piep-piep, schwächer werdend. Irgendwo dort unten, da musste ein Transcom liegen. - Die Stimme, die hörte sich an wie…

Wenn es doch nur etwas heller wäre. Die Taschenlampe, - er hatte doch eine Taschenlampe mit dabei. Auch die schien er verloren zu haben. Was für ein Narr war er doch, konnte nicht einmal seine Sachen zusammenhalten. Er musste näher ran.

Dann entdeckte er einen Schimmer, keine drei Meter unter ihm. Da lag es tatsächlich und piepste weiter. Mit der Hand war es unmöglich zu erreichen. Er musste da hinunter. Aber er hatte keine Ahnung, wie tief die dunkle Spalte eigentlich war. Er war körperlich völlig ausgelaugt, und wenn er abrutschte, konnte es fatale Folgen haben. Er konnte abstürzen, sich die Knochen brechen oder gleich tot sein. Mit der leisen Stimme vorhin, waren aber seine Lebensgeister mit aller Macht zurückgekehrt, und der Tod war überhaupt keine Option mehr. Er musste zu diesem Transcom gelangen.

Langsam schob er sich näher an den Spalt, tastete den Rand ab und suchte nach Vorsprüngen. Mit übermächtigem Willen starrte er in die Finsternis und versuchte in der Dunkelheit etwas zu erkennen. War da nicht ein Absatz, da ein Griff oder gar eine Fläche für einen sicheren Halt? Er musste es riskieren. Vorsichtig tastend, schob er sich langsam über den Rand.

„…X2…, Roger… bist du…", war plötzlich die Stimme klar und deutlich wieder da.

„Mein Gott, Xenia, du bist es", keuchte Roger.

Er fand einen Halt und suchte den nächsten Griff. Noch einen Meter, dann hatte er es geschafft. Das Transcom lag unmittelbar vor ihm. Da rutschte er aus, verlor den Halt und stürzte.

Im letzten Moment schrie er auf: „Xenia!"

Der Fall endete abrupt. Keine zwei Meter tiefer endete die Spalte und bildete so etwas wie einen holprigen Boden. Trotzdem schlug sich Roger das Knie hart auf. Er stöhnte vor Schmerz. Als er aber merkte, wie glimpflich der Sturz abgelaufen war, da atmete er erleichtert auf. Er musste einen barmherzigen Schutzengel haben. Ebenso gut hätte er in eine bodenlose Tiefe stürzen können.

Jetzt war aber keine Zeit zu verlieren. Das Transcom leuchtete schwach, direkt vor ihm. Behutsam, wie eine Kostbarkeit, nahm er es auf und drückte auf die Taste. Er durfte nicht daran denken, dass es vielleicht beschädigt war und sie ihn nicht hören könnten.

„OX15W, hören Sie mich? - Xenia ich bin's Roger!"

Das Rauschen dauerte eine Ewigkeit, dann kam die Antwort: „Gott sei Dank, ich höre dich", flüsterte die geliebte Stimme.

„Xenia, du hast uns geortet. Hör' jetzt einfach zu. Wir sind einunddreißig Überlebende, eingeschlossen in der Konzerthöhle Jameos del Agua, über uns das unerreichbare Loch der einstmaligen Kuppel. Wir haben kaum Wasser oder Nahrung. Zwei Personen sind verletzt, eine schwer. Wir haben nur dieses eine Transcom und kaum Licht. Die Batterien werden bald versagen. Wir brauchen so rasch wie möglich Hilfe."

„Roger, Hilfe ist bereits unterwegs..." Das Rauschen nahm zu, nur noch Bruchstücke waren zu verstehen. „Wir haben ... euch ... drei Stunden ... und ....liche ..."

„Xenia, hörst du mich noch? - OX15W hören Sie mich? Bitte kommen!" - Nichts. - „OX15W, wir brauchen Hilfe, Wasser, Nahrung, Medizin. Wir sind bald am Ende."

Verzweifelt drückte Roger auf die Tasten. Da kam nichts mehr, nicht einmal das ferne Piepsen. Die Batterie.

Einen bösen Fluch auf den Lippen, steckte er das Transcom ein und machte sich daran aus dem Loch zu klettern. Das gelang leichter als gedacht, da das schwache Licht von oben die Konturen der Felsen sichtbar machte und das Klettern erleichterte. Nun galt es so rasch wir nur möglich zurück zu den Leidensgenossen zu kommen. Wenn die Dunkelheit der nächsten Nacht hereinbrach, würde es schwierig werden, und der Zustand der Menschen machte Roger zunehmend Sorgen. Er musste ihnen das Wenige an Hoffnung, welches er hatte, schnellstens überbringen.

Als er endlich die Grotte erreichte und auf die Bühne kletterte, empfing ihn Morena schluchzend. „Roj“, stammelte sie. „Es geht ihm sehr schlecht. Er braucht sofort ärztliche Hilfe.“

Ausgepumpt und erledigt ließ sich Roger neben sie sinken. Die ganze Kletterei hatte ihm seine letzten Kräfte geraubt. Und nun auch das noch.

„Ich hatte Kontakt“, keuchte er. „OX15W hat uns gefunden und schickt Hilfe.“

„Oh Gott, dann sind wir gerettet!“, stöhnte Morena. „Wann…?“

„Keine Ahnung“, antwortete Roger. „Die Verbindung brach ab ohne weitere Angaben.“

„Sie müssen sofort kommen! Roj braucht Hilfe. Die haben doch alle Möglichkeiten, Schiffe, Fahrzeuge, Autokopter, intelligente Drohnen und Nachtsichteinrichtungen. Warum sind sie nicht längst hier?“

Roger überlegte. „Ich denke schon, dass das alles zum Einsatz kommen könnte. Wir werden sicher bald gerettet.“

Einige der Eingeschlossenen hörten die zuversichtliche Meldung und zogen ihre Schlüsse. Einer rief laut: „Wir sind gerettet! Bald sind wir draußen!“

Sie rannten, stolperten in Richtung Lager und schrien: „Es ist alles gut, lasst uns essen und trinken.“ Sie stürmten das Lager, überrannten Betty, die sich ihnen entgegenstellen wollte, und plünderten die letzten Kekse und Wasserflaschen. Jeder raffte an sich, was gerade da war, rissen Packungen auf und schütteten das Wasser sich über den Kopf.

„Nein!“, schrie Betty am Boden liegend. „Seid ihr alle verrückt geworden?“

„Wir sind gerettet!“

„Wir haben’s geschafft!“

Lachend torkelten und stolperten sie umher und umarmten in der Dunkelheit jeden, der gerade in der Nähe war. Plötzlich peitschten Schüsse auf und widerhallten dröhnend in der Gruft. Die Menschen versteinerten und verstummten.

„Aufhören!", schrie Roger und schoss eine weitere Salve in die Luft. „Sofort alle heraus aus dem Lager!" Es klickte metallisch, die Waffe war leergeschossen, aber die Leute drängten sich folgsam hinaus und suchten sich ihre angestammten Plätze.

„Betty, ist mit dir alles in Ordnung?", fragte Roger und tastete sich zu der Frau.

„Es ist nichts", antwortete Betty verwirrt. „Warum plündern die unsere letzten Vorräte. Jetzt haben wir nichts mehr." Sie rappelte sich mühsam auf und versuchte die letzten Resten einzusammeln.

Roger rempelte den Nächststehenden unsanft an. Es war der Professor. „Helfen Sie ihr! Versuchen Sie zu retten, was noch da ist. So eine Schweinerei."

„Bani, gib her, was du vorhin eingesteckt hast!", knurrte Ferguson und schupste den Mann unsanft.

„Ich? ...Ich hab nichts…", wehrte sich Bani.

Roger packte ihn grob am Arm und befahl: „Raus damit!"

Bani riss sich los und verschwand in die Dunkelheit. Seine Flüche waren für alle zu hören, aber keiner hielt ihn auf.

„Diese Idioten!", schimpfte auch Roger. „Noch wissen wir überhaupt nichts, ob und wann wir hier herauskommen. Der Satellit hat uns geortet, das ist auch alles. Erst müssen Rettungskräfte zu uns kommen, bevor wir jubeln und feiern können."

Roger warf die nutzlose Maschinenpistole wütend weg und stolperte über die Bühne. „Morena, wo bist du?", rief er.

„Hier, bei Roj", kam die Antwort sofort. „Es geht ihm sehr schlecht. Er hat hohes Fieber."

„Er wird es schaffen", beruhigte sie Roger. „Ich denke, es wird nicht mehr allzu lange dauern, aber die Nacht müssen wir wohl noch durchhalten."

„Wieso sind sie denn nicht längst hier, wenn sie wissen, wo wir sind?"

„Das kann viele Gründe haben. Bevor ich vorgestern herkam, befürchtete man einen riesigen Bruch der Erdplatten, mit verheerenden Folgen für diesen ostatlantischen Teil der Erde. Die Beben waren tatsächlich fürchterlich und es ist anzunehmen, dass die Kanaren übermäßig betroffen sind. Wir können froh sein, dass Lanzarote nicht gleich im Meer versunken ist. Die Vulkane werden toben,

Schutt und Lava wird herunterstürzen und ein Tsunami von unvorstellbarem Ausmaß wird die Küsten von Afrika und Südamerika treffen. Eine Rettungsaktion nach Lanzarote wird sich wie ein kleines Gummiboot in einem Hurrikan ausmachen. Es ist durchaus möglich, dass auf dieser Insel niemand landen kann."

„Mein Gott, das ist ja schrecklich!", flüsterte Morena. „Wir werden alle sterben. - Und für Roj gibt es keine Hoffnung mehr."

„Nicht aufgeben, Morena! - Ja, die Lage hat sich jetzt deutlich verschlechtert. Der letzte Proviant ist geplündert, und am Schlimmsten, wir haben kein Wasser mehr."

„Ich könnte die Bande umbringen", krächzte Morena. „Die sind wie Tiere und denken nur an sich."

„Ich weiß", sagte Roger mutlos. „Versuch dich einfach auf die Nacht einzurichten. „Ich will nochmals das Lager überprüfen."

Das vertrauliche Du kam ihm wie selbstverständlich über die Lippen. Sie waren hier eine im Unglück zusammengewürfelte Gruppe, und für Förmlichkeiten war keine Notwendigkeit mehr. Vor dem Tod waren alle Menschen gleich, ohne Rang und Namen. Ja, so stand es um sie.

Roger tastete sich in der zunehmenden Dunkelheit zum Lager. Drinnen hörte er jemanden geräuschvoll hantieren. „Bist du das Betty?", rief er in den Raum.

„Nein, ich bin's, Ferguson", antwortete eine Stimme aus der Dunkelheit.

„Wo ist Betty?"

„Sie liegt dort drüben links. Sie ist völlig erschöpft und braucht Ruhe. Ich habe inzwischen hier übernommen."

Roger tastete sich nach links. Verflucht, nicht einen einzigen Lichtstrahl gelangte bis hierher. Er fand die Frau an die Wand gelehnt.

„Betty, wie geht es dir?", erkundigte sich Roger und tastete nach ihrem Arm.

„Machen Sie sich keine Sorgen", lispelte die Frau müde. „Ich muss nur etwas ausruhen."

„Haben Sie heute schon etwas getrunken?"

„Ach, das ist doch nicht so wichtig. - Wir müssen die Reste einschließen. Sie gehören allen."

„Klar, ich weiß, wie viel Sie für uns getan haben", sagte Roger. Einschließen, das war gut. Gegen seinen Willen musste er schmunzeln. Einschließen, wie wenn sie hier abschließbare Küchenschränke hätten. „Jetzt müssen Sie aber auch für sich selber etwas tun. - Ruhen Sie sich aus."

„Vergeuden Sie nicht ihre Kraft, junger Mann. Sehen Sie zu, dass der klägliche Rest an Essbarem in Sicherheit gebracht wird. Viel wird da sowieso nicht mehr sein."

„Sie hat Recht", bekräftigte Professor Ferguson. Er war unbemerkt herangekommen und kauerte jetzt neben der alten Frau. „Wir haben noch drei Pakete Kekse und zwei angebrochene Flaschen Mineralwasser. Alles andere ist weg."

„So schlimm!", entfuhr es Roger. „Es hilft nichts. Geben Sie Betty etwas Wasser, Ferguson! Ich brauch auch noch für Roj, denn er hat hohes Fieber. Ich denke er liegt im Sterben."

Mittlerweile war es völlig dunkel geworden. Mit großer Mühe tastete sich Roger zurück zu Roj und übergab Morena eine der kostbaren Wasserflaschen.

„Geh' sparsam damit um", ermahnte er überflüssigerweise. Dann legte er sich dort wo er gerade war hin und versuchte für die lange Nacht eine bequeme Stellung zu finden.

Mitten in der Nacht schreckte Roger plötzlich auf. - Was war das? - Er lauschte angestrengt. Da, ein Kratzen, er hatte sich nicht getäuscht, da war etwas. Wenn er doch nur eine Taschenlampe hätte, aber im ganzen Durcheinander wusste er nicht mehr, ob da noch irgendwo eine war und wo sie lag. Das Geräusch wiederholte sich etwas weiter weg und verstummte. - War einer der Eingeschlossenen unterwegs, aber wozu?

„Hallo! Ist da jemand?", raunte er leise. Man musste ja nicht gleich die ganze Gruppe alarmieren.

Nochmals: „Hallo!"

Keine Antwort. War ja auch egal, wer oder was das immer gewesen war, in der Dunkelheit war nichts auszumachen. Vielleicht nach Tagesanbruch, wenn das schwache Dämmerlicht zu ihnen hinunter vordringen würde. Es war ja auch wieder vollkommen ruhig. Eigentlich war es erstaunlich ruhig, kein Laut kam von den Menschen, die doch ganz in der Nähe die Nacht verbrachten. Sicher fanden sie keinen Schlaf und dösten einfach vor sich hin. Er merkte es an sich selber, wie eine bleierne Ruhe über ihn kam, wie eine Wolke umnebelte es seine Sinne und versetzte ihn in einen apathischen Zustand. Waren das bereits Anzeichen der Schwäche, verursacht durch Wassermangel. Der zunehmende Durst quälte ihn noch nicht sehr, aber das konnte sich ändern. Wenn sie Morgen nicht hier heraus kamen, würde das ein erstes größeres Problem werden.

Roger schlitterte in einen wirren Traumzustand. Wasser! Da waren Eimer voll mit kühlem Nass, ganze Fässer standen bereit. Es sprudelte aus großen Rohren und ergoss sich in einen riesigen Teich. Er tauchte ein in einen hell strahlenden erfrischenden See. Er schwamm und schwamm, immer weiter in diesem herrlichen Element, kam nicht mehr an die Oberfläche, würgte, keuchte und fuhr erschrocken hoch.

Seine Kehle fühlte sich rau und kratzig an, wie wenn er stranguliert worden wäre. Er rang nach Luft und fiel zurück. Was für ein qualvoller Traum! - Moment! - Da war doch etwas. Was war das? Ein strahlender See?

Rogers Gedanken mühten sich, rangen um den Willen, den Traum zu halten. Er durfte nicht entschwinden, es war wichtig. Ein See! - Ja, natürlich, da war doch ein herrlicher Teich im vorderen Teil dieser Höhle. Ein leuchtend schimmernder See. Er war eine Attraktion für die Besucher der Jameos del Agua. Das blau beleuchtete Wasser strahlte eine Frische aus und faszinierte die Betrachter. Es war eingebettet in die schwarzen Lavafelsen und umgeben von urtümlichen Pflanzen, wie Farn, Agaven und Flechten.

Sei realistisch, tadelte sich Roger. Die Höhle war verschüttet und mit ihr auch dieser Teich. Dennoch, vielleicht war doch Wasser übriggeblieben. Könnte es sein, dass etwas davon irgendwo zwischen die Felsen gesickert war. Man musste das in der Früh sofort erforschen. Ohne Wasser würden sie die nächsten Tage nicht überleben. Er klammerte sich an einen Strohhalm, einen Wahn, eine Unmöglichkeit.

Kaum drang der erste schwache Schimmer in die Höhle, raffte sich Roger auf und rief die Gruppe zusammen. Von den dreißig Personen interessierten sich gerademal ein knappes Dutzend dafür, was Roger vorzutragen hatte. Die anderen blieben, wo sie gerade saßen und blickten apathisch in die Zukunft. Auch Professor Ferguson war abwesend. Na ja, vielleicht kümmerte er sich um Betty. Ihr ging es wahrscheinlich überhaupt nicht gut. Aber gerade vom Professor hatte sich Roger eine objektive Meinung erhofft, denn dessen wacher Geist war ihm schon vorher aufgefallen. Nun, so sei es denn, es galt keine Zeit zu verlieren.

Nochmals erklärte Roger in kurzen Worten, dass man nicht sicher annehmen könne, eine Rettung werde in absehbarer Zeit erfolgen. Vielmehr müssten sie sich auf einen längeren Aufenthalt in ihrem Verließ einstellen.

„Aber warum denn", maulte ein Mann. „Die wissen jetzt doch wo wir sind."

„Richtig", antwortete Roger. „Das garantiert aber eine Rettung keineswegs. Ich denke, die Insel ist völlig zerstört. Eine Landung ist dadurch praktisch unmöglich, und eine Luftbergung wird durch die Vulkaneruptionen verhindert. Wir wissen einfach nicht, was da draußen wirklich los ist."

Mitten in diesen Ausführungen erklang plötzlich ein greller Schrei und dann die hysterischen Rufe: „Er ist tot! ...Ferguson ist tot!"

Kapitel 12

Admiral McGregor stand breitbeinig vor der digitalen Kartenwand und starrte auf die Konturen der Insel. Die vom Satelliten übertragenen Bilder änderten die Darstellung in rascher Folge. Was er da sah entsprach nichts Vergleichbarem in der Vergangenheit. Die Veränderungen der Kanaren waren unglaublich, erschreckend und andauerten an. Das Bild war in Planquadrate aufgeteilt, wie sie der neuesten Erdvermessung entsprachen. Auf X259/Y54 blinkte ein rot leuchtender Kreis, von dem die Anwesenden wussten, dass sich dort auf den Meter genau die Stelle befand, wo sich die Jameos del Agua befanden.

Neben ihm standen Commander Merville von der ESAX und der Kommandant der Fregatte „Farragora“, Capitan Santoso. Alle drei blickten besorgt auf das sich bietende Bild.

„Lanzarote wird nicht gleich im Meer versinken“, versuchte Commander Merville zu beschwichtigen. „Aber die Aufnahmen zeigen laufend schreckliche Veränderungen. Der größte Teil der Insel ist von der Lava überschüttet, und weitere glühende Ströme fließen dem Meer zu.“

„Sind die Eingeschlossenen direkt davon gefährdet?“, fragte der Admiral knapp.

„Nicht in den nächsten Stunden", antwortete Merville. „Aber das wird sich ändern. Der Vulkan Corona ist praktisch explodiert, und neue Krater an seiner Flanke spucken unvermindert ihr glühendes Magma aus. Ein Strom fließt direkt auf die Jameos del Agua zu. Er bewegt sich langsam, aber das könnte dort unten bald heiß werden."

„Ihre Lösung?", kam die Frage sofort an Capitan Santoso.

„Wir kommen da nicht hin. An eine Landung ist nicht zu denken, und aus der Luft haben unsere Autocopter keine Chance. Wir hätten beinahe einen bei unserem Versuch verloren. Ich möchte das nicht noch einmal riskieren."

„Keine guten Aussichten für die Eingeschlossenen", brummte McGregor. „Weitere Vorschläge?"

Merville zögerte. Er war eigentlich für die Satellitenüberwachung zuständig und wollte keine taktischen Ratschläge erteilen. „Man müsste den Lavafluss stoppen."

Santoso bediente eine Konsole und zoomte den Ausschnitt heran. Nun war die Gefahr deutlich sichtbar. „Man kann ihn wohl kaum stoppen, aber mit einer platzierten Sprengung könnte man ihn umleiten. Sehen Sie, da ist dieser Barranco. Da, in diesen hinein. Eine NO2ex Rakete könnte das bewirken."

„Risiken für die Eingeschlossenen?"

„Na ja, es ist schon etwas nah", erklärte Santoso. „Allerdings ist die Treffsicherheit dieses Typs sehr genau, und die Größe des Sprengkopfes muss man entsprechend bestimmen. Es sollte machbar sein."

„Dann tun Sie es!", befahl der Admiral.

„Jawohl Sir!", antwortete Santoso und an Merville gewandt: „Bitte übermitteln Sie die Koordinaten an die Farragora. Ich begebe mich sofort an Bord um den Einsatz zu leiten. Wir haben jetzt 09 Uhr 35. Geplanter Raketen Einsatz 10 Uhr 45."

„Gut Capitan", betätigte McGregor. „Sie können gehen!"

Während Santoso den Korridor entlang hastete, sprach er schon in sein Transcom. Die verschlüsselte Nachricht erreichte zur selben Zeit die Kommandobrücke der Farragora und löste dort fieberhafte Aktivitäten aus.

Als der Autocopter mit dem Capitan auf dem Copterport landete, war das Schiff bereits in die optimale Position gebracht worden, aber das Wetter war unruhig, und Wolkenbänke hingen dicht über dem Wasser. Die Mannschaft bereitete alles für den Abschuss der NO2ex vor. Die Rakete konnte auch bei schlechtem Wetter sicher ins Ziel geleitet werden.

Die Aussicht auf einen blinden Schuss war dem Capitan aber dennoch unheimlich. Außerdem änderte die ESAX laufend die Zielkoordinaten. Der Lavastrom schien sich nicht an die vorausgesagte Richtung zu halten. Was, wenn das Ganze daneben ging? Nur eine minimale Abweichung konnte Verheerendes bewirken. Der Sprengkopf war so bemessen, dass die Flanke des Barrancos einstürzen und die Lava in die Schlucht, vorbei an der Höhle, ins Meer leiten würde. Wenn das schief ging…

Auf der Brücke der Farragora herrschte totale Anspannung. Die Besatzung verrichtete wortlos ihre Aufgaben, und nur die knappen Anweisungen des Capitans waren zu hören. Als die letzten Sekunden vom Computer ausgezählt wurden, hielten alle den Atem an.

3 - 2 - 1 - 0 - Abschuss. Bis zum Einschlag würde es genau acht Minuten und zehn Sekunden dauern. Die Sekunden verstrichen wie in Zeitlupe. Waren das nun die letzten Minuten im Leben der Menschen, die dort in einer Höhle von Lavagestein auf die Rettung warteten. Angenommen, die Rakete verfehlte das Ziel und explodierte nutzlos daneben, dann war ihr Ende grauenvoll, ein Tod in der glühenden Masse, schlimmer als auf einem Scheiterhaufen, langsam und unausweichbar. Es war kaum anzunehmen, dass man die Möglichkeit für einen zweiten Abschuss bekam. Es musste jetzt sein.

Capitan Santoso klammerte sich an den Rand seines Kommandopults, dass die Knödel weiß wurden. Die Situation war schlimmer als in einem Krieg, wo sich der Feind schützen und wehren konnte. Die dort in rund 100 Kilometern entfernten Eingeschlossenen hatten keine Chance, ja sie wussten nicht einmal, was geschah. Wahrscheinlich wäre es gnädiger, wenn die Rakete mitten in sie hinein explodieren und ihnen einen schnellen, gnädigen Tod gestatten würde.

Es waren wohl die schlimmsten paar Minuten im Leben der Offiziere, einfach so dazustehen und nichts unternehmen zu können.

Die Steuerung der Rakete war völlig automatisch dem Computer überlassen, keine Kimme und kein Korn, über welches das Ziel mit ruhiger Hand anvisiert werden konnte und kein Abzug, der in letzter Sekunde noch los gelassen werden konnte. Capitan Santoso war sich dieser Situation des Ausgeliefertseins sehr bewusst, und er hasste sie, ganz besonders in so einem Moment, wo es um eine Rettungsaktion und nicht um einen Kampfeinsatz ging. Er hatte, für alle Fälle, eine zweite Rakete bereiten stellen lassen, obwohl er genau wusste, dass eine solche zu spät, und deshalb kaum zum Einsatz, kommen würde.

Im Kommandozentrum auf Gibraltar verfolgten die Anwesenden ebenfalls die Aktion. Kurz nach elf Uhr meldete OX15W den präzisen Treffer und kurze Zeit später auch, dass die Lava ihren Weg in das geplante Bett gefunden hatte. Genugtuung breitete sich aus. Sie konnte aber die Sorge um die Eingeschlossenen nicht vertreiben. Im Moment waren diese nicht mehr unmittelbar in Gefahr in einen glühenden Lavastrom zu geraten, aber gerettet waren sie noch lange nicht.

Der Admiral und seine Leute fragten sich vielmehr, was die Eingeschlossenen überhaupt alles mitbekamen. War ihnen bewusst gewesen, wie knapp sie einem scheußlichen Ende entgangen waren? Hatten sie die Hitze bereits gespürt und die Detonation der Rakete vielleicht für eine weitere Eruption gehalten. Die dort in der Höhle mussten sich wahrscheinlich bereits wie in der Hölle fühlen. Sie mussten da heraus und zwar schnell.

Commander Merville wandte sich an den Admiral. „Sir, ich glaube im Moment kann ich hier nichts mehr tun. Ich möchte mich jetzt zur Ablösung der Besatzung von OX15W vorbereiten, unser Start in Toulouse ist für heute Abend geplant."

„Ja, richtig", erwiderte McGregor. „Reisen Sie gut und grüßen Sie Commander Hendriks. Er soll sich hier umgehend melden."

Angesichts der Tatsache, dass es eine Reise von fünfunddreißigtausend Kilometer hinaus in das All bedeutete, erschienen die guten Wünsche des Admirals eher bedeutungslos. Obwohl, die Raumfähren schafften diese Distanz jetzt schon in ein paar wenigen Stunden. Hendriks und seine Mitarbeiterin waren sicher heilfroh, nach den Monaten der Abgeschiedenheit endlich wieder unter Menschen zu kommen. Er selber freute sich auf die neue Aufgabe. Es war sein erster entsprechender Einsatz. Es musste extrem spannend sein, die Erde von dort oben zu sehen und wie ein Halbgott die Geschehnisse dieses Planeten zu überwachen.

Kapitel 13

Ariel Ferguson lag in einer Lache Blut neben dem Durchgang zum Lager. Im kurzen Aufleuchten der Taschenlampe war deutlich zu sehen, dass sein Hinterkopf zertrümmert war. Es war Nahla, die geschrien hatte und jetzt um Fassung kämpfte. Sie war über den Leichnam gestolpert und in der Lache von Blut gelandet. Ihre Augen weiteten sich starr vor Schreck, und verzweifelt versuchte sie ihre Hände zu reinigen.

„Ich… ich hab' ihn nicht bemerkt…", stammelte sie und sank zu Boden.

Morena war bei ihr und sprach beruhigend auf sie ein: „Nahla, lass los, wir sind bei dir, vielleicht war es ein Unfall."

„All das klebrige Blut…", stotterte Nahla. „Ich muss mich waschen."

„Das kannst du leider nicht", sagte Morena leise. „Wir haben kein Wasser."

„Wasser, ich habe Durst, ich brauche zu Trinken."

„Beruhige dich! Ich sagte schon, wir haben kein Wasser."

Weinend und völlig erschöpft brach die junge Schwarze zusammen. Die Kräfte hatten sie verlassen, und sie lag da, ausgestreckt und rührte sich nicht. Morena versuchte ihren Kopf etwas bequemer zu betten, gab aber bald einmal auf. Es war unausweichlich, die Menschen kamen an ihre körperlichen Grenzen. Ohne Wasser und Nahrung hielten sie es nicht mehr lange aus. Auch Morena spürte die Schwäche und den Durst, aber es musste weitergehen.

Was aber war nur mit dem Professor? Was war da geschehen, fragte sich Morena, während sie Roger angestrengt beobachtete. Ein Unfall?

Leise fluchend stolperte Roger aus dem Lager. Er schwankte, und es war offensichtlich, auch er war am Ende seiner Kräfte. „Zum Teufel", krächzte er. „Da hat jemand durchgedreht und den Professor erschlagen. So sieht kein Unfall aus. - Und ich weiß auch schon warum. Die letzten Lebensmittel sind auch verschwunden. Betty sah einen Schatten, der sich drinnen zu schaffen machte und dann verschwand."

„Oh Gott!", stöhnte Morena. „Wer kann so etwas tun? - Betty, ist Betty in Ordnung?"

Roger fasste sie am Arm und sagte: „Es geht. Sie liegt dort drinnen und ist sehr schwach."

„Wer…?", klammerte sich Morena an ihre vorherige Frage.

„Schwer zu sagen", antwortete Roger. „Jeder kann es sein, die Menschen drehen durch und werden wie Tiere. Es geht ums nackte Überleben."

„Nein, alle können es nicht gewesen sein. Denk an diejenigen, die vorne bei uns waren. Etwa die Hälfte kommen nicht in Frage."

„Das stimmt", bestätigte Roger. „Aber was wollen wir hier Detektiv spielen. Schussendlich ist uns damit nicht geholfen. Wir müssen raus hier. Vor allem aber brauchen wir Wasser."

„Ja… Wasser!"

„Zuerst müssen wir den toten Ferguson wegschaffen. Wir sollten ihn nach Möglichkeit irgendwo dort draußen mit Steinen bedecken. Mich wundert sowieso schon, dass hier nicht ein übler Leichengestank herrscht, mit all den Toten unter den Felsen. Vermutlich hat das mit der sehr trockenen Luft in der Höhle zu tun und dass diese, wie in einem Kamin, durch das Loch nach oben abzieht. - Aber das erzählen wir besser den Anderen nicht."

„Hör' auf, …mir wird gleich übel", stöhnte Morena. „Es ist auch wirklich heiß hier drin."

„Sei still!", befahl Roger. „Ich hab's auch bemerkt, und wenn es das ist was ich vermute, stehen unsere Karten noch schlechter."

„Was meinst du damit?"

„Über uns ist der Vulkan Corona explodiert, und da kommen Lavaströme herunter..."

Morena taumelte. „Du meinst, die heiße Lava könnte uns gefährlich werden?", fragte sie zitternd.

„Wir können nur hoffen, dass sie sich einen anderen Weg sucht. Es ist eine Tatsache, dass vor Tausenden von Jahren diese Höhlen durch solche Lavaflüsse entstanden sind. Man muss sich das so vorstellen: Der Lavastrom erkaltete an der Oberfläche. Unten floss er aber glühend weiter, bis hinunter ins Meer. Versiegte der Strom, entstanden dann solche Hohlräume."

„Mein Gott! - Wir werden womöglich hier drin bei lebendigem Leib gebraten..."

„Beruhige dich! Noch sind wir nicht so weit", brummte Roger. „Es ist zwecklos darüber zu grübeln, wir können nichts ändern. Auch ist es besser, keinem Anderen davon etwas zu verraten. Sollte es soweit kommen, wäre natürlich ein vorheriger, schneller, schmerzloser Tod - der lebendigen Kremation - vorzuziehen."

Sein schiefes Grinsen blieb für Morena im düsteren Zwielicht unbemerkt. Zum Teufel, schalt sich Roger, die Situation war wirklich nicht zum Lachen. Der Gedanke an einen schnellen Tod war ihm auch schon durch den Kopf gegeistert. Nun war zu bedauern, dass vor einigen Jahren die weltweite Abgabe der Exit-Pille vom Weltgerichtshof abgelehnt wurde. In der jetzigen Situation wäre dies ein beruhigender Ausweg.

Damals war Roger ein entschiedener Gegner. Die Idee, die Bevölkerungsexplosion durch staatliche Sterbehilfe in den Griff zu bekommen, gefiel ihm überhaupt nicht. Es wurde sogar geplant, die Pille gleich bei der Geburt einzupflanzen, mit einem vorprogrammierten Ablaufdatum. Achtzig Jahre? Vielleicht nur neunundsiebzig! Zusammen mit der obligatorischen Empfängnisverhütung wäre das ein kalkulierbares System geworden, die Anzahl der Erdenbürger zu steuern. Die Weltregierung wollte damit die Macht von Gott und Natur selber übernehmen. Das war Roger einfach zuviel. Das Geschenk des Lebens war zu großartig, als dass man dieses leichtfertig, und bei jeder Gelegenheit, wegwerfen konnte. Auch jetzt, in dieser wirklich bedrohlichen Situation, durfte man nicht aufgeben und den leichten Weg des Freitodes wählen. Noch bestand Hoffnung, und der Mensch hatte auch die Fähigkeit zu agieren und sich zu wehren. Nein, er würde bis zum Letzten kämpfen.

„Wir sollten jetzt nicht über nicht beeinflussbare Gefahren nachdenken, sondern versuchen das Machbare anzugehen", grübelte Roger. „Wasser!"

Jetzt entfuhr Morena ein hysterisches Lachen: „Wasser! Ja, ich halluziniere schon seit Stunden davon, sehe Eimer voll kühlem Nass, das ich mir ins Gesicht spritze…" Dann brach sie in haltloses Schluchzen aus, wandte sich ab und tastete sich zurück zu Roj. „Liebling, halte durch! Wir kommen hier raus, du schaffst das… wir schaffen das zusammen…"

Stunden später, oder waren es Minuten…? Morena schreckte hoch und versuchte den flüchtenden Gedanken zu fassen. Was? Verzweifelt kämpfte sie, ihn aufzuhalten, aber er entschwand wie in einem wallenden Nebel. Ein Fetzen schwebte davon, grau und unerreichbar, wie ein flüchtender Spuk. Erschöpft sank Morena zurück und ließ sich in einen wattegleichen Abgrund fallen. - Dann fuhr sie hoch. Das Bein! Rojs Bein mit der Schussverletzung! Roj…! Sie tastete nach der Gestalt, die neben ihr lag. Lebte er?

Ein leises Stöhnen erklang. Er lebte, aber fieberte ungebrochen. Wie lange konnte er noch durchhalten? War dies das Ende, oder anders herum, alles was übrig geblieben war von ihren gemeinsamen Träumen? Eigentlich drehte sich ihr ganzes Leben nur immer um Ihn, den erfolgreichen Wissenschaftler Roj Sovero, der sich mit Leidenschaft der Hydrologie und Wasserversorgung dieser Welt widmete. Es war geradezu ein Hohn, dass nun gerade er an Mangel von Wasser litt, ja vielleicht sogar deshalb starb. Mangel hatten sie nie zu leiden. Seine Stelle in Basel war gut honoriert und erlaubte ihnen ein sorgloses, angenehmes Leben. Sie bewegten sich in guter Gesellschaft, wurden oft eingeladen, besuchten Konzerte und wichtige Veranstaltungen. Lange Reisen, oft an Kongresse oder zu Forschungsstätten, in fremde Länder. Sie waren höchst interessant, aber auch ermüdend. So war es dann nicht verwunderlich, dass sie sich einmal zwei Wochen Ruhe auf einer einsamen Insel erträumten. Mehr zufällig waren sie da auf Lanzarote gestoßen.

Morenas wirre Wunschträume gaukelten ihr manchmal eine heile Welt vor, so wie sie vor Hunderten von Jahren bestanden haben musste. Eine friedliche Gesellschaft in Ländern mit verschiedenen herrlichen Kulturen, wo sich das Zusammenleben harmonisch und liebevoll abspielte. Der realistische Sinn flüsterte ihr aber leise warnend zu, dass das eigentlich auch nicht stimmte. Dennoch träumte sie weiter von Familie, Kindern, Liebe, Glaube und Hoffnung. Ihre kunsthistorische Ausbildung verriet ihr jedoch auch, dass es diese Ordnung durchaus gegeben hatte, aber die Menschen hatten ihre Kulturen selber langsam zerstört und waren unaufhaltsam zu einem Einheitsbrei geformt worden. Er beinhaltete nichts Außergewöhnliches oder Glorreiches mehr. Sie fragte sich oft, was denn die zukünftigen Historiker in tausend Jahren wohl Interessantes an diesem Jahrhundert finden würden. Kunst? Ja, was war denn jetzt noch namhafte Kunst? Kultur und Ethik? Familie und Gesellschaft? Liebe? War die Letztere nicht zum reinen Fortpflanzungssystem herabgestuft worden? Glaube? Da haben sich doch alle, diese verschiedenen Religionen, solange bekämpft, bis der Unglaube zum problemfreien Ersatz erklärt wurde. Man würde also in tausend Jahren keine herrlichen Statuen, Gemälde, sakrale Bauwerke oder gar heilige Schriften mehr finden. Ihren Beruf konnte sie auch gleich jetzt schon an den Nagel hängen.

Lanzarote, ja warum eigentlich diese kahle Insel vor der Küste von Afrika? Was hatte sie dazu bewogen diesen verrückten Vorschlag zu machen.

Roj hatte verständnislos den Kopf geschüttelt und gesagt: „Was wollen wir da? Das ist ja ein Ort ohne Bedeutung. Nichts ist da, außer ein paar erloschene Vulkane. Die Blütezeit mit dem Tourismus ist dort seit Jahrzehnten vorbei. Du musst froh sein, wenn es dort noch ein vernünftiges Hotel gibt.“

Morena hatte den farbigen Prospekt geschwungen und lachend verkündet: „Es gibt aber doch eine schöne Anlage in der Nähe von Puerto del Carmen, im südlichen Teil der Insel. Etwas einsam, aber das ist genau das Richtige für uns. Es liegt direkt am Meer und etwas Sonne und Ruhe ist doch was wir brauchen.“

„Sei nicht albern, sich in der Sonne rösten ist tödlich, und Ruhe… na ja, das könnten wir schon gebrauchen.“

Sie hatten sich auf den Januar geeinigt, und die Buchung war mit dem Transcom eine Sache von Minuten.

Morena zweifelte keinen Moment, das Richtige getan zu haben, wenn sie auch genau wusste, dass Roj wenig begeistert war. Aber er würde den Urlaub dann, wenn sie da waren, sicher genießen. Sein ungebrochener Arbeitseifer war ihr manchmal beinahe unheimlich. Er schien einen inneren Motor zu haben, der stets auf Hochtouren lief und nie stotterte. Sie wünschte sich manchmal, dass er etwas langsamer treten würde und vielleicht mehr Zeit für sie hätte. Sie haderte oft um dem Zustand ihrer Kinderlosigkeit, und dass sie eigentlich keine richtige Familie waren. Sie waren eher so etwas wie eine Zweckverbindung, ohne wirkliche Verantwortung. Sie hatten wohl eine gemeinsame Wohneinheit, aber jeder lebte darin in seinen eigenen Räumen und versorgte sich unabhängig. Das war Standard. Die Verwaltung der Großstadt Basel hatte sich seit langem auf eine zukunftgerichtete Bauart eingestellt und hatte gigantische, luxuriöse Wohntürme erstellt, was man früher verdichtetes Bauen nannte. Versorgung, Transport und Kommunikation waren vollständig automatisiert worden. Roboter übernahmen die täglichen Aufgaben wie Reinigung, Bedienung und Unterhaltung. Millionen lebten so, und statt dass man sich eher näher kam, hauste man völlig isoliert und kannte den Nachbarn nicht einmal mehr beim Namen.

Klar, das alles war in dieser Zeit praktisch Standard, und es war müßig, ja sogar unerwünscht, den alten Gepflogenheiten nachzutrauern. Morena, sie wurde demnächst achtundvierzig, fühlte aber eine innere Leere und sehnte sich nach Erfüllung, Harmonie, Lebenseifer, Freundschaft und Liebe. Hatte sie denn das mit Roj nicht alles? - Ja, schon, aber seit sie ihre Arbeit aufgeben musste, saß sie in der Wohnung und dämmerte irgendwie dahin. Es fehlte an nichts, denn Rojs Einkommen war hervorragend. Ein Zweitverdiener war in dieser Gehaltsklasse untersagt, um Stellen für weniger Begünstigte zu schaffen.

Dieser Urlaub war eine wunderbare Gelegenheit dem elektronischen Unterhaltungstropf und der nagenden Einsamkeit zu entkommen. Roj schien sich darüber keine Gedanken zu machen, denn er beteuerte immer wieder, wie schön und erfolgreich ihr Leben doch sei. Und die Liebe? War die irgendwann auch standardisiert worden. Morena zweifelte oft an ihrer Fähigkeit zu einer Liebe, wie sie zeitgemäß sein sollte. Das war am Anfang ganz anders gewesen. Ja, konnte man denn mit achtundvierzig bereits von der guten alten Zeit sprechen? - Trotzdem, damals waren sie tatsächlich wie zwei verliebte Teenager gewesen. Sie erinnerte sich genau an die, zu jener Zeit noch etwas umständliche Reise nach Italien. Sie führte nach Florenz, der herrlichen Stadt der Künstler und Maler. Ausgelassen und verliebt waren sie abends durch die engen Straßen gebummelt, hatten sorglos in einer Trattoria gegessen, alles was die Küche hergab und einen herrlichen Wein getrunken. In der lauen Nacht setzten sie sich auf den Rand eines herrlichen Brunnens, küssten, blödelten und spritzten um sich. Irgendwann sprang Roj ins Wasser und zog sie mit. Klitsche nass liefen sie zurück zum Hotel, wo sie triefend und verlegen kichernd, eine Wasserspur zurücklassend, am Pförtner vorbei zum Zimmer schlichen. Die Hosenstöße ihrer Jeans waren noch am nächsten Morgen nass und kalt…

Fröstelnd und ausgelaugt quälte sich Morena aus den Tiefen ihres Traumes. Die klischeehafte Vergangenheit erfüllte sie mit tiefer Sehnsucht. Der Geist versuchte die gaukelnden Bilder festzuhalten, aber sie entschwanden rasch im Nebel der Erschöpfung. Mutlos ließ sie sich zurücksinken und starrte in die Dunkelheit. War es schon wieder Nacht? Sie hatte das Zeitgefühl völlig verloren. Noch eine Nacht, ein weiterer Tag. - Ja, wie lange konnten sie noch durchhalten? Wieviel war der Mensch imstande zu ertragen, bis er endlich hinüberdämmerte in die barmherzige Bewusstlosigkeit und bis zum letzten Atemzug?

Roger saß an einen Felsen gelehnt und grübelte. Es fiel ihm schwer, die Gedanken zu ordnen. Es war so vieles geschehen, und die Kräfte der Eingeschlossenen nahmen schnell ab. Auch er fühlte, wie sich schleichend eine lähmende Müdigkeit einnistete. Die Andern hatten sich wieder zurückgezogen, jeder wohl mit seinem eigenen Kampf um Leib und Seele beschäftigt. Sie hatten nicht mehr viel Zeit. Besonders die Verletzten waren dem Ende nah.

Xenia! Ihre Stimme, die paar Worte, waren wie eine Verheißung aus dem Himmel gewesen. Ja, Xenia war dem Himmel wohl ein Stück näher, dort oben im Satelliten, und sie erschien ihm tatsächlich wie ein Engel. Sie war die Rettung, sie war das Leben. - Sie war sein Leben! Was immer auch mit ihm hier unten geschehen würde, sie war seine immerwährende Liebe, und er konnte nur hoffen, dass er noch Gelegenheit bekam, ihr das wenigstens ein einziges Mal zu gestehen.

Wie dumm war er doch gewesen, als er dachte, Maria würde ihm über den unverständlichen Verlust hinweghelfen, in den Armen der jungen Studentin könnte er Xenia vergessen. Es war unmöglich, eine Torheit sondergleichen. Seine Liebe war dort draußen, dort oben, und sie versuchte gerade ihn und die mit ihm Eingeschlossenen zu retten. Ja, würde sie das überhaupt können?

Nach der abrupten Trennung vor drei Jahren waren seine Beschwerden, wie durch ein Wunder, über Nacht verschwunden, aber dass diese afrikanische Hexe dabei einen Einfluss hätte haben können, wollte er einfach nicht glauben. Eine Stricknadel, die sich in sein Herz bohren würde, so etwas glaubte doch kein vernünftiger Mensch. - Aber war Xenia unvernünftig? Seit ihrem Verschwinden hatte er nie mehr Beschwerden, und die schmerzhaften Stiche in seiner Brust blieben aus und ungeklärt. Lange Wochen rang er mit sich, ob er nach Mauretanien fahren, und dieser bösen Mutter seine Meinung sagen sollte. Was erlaubte diese sich eigentlich, derart in das Leben ihrer Tochter einzugreifen. Eine Hexe war sie und einer Tochter wie Xenia nicht würdig. - Auf der anderen Seite, waren nicht sehr oft Mütter, oder Eltern, von der Partnerwahl ihrer Kinder nicht begeistert, weil sie nicht ihren Vorstellungen entsprachen. War er als Weißer für Xenia, eine Schwarze, eine Zumutung? Solchen Rassismus gab es doch längst nicht mehr, und früher wirkte das doch eher umgekehrt. Weiße sahen in schwarzen Menschen keine standesgemäße Wahl. So ein Blödsinn, die Wahl trafen immer noch die beiden Liebenden und nicht so eine alte Hexe im tiefsten Afrika. Waren die denn total vertrocknet in der Wüste dort und wussten nichts Besseres, als mit obskuren Geistern und Voodoo ihre Zeit zu vertreiben?

Rogers Sinne versanken in einem schwarzen, bodenlosen Loch. Dunkel erkannte er die damalige teuflische Wahl, die eigentlich keine war. Xenia oder den Tod? Es war die erpresserische Entscheidung von Anderen. Wie konnte man sich entscheiden, wenn alles gegen einem und hoffnungslos war, und einem das Wasser bis zum Halse stand?

Wasser! Auf einmal gaukelten ihm die Sinne dunkle kalte Seen vor. Aus der Tiefe wurden sie schnell heller, glasklar und leuchteten ihm entgegen. Ja, sie brauchten Wasser, sie mussten es finden. Ein Gedanke drang nach oben. - Hatte er da nicht vor kurzem nasse Hände gehabt? - Antony! Ja, wo war der Unbekannte geblieben? Roger rappelte sich stöhnend hoch. Erst krächzend, dann immer lauter rief er in die Dunkelheit hinein: „Antony... Antony! Wo sind Sie?"

„Hier!", antwortete eine schwache Stimme nach geraumer Zeit. „Ich bin hier."

Roger kroch auf allen Vieren in die Richtung, bis er die Gestalt ertastete. „Können Sie sich wenigstens erinnern, woher sie kamen? Vorhin als Sie unerwartet auftauchten."

„Ich... ich lag unter den Steinen, war bewusstlos..."

„Ja, das wissen wir. Aber wo!?"

„Irgendwo dort drüben."

Auch Morena war erwacht und hatte trotz ihrer Schwäche mitbekommen, dass Roger den Unbekannten befragte. „Er ist da neben mir aufgetaucht und kam wohl von dort vorne", sagte sie mit krächzender Stimme.

„Sie hatten nasse Hosen", stellte Roger fest.

Mit einem Mal erfasste Morena, wovon sie die ganze Zeit geträumt hatte. Nasse Hosenstöße! Da musste Wasser sein!

„Wo lagen Sie genau?", drängte Roger.

„Ich weiß nicht", antwortete der Mann weinerlich. „Irgendwo dort unten in einem Loch. Es ist ein Wunder, dass ich dort überhaupt heraus kam."

Roger taumelte unsicher in die angegebene Richtung. „Er muss am Rand der Bühne hinaufgekrochen sein", brummte er. „Vorsicht, fall da nicht hinunter!"

Morena war Roger gefolgt und starrte neben ihm in den dunklen Abgrund. Gähnende Leere klaffte dort bedrohlich auf. Ging es in eine bodenlose Tiefe, oder war der Grund nur ein-zwei Meter weiter unten? Es war nicht auszumachen. Der schwache Schimmer der versagenden Taschenlampe zeigte ein paar bizarre Konturen, ohne wirklich zu verraten was weiter unten war. Roger hatte sich flach auf den Boden gelegt und starrte angestrengt hinunter. Plötzlich erstarrte er und griff grob nach Morenas Arm. Sie stöhnte auf und versuchte sich zu befreien.

„Sei doch endlich ruhig!“, krächzte Roger. „Da ist doch etwas.“

Jetzt vernahm auch Morena ein schwaches Geräusch. Es hörte sich an wie ein leise glucksender Ablauf. „Wasser!“, knurrte Roger. „Da unten fließt Wasser!“

Kapitel 14

El Diablo kratzte sich erneut den Hintern. Es gefiel ihm überhaupt nicht, wie sich die Sache entwickelte. Die Menschen dort unten kämpften um ihr bisschen Leben. Er beugte sich weiter über die Öffnung und beobachtete, wie sie sich um die letzten Tropfen Wasser stritten. Grinsend erkannte er den Kerl, mit dem er sich bereits vorher befasst hatte. Der hatte seine Chance einfach so ausgeschlagen. Na warte, auch dir wird dein angeborener Egoismus noch ein Schnippchen schlagen. Der betrachtet sich, dort unten, so etwas wie ein Anführer. Ha, diesen Helden würde er sich schnappen. Der war garantiert der Erste, der aus diesem Loch kroch, und dann würde er, El Diablo, zupacken. Hi, hi.. hi…

Auf der anderen Seite waren da aber noch ein paar weitere interessante Kreaturen. Zum Beispiel diese Schwarze mit dem Namen Nahla, die gefiel ihm, mit ihren roten Haaren. Nicht ganz ehrlich, diese Dame. Sie nahm es mit der Treue nicht besonders ernst, und ihr Partner, der Bani, der hatte keine Ahnung. El Diablo geiferte. Ja, diese verheißungsvolle erotische Gestalt ließ auch ihn nicht kalt. Er liebte es heiß und verdorben, eine Seele nach seinem Sinn.

Nahla war kaum achtzehn Jahre alt, als sie das Elternhaus in Thiès verließ und dem Musiker Amar nach Dakar folgte. Sie war dem provinziellen, lärmigen und staubigen Zuhause entflohen und war im städtischen, lärmigen und staubigen Gewühl der Millionenstadt Dakar gelandet. Unweit der Universität El Hadji Ibrahim Niasse, an der Rue de l'Est, lebten sie in einem engen Raum im Untergeschoss eines Altbaus. Tagsüber besuchte sie einige Vorlesungen an der Uni, aber die Abende, und oft ganze Nächte, verbrachte sie im Club, dort, wo auch Amar arbeitete. Der Letztere entpuppte sich schnell einmal als unzuverlässiger Träumer, der nur für seine Musik und eine wirre Weltanschauung lebte. Die ehemals traditionellen Mbalax Rhythmen wurden mit viel Elektronik aufgemotzt und oft mit politischem Rap untermauert. Eines Tages war Amar verschwunden, aber Nahla weinte ihm keine Tränen nach. Sie vermutete, dass er mit einer Gruppe Gleichgesinnter nach Marokko gezogen war, um seinen wirren Ideen nach einer besseren Gesellschaft nachzuleben. Nahla war aber recht selbständig geworden, hatte sich durch einige Betten geschlafen und verdiente im Club gutes Geld. Sie zog in eine größere Wohnung und arbeitete für einen exklusiven Escort-Service. Sie kleidete sich teuer und elegant, und ihre herrliche Figur war nicht zu übersehen. Das musste auch ihrem Kunden Arubani Onyemaechi aufgefallen sein, denn er verpflichtete sie gleich für eine Woche, um mit ihm zu einer Modeschau nach London zu fahren. Der Hauch der großen Welt gefiel ihr sehr, und das Modehaus Arubani war in Dakar ein Begriff. Sie wurde Banis Geliebte.

„Ha!", grunzte El Diablo. „Eine steile Karriere, aber die wird bald ein abruptes Ende nehmen." Auch ein Teufel war kein Kostverächter, und er stellte sich vor, was man mit so einem Weib alles anstellen konnte. Man musste sie ja nicht gleich in der Hölle schmoren lassen. Er hatte durchaus angenehmere Möglichkeiten. Den Bani, den konnte er problemlos versenken, dieser Hammel hatte nicht einmal gemerkt, was für ein Flittchen er in sein Bett geholt hatte. Dass er nicht lachte, hatten die doch geglaubt, das wäre die große Liebe.

Von wegen Liebe, da war ja noch so ein Pärchen. Dieser Roj, der war ja praktisch schon tot, aber seine Frau Morena. - Ach was, zu alt. El Diablo schüttelte sich und peitschte heftig mit dem Schwanz. Ein paar Steine fielen polternd in die Tiefe. Vorsicht!

mahnte er sich, er durfte die dort unten nicht aufschrecken. Er wollte in Ruhe seine Auswahl treffen. Aber wen?

Jetzt hatte er es! Den Terroristen! Wie hieß der gleich? Mahud! Eine hervorragende Wahl. Dieser Mann entsprach allem, wofür er, der Teufel, stand. Mord, Totschlag, Verschlagenheit, Gemeinheit und Bosheit. Der Terrorist wollte morden, Geiseln nehmen und erpressen. Das war richtig sympathisch. Er war zwar nicht erfolgreich mit seinen Plänen, aber vielleicht konnte er, El Diablo, noch etwas nachhelfen. Mahuds Kumpane waren alle umgekommen, und für die Sache der Basken war wohl nichts mehr zu gewinnen, aber alle etwas zappeln und wimmern lassen, das konnte ein riesiger Spaß werden. Da war doch noch ein Teil des Sprengstoffes. Das wäre ein teuflischer Höhepunkt, wenn er den Mann dazu bringen könnte, die dort unten alle in die Luft zu sprengen. Damit wäre bewiesen, dass all dieses Gelaber vom Guten, der Liebe und dem Allmächtigen nichts wert war. Er, der Teufel, war der Herr dieser Welt und kein anderer. Genüsslich tanzte El Diablo auf dem Rand der Höhle. Dieser Mahud, der war's.

Mahud war tatsächlich ein Terrorist und hatte auch schon gnadenlos getötet. Aber das geschah, nach dessen Meinung, für ein hohes Ziel. Noch immer war das Baskenland unter der Knechtschaft der Herrschaften in Madrid und Brüssel. Euskadi ta Askatasuda, oder kurz ETA, heißt Baskenland und Freiheit, eine Freiheit, welche die Basken noch immer nicht erhalten hatten, obwohl vor rund neunzig Jahren an einer Konferenz in Norwegen ein Frieden ausgehandelt worden war. Sie waren weiterhin als politisch Linke gebrandmarkt und wurden von der, mehr und mehr zentralistisch werdenden, Weltregierung geächtet und verfolgt. Es war unglaublich, seine Generation musste einen Kampf weiterführen, welcher schon über ein Jahrhundert dauerte und viele Tote gefordert hatte. Doch immer noch lebte die Bevölkerung und die Familien in ärmlichen Verhältnissen, betrieben etwas Viehzucht und Ackerbau. Von den sozialen und wirtschaftlichen Erfolgen schienen sie total ausgeschlossen, wie eine vergessene Region. Wer sollte sich schon um ein paar baskische Bauern und deren Kinder kümmern.

Für Mahud war das Maß endgültig am überlaufen, als sein Vater nach einer langen Haftstrafe gebrochen und krank entlassen wurde und kaum ein halbes Jahr später starb. Seine beiden Brüder waren unterdessen weggezogen und versuchten ihr Glück in Deutschland. Nur Mutter, mit der behinderten Schwester, lebten noch im alten steinernen Haus zwischen Tolosa und dem angrenzenden Aralar Gebirge. Die Winter waren dort bitterkalt, und es grenzte an ein Wunder, dass die beiden Frauen nicht längst an Hunger und Kälte den Tod gefunden hatten. Mahuds Hilfe war bescheiden, denn eine einträgliche Arbeit war im weiten Umkreis nicht zu finden. So schlug er sich mit Gelegenheitsarbeiten durch. Mutter starb vor zwei Jahren und die Schwester Nerea fand man kurz darauf erhängt auf dem Dachboden.

Wäre das Haus nicht aus groben Steinen gebaut gewesen und deshalb praktisch unbrennbar, Mahud hätte es in seiner grenzenlosen Wut angezündet und hätte jeden mit Gewalt vertrieben, der versucht hätte zu löschen. Nein, so eine erbarmungslose Hölle konnte doch in dieser Welt nicht einfach tatenlos hingenommen werden. Die Basken waren eigentlich von je her arbeitswillige, bescheidene Menschen, aber es war wie wenn man aus kargen Steinen auch noch den letzten Lebenssaft gepresst hätte. Dem Land waren die letzten Lebensgrundlagen entzogen worden. Eine einfache Landwirtschaft war nicht mehr möglich, denn dieses verfluchte Großeuropa überschwemmte den Markt mit Massenprodukten, welche für die armen Leute nicht mehr erschwinglich waren. Die traditionelle Selbstversorgung brach zusammen, denn die jungen Leute wanderten aus, und den Alten fehlte einfach die Kraft dazu. Die neuen Technologien fanden den Weg in die abgelegenen Täler nicht. Sie waren auch nicht dafür geeignet. Sollte vielleicht ein Roboter die kargen steilen Hänge bewirtschaften. Dies war ein todgeweihtes Land.

Mahud zog in die Berge und suchte die wenigen, dort immer noch versteckten, Freiheitskämpfer der ETA. Er sah den Sinn und die Ziele dieser verlorenen Grüppchen eigentlich überhaupt nicht. Was wollten die noch? Eine Ablösung vom Einheitsstaat, Freiheit und Selbstbestimmung? Ja, vielleicht selbst zu bestimmen, wie man jämmerlich zu Grunde ging?

Aufgeschnappte Bruchstücke an Informationen seines verstorbenen Vaters wiesen ihm den Weg, und nach kurzer Zeit fand er sich im Kreis einiger Wirrköpfe wieder, die mit drohenden Fäusten

Behörden und Regierungen beschimpften und von einem freien, blühenden Baskenland phantasierten.

Bei billigem Fusel wucherten die verrücktesten Ideen durch die Köpfe der Alten. Man wüsste schon noch ein paar Mittel, wie man diesem elitären Gesindel auf den Leib rücken konnte. Man hatte sogar noch einige Waffen und etlichen Sprengstoff versteckt. Auch wenn das Zeug völlig veraltet war, man konnte damit noch allerhand anrichten. Nun war aber die Überwachung in den großen Städten derart engmaschig geworden, dass ein erfolgreiches Zuschlagen dort kaum mehr möglich war. Aber die Inseln, die Kanaren, dahin reisten die Reichen noch immer, und da waren sie wenig beschützt. So entstand der Plan, vom Überfall auf Lanzarote, um möglichst viel Geld zu erpressen. Gorka und Unai, zwei Brüder aus Pamplona und Mahud wurden ausgewählt, die Aktion durchzuführen.

El Diablo grinste spöttisch. Das waren doch nichtsnutzige Stümper. Zwei von denen lagen jetzt schon unter den Steinen begraben, und der Dritte wurde zunehmend von Skrupeln geplagt. Wenn er, der Teufel, so kindisch vorginge, dann könnte er gleich zur Hölle fahren und dort bleiben. Nein, eigentlich war dieser Mahud auch kein lohnendes Opfer, er brauchte etwas Besseres. - Den Bankier vielleicht?

Was stellte denn dieser Bankmann dar? Arrogant, undurchsichtig, schleimig höflich, so waren die doch alle. Ha, die Banken, das war eine Geschichte für sich. Vor etlichen Jahrzehnten waren davon viele hops gegangen. Ha, geschah ihnen Recht. Die hatten, mit dem Geld anderer, dubiose Geschäfte gemacht, hatten beschissen, belogen und betrogen, bis das Ganze nur noch ein riesiger undurchsichtiger Papierhaufen war, ohne Wert und Substanz. Nein, eigentlich nicht einmal mehr Papier, nur noch wertlose, unsichtbare Zahlen und Nummern. Die Zahlen wurden immer grösser, aus Millionen wurden über Nacht Milliarden, dann Billionen und weiter, bis man vor lauter Nullen überhaupt nichts mehr verstand. Wie Kartenhäuser brachen die Banken zusammen, die Anleger heulten, resignierten und viele nahmen den Strick. Nur die Banker, die wanden sich aalglatt heraus und begannen gleich wieder neu. Grösser, weltweiter und damit stärker, so verkauften sie sich wie eh und je. Sie hatten nichts aus dem Vergangenen gelernt. Erneut trat einer wie dieser

Beneton auf, wie wenn die Welt von seinem Segen abhängen würde. Er kaufte und verkaufte, versprach und betrügte erneut gutgläubige Kunden. Zurzeit hatte der Kerl tatsächlich die Übernahme eines Weltwassersyndikats in der Pipeline, wie das bei denen heutzutage so schön hieß. Der Deal konnte der Bank Milliarden einbringen und ihm selber einige fette Millionen. Dass dabei die einfachen Verbraucher einmal mehr von einem einzigen Spekulanten abhingen und ihren Durst nur noch mit dessen Genehmigung, seiner Willkür und seinem Wucher stillen konnten, war diesen Geldinstituten doch völlig egal. Hauptsache, das Geschäft brachte ihnen riesige Gewinne, und das ohne einen Finger zu rühren.

Schon in den fünfziger Jahren dieses Jahrhunderts war mit dem Erdöl genau das gleiche abgelaufen. Ein paar riesige Konzerne hatten die Welt im Würgegriff. Sie manipulierten den Ölpreis nach Belieben, drosselten und erhöhten die Produktion zur Optimierung ihrer Gewinne. Aber auch sie hatten sich verkalkuliert. Alternative Energiequellen wurden erschlossen, plötzlich waren Wasser- Wind- und Solarkraft gefragt. Antriebe mit Wasserstoffzellen wurden entwickelt und die Ölmultis blieben auf ihrem schwarzen Gold sitzen. Viele der Ölfelder vergammelten, tausende Kilometer von Pipelines verrosteten, und die Raffinerien wurden eine nach der anderen stillgelegt und verlassen. Es war wie mit den abgeschalteten Atomkraftwerken, die nächsten Generationen sollten sehen, wie sie mit diesem Erbe umgingen.

Die Menschen hatten nie begriffen, dass Energie nie aus dem Nichts entsteht und ins Nichts verschwindet. Dem ewige Kreislauf vom Nehmen und Geben, vom Kommen und Gehen, vom Gewinnen und Verlieren, vom Leben und Sterben, dem kann niemand entrinnen. Das galt für die ganze Welt und das ganze Universum. Sterne werden geboren und sterben, wenn auch nach Jahrmillionen.

Deshalb war auch die Überheblichkeit einiger Menschen, die glaubten Politik, Finanzen oder ganz einfach ihre Macht zu kontrollieren, zum Scheitern verurteilt. Nicht einmal er, der Teufel, konnte verhindern, dass es immer wieder Rückschläge gab und sein Widersacher doch siegte. Dieser kleine Banker aber, dieser Beneton, war schon gar nicht von dieser Wahrheit ausgeschlossen, und dafür konnte er, El Diablo, jetzt sorgen.

Des Teufels Gedanken schweiften ab. Warum nur sollte er sich eigentlich Sorgen um diese verfluchte Welt machen? Sie hatte es nicht anders verdient. Sollte er sich vielleicht sein Hirn zermartern, bis es rauchte? Feuer und Flammen, Blitz und Donner, das war die einzige Antwort, und damit wusste er umzugehen.

Loa Agau, verdammt noch mal, wieso hörte der auf mit den Beben? Noch ein paar richtige Stöße, und die dort unten waren geliefert. Konnte der denn nicht dafür sorgen, dass die Brut so richtig aufgeschreckt wurde und aus dem Loch gekrochen kam. Der Erste, der würde ihm gehören, das war so abgemacht - oder besser noch, der Letzte.

Kapitel 15

Xenia lenkte das U1P-Boot aufmerksam durch die Dunkelheit des Meeres. Sie verließ sich dabei völlig auf das automatische Navigationssystem, starrte aber trotzdem angestrengt durch die massive Scheibe in die bleichen Kegel der Frontscheinwerfer. Von Zeit zu Zeit warf sie einen Blick auf die digitalen Anzeigen, Geschwindigkeit, Abdrift, Tiefe und Position. Sie befand sich zweiundachtzig Meilen westlich der afrikanischen Küste, ungefähr auf der Höhe von Casablanca, in einer Tiefe von tausend Metern und folgte dem Abhang des Kontinentes, welcher weiter westlich bis auf viertausend Meter abfiel. Die Abdrift war im Moment minimal. Das konnte sich aber drastisch ändern, wenn ein Tsunami ihren Weg kreuzen würde. So eine Welle konnte sie innerhalb von Minuten mit hoher Geschwindigkeit gegen die Küste treiben. Besser, sie vergrößerte den Abstand. Erst nördlich von Lanzarote waren gefährliche Untiefen zu erwarten, und dann wusste man auch nicht, was die Eruptionen alles aufgeworfen hatten. Der kraftvolle Motor heulte gequält auf, als Xenia den Accelerator vorschob, um das Tempo nochmals zu erhöhen. Er war längst am Limit der Leistung, aber die Pilotin schimpfte wütend über die lahme Kiste, obwohl die Geschwindigkeit längst über den erlaubten 400 mph war. Es dauerte viel zu lange, bis die Insel erreicht wäre.

Xenias Wut galt aber nicht nur dem Boot. Sie galt auch den sturen Bürokraten des Oberkommandos, welche sie von diesem irrsinnigen Unternehmen unbedingt abhalten wollten und damit viel wertvolle Zeit vergeudeten. Sie hatte einen höllischen Streit mit dem Admiral hinter sich.

„Dann versuchen Sie es einfach erneut!", schrie sie entnervt, als McGregor ihr erklärte, dass wegen der fortgesetzten Ausbrüche und dem Aschenregen, eine Rettung aus der Luft wohl für Tage ausgeschlossen sei. Die Fregatte „Farragora" hatte bereits einen Autocopter verloren, und die Besatzung war mit Sicherheit dabei ums Leben gekommen. Drohnen oder andere Luftlandegeräte würden der gleichen Situation zum Opfer fallen, denn alle waren bei diesen Verhältnissen nicht einsatzfähig. Der speiende Vulkan Corona war einfach zu nah. Da nützte die ganze hochgradige Technik nichts. Auch eine Landungsoperation im Süden war nur mühsam zu Stande gekommen, nur um festzustellen, dass selbst mit Panzerfahrzeugen kein Durchkommen in den Norden möglich war. Das Land war eine Wüste von Kratern und sich hoch auftürmenden Lavaströmen. Sie hatten die paar wenigen verbliebenen Einwohner evakuiert, und jetzt musste die Insel als verloren aufgegeben werden.

„Sie können die dort Eingeschlossenen doch nicht einfach so aufgeben und abhaken! Es ist ihre Pflicht, alles zu versuchen, um die Menschen zu retten!"

Der Admiral nickte mit dem Kopf. „Wir müssen der Tatsache ins Auge schauen: Wir wissen nicht einmal, ob die dort verschütteten Individuen überhaupt noch leben. Der Kontakt ist abgebrochen, und wir müssen annehmen, dass sie tot sind."

Xenia sah Rot! „Individuen!", schrie sie. „Das sind Menschen und keine namenlose Nummern dort drin. Sie sind am Leben und brauchen Hilfe. Sie können diese nicht einfach wie Materialverlust abbuchen und zur Tagesordnung übergehen. Sie sind ein unmenschliches ..."

„Nun beruhigen Sie sich doch", knurrte der Admiral unwirsch. „Wir können praktisch nichts mehr tun. - Trotzdem, wir werden dennoch versuchen, vom Süden vorzustoßen. Aber das kann Tage, vielleicht sogar Wochen dauern, und weitere Eruptionen könnten sogar alles vereiteln. Dazu brauchen wir schweres Gerät, welches zuerst hingebracht werden muss."

„Dann bringen Sie es hin!", sagte Xenia erschöpft.

McGregor legte ihr beruhigend die Hand auf die Schulter und sagte: „Ich verstehe und teile auch ihre Sorge. Ich weiß, dass Sie dort drin Bekannte wissen, die Ihnen sehr viel bedeuten. - Ich wünschte, ich könnte mehr tun."

Sie standen mitten im modern ausgestatteten Einsatzzentrum von Gibraltar und konnten nichts tun. Große Wandschirme mit Karten, Angaben, technischen Daten und Koordinaten schimmerten trübe an den Wänden. Ein paar Experten arbeiteten davor und sprachen leise in Mikrofone. Es war, wie wenn die hoffnungslose Situation sie alle gelähmt hätte und sie resigniert ihre Routine absolvierten.

McGregor drehte sich weg. In seinem Gesicht arbeitete es, und seine Augen blickten ins Leere. „Eine der neuen BOH-Drohnen", murmelte er geistesabwesend. „Die sind mit massiven Schutzschilden ausgerüstet."

Xenia sprang herum und schrie: „Also doch!" Sie packte den Admiral am Ärmel. „Da ist eine Möglichkeit und Sie... sie..."

„Jetzt aber langsam!", knurrte McGregor. „Diese Drohnen sind noch nicht einsatzfähig. Sie haben wohl alle bisherigen Tests bestanden, aber es fehlt ein wichtiges Detail."

„Was denn!"

„Die Zielerkennung. Sie fliegen zwar nach genauen Koordinaten und können auch von der Zentrale aus gesteuert werden, aber dieses unterirdische Ziel finden sie trotzdem nicht. Es sind die Wärmesensoren, welche dort nahe den Eruptionen völlig gestört und nutzlos sind. Bleibt der Funkkontakt, aber der ist ja abgebrochen. - Wie soll die Drohne das Ziel da finden? Es ist wie bei einem Telefonanruf, wenn der Empfänger das Gerät nicht eingeschaltet hat, kommt die Verbindung nicht zu Stande."

Xenia starrte auf die matt schimmernden Schirme. Ihre Augen brannten, und die Gedanken rasten. So eine Drohne könnte also die Eingeschlossenen mit Lebensmittel, Wasser und Medikamenten versorgen, so lange bis sie befreit werden konnten. Das Problem war, sie konnte den Ort ohne Verbindung nicht finden.

„Ist es denn möglich, dass jemand mitfliegt?", fragte sie, obwohl sie die Antwort eigentlich schon kannte.

„Unsinn!", brummte McGregor. „Das wissen Sie doch genau. Eine Drohne ist immer ein unbemanntes Flugobjekt."

Xenia wusste, dass die Verbindung mit OX15W nach kurzer Zeit abgebrochen war. Die Batterien der Eingeschlossenen waren mit Sicherheit längst erschöpft und die Menschen wohl genauso. Sie brauchten Hilfe, schnelle Hilfe.

„Versuchen Sie es trotzdem", krächzte Xenia.

„Wie denn?", knurrte der Admiral. „Wir werden das wertvolle Fluggerät verlieren, und ich trage die Verantwortung."

„Sie tragen die Verantwortung für die eingeschlossenen Menschen. Das einzig zählt. - Wie auch immer, ich werde versuchen, die Verbindung nochmals herzustellen. Und Sie schicken diese Drohne los!"

Ein Gedanke klammerte sich hartnäckig in ihr fest, auch wenn die Vernunft mahnte, dass das wohl keine gangbare Lösung sein konnte. Diese Höhle, die Jameos del Agua, lagen dicht am Strand und man wusste, dass die Gänge die Abhänge hinunter, bis weit ins Meer hinaus reichten. Vor Jahren hatte ein Forscherteam diese unter Wasser gelegenen Ausgänge erkundet und war auf riesige Grotten gestoßen. Xenia sah sich bereits wie eine Nymphe aus dem Wasser steigen und die Menschen in Sicherheit bringen. - Unsinn, niemand wusste, ob die Grotten noch existierten und ob überhaupt ein Durchgang zu den Eingeschlossenen existierte.

Sie klammerte sich aber an den Gedanken und nahm sich vor, genaue Karten der Küste zu besorgen. Es wäre zwecklos, den Admiral einzuweihen. Der erfuhr am besten überhaupt nichts. Der würde ihr so ein Unternehmen sofort verbieten, sie vielleicht sogar festnehmen lassen, um sie daran zu hindern. Sie musste zur Marinebasis, dort konnte sie die entsprechenden Unterlagen einsehen, und da waren auch die U-Boote.

Sie drosch noch ein paar Mal auf den Admiral ein, beschimpfte ihn einen unfähigen Bürokraten und stampfte davon. McGregor schüttelte den Kopf ob diesem Nervenbündel und wandte sich ab. Irgendwie war der Abgang dieser Frau ungewöhnlich, aber er hatte anderes zu tun. Er wollte die Möglichkeiten der Drohne noch einmal genau unter die Lupe nehmen.

Nun klaute man natürlich ein U-Boot auch nicht wie ein Auto von einem unbewachten Parkplatz. Das war Xenia völlig bewusst. Ihr ESAX-Ausweis, einer der Dokumente mit dem höchsten Prioritätenstatus, verschaffte ihr aber den Zugang zu dem geheimen unterirdischen Hafen, direkt unter dem Felsen von Gibraltar, problemlos. Sie war in den schwarzen ganzteiligen Hosenanzug gekleidet, welcher auch der Uniform der Marineangehörigen entsprach. Ihr dichtes schwarzes Haar verbarg sie unter einer Wollmütze, wie sie die Männer im Einsatz trugen. Die hoch entwickelten vollautomatischen Technologien kamen ihr jetzt zu Gute, denn es war kaum Personal vor Ort. Trotzdem versuchte sie lautlos und unbemerkt durch die Gänge zu den unterirdischen Kais zu kommen. Ein Maat half ihr die notwendigen Gegenstände heran- und an Bord zu schaffen. Er warf nur einen flüchtigen Blick auf ihren gefälschten Einsatzbefehl, wahrscheinlich ohne richtig zu verstehen, was das sollte.

Das U1P war eines der torpedoähnlichen Boote, welche seit einiger Zeit für Aufklärungsmissionen eingesetzt wurden. Sie wurden durch einen Hydromotor angetrieben und hatten eine außerordentliche Reichweite. Das Boot war für eine Einmannbesatzung konzipiert, hatte aber einen kleinen Stauraum mit Notsitz. Die Batterien, das Funkgerät, die Ersthilfetasche und ein Karton mit Nahrungskonzentrat passten gerade hinein.

Bevor sich Xenia in das enge Cockpit zwängte, bedankte sie sich bei ihrem Helfer, einem stämmigen Schwarzen aus dem Sudan, und nahm sich vor, sich nachher schützend vor ihn zu stellen und die volle Verantwortung für ihre Täuschung zu übernehmen. Während sie langsam durch die Ausfahrt glitt, stand der Mann auch sinnend am Kai und wandte sich erst nach einer geraumen Weile kopfschüttelnd ab.

Es wurde Zeit, den Admiral zu informieren. In einer Stunde würde sie ihr Ziel erreicht haben, und dann wäre es auch Zeit, die Drohne zu starten. Sie tippte den Code des Einsatzzentrums auf Gibraltar ein.

„U1P 02308, ich möchte Admiral McGregor sprechen."

Nach einer leichten Verzögerung kam die Antwort: „Verstanden! Ihre Meldung bitte!“

„Sir, ich befinde mich auf dem Weg nach Lanzarote...“

„Sie... Was zum Teufel...“

Xenia schluckte. „Sir, ich werde zur Höhle vordringen und die notwendige Funkverbindung herstellen.“

„Sie werden gar nichts!“, bellte McGregor böse. „Sie drehen sofort um. Ich erwarte Sie noch heute zum Rapport! - Das ist ein Befehl.“

Xenias Stimme wurde hart. „Ich werde den Eingeschlossenen helfen. Sie können mich nicht davon abhalten. Meine Position ist N34.26.067 / W11.33.457 und es ist jetzt genau 10:23 UTC. Wenn alles gut geht, werde ich Lanzarote in etwa einer Stunde erreichen. Bitte seinen Sie um 13:00 UTC bereit für eine Funkverbindung.“

„Ich werde Sie vor ein Militärgericht stellen!“

„Tun Sie was Sie nicht lassen können, aber erst wenn die Menschen gerettet sind. Dann stehe ich zur Verfügung.“

McGregor atmete schwer. „Xenia, bitte...“

„Sir, es geht darum, die Drohne muss zum richtigen Zeitpunkt eintreffen. Ich zähle darauf.“

„Zum Teufel, wie...!“, aber Xenia hatte die Verbindung abgebrochen. McGregor schlug die Faust auf den Tisch. War dieses Weib total verrückt? Wenn das schiefgeht, dann waren sie alle dran. Der Weltsicherheitsrat würde aufheulen vor Wut. Wie konnte so eine Situation derart außer Kontrolle geraten? Ja, ja, sie hatte ja Recht, die Menschen mussten gerettet werden, aber dieser Alleingang, der würde ihnen allen Kopf und Kragen kosten. Sein Abgang war schon so gut wie sicher. - Er musste den Sicherheitsrat in Brüssel informieren.

Zwanzig Minuten später, nachdem er mit dem Oberbefehlshaber und dem Vorsitzenden des Weltsicherheitsrates gesprochen hatte, saß McGregor zusammengesunken auf seinem Stuhl. Er schien um Jahre gealtert, und sein Gesicht war aschfahl. Was er da eben erfahren hatte war wie ein Todesurteil.

Die Geologen waren zum Schluss gekommen, dass die Plattenverschiebungen entlang der afrikanischen Küste noch viel gravierender waren als ursprünglich angenommen. Die Westküste von Afrika war in akuter Gefahr abzusinken und einen großen Teil des Kontinentes mit sich zu reißen. Sie waren sich einig, dass die Verschiebungen nur dadurch gestoppt werden konnten, indem man genau platzierte nukleare Sprengungen entlang des Risses vornahm. Das käme, bildlich beschrieben, einer Schweißnaht entlang des Bruches gleich, und es würde das Absinken aufhalten. Die Experten waren sich einig, dass die Verwerfungen schon derart fortgeschritten waren, dass keine Zeit mehr zu verlieren war. Die Einsatzpläne waren erstellt, und der Zeitpunkt der Sprengungen für die folgende Woche festgelegt. Es blieb gerade genug Zeit für Evakuierungen und Sperrung der Zonen. Er musste schnellstens die „Farragora" zurückbeordern und den gesamten zivilen Verkehr sperren. Beginnen würde man im tiefsten Graben östlich von Madeira und würde danach weiter südlich in die Nähe der Kanaren kommen.

McGregor hob den Kopf. Jetzt war eigentlich alles egal. Er hatte versucht, die Politiker aufzuhalten und mindestens einen Halt zum Überdenken zu erwirken. Diese waren aber so überzeugt, dass die Erde nur durch ein sofortiges Eingreifen zu retten sei. Sie hatten die Angelegenheit als höchste Geheimsache erklärt und wollten am Terminplan festgehalten. Mit einigen Verlusten, zum Wohle der Allgemeinheit, müsse man halt rechnen.

Bei diesem Gedanken regte sich im Kopf des Admirals Widerstand. Plötzlich richtete er sich auf und sprang hoch, so dass der Stuhl scheppernd umkippte. Verdammt! Er durfte sie nicht einmal warnen, aber niemand konnte ihn aufhalten ihnen zu helfen. Er würde die „Farragora" so lang als möglich dort vor Lanzarote bleiben lassen, sonst hatten die Geretteten ja keine Chance wegzukommen. - Ja, und er würde die Drohne losschicken. Er konnte nur beten, dass Xenia einen Weg zu den Eingeschlossenen fand und dann rasch den Funkkontakt herstellen konnte.

Xenia war sich nicht bewusst, was sich da über ihr zusammenbraute. Verbissen raste sie auf die Insel zu, und erst als sie die ersten Sonarwarnungen bekam, dass Untiefen nahten, verringerte sie die Geschwindigkeit.

Plötzlich ging ein Schütteln durch das Boot und ließ Xenia erstarren. Durch die Scheibe erkannte sie trübe Luftblasen, welche vor ihr wild in die Höhe trieben. Ein submariner Geysir vermutete sie, vielleicht aber auch eine Eruption. Eine solche konnte äußerst gefährlich werden. Sie machte ein seitliches Manöver und stieg auf achthundert Meter hinauf. „Pass auf!", mahnte sie sich selber. Sie hatte die letzte Stunde zu viel gegrübelt. Auch Zweifel waren hochgestiegen. Tat sie wirklich das Richtige? - Waren die Eingeschlossenen wirklich noch am Leben? - Hatte sie ihre Zukunft jetzt völlig in den Sand gesetzt. Sand! - Sand? Ja, ihre Mutter lebte am Rande der Wüste von braungelbem Sand umgeben, aber war das nicht so eine Sache mit diesem widrigen Zeug, zerrann der nicht durch die Finger und verflüchtigte sich gnadenlos in alle Winde? - Auf Fels bauen und festhalten, das war doch richtig. Sie hatte es nicht getan. Warum hatte sie nur das Glück wie Sand durch die Finger rinnen lassen und hatte Roger ziehen lassen? Sie hatte ihn gehen lassen, weil sie um sein Leben bangte. Jetzt, erneut war der Mann in Gefahr, und diesmal würde sie ihn nicht im Stich lassen. Da konnte ihre Mutter tausend Stricknadeln hervorzaubern, sie würde sich zu ihm durchschlagen und zu ihm halten. Dieses Voodoo Zeugs ihrer Mutter war Vergangenheit und einfach Unsinn.

Irgendwo in ihrem Geist hatte sich aber etwas festgesetzt, das hartnäckig forderte, an ihre Mutter zu glauben. War denn nicht immer irgendwo ein Stückchen Wahrheit in allem, was auf dieser Welt geschah? Das Schlechte gehörte zu diesem Dasein, so wie das Gute. Glück und Unglück, Gesundheit und Krankheit, Leben und Tod waren alle dicht beieinander und regierten über alle Menschen gleichermaßen. Man nannte das Schicksal. - Da regte sich aber der Widerstand. Man konnte doch vieles beeinflussen und selber steuern. Man durfte sich nicht einfach dem Schicksal ergeben. Sie hatte die Kraft und den Geist, ihr Leben selber in die Hand zu nehmen und auch entsprechend zu handeln.

Erneut zitterte das Boot und mit lautem Knall prallte etwas gegen die Außenhülle. Sie war lange noch nicht an der Küste der Insel, aber die Fahrt wurde immer riskanter. Kamen jetzt die Felsbrocken von unten aus einem Kraterschlund oder von oben von einem Vulkan herangeflogen? Sie wusste es nicht und starrte weiter durch die trübe Scheibe. - War die Drohne jetzt losgeschickt und würde ihnen die notwendige Hilfe bringen, oder war sie, mit den paar Sachen, ganz allein und ohne Unterstützung unterwegs?

Plötzlich huschte ein Schatten durch die Lichtkegel. Was war das? Erneut! Einem riesigen Vogel ähnlich. Ein Manta! Seine Schwingen hoben und senkten sich majestätisch, wie wenn er dem Boot zuwinken würde und diesem befahl ihm zu folgen. Xenia drosselte die Geschwindigkeit. Sie wollte das edle Tier nicht rammen. Sie stiegen höher, was auch Sinn machte, denn in der Nähe der Insel, auf der östlichen Seite, betrug die Meerestiefe weniger als dreihundert Meter. Noch immer folgte sie dem Manta, wie wenn dieser das Navigationssystem übernommen hätte. Er schwebte wie ein lautloser Traum vor dem Boot her. Die Geschwindigkeit betrug jetzt nur noch wenige Meilen pro Stunde. Xenia starrte fasziniert auf das anmutige Tier. In ihrem Kopf formte sich das Verlangen, ihm widerstandslos zu folgen und sich einfach leiten zu lassen. Das war überhaupt nicht Xenias Art. Sie, die sich immer äußerst rational benahm und sich auf nackte Fakten verließ, sie wirkte plötzlich völlig willenlos und verwirrt. Über dem Wasser musste jetzt bereits die nahende Küste sichtbar werden. Der Anblick wäre fürchterlich und zu Tode erschreckend. Die Küste glich einer schwarzen, zerrissenen, bizarren Wand, an der sich die Brecher tosend überschlugen. Dahinter ragte ein Vulkan auf, der nicht minder schrecklich aussah. Seine Flanken waren tief zerfurcht, und glühend rote Lava strömte zum Meer. Wo diese das Wasser erreichte, fuhren riesige Rauch- und Dampfsäulen in die Höhe, welche das Ganze in eine schaurige Szene verwandelten. Die Ausbrüche des Kraters waren durch die dunklen Wolken gnädig verborgen, aber das dumpfe Grollen verkündete nichts Gutes.

Hundert Meter in der Tiefe sah Xenia aber nichts von all dem. Der Manta leitete sie weiter, sicher durch die jetzt plötzlich auftauchenden Riffe. Immer wieder stiegen in der Nähe gewaltige Türme von Blasen auf und rüttelten am Gefährt. Sie verhießen, dass sie jedes Mal nur knapp dem sicheren Untergang entkam.

Xenia flehte benommen und fragte: „Mama, ist das erneut dein Wille, dass dieser Manta uns leite? Deine Kräfte sind mir unverständlich. Du machst mir Angst.“

Wie wenn das Tier mitgehört hätte, beschrieb der Manta einen eleganten Bogen und verschwand. Vor dem U1P-Boot tauchte aber eine riesige Grotte auf. Xenia drosselte den Motor und starrte gebannt in die Dunkelheit der Höhle. Diese öffnete sich vor ihr wie ein riesiges, hungriges Maul. Das Navigationssystem schwieg, aber es war klar, sie hatten einen Eingang gefunden.

Sachte steuerte Xenia das Boot hinein und etwas höher. Wie das Gewölbe eines riesigen Doms, ragten die schwarzen Felsen über ihr hoch. Die Dunkelheit nahm mit jedem Meter zu, und nur die starken Scheinwerfer fanden den Weg weiter hinein. Die Wände zu beiden Seiten zeugten vom einstmaligen Lavafluss, wie wenn das heisse Gestein kaum erstarrt wäre. Unter Wasser sah das so gespenstig aus, dass Xenia meinte, das Gestein sei immer noch im Fluss und versuche sie zu verschlingen. Das war aber nicht der Fall, und das Boot fand problemlos den Weg hinein, durchbrach die Oberfläche und blieb schaukelnd leise glucksend liegen.

Xenia blieb sitzen, unfähig, zu glauben, dass sie tatsächlich angekommen war. „Danke Mama, danke auch dir du herrlicher Manta", murmelte sie benommen. „Ihr wisst Beide, dass ich an solch Überirdisches nicht glaube. - Aber trotzdem danke."

Sie fuhr die Stabilisatoren aus und öffnete das Luk. Die hereinströmende Luft roch feucht und leicht moderig. Die Messgeräte zeigten nichts Außergewöhnliches. Sie erhob sich, kniete sich auf den Stabilisator und ruderte mit den Händen gegen die Felsen. Mit einem leichten Bums stieß der Rumpf gegen das Gestein. Xenia kletterte hinüber und vertäute das Boot an einem Vorsprung. Dann holte sie ihre Sachen aus dem Boot und platzierte alles sicher in einer Nische weiter oben, damit die Flut sie nicht erreichen konnte. Endlich holte sie sich die Stablampe und löschte die Scheinwerfer. Sofort umgab sie drückende Dunkelheit. Sie setzte sich auf einen Stein, löschte auch die Stablampe und wartete, bis sich die Augen an die Dunkelheit gewöhnt hatten. Das dauerte eine halbe Stunde, während der sie ruhig dasaß und ins bedrohliche Unbekannte hinein horchte. Außer dem Plätschern des Wassers, welches leicht gegen die Felsen schwappte, war nichts zu hören. Ihre Uhr zeigte 11:14.

Xenia überlegte fieberhaft. Der Eingang war einige hundert Meter weiter draußen im Meer. Aber dass sie jetzt hier auf dem Trockenen saß, bedeutete, dass sie wahrscheinlich auf der Insel und deshalb auch nicht weit von den Eingeschlossenen entfernt war. Es war einfach die Frage, ob dies in dem verzweigten Höhlensystem die richtige Grotte war. Wenn nicht, dann musste sie wieder hinausfahren und weiter suchen. Damit würde aber viel Zeit verstreichen. Zuerst musste sie sich jetzt vergewissern, wo sie hier gelandet war. Auf einmal überkam sie eine Welle der Zweifel und der Einsamkeit. Sie war hier völlig allein in diesem riesigen schwarzen Loch, und es konnte durchaus passieren, dass sie nichts entdeckte, was sie zu den Eingeschlossenen führte. Dann war die ganze Sache für nichts und wieder nichts gewesen, und sie müsste mit dem Gedanken weiterleben, dass alle umgekommen waren, und dass, wenn sie eine Rückkehr überhaupt schaffte, die ganze Wucht der Militärjustiz auf sie einstürzen würde. Erneut sah sie Mama Fatiga vor sich und fragte sich ob diese, ihre Mutter, auch jetzt bei ihr war.

Kapitel 16

Mahud sank zu Boden und stöhnte leise. Er hatte sich verrannt, denn die Ausbeute war kläglich. Wie konnte er wissen, dass im Lager ja praktisch nichts mehr geblieben war. Und dann wollte ihn dieser alte Schwachkopf auch noch aufhalten.

Javier Mahud kroch auf allen Vieren weiter. Seine Schulter schmerzte, aber das musste er ertragen. So schlimm war's auch wieder nicht, zum Glück hatten die Anderen ein zu großes Wesen darum gemacht. Er glaubte nicht, dass etwas gebrochen war. Er unterdrückte ein Stöhnen. Er war noch viel zu nahe.

Mahud war unauffällig links der Bühne zwischen die dunkeln Felsen gerutscht und versuchte nun von der Gruppe wegzukommen. Sein Instinkt sagte ihm, dass die ganze Bande über ihn herfallen würde, wenn sie merkten, was er getan hatte. Das Wenige an Essbarem, was er sich in die Taschen gesteckt hatte und die Flasche, die er fest umklammerte, würden ihm eine Zeit lang genügen. Er musste jetzt mit niemandem teilen. Außerdem lag hier unten auch noch ein Teil des Dynamits. Vielleich war ihm dieses noch nützlich. Er kroch weiter, vermied es aber Fergusons Lampe zu benützen. Er war zu nah. Sie würden unweigerlich das Licht, auch wenn es noch so schwach war, entdecken. Mühsam umrundete er einen großen Felsen, tastete sich durch eine enge Rinne und hielt erschöpft inne.

Hier, vor ihm, musste vor dem Einsturz ein Durchgang zu einem Requisitenlager gewesen sein. Er erinnerte sich an eine einfache, grob in die Felsen gehauene Höhle, vollgestopft mit allerlei Gerümpel. Wenn sie noch existierte, konnte er sich dort zuerst einmal ausruhen, abwarten und nachdenken. Er überkletterte weitere Felsen und fand dahinter tatsächlich die Kaverne. Er leuchtete kurz um sich, schob ein paar Kulissenteile zur Seite und ließ sich erschöpft nieder.

El Diablo beobachtete die Szene neugierig. Das Opfer lag zusammengesunken auf dem Boden und merkte nichts von seiner Anwesenheit. Er grinste hämisch. Dieser Kerl war ein Ekel und für seine Zwecke eigentlich nicht zufriedenstellend. Der Kerl brach alle Regeln und wähnte sich dabei noch im Recht. Huiii! Der würde noch Wunder erleben, wenn er mit ihm fertig war.

Langsam schwebten die Gestalten durch den Nebel. Sie waren nicht auf Anhieb zu erkennen, aber dann sah Mahud die schwarzen, verkohlten Gesichter, die grauen Kutten und die unförmigen Keulen in ihren Händen. Lautlos glitten sie, ohne den Boden zu berühren heran, ja, sie hatten nicht einmal Füße oder gar Schuhe. Mitten drin der Teufel in schauriger Gestalt. Er schwenkte den Fünfzack und zeigte mit krummem Finger auf Mahud.

„Ja, dich habe ich ausgewählt“, kreischte der Teufel. „Du bist der Richtige, der Gesetzlose, der Schlechteste und Mieseste auf dieser Welt. Du gehörst mir!“

Mahud wollte etwas erwidern, brachte aber keinen Ton heraus. Es war, wie wenn sein Mund versiegelt wäre, ohne dass er etwas dagegen tun konnte.

„Ja“, geiferte der Teufel weiter. „Jetzt ist es zu spät, um noch etwas zu deiner Gunst anzubringen.“

Seine Augen traten vor Anstrengung aus den Höhlen. Die Kehle würgte, aber kein Laut kam hervor. Mahud glaubte zu ersticken.

„Du kennst doch die Bilder der Hölle, wie sie die menschlichen Kreaturen, welche sich Künstler nennen, immer wieder darstellen. Ich verspreche dir, es wird noch viel schlimmer werden. Der Tod mit seiner scharfen Sense ist viel grausamer, als du dir vorstellen kannst. Das Fallen in die Tiefe ist ohne Boden, und das Feuer wird tausendmal heißer sein, als das Innere der Erde. Die satanischen

Kreaturen werden dich zerfleischen und tausende von Jahren lang quälen, sodass du dir wünschen würdest in die einzelnen Atome zu zerfallen und ins All geschleudert zu werden, um dort in der hintersten Galaxie zu versinken, bis in alle Ewigkeit. Aber selbst deine letzten Atome werden vor Qualen aufheulen, denn sie werden nie und nimmer Frieden finden. Das verspreche ich dir, ich, El Diabolo.“

Er umrundete den vor ihm Liegenden und stieß ihn mit dem Fünfzack an. „Nun bist du sprachlos du Wicht! Hast du denn nicht gewusst, was dich erwartet?“

„Ich...“, stammelte der Liegende unter Qualen.

„Sprich schon!“, fauchte der Teufel. „Normalerweise fehlen euch Kreaturen doch die Worte nicht. Was sollte mich abhalten dich zu rösten?“

„Ich bin doch nicht schlecht...“

„Auaaa...!“, heult der Teufel. „Nicht schlecht!? „Hölle und Feuer! Er denkt, er sei nicht schlecht.“ Er wandte sich an die Geister: „Habt ihr das gehört? Er meint er sei nicht schlecht.“

Sie schwebten winselnd heran, nahe an sein Gesicht, und er glaubte den faulen Atem des Todes und die Berührung der Höllenglut zu spüren. Laut heulend fuhren sie in die Höhe, kehrten um und kamen zurück.

Er zitterte unkontrolliert, als er aufschrie: „Lasst mich in Ruhe! Mein Leben gehört mir allein, und es war nicht alles schlecht.“

„Aha, dann erzähl mal. Was war denn da Gutes dabei? - Und lüg mich nicht an!“

Mahuds Geist versank im Strudel der Vergangenheit. Dichte Schleier schwebten um ihn. Es war kaum etwas zu erkennen. Mitten drin plötzlich seine Mutter.

„Mutter, wo bist du?“, stammelte er schwach.

Ihre Lippen bewegten sich und es war wie wenn sie leise zu erzählen beginnen würde. Sie sprach von den sanften grünen Weiden, von einem steinernen Haus am Rand der weiß glänzenden Berge. Ein Dorf, in dem die Leute sich kannten und achteten. Die Familie war eine glückliche Gemeinschaft von Eltern und Kindern. Die drei Söhne wuchsen zu starken Burschen heran. Sie rauften und versöhnten sich, wie das unter Geschwistern üblich war. Javier Mahud, der Jüngste, war eher schüchtern. In der Schule war er nur mittelmäßig, er mogelte sich durch, so gut es ging, nur Sport bedeutete ihm mehr. Pelota, das Spiel mit dem langen Wurfkorb, auch Xistera genannt, mit einem Ball, der gegen eine Wand geschlagen wird, das gefiel Mahud außerordentlich. Allerdings war damals ein Frontón, ein Spielfeld mit Wand, meist nur in größeren Ortschaften zu finden, weshalb sich sein Eifer halt notgedrungen auf Fußball konzentrierte. Bald spielte er im lokalen Klub und lernte meist ältere Mitspieler kennen. Sie foppten ihn zuerst ob der kleinen Gestalt, merkten aber bald, dass er durchaus eine Bereicherung des Fußballspiels werden konnte. In ihrem Kreis hörte er auch zum ersten Mal von der baskischen Freiheitsbewegung. Mahud kümmerte das aber wenig. Hauptsache, man spielte Fußball. Der kleine Junge wuchs heran, zu einem zähen jungen Mann mit fröhlichen blauen Augen, welche aber auch, wenn er in Bedrängnis geriet, stahlhart und zornig blicken konnten. Als Verteidiger war er seiner Mannschaft bald unentbehrlich, denn am „Javier Resistente" war nur schwer vorbei zu kommen. Die Gespräche über den baskischen Widerstand und die ETA bewegten ihn wenig, erst als sein Vater nach längerer Abwesenheit davon sprach, dass ihr Euskadi bald die lang ersehnte Unabhängigkeit erlangen würde, horchte er auf.

„Was?", sprach er seinen Vater darauf an. „Was haben wir mit der Unabhängigkeit zu schaffen? Sind wir nicht frei, und können tun und lassen was wir wollen?"

„Du bist noch zu jung", antwortete Vater Iñaki. „Du hast noch nie horrende Steuern bezahlt und doch kein Mitbestimmungsrecht bei wichtigen Entscheidungen gehabt. Die in Madrid unterdrücken uns und saugen uns aus. Wir haben keine Rechte, aber das wird sich bald ändern."

Der Vater schwieg und Javier Mahud wollte nicht weiter in ihn dringen. Die Sache mit der ETA ging ihn nichts an, er wollte Fußball spielen, und eine Arbeit fand man immer, wenn man willig und fleißig war. Außerdem, mit dem vereinigten Europa war das Problem doch sowieso keines mehr. Sein Vater hatte sich da in etwas verrannt, was für seine Generation längst Vergangenheit war. Er selber träumte von einer großen weltweiten Fußball-Karriere.

Als er dann aber mit achtzehn, als Erster, ein Mädchen nach Hause brachte, überraschte er doch alle. „Enara" bedeutet Schwalbe, und der Name passte ausgezeichnet zu dem Mädchen mit dem fröhlichen, lebendigen Wesen. Sie war gertenschlank, aber auch flink und scheute die Arbeit nicht. Eine gute Wahl, urteilten die Eltern und freuten sich über eine gesegnete Zukunft der jungen Leute. Die Beiden gingen gerne tanzen und fanden immer Gelegenheit für heimliche Treffen. Enaras bernsteinfarbenen Augen funkelten erwartungsvoll, wenn Mahud ihre wilden goldblonden Haare liebkoste und die vollen Lippen öffneten sich bereitwillig zum Kuss.

Nach der Hochzeit, die Eltern hatten darauf bestanden, lebte das junge Paar logischerweise in deren großem Haus. Sie verstanden sich gut, das einfache Leben war ihnen allen ja nicht fremd. Ein Kind schien nicht in Sicht, aber das konnte ja noch werden.

Dann kam der Tag an dem sich alles wendete. Es war ein früher Winter im Jahre 2073. Auf dem Weg zum Haus lag eine harsche Eisschicht, so dass die Polizeiautos nur mit Mühe die kurze Auffahrt hochkamen. Umso schneller waren sie im Haus. Sie fragten nach Iñaki Ibarra, männlich, dreiundsechzig Jahre alt, Mitglied der verbotenen ETA. Vater Iñaki war aber nicht da, und über seinen Aufenthalt wusste keiner etwas. Sie durchwühlten das Haus und stellten drohend Fragen, die niemand beantworten konnte. Ausweise wurden überprüft und jeder, der etwas verheimliche, mit Gefängnis bedroht. Man würde wiederkommen. Dann, ohne weitere Erklärungen, machten die Uniformierten kehrt, und der unheilvolle Spuk war vorbei.

Sie fanden Mutter danach im Wohnraum mit dem Kopf auf dem schweren Holztisch. Schluchzend stammelte sie: „Ich hab's kommen sehen. Er wollte es einfach nicht glauben. Jetzt ist es so weit."

Mahud schob sich neben sie auf die Bank und legte den Arm um seine Mutter. Er hatte schon lange den Verdacht, dass sein Vater irgendwie mit der ETA zu tun hatte. Trotzdem fragte er: „Was ist jetzt so weit, Ama?"

„Sie werden ihn ins Gefängnis werfen."

„Wo ist er denn jetzt?"

„Irgendwo in den Bergen, ich weiß es nicht…"

Mahud schüttelte den Kopf. „Ich geh' da hoch und werde ihn warnen."

Mutter schaute auf. Ihr Gesicht war gezeichnet mit vielen Furchen, und die Tränen hinterließen deutliche Spuren. Mahud erschrak. Sie war alt geworden, seine Mutter, und er hatte es nicht bemerkt. Er drückte sie an sich und beteuerte: „Ich werde ihn finden."

„Bitte…", flehte die alte Frau. „Geh nicht! - Du hast nichts getan. Ich will dich nicht auch noch verlieren."

„Mein Gott, Ama, er ist mein Vater!", erwiderte Mahud. „Ich kann ihn nicht im Stich lassen. Ich muss ihn warnen."

Später, als er mit Enara sprach, entschieden sie, dass er sich doch in die Berge aufmachen sollte, mit größter Vorsicht natürlich, und möglichst unerkannt. Aber alles war umsonst. Als er das Versteck endlich erreichte, war dieses längst ausgehoben und die Mitglieder der Terrororganisation verhaftet und abgeführt.

Zwölf Jahre vergingen, bis Iñaki Ibarra bei einer Begnadigung freigelassen wurde und nach Hause zurückkehrte. Ein gebrochener, kranker, alter Mann kehrte zurück, nur um ein halbes Jahr später zu sterben. Kurz nach Vaters Verhaftung war auch Enara geflohen, mit Terrorismus wollte sie nichts zu tun zu haben. Auch die Brüder hatten das Weite gesucht und lebten irgendwo in Ausland. Nur eine behinderte Schwester zog zu der alleinstehenden alten Frau. Auch die Beiden lebten nicht mehr lange.

In dieser Zeit keimte in Javier Mahud ein Hass auf, auf alles was nach Obrigkeit roch. Er fand die richtigen Männer und beteiligte sich an deren Aktionen, und wenn es nur war, um seine Familie zu rächen.

Rächen… rächen… geisterte es unerträglich schattenhaft durch sein Hirn. Es gab kein Zweifeln und keine Gnade, die Schuldigen mussten büßen… büßen. Wo waren aber die Schuldigen? Die Frage blieb nebelhaft und unbeantwortet. Die Gestalten waren grau und unfassbar, verschwommen wie Fratzen im trüben Wasser. Es schien wie wenn diese immer wieder im treibenden Nebel verschwinden könnten, unaufhaltsam, sich dem verdienten Schicksal entziehend. Sie verschwanden und der Nebel wurde dunkel und drohend. Wo waren sie…?

Wo war er? Die langsam wiederkehrenden Sinne nahmen nichts war, nur Dunkelheit, stockfinstere Undurchdringlichkeit. Plötzlich erkannte er, dass er auf einem harten felsigen Untergrund lag. Er erinnerte sich, er war in einer Höhle. Nicht der kleinste Schimmer Licht drang hier zu ihm herein. Mahud fühlte sich gefangen und lebendig begraben. - Wie war das? Er dachte, er hätte sich einen Vorteil geschafft, aber er hatte sich in Wirklichkeit sein eigenes Grab geschaufelt. Er war verloren, ohne Hilfe kam er da nicht raus.

Stöhnend richtete sich Mahud auf und erschrak.

„Huiii… hast wohl geglaubt du seist allein", frohlockte der Teufel. „Keine Angst, ich wache über dir. Du entkommst mir nicht."

Mahud sank zurück.

„Deine Seele gehört mir praktisch schon", grinste El Diablo. „Der Letzte, wenn überhaupt welche gerettet werden, der Letzte gehört mir. Und so wie ich das sehe wirst du das sein. Aus diesem Loch kommst du nämlich nicht mehr heraus."

„Hör auf!", jammerte Mahud und hielt sich die Ohren zu.

„Das nützt dir nichts", frohlockte der Teufel. „Ich bleibe bei dir, du entkommst mir nicht." Ein lautes Scheppern dröhnte durch die Höhle und Funken blitzen auf, als der Fünfzack zu Boden gerammt wurde.

„Warum denn ich?", stöhnte der am Boden liegende. „Dort weiter vorne sind doch viele, und einige sind ja schon tot. Nimm doch die."

„Uiii… Du gefällst mir immer besser." Die roten Augen blitzten kurz auf, als El Diablo einen Satz auf die gegenüberliegende Seite machte. „Du willst handeln, deine Seele gegen die von denen dort vorne? - Das ist wahrlich ein Angebot, ganz in meinem Sinn."

Mahud setzte sich auf und starrte in die Dunkelheit. Es war einfach unmöglich, er sprach mit dem Teufel und handelte mit ihm wie auf einem Basar. Wenn er nur die blöde Taschenlampe nicht verloren hätte, dann würde er sehen, wie sein Gegenspieler wirklich aussah. Aber er hatte die Orientierung verloren und wusste nicht mehr wo er suchen sollte.

Es half nichts, er musste seinen Widersacher hinhalten. „Also, du … Wie zum Teufel soll ich dich nennen?"

„Hi… hi… hiii… Du sagst es, Teufel!"

Mahud lief es eiskalt über den Rücken. Er verhandelte mit dem Satan persönlich. „Dir ist schon klar, dass die dort vorne keine Chance mehr haben. Die werden einer nach dem anderen sterben, denn eine Rettung ist nicht in Sicht.“

„Und du?“, fragte der Teufel lauernd. „Für dich ist genauso wenig eine Rettung unterwegs.“

„Ich werde noch lange ausharren. Ich hab mir ja ein paar Sachen geborgt, und die dort vorn die haben nichts.“

„Ja, ja, davon habe ich gehört“, antwortete El Diablo. „Auch nicht gerade die feine Art, aber mir soll's recht sein.“

„Also, du wirst mich nicht bekommen. Ist dir schon klar!“

„Red' nicht so mit mir!“, geiferte der Teufel. „Hier hast du gar nichts zu bestimmen. Ich hab' ein Abkommen und das wird eingehalten, so war ich El Diablo heiße.“

„Was kümmert mich dein Deal? Ich werde hier herauskommen, auch du kannst mich nicht daran hindern.“

„So, und wie denn?“

„Wenn's sein muss, sprenge ich mich frei, hab' ja noch die Bombe.“

„Ha, das Spektakel möchte ich erleben“, freute sich El Diablo. „Das wäre ja fast so gut wie wenn Loa Agau tätig würde. Ich frag' mich sowieso schon, wieso der nichts mehr macht.“

In diesem Moment erbebte die Erde, und mit einem dumpfen Knall entlud der Vulkan Corona einen riesigen Pilz weit hoch in die Atmosphäre. Der Himmel verdunkelte sich erneut, und große Felsbrocken donnerten wie riesige Bomben auf die Insel und in das umliegende Meer. Lanzarote schien nun endgültig dem Untergang geweiht zu sein.

Kapitel 17

Als die Welt über ihnen zusammenbrach und die Höhle mit lautem Getöse einstürzte, waren die Menschen schon nicht mehr in der Lage, sich gegen ihr Schicksal aufzulehnen. Die rechte Wand brach ein und begrub den Teil der Gruppe unter sich, die dort völlig apathisch gelegen hatten. Nur Bani schrie gellend auf, als ihn ein Stein am Kopf traf, aber auch er war sofort tot.

Die andere Seite, dort wo das Lager sich befand, hatte wie durch ein Wunder stand gehalten, so dass die dort Liegenden überlebten. Nahla lag inmitten von Geröll, völlig unversehrt und wimmerte zitternd im Schock. Morena kroch zu ihr und versuchte sie zu beruhigen und auf die vermeintlich sichere Seite zu bringen. Erst nachdem sie die junge Frau heftig schüttelte, gelang es ihr. Wie ein leeres Bündel sank Nahla neben Roger zu Boden.

Langsam erstarb das dumpfe Grollen, und die Erde kam wieder zur Ruhe. Ein schwacher, rötlicher Schimmer drang durch die Öffnung von weit oben und enthüllte unten eine bizarre Szenerie mit finsteren Schatten. Roger wog sich aber keineswegs in Sicherheit, denn ihm war bewusst, dass neue Stöße kommen würden und sie dann praktisch keine Chance auf Überleben hatten. Der Vulkan war erneut ausgebrochen. Roger versuchte dennoch die übrig gebliebenen Menschen zu registrieren.

„Mein Mann, Roj", krächzte Morena. „Er lebt noch. Ein Wunder! - Oh Gott, lass es ein Wunder sein."

Roger wankte in der Dunkelheit zwischen den völlig teilnahmslosen Menschen und tastete nach ihnen. „Da sind Andoni, Sanders und Beneton", murmelte er. „Wo ist Betty? - Sie war doch im Lager."

„Ich bin hier!", kam es leise. „Mir fehlt nichts."

„Wer noch? Ist da noch jemand?", rief er in die Finsternis. „Ist jemand verletzt?"

Keine Antwort, auch nach längerer Zeit, keine Antwort. Sie hatten alle mit der langsam aufkommenden Erkenntnis zu kämpfen, dass der größte Teil der Gruppe dort drüben tot unter den Felsen lag. An eine Rettung war nicht zu denken, dazu fehlten ihnen ganz einfach die Kräfte. Jeder der Überlebenden hatte mit sich selber zu kämpfen und hatte Beulen, Schürfungen oder Schlimmeres davongetragen. Das dämmerte den Meisten aber erst nach geraumer Weile. Es war auch nicht wichtig, angesichts der Tatsache, dass sie wohl bald alle das gleiche Schicksal erleiden würden. Vielleicht waren die da drüben die Glücklicheren. Sie hatten alles schon hinter sich und mussten nicht noch weiter in diesem Loch ausharren.

Roger rief die Überlebenden zusammen. „Bitte hört zu!", sagte er. „Wir dürfen nicht aufgeben. Unsere Lage ist sehr ernst, aber noch können wir auf Rettung hoffen. - Wir können noch lange durchhalten. Wir haben mindestens genug Wasser."

„Ja", bestätigte Morena. „Ja, ich brauche Wasser für Roj. Sein Fieber ist immer noch hoch."

„Das übernimmt Andoni!", befahl Roger. „Sei aber vorsichtig, die Felsen sind vielleicht verrutscht."

Sie hatten vorher ein System entwickelt, an das Wasser unten im Spalt zu kommen. Sie ließen zusammengeknotete Tücher hinunter, warteten, bis diese vollgesaugt waren und holten so das kühle Nass herauf. Das funktionierte ganz gut, und alle konnten den quälenden Durst damit löschen. Wie sauber das Wasser war, das ließ man besser unbedacht, ob all der Leichen, die dort hinten unter den Felsen lagen.

„Das wenige Licht, es ist vermutlich das Feuer der Eruption, sollten wir ausnützen um uns so gut es geht zu versorgen", überlegte Roger.

„Sanders, Sie sehen nach Betty und bleiben vorerst bei ihr! Ich denke, sie ist sehr schwach."

„Mach ich", brummte Sanders.

„Wo ist eigentlich dieser Terrorist?", fragte Beneton. „Liegt der dort drüben unter den Felsen, oder hat er sich verdrückt?"

„Mahud? Das weiß ich auch nicht", antwortete Roger unwirsch. „Ist auch egal." Dann wandte er sich an Morena: „Roj geht es unverändert schlecht, nicht wahr? Kannst du dich trotzdem auch um Nahla kümmern? Sie steht wohl weiter unter Schock."

„Ja, klar. Ich versuche zuerst Roj etwas bequemer zu betten. Nahla ist ja scheinbar unverletzt."

Roger raffte sich auf. „Beneton, kommen Sie mit! Wir wollen die Höhle genauer untersuchen, solange noch etwas Licht einfällt. Es wird mit Sicherheit bald wieder dunkel und Nacht. - Kommen Sie!"

„Das bringt doch nichts", maulte Beneton, erhob sich aber und folgte Roger. Das Lager schien unbeschädigt. Sie fanden Betty und mit ihr Sanders, der leise und beschwörend auf die alte Frau einsprach. Weiter hinten stießen sie auf eine schwarze Wand. Da war kein Durchkommen. Auch der verschüttete Notausgang war nicht besser zugänglich als vorher. Es wurde zunehmend wieder dunkel, so dass sie sich eben noch zurück tasten konnten, bevor wieder alles in einer undurchdringlichen Nacht versank.

Roger sank erschöpft zu Boden und überließ Beneton seinem Schicksal. Der Mann schien kräftig genug, um mit der Situation fertig zu werden. Er selber war bald am Ende und wollte nur noch schlafen. Die Erschöpfung und die Sorgen hielten in aber weiter wach. Würde ihnen tatsächlich jemand zu Hilfe kommen, oder war jetzt nach dem erneuten Vulkanausbruch jede Rettungsaktion unmöglich geworden? Wie lange noch, bis sich ein Lavastrom den Weg zu ihrer Höhle bahnte. Die einzige Hoffnung, dass Xenia die Rettung vorantrieb, starb damit, dass die Höhle immer schwieriger zu erreichen war, und dass die Verantwortlichen wohl davon ausgingen, dass hier sowieso niemand überlebt haben konnte. Dachte auch Xenia so und betrauerte sie seinen Tod bereits. Einen Tod, der vorausgesagt wurde und an dessen teuflische Prophezeiung sie nun erst recht glauben musste. Ihre Mutter, mit ihrem Voodoo Zauber sollte also Recht bekommen, wenn auch ohne die Stricknadeln, aber trotzdem, er war ja schon so gut wie tot.

Dann bäumte er sich auf und stöhnte unhörbar. Nein, sie waren noch nicht tot, und sie durften nicht aufgeben. Könnte vielleicht Beten helfen? - Kaum. Er hatte Zeit seines Lebens nicht so etwas wie einen Glauben gekannt. Das waren Regungen des letzten Jahrhunderts. Da glaubten die Menschen an die unterschiedlichsten Gottheiten und führten in deren Namen sogar Kriege. Das war doch einfach verrückt, vorbei und geradezu lächerlich. Dennoch, in seinem Kopf spukte dieser Traum, dieses Erscheinen des Teufels herum. Der Teufel mischte sich ein und wollte einen Deal mit ihm abschließen. Ein Abkommen des Bösen! Nein, er würde sich doch nicht auf Kosten der Anderen retten. - Aber wie wäre das mit einem Deal im Glauben an das Gute? - Wäre da nicht ein Gott zuständig, der vielleicht doch mächtiger war. Wäre er, Roger, bereit, für die Anderen sein Leben zu geben, um sie zu retten. - Ja, genau darum sollte er beten.

Würde Xenia in ihre Heimat zurückkehren, ins Haus ihrer Mutter Fatiga und würde sich in das Schicksal fügen? - Das schien aber doch eher unwahrscheinlich. Sie war eine moderne, intelligente Frau, die sich doch nicht von Voodoo und Konsorten beeinflussen ließ. Viel wahrscheinlicher war, dass sie ihre Arbeit und Aufgaben bei der ESAX mit aller Kraft weiterführten, und irgendwann einen erfolgreichen jungen Mann kennen lernen würde. Sie würde eine Familie gründen, Kinder haben und glücklich werden. Er, Roger, konnte ihr das alles von Herzen wünschen, und wenn es nur deshalb war, dass er sie ja längst im Stich gelassen hatte und daher auch keinen Anspruch haben konnte. Ach was, Ansprüche an einen Menschen, den man liebte, machte man sowieso keine. Es war aber eine Tatsache, er hatte diese Zukunft schon lange aufgegeben, hatte sich mit Maria getröstet und hatte sich deshalb damit abzufinden.

Irgendwann, in der Nacht, spürte er, wie sich ein warmer Körper in seine Arme stahl. Xenia, dachte er erschöpft und überließ sich dem Gefühl der Geborgenheit. Alles war gut und er brauchte nicht mehr nachzugrübeln… Plötzlich durchfuhr es ihn wie ein heißes Eisen. Das war nicht Xenia. Es konnte nicht sein. Hatte er jetzt schon Wahnvorstellung, spielten seine Sinne total verrückt? Heiß durchfuhr es ihn, als die Frau sich an seinem Gürtel zu schaffen machte.

„Du bist Nahla…" flüsterte er. „Hör' auf, ich…!"

„Ich, ich will es aber", raunte sie dicht an seinem Ohr. Die Hand fand den Weg zu seinem Glied und umfasste es fordernd. „Ich brauch dich, jetzt. Morgen ist sowieso alles vorbei."

„Nein!", stöhnte Roger. „Das ist nicht richtig."

„Oh doch", flüsterte sie. „Ich spüre doch deine Lust…"

Tatsächlich war Roger wie von Sinnen. Sein Körper reagierte auf die drängende Bereitschaft der Frau wie ein glühend entfachtes Feuer. Es gab kein Halten mehr, die beiden verzweifelten Menschen klammerten sich aneinander, rissen an den Kleidern und nahmen sich gegenseitig in Besitz wie zwei Ertrinkende. Nahla führte das brennende Glied ein und stöhnte. Sie warf sich auf den Mann und krallte die Nägel in seine Brust. Der brennende Schmerz trieb Roger zur Ekstase, so dass er jegliche Hemmung verlor und sich seinerseits auf sie warf und tief in sie eindrang. Der Akt war wie ein Urknall, gewaltig, ja, wie das Entstehen eines Universums. Beide schrien sie auf und umklammerten sich im letzten Aufbäumen. Tatsächlich war es eine Fusion der Lust, ähnlich eines Zusammenpralls von Atomen, welche die Welt in die endlose Weite des Alls katapultieren konnte.

Lange lagen sie da auf den harten Steinen und keuchten erschöpft. Die Dunkelheit lag wie eine schützende Decke über den Beiden. Wie konnte das passieren. Roger war der Erste, der zu Besinnung kam.

„Nahla", flüsterte er schwer atmend. „Es tut mir Leid…"

Sie lag ausgestreckt neben ihm und keuchte. Kein Wort kam von ihren Lippen. In ihren Augen standen Tränen, aber niemand konnte sie sehen. Sie wollte um Beni trauern und hatte ihn im gleichen Moment betrogen. Er war tot, er war aus ihrem Leben gegangen. Jetzt rannen die Tränen plötzlich unaufhaltsam.

„Nahla", raunte Roger erneut. „Bist du in Ordnung?"

Es kam keine Antwort. Sie tastete nach seinem Arm und berührte ihn sachte. Dann rappelte sie sich auf und kroch davon. Bald war nur noch ein leises Wimmern zu hören, und kurz darauf war die Stille der Nacht wieder über ihnen.

Roger verfluchte sich. Wie konnte er nur? War er von Sinnen und nützte die Situation aus. Die Frau stand unter Schock, hatte kurz vorher den Freund verloren und war entkräftet von der Tragödie in dieser Eingeschlossenheit.

Nein, ganz so war es nicht. Sie wollten es beide. Es war wie wenn sie im letzten Aufbäumen vor dem unvermeidlichen Ende, sich noch einmal das höchste Glück gewaltsam nehmen wollten. So mussten sich Soldaten fühlen, die Stunden vor dem gefährlichen Einsatz rasch noch heirateten und ein Kind zeugten. Das, im Wissen, dass der wahrscheinliche Tod im Krieg sie danach für immer auseinander reißen würde. War das nun ein unverantwortungsvoller Akt, oder einfach schiere Verzweiflung? - Waren sie jetzt hier in dieser Höhle in so einer verzweifelten Lage, dass alle Konventionen, aller Verstand bereits völlig ausgeschaltet waren.

Roger fand keine Ruhe mehr. Er musste mit Nahla reden, musste ihr erklären, was da vorgefallen war, dass es keine Bedeutung hatte und sie vor Allem keine Schuld traf. Er tastete um sich, fand aber nichts außer rauen Felsen und Schutt. Es wurde immer schwieriger, die Orientierung zu behalten, die Dunkelheit war undurchdringlich und schien sogar alle Geräusche zu verschlucken. Da mussten doch Menschen in der Nähe sein, die mussten doch etwas mitbekommen haben, oder war ihnen das alles schon so egal, selbst ihr eigenes Weiterleben? Nahla, sie war doch nicht weit, was war mit ihr, was dachte sie?

Er war nicht in der Lage, sich zu orientieren. Er musste abwarten, bis ein neuer Tag vielleicht etwas Licht durch die weit oben liegende Öffnung ließ. Dann wollte er die Menschen nochmals zusammenrufen und ihnen Mut zusprechen, nicht aufzugeben und an eine Rettung zu glauben. - Ja glaubte er selber noch an eine Rettung? War das nicht völlig unrealistisch und belügte er sie alle damit nicht einfach noch etwas länger?

Der vierte Tag brach an. - Oder war es der fünfte... Zeit und Raum schienen zu verschmelzen. Der Ort wurde enger und die Zeit immer kürzer. - Wie lange konnten sie noch durchhalten? Im schwachen Schimmer des neuen Tages erkannte Roger die Konturen der Felsen und dazwischen die Gestalten. Sitzend, andere ausgestreckt wie hilflose Verwundete, lagen sie da, und eine von ihnen war Nahla. Sie war in der Nacht keine drei Meter weit gekommen und kauerte zusammengekrümmt wie eine kleine Puppe an einem Felsen. Ihre Kleidung war noch immer verrutscht und entblößte Teile des Körpers. Sie schien es nicht zu bemerken. Roger kroch zu ihr, redete leise auf sie ein und half ihr mit der Bluse. Er konnte nicht anders, als sie in die Arme zu nehmen.

„Nahla, sei mir bitte nicht böse", murmelte er. „Ich weiß nicht was mit mir war, aber ich wollte Dich bestimmt nicht quälen."

„Du hast mich nicht gequält", antwortete sie. „Du hast mir geholfen. Ich danke Dir!"

„Aber…"

„Ja, Du hast mich gerettet. Nach Benis Tod wollte ich nicht mehr weiterleben. Er hat mir viel bedeutet und ohne ihn…"

„Du warst im Schock", sagte Robert.

„Das war ich wohl", bestätigte Nahla. „Und ich bin nicht sicher, ob ich da wieder herausgefunden hätte. Wäre nur die geringste Möglichkeit gewesen, ich hätte Schluss gemacht. Aber wie? Ich war so nahe dran."

Die Tränen waren nicht mehr aufzuhalten, und schluchzend lehnte sie ihren Kopf an seine Schulter. Eine ganze Weile schüttelte sie der Weinkrampf, und Roger hielt die kleine Gestalt stumm in den Armen.

„So etwas darfst Du nicht denken", flüsterte er nach geraumer Zeit. „Niemand von uns darf das. Du bist eine tapfere, wunderbare Person, und das Leben wird dir noch viel schenken."

„Nochmals, lieber Roger, ich danke Dir von ganzem Herzen. Du hast mein Leben gerettet."

Ja, dachte Roger. Das kann wohl so sein, aber was ist mit mir? Ich musste wohl kaum gerettet werden. Oder doch? Lag jetzt nicht auch sein Leben klar vor ihm? Es war, wie wenn eine Schleuse geöffnet worden wäre und der Strom der Liebe mit großer Gewalt hervorbrechen würde. Seine Liebe zu Xenia war so mächtig, dass sein Herz darob raste. Es schmerzte, wenn er daran dachte, dass er diese Liebe nun vielleicht endgültig verloren hatte. Er hatte sie mit Füssen getreten, eigentlich ohne Not, nur aus irgendeinem dubiosen Stolz. Er hatte Xenia gehen lassen, ohne zu kämpfen, nur weil diese verrückte Hexe einen albernen Fluch über ihn sprach. - Nun ja, diese Hexe war Xenias Mutter, aber er hätte den Beiden, Mutter und Tochter, doch klar machen müssen, dass an so einen Quatsch, besonders heutzutage, nicht zu glauben war. Wie kläglich kam er sich vor, vor dieser kleinen Frau, Nahla, welche einen Verlust betrauerte, der endgültig war und der nicht mehr rückgängig gemacht werden konnte. Sie hatte alles verloren, gab aber jetzt nicht einfach auf. Ja, sie hatte einen schweren Schock erlitten, wäre daran beinahe zu Grunde gegangen, aber sie hatte das Unwahrscheinliche geschafft und war, wenn auch auf sehr unkonventionellem Weg, zum Leben zurückgekehrt. Es war wie ein Akt der Verzweiflung, ein Sprung aus dem brennenden Haus in das rettende Sprungtuch. Er aber, er könnte sich aus eigener Kraft retten, er könnte doch noch gewinnen. Seine Liebe lebte.

Stunden später hatten sie sich aufgerafft und waren für eine Lagebeurteilung bereit. Sie waren acht Überlebende, davon einer, Roj, schwer verletzt, und Betty war schwach aber tapfer.

Erneut war es Beneton, der nach dem Terroristen fragte: „Der Kerl steckt doch noch irgendwo. Er war auf dieser Seite der Höhle und hat sicher überlebt. Wo ist er denn?"

„Wir suchen nochmals alles ab!", meinte Roger. „Mahud könnte verletzt irgendwo liegen. - Ja, und Roj legen wir besser in den Lagerraum, der scheint am sichersten. - Wir brauchen mehr Wasser, Andoni!"

„Ich hab' aber auch Hunger", reklamierte Beneton mürrisch.

„Klar, haben wir alle", antwortete Roger kurz. Alle wussten, dass keine Lebensmittel mehr vorhanden waren.

„Wir werden alle verrecken", maulte Beneton. „Die finden uns doch nie."

„Hören Sie endlich auf!", befahl Roger. „Wir sind alle in der gleichen Situation, und jammern hilft überhaupt nicht."

„Aber wir werden verhungern!"

„Genug!", donnerte Roger unbeherrscht. Dann rief er sich zur Ordnung. „Wir haben Wasser, damit können wir noch ein paar Tage überleben."

Beneton warf sich zu Boden und heulte: „Ich will hier raus. Ich will nicht sterben."

„Mann, steh' auf und reiß dich zusammen", sagte Roger grob. „Los, komm' mit, wir suchen Mahud!"

„Mahud! Immer Mahud. Der Kerl bringt uns doch alle um. Der ist doch nichts wert…"

Roger zerrte den Mann am Hemd. „Los komm jetzt!"

„Da hinten ist's aber stockfinster. Da will ich nicht hin."

Es war nicht zu übersehen, Menschen in solch einer Situation würden über kurz oder lang durchdrehen. Roger war bewusst, dass dann unberechenbares Chaos ausbrechen konnte. Einer hatte schon gemordet, wenn auch niemand wusste wer dahinter steckte oder ob es vielleicht doch nur ein unglücklich herunterfallender Stein gewesen war. - Man konnte auch nicht ahnen, wer dann zuerst durchdrehen würde. Manchmal waren die Stärksten die Ersten, welche die Beherrschung verloren. Dieser Beneton hatte schon alle Anzeichen, dass er nicht mehr lange Durchhalten würde. Was dann? - Am besten, man ließ den einfach liegen wo er war und hoffte, dass er keinen größeren Schaden anrichtete. Er, Roger, wollte aber das schwache Licht nützen um die Höhle weiter zu erforschen.

Die Situation war für Mahud noch schlechter. In der Finsternis der Höhle hatte er die Orientierung völlig verloren. Er wusste auch nicht mehr wo er seine bescheidenen Vorräte abgelegt hatte. Stundenlang kroch er umher ohne sie zu finden, dann begann er zu schreien, tobte und verfluchte Alles und Alle. Er war eingeschlossen, wie in einer Gruft, war allein und völlig hilflos. Er konnte eigentlich nur noch auf den Tod warten, denn da kam er niemals wieder heraus. Langsam, kläglich und schmählich würde er verrecken. Wie würde es sein? Würde er langsam schwächer und dämmerte dann dahin, ohne viel Schmerzen, ein gnädiges Einschlafen, oder würde es ein Kämpfen und ein Ringen bis zum letzten Atemzug? Würde ihn der Wahnsinn einholen, oder konnte er sich ergeben und sich mit dem Schicksal abfinden?

Er schreckte auf, robbte erneut im Kreis. Schürfte sich Knie und Hände wund und heulte wie ein wildes Tier. Keiner hörte ihn, niemand erbarmte sich seiner, er war allein mit dem Tod. War der Teufel schon wieder da und grinste über ihm? Spürte er schon die Hitze der Hölle und stürzte in die Tiefe. Gleißende Blitze stachen hervor, lautloser Donner riss ihn mit, bis die Nacht gnädig über ihn hereinbrach.

Kapitel 18

Die neue Eruption überraschte Xenia, als sie gerade ihre Ausrüstung überprüfte. Sie stürzte hart, und riesige Felsen krachten mit lautem Getöse in unmittelbarer Nähe zu Boden. Das war's, durchfuhr es sie eisig. So endet ihr Leben, hier an diesem scheußlichen Ort, unter der Erde, gefangen und von tonnenschweren Felsen begraben. Das gleiche Schicksal musste nun auch die hier irgendwo in der Nähe Eingeschlossenen ereilen. Ihr Rettungsversuch war kläglich gescheitert, und ihre Vorgesetzten hatten durchaus Recht. Sie, mit ihrer Sturheit, hatte alles vermasselt. Einziger Trost lag darin, dass sie jetzt zusammen mit den Anderen, und damit auch mit Roger, hier das Ende finden würde.

Als das Getöse aufhörte und nur noch ein fernes Grollen zu hören war, wusste Xenia nicht sicher, ob das nur eine trügerische Illusion war, oder ob sie tatsächlich noch lebte. Während sie ihre Glieder abtastete und nach Verletzungen suchte, erkannte sie zögernd, dass sie dem Tode mit knapper Not doch noch entronnen war und sogar auch keine nennenswerten Kratzer davongetragen hatte. Langsam, benommen, stand sie auf und versuchte ihre Gerätschaften zu finden. Die Lampe an ihrem Helm funktionierte noch, und rasch entdeckte sie alles unversehrt neben dem großen Felsen, der sie und ihre Ausrüstung wohl vor den niedergehenden Steinen geschützt hatte. Ihre große Sorge galt aber sofort dem U1P-Boot, welches sie weiter vorne zurückgelassen hatte. Wenn dieses beschädigt oder gar zertrümmert war, wäre auch sie in dieser verdammten Höhle gefangen und würde wohl das Los derjenigen teilen, die sie eigentlich retten wollte.

Zurück bei der Landestelle, stellte sie fest, dass das Boot scheinbar unbeschädigt im Wasser lag. Ob die paar Dellen an der Außenhaut die Manövrierfähigkeit beeinflussen würden, war im Moment nicht abzuschätzen. Sicherlich könnte es in größeren Tiefen problematisch werden, aber das sollte sie jetzt nicht kümmern. Viel wichtiger war nun, die Verschütteten rasch zu finden. - Ja, wenn da überhaupt noch jemand lebte. Ein weiterer Erdstoß würde wohl nicht nochmals so glimpflich verlaufen. Sie packte das Notwendigste hastig in den Rucksack und ließ den Rest im Schutze des Felsens liegen.

Xenia erkannte bald, dass ein weiteres Eindringen in die Höhle einer anstrengenden Kletterei gleich kam. Immer wieder blickte sie auch besorgt nach oben, denn die Felsen über ihr erschienen gespenstisch und bedrohlich. Das schwarze Lavagestein war eine brüchige Decke. Es konnte durchaus sein, dass diese einbrach und sogar ein Loch zur Oberfläche entstehen könnte. Würde das geschehen, hätte sie dadurch eine unverhoffte Chance für eine Funkverbindung. - Ja, wenn sie dann noch lebte. Noch war aber all das bedrohliche Gestein dort oben intakt. Scheinbar.

Weiter hinten zwängte sich Xenia durch enge Spalten und gelangte unverhofft in einen großen Raum. Erschrocken fuhr sie zurück. Vor ihr standen bedrohliche Gestalten und starrten ihr stumm entgegen. Als der Lichtstrahl über sie huschte, erkannte Xenia große ungewöhnliche, menschliche Figuren aus brauner Tonerde. Sie standen in geordneter Reihe, wie eine Ausstellung in einem Museum. Der große Hohlraum war relativ unversehrt und der Boden sandig und eben. Es war, wie wenn sie in eine geheime Versammlung eingedrungen wäre und die geehrten Herren bei wichtigen Verhandlungen gestört hätte. Einer lag umgestürzt auf dem Boden, vor ihm eine große Steinplatte. Die Letztere war mit tiefen kreuz- und querlaufenden Rillen versehen. Die ganze Gruppe mutete an, wie die Zusammenkunft eines Gerichtes und wie wenn der Verurteilte eben

156

zum Schafott gebracht worden wäre. Die stämmigen Gestalten waren scheinbar in ihre besten Kleider gehüllt. Einige trugen kapuzenförmige Kopfbedeckungen aus Ziegenfell, andere Lendenschürze aus grobem Leder und wieder andere entblößten ungeniert einen großen Penis. Da standen auch Frauen mit riesigen Brüsten. Sie hielten mit Essen gefüllte Schalen oder kleine Haustiere in den Armen. Die Männer trugen alle kurze Spieße oder Keulen, vermutlich als Zeichen ihrer Macht.

Xenia hatte von den Guanchen, den Ureinwohnern von Lanzarote gehört, wenn auch die Geschichte dieser Menschen fast völlig im Dunkeln lag. Man vermutete, dass diese von den Wüstenbewohnern der Sahara abstammten und um zirka dreitausend Jahre vor Christus auf die Kanaren kamen. Diese Altkanarier, eher hellhäutig, den Berbern ähnlich, waren damals wahrscheinlich in kleinen Königreichen hierarchisch organisiert. Sie lebten vorwiegend in einfachen Steinbauten und Höhlen und betrieben etwas Ackerbau und Viehzucht. Erst ab dem frühen fünfzehnten Jahrhundert, als die spanischen Seefahrer ankamen, wurde die Geschichte der Guanchen bekannt und nahm ihren tragischen Lauf. Sie wurden erobert, umgebracht und versklavt. Die zerklüftete Landschaft und die vielen Höhlen boten ihnen vorerst reichlich Unterschlupf, aber gegen die Eindringlinge hatten sie keine Chancen. Einer der Eroberer hieß Lancelotto Malocello. Er war es auch, der dieser, seiner Insel, dann seinen Namen Lanzarote gab.

All das war aber in diesem Moment unwichtig. Xenia erkannte sofort, dass diese Tonfiguren natürlich nicht viele Jahrhunderte überdauert haben konnten und sehr wahrscheinlich in neuerer Zeit geschaffen und hergebracht worden waren. Diese Betrachtungsweise eröffnete aber eine ganz andere Möglichkeit. Wie ein Blitz durchfuhr es Xenia. Wenn hier jemand so etwas errichtet hatte, dann musste doch auch ein Zugang zu dieser Höhle vorhanden sein. Sofort rief sie sich zu Ordnung: Ja, wenn so ein Zugang jetzt nicht hoffnungslos verschüttet war. Immerhin, hier musste sie anfangen und genauestens jeden Winkel untersuchen.

Sie brauchte mehr Licht. Die Batterie der Helmleuchte schien langsam schwach zu werden, und der dunkle Hintergrund lag schon völlig im Schatten. Ein kaltes Zittern durchlief sie. Bewegte sich dort hinten etwas? Ganz schwach, dort, ein kurzer Schimmer, wie feurige Augen? Standen da noch mehr solche unheimliche Figuren und starrten ihr entgegen? Ein bedrohlicher, schwarzer Schatten verschmolz mit den Konturen der Felsen, oder waren es einfach die Formen der unförmigen, schwarzen Steine, die sie zum Narren hielten. Lauschend, mit gesträubtem Nackenhaar, stand Xenia da und starrte in die Dunkelheit. Dann siegten aber ihr Verstand und die Vernunft. Verlor sie jetzt schon die Nerven und sah Gespenster?

„Zum Teufel!", schalt sie sich. „Sei nicht so kindisch! Da ist doch nichts."

Sie machte sich auf den Rückweg, warf aber, bis sie den engen Spalt hinter sich gelassen hatte, immer wieder einen unsicheren Blick über die Schulter. Rasch kletterte sie über die Felsen zurück zu ihrem Depot.

Es dauerte nur wenige Minuten, bis Xenia einen starken Strahler an den dazugehörigen Akku angeschlossen hatte. Jetzt erstrahlte die Höhle in hellem Licht und enthüllte die bizarren Konturen der Kaverne. Es war fast noch erschreckender die drohende Felsendecke über sich zu sehen, als vorher, als diese in gnädiger Dunkelheit nur erahnt werden konnte. Dennoch, das Licht gab ihr die notwendige Sicherheit, damit wollte sie nun den mysteriösen Ort mit den Figuren erkunden und vor allem nach einem Ausgang suchen. Dass sie ihre Laserpistole am Gürtel befestigte, war nur eine zusätzliche Sicherheitsmaßnahme.

Dort im Hintergrund amüsierte sich der Teufel köstlich. El Diablo grinste und freute sich. Er hatte der Eindringenden einen gehörigen Schrecken eingejagt. Diese Frau, die Schwarze, die war doch die Tochter der Mambo Fatiga. Ha, die, mit ihrem ausgeprägten logischen und wissenschaftlichen Denken, die zeigte also doch auch Nerven und Regungen. Sie war auf der Suche nach ihrem Liebhaber, und das eröffnete ihm herrliche Gelegenheiten für seine Spielchen. Wie würde sich die Dame verhalten, wenn sie begriff, dass er es genau auf diesen Mann, diesen Roger, abgesehen hatte. Dieser Held, er sah sich selber als Anführer, würde mit Sicherheit und aus purer Ritterlichkeit, bei einer Rettung als Letzter die Höhle verlassen. Ja, und der Letzte, der stand ihm zu, das war so abgemacht. Noch war hier aber keiner gerettet, und bis dahin konnte er sich ein paar Späßchen erlauben.

„Xeniaaa…", lispelte er hinterhältig der Frau entgegen, als diese erneut in das Gewölbe kletterte. „Xeniaaa… du bist ja fast…"

Er wurde vom grellen Strahl des Lichtes überrascht und konnte im letzten Moment mit einem Sprung in den Schatten eines Felsens flüchten. „Ajaa…, hört auf damit!", kreischte er. „Ich mag das nicht, du Schwarze du…"

Xenia hatte die Laserpistole in der Hand, aber die Lampe hatte sie fallen lassen. Mit einem kurzen Plopp und Aufblitzen erlosch sie. Bewegungslos vor Schreck starrte Xenia in die Dunkelheit. Das vorherige Licht hatte sie geblendet, so dass es eine ganze Weile dauerte, bis sie in den Schatten etwas wahrnehmen konnte. Noch brannte die Helmleuchte, aber viel nützte die nicht.

„Wer ist da?", schrie sie.

Dumpf dröhnte der Widerhall: „…da…da."

„Komm heraus! Ich bin bewaffnet." „…net…net."

El Diablo lachte höhnisch. „Sei nicht albern! Dem Teufel droht man nicht mit einer Waffe."

„Hör' auf mit dem Scheiß! Zeig dich endlich!"

Wieder ein glucksendes Lachen. „Erschrick aber nicht, du schöne Schwarze. Ich bin noch schwärzer als du, schwärzer als du dir vorstellen kannst. Ich, El Diablo."

Ein Schatten sprang auf einen großen Felsen im Hintergrund. Xenia drückte ab und verfehlte. Der Laserstrahl wirbelte Staub und Rauch auf. Das Ziel war verschwunden.

„Hör' endlich auf!", kreischte der Teufel. „Ich tu dir doch nichts. Mit Fatiga kann man doch auch reden."

Erschrocken ließ Xenia die Waffe sinken. „Fatiga? Was ist mit meiner Mutter?"

„Na also, dachte ich mir's doch, du wirst vernünftig. Wir können doch ganz gesittet miteinander reden. Ich weiß doch, warum du hier bist."

„Was soll ich mit dir reden? Ich bin keine Magierin, wie meine Mutter. - Ich spreche nicht mit einem Teufel."

El Diablo kicherte. „Tust du aber. Erkennst du mich nicht?"

Mit diesen Worten schwang sich der Teufel vom Felsen und landete nur wenige Meter von Xenia im Schatten. Seine Silhouette war deutlich zu erkennen. Das flache Gesicht war mehr eine pockennarbige Fratze. Es sah aus wie schwarzes Blech, vom Rost zerfressen, ebenso der unförmige Körper mit den krummen Gliedern. Über seinen kurzen Hörnern schwenkte er eine Art fünfzackige Gabel, während ein dünner Schwanz unablässig zwischen den Beinen zuckte. Das Fürchterliche an der Gestalt waren aber die Augen. Kreisrunde, kleine Pupillen glommen in einem diabolischen Glanz. Sie schienen dauernd die Farbe zu wechseln und zeigten in der momentanen Stimmung ein giftiges blasses Grün.

„Ich sagte doch, dass du mir zuhören wirst", gluckste der Teufel. „Deine Rettungsmission ist ja gut gemeint, aber wenn du glaubst, du könntest alles alleine schaffen, dann täuschst du dich. Hier bin ich der Herr und bestimme wer überleben wird oder wer aus meinem Reich vielleicht entkommen wird."

„Ha! Das liegt nicht in deiner, sondern in Gottes Hand", entgegnete Xenia entschlossen.

„Ajjaaa… hör' sofort auf mit diesem Geschwätz!" Seine Augen wechselten ins feuerrote. Er sprang hoch und fuchtelte mit dem Fünfzack. „Es wird mir richtig heiß, wenn ich diesen Namen nur höre."

„Dir wird noch heißer werden und deinen ekligen Hintern wirst du dir höllisch verbrennen, wenn du merkst, dass du mich nicht aufhalten kannst. Ich werde sie herausholen."

„Sprich nicht so mit mir!", geiferte El Diablo. „Die neun Kreaturen da drin sind doch das ganze Theater nicht wert. Sie beklauen sich gegenseitig und bringen sich um. Ja, sie belügen und betrügen sich - ja auch dich, und du merkst es nicht einmal…"

„Was fällt dir ein, du Teufel! Diese Menschen da drin müssen gerettet werden, auch du kannst mich nicht hindern."

„Selbst dein Liebster ist nicht so brav wie du dachtest", giftelte der Teufel weiter. „Er nimmt sich was er bekommen kann."

„Unsinn, Roger ist nicht so. Was sollte er schon wollen."

El Diabolo seufzte genüsslich. Ein herrliches Spiel, welches er da angezettelt hatte. Der Same war gesät und das Gift drang ein, langsam aber unaufhaltbar, so wie er es mochte. Diese menschlichen Kreaturen waren so leicht zu beeinflussen, denn im Grunde waren sie nicht viel anders als er selber. Das Böse war tief in ihnen und nahm schnell überhand, wenn es nützlich war. Es waren nur ein paar wenige Unbelehrbare, die glaubten über dem zu stehen.

„Dein Roger…“, stichelte er weiter, „aber du kannst dann ja diese junge Nahla fragen…“

Xenia konnte es nicht fassen. Sie verhandelte da mit dem Teufel und glaubte diesen Unsinn auch noch. Sie erlaubte diesem Ungetüm solch abschätzige Bemerkungen. Ja war sie denn schon verrückt? Einen Teufel, den gab's doch hier wirklich nicht. - Oder doch?

„Verschwinde du Satan! Ich will nichts von dem Lügengeschwätz hören“, schrie Xenia aufgebracht und schwenkte ihre Pistole bedrohlich.

El Diablo gluckste. „Aha, also doch, sobald es eng wird bricht diese böse Gewalt durch, so wie bei dem, der da drüben liegt.“

Xenia fuhr auf. Wo?“, rief sie scharf. „Wo liegt einer?“

Sie bewegte sich vorwärts, stockte aber abrupt. Sie brauchte Licht, sonst würde sie niemanden finden.

„Da hinten“, antwortete der Teufel. „Du wirst ihn schon finden. Pass aber auf, ich bleibe in deiner Nähe!“

Erneut kehrte Xenia um und kletterte zurück. Hinter sich hörte sie noch das schadenfrohe Kichern. Sie brauchte endlich Licht, viel Licht, vor allem, damit auch ihre Sinne wieder klar wurden.

Als sie endlich die zerbrochene Lampe ersetzt hatte und die gleißende Helligkeit von drei starken Strahlern die Grotte erfüllte, schüttelte Xenia verwirrt den Kopf und schalt sich eine Närrin. Eine Begegnung mit dem Teufel! Wie konnte sie nur auf so etwas hereinfallen. Sie würde jetzt dort hineingehen und jede Ecke ausleuchten und dann erkennen, dass sie sich getäuscht hatte. Dennoch, der Gedanke an Roger beschäftigte sie. - Unsinn! Sie musste sich auf ihr Vorhaben konzentrieren, alles andere musste warten.

Die Tonfiguren standen wie vorher stumm und still an ihrem Platz, und die Höhle erstreckte sich weiter nach hinten. Nichts von einem Horrorgespenst war zu sehen, und die Erkenntnis, dass sie einer Halluzination verfallen war, verfestigte sich immer mehr. Sie kletterte über riesige Felsen, schleppte die Strahler weiter und prüfte die Wände und Decke. Der Boden war hier erstaunlich eben, wie wenn er künstlich geräumt und angelegt worden wäre. Auch die Wände waren glatt und massiv. Sie hatten dem Erdbeben erstaunlich gut widerstanden. Tatsächlich war da auch ein Durchgang, wo offensichtlich sogar einmal ein Tor den Zugang versperrt hatte. Dieses hing jetzt aber schief an dem Felsen und gab den Weg frei.

Nachdem Xenia einige leichte Holzteile weggetreten hatte, blickte sie in einen Raum, der mit Requisiten aller Art gefüllt war. Kulissen, Möbelstücke und Kostüme verrieten ihr, dass sie in einen Lagerraum dicht an der Bühne des Konzertsaales gelangt war, und damit ihrem Ziel ganz nahe sein musste. Dann erschrak sie. Mitten in dem Durcheinander lag ein Mann.

Sie kniete bei ihm nieder und tastete nach der Hand. Er lebte und regte sich jetzt. Seine Augen flatterten, und das Licht blendete ihn.

„Das Licht…", murmelte er und versuchte sich aufzurichten.

Xenia half ihm auf und sagte beruhigend: „Seien Sie ganz ruhig, es ist alles gut. - Haben Sie Schmerzen?"

„Nein - aber da war ein Licht…"

„Natürlich, das war doch ich", sagte sie. „Können Sie aufstehen?"

Sie half Mahud bequemer zu sitzen und kontrollierte kurz seine Reaktionen. Es schien ihm nichts zu fehlen, außer dass er schwach war. Dehydratation und Mangelernährung folgerte sie und gab ihm ihre Wasserflasche. Zitternd trank er und kam zunehmend zu sich.

„Wer sind Sie?", fragte er unsicher.

„Ich bin Xenia", antwortete sie, „und bin gekommen, euch zu helfen. Wo sind die Anderen?"

„Ich weiß nicht… dort drüben vielleicht, sie sind verschüttet."

Xenia reichte ihm einen Riegel Kraftnahrung. „So, jetzt nehmen Sie zuerst einmal das zu sich, dann geht es Ihnen bald besser. Wir werden sie schon finden."

Ihr Blick schweifte umher, konnte aber keine Lücke in den Felsen rundum entdecken. Unmöglich, dass nur dieser Eine überlebt hatte. Die Anderen mussten irgendwo hier sein. Sie brauchte mehr Licht und Ausrüstung.

Mahud stand schon wieder und konnte es kaum fassen. Er war gerettet. Es war vorbei. Der Albtraum in dieser schwarzen Höhle gehörte der Vergangenheit an. Nur schnell heraus. Nie in seinem ganzen Leben würde er je wieder in eine Höhle einsteigen, in so eine scheußliche enge Gruft, mit drohenden Steinen über sich. Sie hätten ihn beinahe erdrückt und erschlagen.

„Wie sind Sie denn hier hereingekommen?", wollte er nun wissen. „Ich hab' plötzlich ein gleißendes Licht bemerkt, dann bin ich aber auch schon weggetreten, wurde wohl ohnmächtig."

„Ich sagte schon, das war wahrscheinlich ich. Ich bin durch die Grotte nebenan gekommen. Jetzt müssen wir aber zuerst die Anderen finden. Helfen Sie mir mit der Ausrüstung! Wir brauchen mehr Licht."

Irgendwie kam Xenia die Situation komisch vor. Wieso war dieser Mann allein und nicht zusammen mit der restlichen Gruppe? Er schien nicht besonders mitgenommen, obwohl auch er die fünf Tage hatte durchhalten müssen. Die Antwort entdeckte sie bald. Da lagen eine angebrochene Packung Biskuits und eine leere Wasserflasche nicht weit entfernt im Geröll. Hatte er die Anderen bestohlen und ihrem Schicksal überlassen? Sie würde ein Auge auf ihn haben müssen. Plötzlich war sie froh, die Laserpistole mitgebracht zu haben.

Kurze Zeit später erstrahlte der Raum in hellem Licht. Die starken Strahler zeigten deutlich den verschütteten Durchgang.

„Dort, auf der anderen Seite, ist die Bühne des Konzertsaales, aber da kommen wir nicht durch", erklärte nun Mahud.

Xenia nickte enttäuscht. „Ja, diese Felsen sind viel zu massiv. Die können wir nicht einfach wegräumen - und von der anderen Seite ist wahrscheinlich auch keine Hilfe zu erwarten. - Das notwendige schwere Gerät durch die Unterwassergrotte heranzuschaffen ist genauso aussichtslos. Das würde Tage dauern. - Man müsste sprengen. Ich weiß nicht..."

„Das Dynamit", murmelte Mahud.

„Was?", entfuhr es Xenia. „Was für einen Blödsinn redest du da?" Die unhöfliche Anrede entschlüpfte ihr ungewollt.

„Na ja", brummte der Mann. „Es sind noch ein paar Stangen übrig, und die liegen dort hinter den Kulissen."

„Wie um alles in der Welt...", entfuhr es Xenia. Verstohlen versicherte sie sich, dass die Pistole griffbereit war.

„Eine lange Geschichte“, brummte Mahud. „Wir haben schon einmal gesprengt, damit wir an das Lager kamen.“

„Ihr habt gesprengt!“, japste Xenia. „Hier drin?“

„Na ja, nur ein ganz klein wenig.“

„Ihr müsst verrückt sein! - Wo ist denn das restliche Zeug?“

Mahud wies hinter einen Haufen zertrümmerter Kulissen. „Irgendwo da hinten…“

Xenia war sofort da, räumte die Trümmer weg und starrte kurz darauf auf die Dynamitstangen. Das ganze Packet war zwar auseinandergenommen, verriet aber doch, dass es sich einmal um eine beachtliche Bombe gehandelt hatte. - Also doch, der Mann war gefährlich. Blitzschnell drehte sie sich um.

„Bleib stehen!“, schrie sie. „Ich schieße sofort.“

„Keine Angst! Ich tu‘ niemandem etwas.“, sagte Mahud schnell. Er war dicht hinter ihr. „Wir wollten niemanden umbringen. Die Anderen sind tot, und ich möchte hier nur noch hinaus.“

„Zurück! Dort, an die Wand!“ Sie zielte genau auf seine Brust.

Er wich zurück und stammelte: „Bitte, lassen Sie mich doch ausreden. Ich mach bestimmt keinen Blödsinn. Wir sind doch alle im gleichen Boot.“

„Du bist wahrscheinlich ein gefährlicher, gemeiner Terrorist und wolltest wohl das ganze Konzert in die Luft jagen“, sagte Xenia. „Du kommst vor ein Gericht. Ja, wenn ich dich nicht gleich hier erschieße.“

„Lassen Sie den Unsinn. Ja, wir wollten all die Reichen bedrohen und Geld erpressen, aber es ist doch alles nur für unser Land und die Gerechtigkeit für unsere Leute.“

„Was schwafelst du da von Gerechtigkeit?“, sagte Xenia zornig. „Setzt dich dort an die Wand und rühr dich nicht!“

„Ja, wir Basken haben noch nie Gerechtigkeit erfahren…“, flüsterte Mahud und sank nieder. „Viele Jahrzehnte lang haben wir gekämpft, aber die Freiheit wurde uns immer verwehrt. Das ist ungerecht. Wir wollten uns einfach nehmen was uns zustand.“

„Hier wirst du nichts mehr nehmen“, knurrte Xenia. „Sei froh, wenn wir hier überhaupt wieder ans Tageslicht kommen.“

„Ich kann helfen…“

„Du! Du bleibst schön dort sitzen und bewegst dich nicht.“

„Aber die Sprengung…“

„Was willst du mit dem alten Zeug. - Dynamit, das benützten vor Jahrhunderten die Goldgräber. Heutzutage hat man doch effizientere Mittel wie Nitropenta, Pentolit oder ähnliches. Dieses Zeug hier ist doch viel zu gefährlich.“

„Nicht wenn man damit umzugehen weiß“, getraute sich Mahud die Bemerkung. „Hab's ja vorher bewiesen.“

Xenia überlegte lange. Welche Alternativen waren da noch? Eine Kontaktaufnahme mit OX15W war aus dieser Höhle, ohne Öffnung gegen oben, nicht möglich. Sie war immer noch auf sich selber gestellt. Es war unmöglich, den Zugang zum Konzertsaal ohne Hilfsmittel frei zu bekommen. Sie könnte natürlich den Rückzug antreten, vielleicht noch diesen einen Menschen im U1P mitnehmen und damit alle Anderen im Stich lassen. - Das war keine Alternative. - Blieb noch diese verrückte Idee mit dem Dynamit. Wie weit konnte sie diesem Mann vertrauen? Der hatte eigentlich auch nichts mehr zu verlieren - oder doch? Könnte er vielleicht versuchen, auf eigene Faust durch die Unterwassergrotte zu entkommen. Auf jeden Fall durfte er nicht wissen, dass eine zweite Person notfalls im U-Boot mitgenommen werden könnte.

„Sie wissen schon“, begann sie, „der Ausgang durch die Grotte schafft auch ein guter Schwimmer nicht, und das U-Boot kann nur ich steuern.“

„Ich werde bestimmt nicht versuchen zu fliehen, aber mit der Sprengung, da kann ich ihnen helfen“, beteuerte Mahud.

Xenia begab sich erneut zu dem verschütteten Durchgang, betastete die Felsen und begutachtete jede Spalte. „Warum hört man denn von der anderen Seite nichts. Versuchen wir's doch einmal mit Rufen.“

„Was glauben Sie denn? Ich hab' mir schon die Seele aus dem Leib geschrien“, entgegnete Mahud. „Die dort drüben sind vielleicht schon zu schwach um zu antworten. Denen geht's beschissen.“

Sie versuchten es trotzdem, schrien aus Leibeskräften und hieben mit Steinen gegen die Felsen, bis auch Xenia erschöpft aufgab. „Es ist zwecklos. Wir werden sprengen.“

Sie arbeiteten ohne viele Worte über eine Stunde lang, platzierten die Stangen, befestigten die Sprengkapseln und Zündschnüre. Es durfte keine zu große Detonation geben, um die dahinter Eingeschlossenen nicht zu gefährden. Auf der anderen Seite wollten sie auch nicht ein harmloses Verpuffen ohne Wirkung. Drei Stangen legten sie in sicherer Entfernung zur Seite, bereit für einen letzten verzweifelten Versuch.

„Die Zündschnurr", brummte Mahud und rieb sich die lädierte Schulter, „ist viel zu kurz. Das wäre mir drüben beinahe zum Verhängnis geworden."

Xenia schüttelte den Kopf. „Ich kann sie mit dem Laser aus sicherer Entfernung zünden. Das ist kein Problem."

Mittlerweile hatte sie etwas Vertrauen in den Mann geschöpft, war aber immer noch auf der Hut. Solange sie die Waffe hatte, konnte er kaum etwas gegen sie unternehmen. Alles sprach aber daraufhin, dass er keine bösen Absichten hegte.

„Was sind das denn für Figuren, dort in der Grotte?", fragte Mahud zwischendurch. „Ich hab' noch nie so etwas gesehen."

„Es sind Statuen von Guanchen", antwortete sie. „Was die da sollen ist auch mir ein Rätsel." Vom Teufel würde sie besser nichts erwähnen.

Mahud grinste. „Ein komischer Ort für eine Ausstellung."

„Nun, wenn man bedenkt, dass da einmal ein Durchgang zur Bühne eines Konzertsaales bestand, macht das vielleicht doch Sinn. Manchmal brauchen sie alles Mögliche als Requisiten."

„Ach so…"

„Nun sollten wir aber besser für unsere Leidensgenossen sorgen", mahnte Xenia. „Bleiben Sie im Hintergrund, ich werde hier vom Eingang her die Explosion auslösen."

Xenia zielte genau und traf. Wie in Zeitlupe erwartete sie den Knall. Als die Detonation kam, wurde sie von der Druckwelle nach hinten in die Grotte geschleudert und landete direkt auf Mahud. Er fing sie auf, verlor aber seinerseits den Halt und das Gleichgewicht. Er umklammerte ihren Arm mit der Laserpistole und hätte diese problemlos an sich reißen können. Er tat es nicht, sondern half ihr auf die Beine und grinste schief. Sein Gesicht war ganz nah. Es war grau, wie diejenigen der leblosen Guanchen. Die Situation war völlig grotesk, und Xenia glaubte im Antlitz der Guanchenfiguren so etwas wie Erstaunen zu sehen. Verwirrt befreite sie sich aus den Armen des Mannes und näherte sich dem Durchgang. Der Raum dahinter war erfüllt von Staub und Rauch. Ein paar zerfetzte Kulissenteile versperrten den Weg. Die Beiden drängten aber ohne Rücksicht vorwärts. Die Explosion hatte ein grosses Loch gerissen, und die Trümmer lagen weit verstreut. Der Durchbruch war gelungen, aber es lag so eine leblose Dunkelheit vor ihnen, dass sie sich nur langsam vorwärts getrauten. Es war wie wenn sie in eine kalte Gruft des Todes hineinsteigen würden.

Kapitel 19

Am Donnerstag, 28. Januar 2089, erhielt Admiral McGregor ein verschlüsseltes Memo vom Oberkommando in Brüssel. Er kannte General Jenkinson flüchtig, aber dessen Ruf als machtbesessener, unbeugsamer Despot war bestens bekannt. Es war unerklärlich, wie solch ein Tyrann in der Welthierarchie so weit nach oben kommen konnte. - Dennoch McGregor hatte zu gehorchen.

Die Mitteilung war klipp und klar. Die nuklearen Sprengungen zur Stabilisierung der Erdplatten hatten Vorrang, und alles andere war dem unterzuordnen. Im schlechtesten Fall waren auch gewisse Verluste an Material und Leben einzurechnen, so bedauerlich das auch wäre. Die bombentragenden Satelliten würden die Sprengsätze am Samstag, pünktlich um 13:24 Uhr, lancieren. Sie wären dann in der richtigen Position, so dass die Detonationen planmäßig um 14:00 MEZ beginnen konnten. Diese Einsatzparameter waren bindend.

McGregor schlug mit der Faust auf seinen Schreibtisch und fluchte laut: „Scheiße! Sind die von Sinnen!"

Da draußen lag immer noch die „Farragora", mit fast dreihundert Mann Besatzung. Deren Kapitän Santoso hatte keine Ahnung was sich da über ihm zusammenbraute. Dann war auch noch Xenia, diese Querulantin. Die hatte sich natürlich selber in diese Situation gebracht, wollte da ein paar Eingeschlossene aus der Höhle retten. War ja irgendwie verständlich, aber jetzt hatte er auch noch dieses Problem am Hals. Nochmals Schei…, sie hatte gegen seine Befehle gehandelt, und es war überhaupt nicht sicher, dass sie erfolgreich dort ankommen konnte. Die bedauerlichen Menschen waren hoffnungslos eingeschlossen, und jeglicher Kontakt zu ihnen war misslungen. Was um Himmels Willen sollte er tun?

Als er das Büro verließ und in die Zentrale trat, war seine Entscheidung gefallen. Er würde diese Katastrophe verhindern, so war ihm Gott helfe. Ha, einen Gott anzurufen, war eigentlich nicht seine Sache, denn seine militärischen Aufgaben ließen sich normalerweise schlecht mit einer Liebe fordernden Philosophie vereinbaren. Trotzdem, es konnte nicht sein, dass man einfach rücksichtslos Menschen opferte. Dieser verfluchte Jenkinson, der sollte ihn noch kennenlernen.

Commander Merville, Offizier der Besatzung des Satelliten OX15W, hatte gerade seinen Dienst am Überwachungscomputer angetreten, als Admiral McGregor die Verbindung herstellte.

„Merville, sind sie das?", fragte der Admiral.

„Ja Sir. Ich höre sie laut und klar. Wie kann ich helfen?"

Ein paar ätherische Geräusche störten die Verbindung, dann war aber wieder deutlich die Stimme McGregors zu hören: „Hören Sie Jean, ich muss wissen, wie dramatisch ist es mit dieser Erdplattenverwerfung, da im östlichen Atlantik. Ist das so akut?"

Bei Merville läuteten die Alarmglocken. Wenn ihn McGregor beim Vornamen nannte, dann war etwas im Busch. „Was ist, John? Natürlich ist es dramatisch. Was sollte sonst sein?"

„Es sind nukleare Sprengungen zur Stabilisierung der Verschiebungen geplant, um eine Katastrophe aufzuhalten", erläuterte der Admiral. „Der Oberbefehlshaber will, dass sie bereits am Samstag durchgeführt werden. Ist das wirklich so dringend?"

„Na ja…", brummte Merville.

„Dachte ich's mir doch. Ich möchte, dass die um eine Woche verschoben werden. Wäre das ein Problem?"

„Ein Problem!", sagte Merville entgeistert. „Es ist ein Befehl des Oberkommandos, das ist das Problem."

„Ja, ja, wir könnten doch so tun als hätten wir nicht richtig verstanden." McGregor suchte einen Ausweg. „Du bist ja weit weg draußen im All, da könnte es doch sein..."

„John, das geht doch nicht. Wir werden den Befehl schriftlich erhalten. Es ist unmöglich."

Verärgert wandte McGregor ein: „Aber du bist doch für die Koordinierung der Satelliten verantwortlich. Du könntest sie stoppen."

„Nun lass den Unsinn!", knurrte Merville. „Überhaupt, warum sollte ich so etwas tun?"

„Um Hunderte von Menschen zu retten."

„Wieso? Du kannst die ja vorher evakuieren."

McGregor seufzte. „Kann ich nicht. Da sind immer noch die Eingeschlossenen auf Lanzarote. Xenia versucht sie da heraus zu holen und die „Farragora" ist dort immer noch in Bereitschaft."

„Hol' sie zurück!"

„Unmöglich", knurrte der Admiral. „Die Rettungsaktion läuft."

„Scheiße!", fluchte Merville. „Und dem Jenkins ist's egal, wie viele er opfert."

„Er heißt Jenkinson, aber ja, das Arschloch pfeift drauf. Wir haben nur noch zwei Tage. Wir müssen etwas tun..."

„Der General wird toben, und wir landen alle vor einem Militärgericht."

„Er muss ja nichts merken", sagte McGregor zögernd.

„Wie zum Teufel soll das gehen?" Merville schwitzte. „Ich kann doch nicht einfach behaupten, am Samstag, da geht's nicht. Bitte lasst euren Finger vom Abzug."

„Na ja, ungefähr so", knurrte McGregor. „Brauchst nur noch einen glaubwürdigen Grund."

„Ich hab' aber keinen!", stöhnte Merville. „Was auch? - Gib mir ein paar Stunden Zeit, ich muss das alles einmal begreifen und überlegen. - Zwei Stunden, dann ruf ich zurück."

„Gut, zwei Stunden, aber nicht länger", sagte McGregor erschöpft und unterbrach die Verbindung.

Merville war ein Offizier der Weltraumorganisation ESAX und damit nicht direkt dem militärischen Oberkommando unterstellt, so wie McGregor. Demzufolge war anzunehmen, dass ohne dessen

Koordination Jenkinsons Pläne nicht durchzuführen waren. Zumindest konnte Merville vielleicht den überstürzten Zeitplan vereiteln. Ein paar Tage, nur ein paar Stunden, würde ihnen eine Chance gewähren. Würde es Jean gelingen, eine Lücke in diesen mörderischen Plänen zu finden, um deren sofortige Ausführung zu verhindern?

Merville fühlte sich gefangen. Der Kommandoraum des Satelliten erschien ihm plötzlich viel zu eng, wie eine Hochsicherheitszelle. Er war verdammt, hier sitzen zu bleiben, konnte nicht hinausstürmen und seinem Unmut und seiner Frustration Luft machen. Wie gerne hätte er unkontrolliert den nächstbesten Aschenbecher an die Wand geschmettert. Er könnte hier nicht einmal richtig ausholen. Er war gefangen in seinem eigenen Leib, ohne Chance, ohne Hilfe, gefangen in seinen rasenden Gedanken.

Diese verdammten Militärs, die waren doch alle gleich. Ein paar Menschenleben mehr oder weniger, interessierte die überhaupt nicht. Das war auch der Grund warum er sich für eine Laufbahn bei der ESAX entschieden hatte. Er wollte der Wissenschaft dienen, und die war ja zum Wohle der Menschen und nicht zum Töten da. So eine Entscheidung wollte er auf keinen Fall treffen.

Die Familie Merville lebte seit jeher in einem Vorort von Toulouse, wo vor allem besser gestellte Staatsangestellte, ja, vor allem Militärs, ihre Häuser hatten. Sie hatten zwei Kinder, Martha und Jean. Als Junge war Jean begeistert von den donnernd überfliegenden Jets und lauschte dem Vater, der die Flugzeuge alle bei Namen kannte, die Typenbezeichnung, die Maximalgeschwindigkeiten, die Besatzung und die Bewaffnung. Er erzählte eifrig, und bei einem besonders silberigen Pfeil verkündete er stolz, dass er so einen fliegen würde. Papa war Oberst der europäischen Luftstreitkräfte und flog den erprobten Kampfjet Rafaele X44.

Mit dem Älterwerden wollte der Junge bald wissen, wohin der Papa den fliege und was er da mache. Die Einsätze wurden aber zu Hause nicht diskutiert, und die Mutter wehrte die Fragen der beiden Kinder geschickt ab. Als dann später doch bekannt wurde, dass die Flüge nach Mali und dem südlichen Algerien gingen, um dort Terrorgruppen zu bekämpfen, erahnte der heranwachsende Junge, dass da auf Menschen geschossen und solche getötet wurden. Das Heroenbild seines Vaters bekam einen Riss, und der pubertierende, aufmüpfige Sohn schimpfte seinen Vater einen Mörder und das ganze Militär eine gottvergessene Killerbande. Der mittlerweile hoch dekorierte Oberst schüttelte den Kopf und beruhigte die aufgebrachte Mutter mit den Worten, es würde schon wieder gut werden, der Junge sei halt noch nicht reif genug. Eine Militärlaufbahn wäre für ihn ja sowieso das Beste.

Diesem Argument konnte sich Jean nie anschließen. Er beendete sein Studium mit Bestnoten und bewarb sich bei der Weltraumorganisation, entgegen den Plänen seines Vaters. - Jetzt saß er aber da, fünfunddreißigtausend Kilometer über der Erde und hatte genau diese Entscheidung wieder am Hals. Das Einfachste wäre jetzt, McGregors Sorgen und Bitten zu ignorieren und den Befehlen des Oberkommandos blindlings Folge zu leisten.

Zum Teufel! Nein, nein, nein. Hatte sein guter Freund John, dieser hinterhältige Hund, vielleicht genau damit gerechnet, dass er so einem Massaker nie zustimmen würde. - Aber wie konnte er es verhindern?

Die zweite Besatzung des Satelliten war Sergeant Bob Lieber. Der junge Mann war zum ersten Mal im All, und seine Unerfahrenheit kompensierte er mit einer fabelhaften Ausbildung. Sein ungewöhnlicher Name, welcher in seinen Studienjahren Anlass zu mancher Hänselei gewesen war, konnte nicht über seinen außergewöhnlich scharfen Verstand und Ehrgeiz hinwegtäuschen. Obwohl Merville das Kommando inne hatte, war damit zu rechnen, dass der aufmerksame junge Mann ein außerordentliches Manöver schnell durchschauen würde. Der Plan, welcher im Kopf des Commanders langsam Gestalt annahm, war deshalb kaum durchführbar und konnte ihnen Kopf und Kragen kosten. Durfte er einen erfolgversprechenden, aufstrebenden jungen Mann mit so einer Verantwortung belasten, deren Tragweite nicht abzuschätzen war. Ja, wenn er alleine wäre, dann würde er nicht zögern und danach auch die Konsequenzen tragen. Ja, er würde es tun.

Zwei Stunden später, als der Sergeant aus der Ruhezone zurückkehrte, war Mervilles Entschluss gefasst.

„Sergeant Lieber", befahl Merville ruppiger als gewollt. „Schalten Sie die Funkverbindung zur Zentrale aus!"

„Jawohl Sir!", quittierte der Angesprochene, zögerte einen Moment ob des ungewöhnlichen Befehls, entsprach ihm aber sofort. Es stand ihm nicht zu, die Autorität des Älteren zu hinterfragen, zudem war im Moment sowieso nichts zu übermitteln.

Die Stille lag bleiern über ihnen, Im Hintergrund knackte leise ein Relais und regelte die Zufuhr der Atemluft. Mervilles Kehle war wie zugeschnürt. Noch war Zeit für einen Rückzieher. - Dann erschienen ihm die Opfer, wie schwebende Geister vor den geschlossenen Augen. - Nein, ja, es musste sein.

„Sergeant Lieber, ich schätze Ihren Einsatz für unsere Mission außerordentlich. - Ich danke Ihnen, Bob."

Erstaunt antwortete der Sergeant: „Ja, Sir, danke Sir."

„Lassen Sie dieses 'Sir'. Mein Name ist Jean. - Wie lange sind wir jetzt schon hier draußen?"

„Na ja, erst ein paar Tage, S…"

„Sie haben sicher mitbekommen, was dort unten im Ostatlantik los ist, die Eruptionen, die Erdbeben und der Untergang einiger der Inseln."

„Natürlich", ergänzte der junge Mann. „Auch, dass dort noch immer Menschen verschollen sind."

„Genau, und die will man jetzt opfern."

Bobs Augen weiteten sich. „Wieso?"

Jetzt war der Moment, von dem es keine Rückkehr mehr gab. Merville schluckte, schraffte die Schultern und begann: „Bob, ich habe entschieden, diese Menschen dort unten zu retten. Die Pläne des Oberkommandos bedeuten, dass durch nukleare Sprengungen die sich verschiebenden Erdplatten stabilisiert werden sollen. Das hat natürlich eine gewisse Logik, aber der Zeitplan liesse den betroffenen Menschen keine Chance, sie wären alle sofort tot."

Bob erbleichte, aber schwieg.

Merville erklärte die ganze Tragödie von Anfang bis zum fatalen Entscheid. „Das Oberkommando stütz sich dabei auf die Empfehlungen der Experten und Geologen, aber der Tod von Dutzenden Menschen erachten sie als nebensächlich. So etwas kann ich einfach nicht unterstützen."

„Sie haben einen Plan?", flüsterte Bob.

„Ja, aber ich muss Sie informieren, damit Sie ihre eigene Entscheidung treffen können. Sie können jetzt unsere Vorgesetzten informieren und sind damit aus der Sache heraus.“

Der junge Mann rang mit sich und saß bleich über die Konsole gebeugt. Die leichte Berührung einer blinkenden Taste würde ihn aus dieser Situation befreien und die Verbindung mit der Zentrale wieder herstellen.

Die Sekunden verrannen wir Stunden. Wie im Nebel gedämpft, und kaum hörbar, kam die Antwort: „Nein, das kann auch ich nicht. Ich kann nicht einfach Menschen in den Tod schicken. Es sind Unschuldige, und das ist doch unser Auftrag diese, die Schwachen, zu schützen. Wenn ich mit einer Rakete ins All hinausgeschossen werde, dann ist es meine Entscheidung und wenn es schief geht, dann ist es mein Tod und nicht der eines Anderen. Wenn Astronauten heutzutage auf dem Weg zum Mars sind, dann wissen sie ganz genau, dass sie nie mehr zurückkehren, aber dort unten sind Menschen, denen wir den Glauben an das Leben nicht einfach so nehmen dürfen. Das ist Menschlichkeit, alles andere ist Wahnsinn.“

„Ich empfinde genauso, Bob“, brummte Merville. „Aber bist du dir der Auswirkungen bewusst. Wir werden Befehlsverweigerer sein und können kaum Gnade erwarten. Unsere Vorgesetzten werden toben. Im besten Fall verlieren wir unsere Arbeit, im schlechtesten landen wir lebenslänglich im Knast.“

„Ja, und wenn wir nichts tun, dann wird uns das Gewissen ein Leben lang vorwerfen, nichts für diese Menschen in Not getan zu haben“, entgegnete Bob verbittert. „Aber, was können wir denn tun? Wir können die Militärsatelliten ja nicht einfach abschießen. Wie in Gottes Namen können wir es verhindern?“

„Lass mich nur machen. Ich habe da so eine Idee, aber es ist besser, wenn du so wenig wie möglich weißt…“

Kapitel 20

Die Explosion war wie der zornige Donnerschlag des Himmels und verschüttete jede noch so kleine Hoffnung. Brach jetzt die ganze beschissene Höhle zusammen und begrub sie endgültig unter den Felsen? Die acht Menschen lagen oder kauerten da und erwarteten ergeben ihr Schicksal. Weitere Beben mussten folgen, und es war keine Frage, ob sie von einem herunterstürzenden großen Brocken erschlagen würden, sondern einfach nur, wann es denn endlich passieren sollte.

Nach geraumer Weile erkannte Roger, dass es ruhig blieb und langsam rappelte er sich auf.

„Morena! Nahla, Andoni…!“, rief er angstvoll. Waren sie alle am Leben? „Beneton! Betty…!“

Plötzlich geisterte ein Lichtstrahl durch die dichte Staubwolke, verfing sich an der gegenüberliegenden Wand und kehrte zurück. Sah er jetzt schon Gespenster? War auch er schon so geschwächt, dass seine Sinne ihm etwas vorgaukelten. Roger schüttelte den Kopf und starrte in die Richtung. Nahla klammerte sich an sein Bein und begann zu heulen: „Da… da…“

Unverhofft traf ein Strahl Roger mitten ins Gesicht. Dann folgte gellend ein Schrei: „Roger!“

Geblendet wusste er nicht, war der Schrei von Nahla oder…

„Roger! Roger… Es ist alles gut! Du lebst!“

Xenia, durchfuhr es ihn. Das war die Stimme von Xenia. Sie war hier. Er hob schützend die Hand. Die Augen waren völlig blind. Nach dieser langen Dunkelheit brauchte er Minuten, um etwas zu erkennen. Dann sah er die schattenhafte Gestalt, die auf ihn zu wankte und schloss sie in die Arme. Wenn er auch nicht verstand wie es sein konnte, sie war da, und sie erschien ihm wie ein retten- der Engel.

„Wie bist du denn hier hereingekommen?“, stammelte er.

„Das ist doch jetzt unwichtig“, antwortete Xenia und deutete auf Nahla, welche sich an Roger klammerte. „Wie viele seid ihr?“

Inzwischen war auch Mahud mit einem Strahler erschienen. Die Eingeschlossenen kämpften gegen ihre Blindheit, aber bald war klar, wie klein die Gruppe geworden war.

Morena drängte heran und schluchzte: „Bitte hilf meinem Mann. Er liegt im Sterben.“

Xenia übernahm sofort das Kommando. „Den Notfallkasten, Mahud schnell!“

Es entstand eine kurze Hektik, als sich alle im Licht der Strahler zusammenfanden. Sanders hatte Betty sich selbst überlassen und gestikulierte heftig, dass man sich um die alte Frau kümmern müs- se. Xenia tat ihr Bestes, untersuchte Roj und erschrak beim Anblick des Beines. Er würde es wohl verlieren. Im Moment konnte man nur versuchen, das Fieber zu senken. Sie drückte Morena die not- wendigen Tabletten in die Hand und begab sich zu Betty.

„Es ist nicht so schlimm“, wehrte die Frau ab. „Ich bin einfach alt und schwach.“

Xenia schob ihr eine Jacke unter den Kopf und flößte ihr ein Stärkungsmittel ein. „Bleiben Sie liegen und ruhen sich aus.“

„Vielen Dank meine Liebe. - Kommen wir jetzt hier heraus?“

„Natürlich“, antwortete Xenia. „Es wird aber noch etwas dau- ern.“

„Dem jungen Mann mit der Schussverletzung, dem muss sofort geholfen werden.“

„Eine Schussverletzung!“, rief Xenia entgeistert. Sie hatte diese nicht als solche erkannt. „Wer hat denn hier geschossen?“

„Es war wohl ein Unfall. - Aber das ist jetzt doch egal. Wir müssen hier schnellstens hinaus."

Überrascht von der einfachen Klugheit der alten schwachen Frau, musste sich Xenia eingestehen, dass diese völlig recht hatte und es jetzt vor allem darum ging, alle so schnell wie möglich zu evakuieren. Sie suchte Roger und fand ihn bei der Gruppe um Roj. Die schmächtige Frau neben ihm klammerte sich immer noch an seinen Arm. Was sollte das? - Egal, jetzt war Wichtigeres zu tun.

„Roger, kommst du einen Moment", sagte sie bestimmt und zog ihn weg von Nahla in eine Ecke. Mit leisen Worten berichtete sie über die Situation und wie sie in die Höhle eindringen konnte. Jetzt ging es zuerst darum, ihre Ausrüstung zu holen und den Kontakt zum OX15W herzustellen.

„McGregor hat mir versprochen, die Drohne sofort loszuschicken, sobald wir die Verbindung hergestellt haben. Wir brauchen also den Peilsender und die Batterien. Alles ist noch im U-Boot und muss hergeschafft werden."

„Gut, das können Beneton und Sanders übernehmen", entschied Roger. „Dann musst du natürlich mit dem U-Boot zurück." Sofort sickerte ein Gedanke in seinen Kopf. „Ja aber, können wir denn nicht mit dem U-Boot evakuieren?"

Xenia konnte ein Lächeln nicht unterdrücken. „Die Kiste ist gerade einmal für den Piloten gebaut und hat nur einen kleinen zusätzlichen Notplatz. Es würde Tage dauern, um alle einzeln zu evakuieren. Ich konnte ja nicht ein großes U200 entführen. Außerdem käme so eines auch gar nicht in die Grotte hinein."

„Du hast viel zuviel riskiert…"

„Unwichtig. Wir lotsen jetzt die Drohne heran, und dann geht alles ganz schnell."

„Wie denn? - Ein großer Helikopter mit Seilwinde wäre doch einfacher."

Xenia schüttelte den Kopf. „Du vergisst, dass dort oben immer noch ein Vulkan spuckt. Diese neue Drohne ist mit Schutzschildern ausgestattet, welche solch einem Beschuss durchaus standhalten. Allerdings ist da nur Platz für maximal fünf Personen, und die ganze Rettung wird ferngesteuert."

„Also auch nicht viel besser als mit dem U-Boot", folgerte Roger.

„Doch natürlich. Diese Drohne ist absolut zuverlässig und bis zur „Farragora" sind es weniger als eine Stunde."

„Die „Farragora", die Fregatte ist immer noch in der Nähe?

Xenia antwortete mit Zuversicht: „Ja, und die Drohne sollte schon auf deren Deck bereit stehen."

Sie stockte. Ja, woher nahm sie denn diese Zuversicht, dieses Vertrauen? Hatte McGregor wirklich Wort gehalten, oder löste sich alles in Luft auf? Es könnte durchaus sein, dass all diese Pläne nicht durchführbar waren und sie jetzt mit den Eingeschlossenen praktisch in derselben Falle saß. Vielleicht waren die Eruptionen immer noch so gewaltig, dass die Fregatte abgezogen werden musste und ein Einsatz der Drohne nicht möglich war. Wie hieß dieses Superding überhaupt, von dem der Admiral gesprochen hatte? ,Beacon Of Hope', BOH, ,Fanal der Hoffnung', ha, wenn das nicht ein Zeichen war.

„Wir sollten keine Zeit mehr verlieren", mahnte Roger.

Es dauerte geschlagene zwei Stunden, bis das Material herangeschafft war. Die Eingeschlossenen waren derart geschwächt, dass sie kaum eine Hilfe waren. Xenia verteilte Nahrungskonzentrat und isotonisches Getränk, mahnte aber zur Mäßigung, denn die mitgeführte Menge war bescheiden und niemand wusste, wie lange eine Rettung auf sich warten lassen würde.

Im Scheine der Lampen zeigte sich der Lagerplatz in seiner unglaublichen Scheußlichkeit. Die einstige Bühne war mit Steinen und Dreck übersät, und die Ecken, wo die Menschen ihre Notdurft verrichtet hatten, stanken fürchterlich. Aber am schlimmsten sahen die Menschen selber aus. Schmutzig, hohlwangig und mit wirren verfilzten Haaren, glichen sie wilden Gespenstern der Unterwelt. Alle hatten Schnitte, Beulen, Kratzer oder Blutergüsse zu beklagen, und ihre Kleider glichen zum großen Teil nur noch schmutzigen Fetzen.

Beneton war der Erste, der sich fasste und seinen zerschlissenen Anzug betrachtete. „Mein Güte, wie sehe ich denn aus!", maulte er. „Außerdem, ich muss sofort raus hier, muss unbedingt die Bank benachrichtigen. Es geht um sehr viel."

Er drängte sich an die Seite von Xenia und forderte: „Bringen Sie mich hier raus! Es ist wichtig, sofort!"

„Beruhigen Sie sich!", mahnte Xenia. „Wir werden alle herauskommen, sobald die Rettung anläuft."

„Sie könnten mich doch mit dem U-Boot an Land bringen", forderte Beneton. Ihm war das Gefährt sofort aufgefallen. „Es ist doch noch einsatzfähig?"

„Lassen Sie den Unsinn!", mischte sich Roger ungehalten ein. „Hier wird niemand bevorzugt, schon gar nicht Personen ohne Verletzungen. Besser, Sie helfen jetzt Betty ein bequemeres Lager zu richten. Sie hat sicher Vorrang."

„Ja!", keifte Nahla dicht nebenan. „Frauen und Kinder zuerst. Das ist doch immer so. Ich komme also vor dir, Beneton."

„Sie!", knurrte der Mann böse. „Sie haben überhaupt nicht mehr Rechte. Sie… sie…"

„Ruhe!", wetterte Roger. „Diese Streiterei bringt überhaupt nichts. Solange keine Verbindung hergestellt ist, kommt hier sowieso keiner weg. Seid also vernünftig!"

„Diese Schlampe meint wohl sie bekommt mehr Rechte? - Nur weil sie mit dir gevögelt hat…"

„Beneton!", brüllte Roger. „Halten Sie ihr gottverdammtes Maul!"

Xenia arbeitete verbissen am Funkpeiler, befestigte die Kabel und drehte an den Knöpfen. Nur ein kurzes Zögern verriet, dass sie sehr wohl verstanden hatte, um was es da ging. Für einen kurzen Moment zog sich ihr Herz zusammen, wie durch einen heftigen Nadelstich. Dann war sie aber wieder voll konzentriert damit beschäftigt, die richtige Frequenz zu finden. Es eilte. Diese Menschen waren am Ende ihrer körperlichen wie auch der psychischen Kräfte. Das Wenigste was man jetzt brauchen konnte war, dass sie sich noch gegenseitig an die Gurgel gingen. Hier waren derart unterschiedliche Menschen durch Not zusammengepfercht worden, so dass sich Konflikte jederzeit entladen konnten.

Morena, die Frau mit dem schwer verletzten Mann. Würde dieser sterben, könnte sie in eine seelische Krise geraten, mit unabsehbaren Folgen. Der Mann musste als Erster evakuiert werden, er brauchte sofort ärztliche Hilfe.

Auch Betty war in bedauernswertem Zustand. Sie war zwar eine bewundernswerte, tapfere Frau. Aber auch sie brauchte schnellstens einen Arzt. Der Tod ihres Mannes hatte ihr mit Sicherheit sehr viel von ihrem Lebenswillen genommen.

Sanders, wie hieß der Mann schon wieder? Ach ja, Pablo, das deutete darauf hin, dass er möglicherweise ein Spanier war. Er war sehr ruhig und beklagte sich nicht. Genauso wie dieser Andoni. Der sprach überhaupt nicht. Dafür war Beneton ein richtiges Scheusal. Was der da über Nahla und Roger faselte, der hatte sie wohl nicht alle. - Oder?

Xenia schüttelte den Kopf. Die ganze Bande war so unbegreiflich, fast wie die Tongestalten drüben in der anderen Höhle. - Nun gut, die Guanchen, die standen stumm und starr wohl schon viele Jahre dort drüben. Diese Menschen hier hatten aber fürchterliche Tage…

Das sphärische Pfeifen ging durch Mark und Bein. Ein schwacher Brummton, dann plötzlich: „…kommen…OX…“

Sie hatten die Verbindung. Xenia atmete auf, sprach ruhig und langsam ins Mikrofon und verlangte die Einsatzzentrale in Gibraltar. Admiral McGregors Durchsagen tönten abgehackt und zögerlich, aber es funktionierte. Die Drohne würde sofort starten, sie könnten diese in weniger als zwei Stunden erwarten. Man würde im ersten Flug Rettungsmaterial einfliegen und auch die Bergungsmöglichkeiten sondieren.

In der Gruppe der Eingeschlossenen machte sich zögerlich eine erwartungsvolle Hoffnung breit. Die Rettung rückte näher.

„Wir müssen jetzt warten“, erklärte Xenia den Menschen. „In zwei Stunden wird über der Öffnung dort oben eine Drohne erscheinen. Wir hoffen, dass vor Einbruch der Dunkelheit die Rettung abgeschlossen werden kann. Ruhen Sie sich aus, denn so ein Flug wird alle ihre Kräfte erfordern.“

Nach kurzem Geraune kehrte in der Gruppe Stille ein. Jeder war mit sich selber beschäftigt. Wie würde sich das herausstellen, wenn man am langen Seil hinauf zu einem führerlosen Fluggerät gehievt und dann übers Meer zu dem wartenden Schiff gebracht wurde. Die meisten der Wartenden hatten schon von militärisch einsetzbaren Drohnen gehört, aber dass man damit auch Menschen transportieren könne, das war nicht bekannt. Und wenn man dieser Frau, im Range eines Sergeants, glauben konnte, geschah dies alles auch noch ferngesteuert. Die Meisten waren aber mittlerweile so erschöpft und apathisch, dass sie diese Fragen einfach beiseite schoben. Hauptsache man kam endlich aus dieser Hölle heraus.

Diese Situation und diese Gedanken verfolgte El Diablo aber von oben, am Rande des Kraters, aufmerksam. Es kam Bewegung in die Angelegenheit, und bald würde er sein Opfer bekommen. Die Schwarze, diese Xenia, die bereitete ihm aber etwas Kopfzerbrechen. - Ach, was fantasierte er da! Sein blecherner Kopf bekam doch keine Schmerzen. Trotzdem, diese Dame musste er im Auge behalten. Die war natürlich voll alert und ungeschwächt. Die brauchte eine ganz besondere Lektion, und er wusste auch schon wie.

Roger näherte sich Xenia und ließ sich leise seufzend nieder. „Es kommt alles gut, Xenia…“, flüsterte er.

Xenia sprang auf und drehte ihm abrupt den Rücken zu. „Ich muss nochmals zum U-Boot“, murmelte sie und hastete davon.

„Soll ich mitkommen?“

„Nein, bleib! Ich mach das schon“, kam die schroffe Antwort.

Roger sank zurück und verkniff sich eine schnelle Widerrede. Sie war eingeschnappt und das mit Recht. Diese verdammte Nahla und der noch verdammtere Beneton, konnten die nicht ihr Maul halten. Er musste mit Xenia reden, ihr erklären, dass alles nichts zu bedeuten hätte. Er wusste selber nicht, wie das passieren konnte - so eine Scheiße. Er rappelte sich auf, folgte Xenia und durchquerte den Raum mit den seltsamen Statuen. Da waren selbst diese starren Blödmänner gescheiter. Die hielten ihre Klappe. Grinst nicht so blöd, knurrte er und warf einen Stein in deren Richtung. Die Lampe rutschte ihm aus der Hand und zerschellte mit einem kurzen Knall an einem Felsen.

„Verflucht!“, schrie Roger und tastete um sich. Anders als drüben bei der Bühne, war hier kein Strahler platziert, so dass er vom vorherigen Licht geblendet minutenlang in der Dunkelheit stand. Xenia musste weit voraus sein.

„Verflucht nochmals!“, wiederholte der Mann und versuchte etwas zu erkennen.

„Hier, hier drüben", raunte El Diablo. „Wer flucht, der ruft sicher nach mir."

Roger erstarrte. Schattenhaft tauchten plötzlich die Guanchenkönige auf und schienen ihn anzuklagen. Seine Nackenhaare sträubten sich, und eine eisige Kälte erfasste ihn.

„Lass das!", stöhnte Roger. „Ich hab' nichts mit dir zu schaffen."

„Ha, jetzt auf einmal", winselte der Teufel. „Hast du vergessen, was wir vereinbarten?"

„Ich..."

„Ja, stottere nur, du Wicht. Mich wirst du nicht so einfach los. Hast wohl gedacht jetzt sei alles nicht mehr wichtig? - Hast ja sogar deine Liebste verraten."

„Das war doch nicht..."

Der Teufel heulte los: „Was soll da nichts gewesen sein? Du Verräter, du wirst noch heute angeklagt und verurteilt, so wahr ich El Diablo heiße. Heiß wie Lava wird die Strafe für deine Untat über dich kommen. Die Könige der Guanchen kennen da keine Gnade."

Ein Schatten huschte hinter den Gestalten durch, und für einen Moment erkannte Roger den am Boden liegenden verurteilten Sünder. Was immer der auch getan hatte, sein Blut würde in Kürze in die Rinnen des Opfersteins sickern.

Roger sank gegen einen Felsen. Er schürfte sich in der Dunkelheit seinen Ellbogen auf, ohne es zu merken. Die Schuld seiner Untreue lastete wie ein riesiger Stein auf ihm. Ja, er hatte betrogen. Er hatte die, die er zurück erobern wollte bei erster Gelegenheit betrogen. Er war ein Scheusal und seiner Xenia nicht würdig.

„Xenia!", schrie er aus seinem tiefsten Inneren. Und erneut: „Xenia!"

Der Wiederhall der Höhle klang wie ein Höhnen des Teufels, und tatsächlich verspottete ihn El Diablo: „Schrei nur du Betrüger. Keiner wird dich hören, aber ich, und mir entkommst du nicht. Wir haben ausgemacht, dass eine Seele mir gehört. Wie wär's mit dir?"

Mit einem fürchterlichen Gelächter verschwand der Teufel in der Dunkelheit, just als ein unruhiges Licht auftauchte und den Weg durch die Steine suchte. Der Strahl huschte über die Tonfiguren, welche versteinert und unbeweglich da standen, mitten in der Höhle vor dem absonderlichen Altar.

„Ist da jemand?", ertönte die Stimme von Xenia.

Sie schwenkte die Lampe und erfasste den zusammengesunkenen Mann.

„Xenia", stammelte Roger. „Xenia, ich muss…"

„Ach, du musst gar nichts", entgegnete Xenia kühl und wollte vorbei.

Roger packte ihren Arm und krächzte: „Ich will dir erklären…"

„Lass mich in Ruhe!", sagte Xenia, schüttelte seine Hand ab und war weg.

Eine ganze Weile später erhob sich Roger und suchte den Durchgang nach vorne. Dabei murmelte er vor sich hin: „Dieser verdammte Teufel, dieser Scheißkerl, das ist doch alles Humbug, der soll doch in seiner eigenen Hölle schmoren.

Kapitel 21

Die Rettungsaktion war im vollen Gange. Die Drohne erwies sich als wahres Wunderwerk der Aviatik. Der Name „Feuerstrahl der Hoffnung" kam ihr absolut gerecht. Während sie dicht über der Öffnung der Kuppel schwebte, drang gleißendes Licht in die Grotte, so dass es taghell und jede Einzelheit erkennbar wurde. Die Scheußlichkeit dieser Gruft des Grauens trat brutal hervor. Bizarre schwarze Felsen lagen verkeilt übereinander. Zertrümmerte Sitzreihen befanden sich eingequetscht dazwischen, und diverse Kleidungsstücke und Schuhwerk verrieten, dass die Toten mitten in diesem Trümmerhaufen begraben lagen. Auf der Bühne, wo sich jetzt die wenigen überlebenden Menschen zusammendrängten, war ein fürchterliches Chaos. Neben verstreuten Steinen lagen achtlos weggeworfene Abfälle, zertrümmerte Musikinstrumente und Stühle, schmutziges Verbandsmaterial und stinkende Exkremente. Die Menschen reagierten aber kaum auf das was sie sahen, entweder waren sie zu schwach oder waren einfach mit dem einzigen Gedanken beschäftigt, so rasch als möglich hier herauszukommen.

Erneut bebte die Erde. Eine dumpfe Explosion versetzte die Gruppe in lähmende Panik. So nah an der Rettung! Hatten sie nun endgültig alle guten Götter verlassen? Steine schlugen wie Bomben neben ihnen ein. Das Licht erlosch und nach einem weiteren Knall und kreischenden Getöse sank eine tödliche Stille über die Gruft. Was die geblendeten Menschen in der erneuten Finsternis nicht mehr erkennen konnten war, dass die Drohne sich knirschend oben in der Kuppel verkeilt hatte und nun wie ein drohendes, heimtückisches Insekt über ihnen schwebte.

„Licht…!" Xenia war die erste, die sich regte. „Hat jemand eine Lampe?"

Ein schwacher Strahl geisterte herum und beleuchtete endlich eine gequälte Gruppe. Wunderbarerweise waren keine neuen Verletzungen zu beklagen, aber die Hoffnungslosigkeit der Situation sank in die Gedanken der Menschen wie ätzende Säure. Völlig teilnahmslos blieben sie liegen und erwarteten den erlösenden Tod. Es war nun jedem klar, eine Rettung war nicht mehr möglich. Man ersehnte einfach ein rasches gnädiges Ende.

Xenia protestierte energisch: „Nicht aufgeben! Wir haben immer noch das U-Boot."

„Lass das!", entgegnete Roger grob. „Du hast selber gesagt, im Boot wäre nur ein Notplatz. Außerdem wissen wir nicht, ob das Boot überhaupt noch da ist. Sicher ist es zerstört. Wir werden alle auf diesem grausigen Friedhof hier enden. Das ist eine unumstößliche Tatsache."

Sie stellten sich vor, wie es wäre, wenn die letzten Lampen erloschen und die schwarzen Felsen näherrückten, unheimliche Geister mussten hervorschleichen und ihnen den letzten Mut mit hämischem Gelächter vertreiben. Würden all die vielen Toten auferstehen, um einen makaberen Tanz zu vollführen? Nach dem plötzlichen, gewaltsamen, schrecklichen Tod konnten diese Seelen keine Ruhe finden. Sie würden sich aufbäumen und mit krummen Fingern anklagend auf sie, die Überlebenden, zeigen. Rechenschaft und Gleichheit verlangen. Warum wir und ihr nicht? Jetzt werdet ihr dem Schicksal aber auch nicht entrinnen.

Xenia zerrte an Rogers Ärmel und krächzte: „Komm, lass uns nachsehen! Es bringt nichts, in Selbstmitleid zu versinken. Irgendwie müssen wir hier raus."

Nebenan, in der großen Grotte, standen unverrückbar starr die Tonfiguren. Sie hatten genauso etwas Unheimliches an sich und schienen in eine andere Welt zu gehören. Die Geschichte dieser

Menschen war von jeher sagenumwoben, aber wer um Himmels willen stellte diese Figuren heutzutage hier in dieser Grotte auf? Es war offensichtlich das Werk derzeitiger Menschen, denn die Anordnung, der planierte Boden und die makellose Beschaffenheit des Tones waren nicht zu übersehen. Hatten hier vielleicht die Anhänger einer geheimen Loge ihre dunklen Rituale zelebriert, grässliche Gottheiten verehrt oder erbarmungslose Gerichte abgehalten? Man würde es wohl nie erfahren.

Für Xenia waren diese Gedankengänge nicht so außergewöhnlich. Sie dachte an ihre Mutter und den Streit, den sie wegen Roger miteinander gefochten hatten. Sie hatte sich entschieden gegen diese Wahrsagerei gewehrt und ihre Liebe zu Roger verteidigt. Roger, der Mann, den sie nicht vergessen konnte, den sie aber aufgab, um ihn zu schützen. - Und jetzt! Hatte ihre Mutter doch Recht und war ihre seherische Gabe doch kein Schwindel? Roger hatte sich schnell getröstet, und selbst im Angesicht des Todes nahm er sich jede willige Frau ohne jegliche Reue. Welch ein Scheusal! Aber jetzt war alles klar. Sie durfte sich nicht weiter in so eine Torheit verrennen. Der Kerl gehörte verachtet, für das was er ihr angetan hatte. Ja, wenn es nach ihr ginge, würde sie ihn vor dieses Gericht hier stellen und seine gnadenlose Verurteilung fordern. Sie würde ohne mit der Wimper zu zucken zusehen, wie er auf diesem Steinaltar niedergerungen würde, und wie ein feuriges Messer seinen Leib durchdrang und das pochende Herz mit einem Aufschrei in die Höhe gereicht und den Göttern dargeboten wurde. - Ihr eigenes Herz war nicht minder herausgerissen worden, und dass sie jetzt mit diesem Mann hier zurückgeblieben war, das erschien ihr wie ein Aufreißen der noch immer blutenden Wunde.

Während die Beiden sich mit der letzten flackernden Lampe vorwärts tasteten, lauerte El Diablo hinter einem Felsen und grinste. Sein Erfolg war zum Greifen nah. Noch viel schöner, als er es sich ausgedacht hatte. Die Seele dieses Scheusals war so gut wie in seiner Hand. Und das Beste war, diese Frau würde ihm sogar noch helfen. Ihr Hass auf den untreuen Geliebten war so groß, dass sie ihn mit Freude ins offene Messer, nein, in diesem Falle in seine spitze Gabel, laufen lassen wird.

„Hi, hi …hi!“

„Was war das!?“, fuhr Xenia herum.

„Was?“, reagierte Roger automatisch, während er sich bemühte der Frau zu folgen. „Was soll sein?“

Xenia stand steif. „Hast du das nicht gehört?“

Seine Lampe huschte über das erstarrte Gesicht, und ein stechender Schmerz ging mitten durch sein Herz. Xenia! Er hätte schreien können. Wie konnte er nur so dumm sein? Dort, die Frau war sein Leben. Nur mit Mühe unterdrückte er den Drang, auf sie zu zuwanken, sie in die Arme zu nehmen bis das Zittern verebbte.

„Ich habe nichts gehört“, antwortete er stattdessen und ging verbissen weiter.

Der Teufel kniff sich in den Schwanz. Vorsicht gemahnte er sich und kam näher. Seine schwarze Silhouette verschmolz mit der Finsternis zwischen den Felsen, nur die feurigen Augen standen wie zitternde Sterne dicht über Xenia.

„Du hast es in deiner Hand“, flüsterte El Diablo. „Wir können jetzt, genau hier Gericht halten. Er soll seine Strafe bekommen.“

Xenia fuhr erschrocken herum. Der im flackernden letzten Licht dunkler werdende Raum begann sich langsam zu drehen. Die bizarren Gestalten wurden plötzlich unklar, schienen zustimmend zu nicken und mit den Armen zu winken. Der Größere, derjenige mit der Mütze aus Ziegenfell, beugte sich vor. Er deutete mit dem kurzen Speer auf den Stein zu seinen Füssen.

Xenia kämpfte gegen immer grösser werdende Wellen bleierner Ohnmacht. Ihre Sinne waren betäubt, wie in größter Trunkenheit, kurz vor dem endgültigen Delirium. Mit dem letzten Gedanken vermutete sie Gase, sogar Gift. - Der Vulkan, der…

Sie sank auf die Knie und beobachtete starr die unwirkliche Szene. Die Guanchen trugen den am Boden liegenden Verurteilten weg und säuberten den Altar von dessen Blut. Sie formierten sich erneut zum Gericht. Derjenige, mit der scheußlichen Kappe, setzte sich in die Mitte, flankiert von zwei großbrüstigen Frauen. Sie schienen so etwas wie das Richtergremium zu bilden. Die Restlichen hielten sich abseits im Hintergrund. Ein Murmeln erhob sich, es brach aber abrupt ab, als Roger erstaunt in die Szene trat und zögernd stehen blieb. Die Keule traf ihn völlig unvorbereitet, und er sank den Richtern unmittelbar vor die Füße. Xenias Herz stockte.

Sie war wie gelähmt und konnte das Geschehen nur durch den Schleier ihrer Benommenheit verfolgen.

„Agonec acoron…,“ begann der Richter in einer kehligen unverständlichen Sprache. „Ich schwöre, dass das Recht der Götter über allem steht. Wir haben die heutige Justiz erlebt und gefunden, dass sie jeglicher Gerechtigkeit entbehrt und von einer modernen, entarteten Heuchelei beeinflusst ist. Wir richten hier deshalb nach dem alten Recht der Majos chamato.“

Die beiden Frauen nickten zustimmend und beobachteten, wie der Fremde vor ihre Füße gelegt wurde. Die Kleinere, mit einem struppigen Fell um die Hüften, stieß das Opfer in die Seite und gestikulierte wild mit den Armen. Sie stieß spitze Schreie aus und verzog das einfältige Gesicht zu einer scheußlichen Fratze. Sie schien so etwas wie die Anklage zu vertreten.

„Männer!“, kreischte sie. „Sie sind von Grund auf schlecht. Dieses Exemplar ist keine Ausnahme. In unserem ewigen glorreichen Matriarchat ist die maskuline Art noch geduldet, aber der Mann hat sich unseren Regeln und unserem Recht zu unterwerfen. Untreue und sexuelle Ausschweifungen sind Vergehen, die mit dem Tode bestraft werden. So wie er das Herz seiner Liebsten geschändet und gebrochen hat, so soll auch seines herausgerissen und den Göttern dargebracht werden.“

Erneut stieß sie heftig in Rogers Seite, so dass Xenia zusammenzuckte. „Dieser Kerl hier hat nicht nur seine Liebe verraten, er hat sich auch sofort wollüstig über eine andere hergemacht und hat sogar in einer Zeit der schlimmsten Not eine Frau schamlos verführt. Es gibt keine Entschuldigung. Wir mussten praktisch zusehen, wie er sich auf diese Nahla warf.“

Xenia wollte protestieren. So war das doch nicht. Auf jeden Fall hatte Roger doch das Recht zu einer Erklärung. Ihre hasserfüllten Gedanken vorhin waren doch nicht so gemeint. Das half aber überhaupt nichts.

„Er ist schuldig!“, rief die Guanchenfrau dramatisch. „Schuldig, schuldig!“

Jetzt fuhr die Gestalt auf der rechten Seite dazwischen. Sie war grösser und von stattlicher Schönheit. Ihre baren Brüste wogten auf und nieder, als sie bebend entgegnete: „Lass gut sein verehrte

Schwester. Der Mann ist ein Sklave seiner eigenen Begierde. Wir sollten Gnade walten lassen. - Deine Vorwürfe mögen so sein, aber lass uns berücksichtigen, dass er keiner der Unseren ist, und für die Fremden gelten andere Gesetze."

„Du willst ihn verschonen!"

„Nein!", verkündete die Größere. „Er soll seine Strafe bekommen, und zwar so, wie er sie sich selber eingebrockt hat."

„Sprich! - Was meinst du damit?"

„Er hat mit dem Teufel einen Handel geschlossen. Die letzte Seele, die diesen Ort verlässt, soll ihm gehören, ihm, dem Diablo. Darum, so soll es sein, und wenn der Angeklagte für seine Sünden tausend Jahre in der Hölle schmoren muss, so hat er es auch verdient."

Xenia erschrak. Großer Gott, das konnte doch nicht sein. Roger hatte doch nicht allein Schuld an dieser Situation. Sie war doch diejenige, sie hatte ihn verlassen. Wenn hier gerichtet wurde, dann auch über sie. Sie würde sich neben ihren Liebsten legen und die Strafe mit ihm erwarten. Erstarrt erkannte Xenia aber, dass sie nicht fähig war, den Verlauf des Schicksals zu beeinflussen. Sie lag dort auf dem Boden, in Trance, und war keiner Bewegung fähig. Sie musste mitansehen, wie die Verurteilung ihren Lauf nahm.

Für El Diablo liefen die Ereignisse zur vollen Zufriedenheit. Tausend Jahre Fegefeuer, das war nach seinem Geschmack. Wer sollte ihn hindern, da noch etwas zuzulegen? - Und die kleine Schwarze, die konnte doch als Dreingabe sehr interessant werden. Er brauchte nur dafür zu sorgen, dass die nicht aus dieser Gruft hinauskam. Er hatte auch wieder eine Idee…

Loa Agau war sicher ohne weiteres bereit, nochmals ein kleines Beben zu veranstalten. Diesmal würde keiner mehr entkommen, und die Beute gehörte ihm, dem Teufel, unumstritten.

Ohne Vorwarnung erzitterte die Grotte heftig. Die Guanchen stürzten um und zerschellten auf dem Boden. Xenia warf sich auf die nach wie vor reglose Gestalt vor dem Altar. Der Kopf mit Ziegenfell fiel wenige Zentimeter neben den Beiden in den Sand. Das absurde Gericht war geplatzt und eine endgültige Verurteilung fiel damit aus. Jetzt konnten sie zusammen getrost sterben. - Nur, dem Teufel in die Hände zu fallen, das gefiel Xenia überhaupt nicht.

Kaum trat Ruhe ein und Xenia erkannte, dass sie überlebt hatten, trat sie in Aktion. Sie riss Roger das Hemd vom Leib und die Hose von den Beinen. Seine leichte Gegenwehr ignorierte sie einfach. Es war nicht ganz einfach, den vor ihr liegenden Guanchenkönig zu bekleiden. Notdürftig knöpfte sie das Hemd zu und betrachtete ihr Werk. Sie hatte keine Zeit darüber nachzudenken, weshalb sie wieder bei klaren Sinnen war, und dass sogar die Lampe noch schwach leuchtete. - Das Ziegenfell störte. Xenia zerrte heftig daran, bis der scheußliche Kopf davon befreit war. Der Guanchenkönig in Rogers Kleidung konnte nun, bei flüchtiger Betrachtung, als der Verurteilte durchgehen. Jetzt aber nichts wie weg, bevor der Teufel auftauchte und den Schwindel bemerkte.

Während Xenia sich abmühte Roger zum U-Boot zu schleppen, erlangte dieser langsam das Bewusstsein. „Was ist …?“, stammelte er verwirrt.

„Komm schon!“, keuchte Xenia. „Wir müssen zum Boot.“

„Aber, was ist mit den Andern? Wir können sie doch nicht zurücklassen!“

„Das werden wir auch nicht. Sobald wir festgestellt haben, dass das Boot intakt ist, kehren wir zurück und holen den am schlimmsten Verletzten. Ich bringe ihn zur Farragora und organisiere Hilfe. Wir kennen jetzt ja die Position. Du bleibst bei den Zurückgebliebenen.“

Sie taumelten die letzten Meter mit schwindender Kraft. Keine weitere Erklärungen, keine Fragen, einfach nur hin zu dem Boot. Da war die Stelle, aber wo war es…?

Roger sank in die Knie und stöhnte laut: „Aus, vorbei! Es ist verschwunden…“

Xenia leuchtete links und rechts alles ab und murmelte: „Das kann doch nicht sein. Da lag es doch… und da sind nicht einmal Trümmer?“

Die restliche Ausrüstung lag verstreut am felsigen Ufer und demonstrierte klar, das U-Boot war verschwunden. Es hatte sich in Luft aufgelöst.

Ganz langsam nistete sich ein Gedanke in Rogers Hirn. Da war jemand aus der Gruppe abgehauen und hatte alle anderen ihrem Schicksal überlassen. Aber wer? Laut sagte er: „Verdammt, wer…?

Das kann doch nicht jeder, wie wenn man ein Auto klauen würde. Niemand kann doch einfach in ein U-Boot steigen und davonfahren... oder?"

„Kaum...", murmelte Xenia erschüttert. „Allerdings, so schwierig ist es auch wieder nicht."

„Blöde Frage: Hast du den Schlüssel stecken lassen?"

„Ziemlich blöd ja, da gibt's natürlich keinen Schlüssel an einem U1P, aber wer sich nicht auskennt, der kann rasch in Schwierigkeiten geraten, besonders wenn noch unbekannte Schäden am Gerät sind. - Die Person fährt damit in den sicheren Tod."

„Ja, und für uns alle ist das Schicksal damit ebenfalls besiegelt", knurrte Roger. „Dieses Schwein bringe ich eigenhändig um."

„Das wird dir kaum etwas nützen", entgegnete Xenia. „Du bist auch nicht in der Lage dazu."

In der Zwischenzeit hatte Roger auch entdeckt, dass er ja völlig entkleidet, nur in der Unterhose dastand. Ihm fröstelte im leichten kühlen Wind. Es wurde ihm zunehmend peinlich, auch wenn die Dunkelheit einen gnädigen Mantel um ihn hüllte.

Vorsichtig begann er: „Ich verstehe nicht, warum ich hier in Unterhose herum stehe. - Xenia, was ist passiert?"

Jetzt wurde auch ihr die groteske Situation bewusst. Ein leises Schmunzeln konnte sie, trotz der ernsten Lage, nicht unterdrücken.

„Ich musste dich ausziehen", lispelte sie.

„Was!"

Ein zaghaftes Grinsen war die Antwort: „Nicht was du in deiner blühenden Phantasie vermutest", gluckste Xenia. „Es war notwendig, den Teufel zu täuschen. Du hattest ja eine Vereinbarung mit ihm."

„Ja, aber das war doch alles nicht so gemeint", stammelte Roger.

„Hättest du es wirklich darauf ankommen lassen?"

„Weiß ich nicht..."

„Siehst du!", frohlockte Xenia. „Jetzt hat El Diablo aber trotz allem sein Opfer, allerdings eine seelenlose Tonfigur."

Damit drang aber die Erkenntnis durch, dass sie ja immer noch in der Höhle gefangen waren und ihre Lage immer schwieriger wurde. Die Sache mit dem Teufel schien dabei ziemlich unsinnig und bedeutungslos. Jetzt ging es ums nackte Überleben.

Xenia fand bei den zurückgelassenen Sachen eine Wärmedecke und sagte: „Hier, nimm das, nachher findest du sicher ein paar passende Kleider. Wir müssen zu den Anderen."

Sie verließen die Grotte, vorbei an der grotesken Richtstätte, und trafen nach kurzer Zeit auf die klägliche Gruppe Menschen auf der Bühne.

Beneton fehlte, dieses Schwein...

Als klar wurde, dass ihnen nun die letzte Hoffnung genommen worden war, schien sich die Gruppe mit ihrem Schicksal abzufinden. Die Menschen waren einfach zu erschöpft, als dass sie in Entrüstung wortreich über diesen Verräter herfallen konnten. Außerdem war er ja nicht da und hatte zudem seinen eigenen Tod so gut wie sicher vor Augen.

Kapitel 22

Commander Merville saß im Kontrollraum des Satelliten und verfluchte seine Ausweglosigkeit. Er war doch nicht für diese ganze Welt verantwortlich. Das mussten die hohen Herren selber übernehmen. - Ja, er könnte einfach die Augen verschließen und ohne Nachdenken tun, was von ihm verlangt wurde. - Anderseits konnte er doch nicht einfach zusehen, wie dutzende von Menschenleben kaltblütig geopfert wurden.

Zum Teufel, was wurde da von ihm verlangt? - Er sollte die bombentragenden Satelliten so steuern, dass sie zum richtigen Zeitpunkt am richtigen Ort wären, um ihre todbringende Last abzufeuern. Das haargenaue Timing war für den Erfolg von großer Wichtigkeit. Erfolg…?

Es wurde Zeit. Die Koordinaten der Militärsatelliten mussten eingegeben werden. Merville beugte sich vor und schaltete entschlossen die Automatik aus. Er hieb auf einen grellen roten Pilzknopf, worauf sofort ein akustisches Signal warnend ertönte. Verschiedene rote Leuchten blinkten hektisch. Der schwache Stoß war kaum bemerkbar, aber Merville wusste, jetzt hatte die Hilfsrakete gezündet und ihre Geschwindigkeit geringfügig erhöht. OX15W begann unmerklich zu trudeln.

Im Eingang des Kontrollraumes erschien Bob Lieber. Bleich aber gefasst beobachtete er wie Merville die Automatik wieder einschaltete und die Warnleuchten erloschen. Es war aber offensichtlich, der Satellit hatte seine stationäre Position verlassen und drohte unkontrolliert aus seinem Orbit zu gleiten.

„Sir…", begann der junge Mann. „Sie haben es getan. - So werden wir aber irgendwann aus der Erdgravitation driften und in der Unendlichkeit des Alls verschwinden. Ich bewundere ihren Mut."

„Komm, setzt dich Bob!", antwortete der Ältere und schüttelte den Kopf. „Ganz so dramatisch ist es nicht. Die Gravitation der Erde hört bekanntlich theoretisch nie auf, und es dauert sehr lange, bis deren Einfluss nahe Null ist. Wir werden einen Weg finden, um OX15W wieder aufzufangen, aber im Moment sind wir außerstande, irgendwelche Kontrollfunktionen durchzuführen. - Bitte melde unsere Situation dem Hauptquartier."

„Jawohl Sir!"

Merville hörte die steife Antwort bewundernd. Der junge Mann war aus dem richtigen Holz geschnitzt. Er war ohne Zögern bereit, sein Leben zu opfern, um andere zu retten. Solche Männer waren rar geworden.

„Zum Teufel, was ist los dort oben!", bellte eine Stimme aus dem Lautsprecher. „Wir warten auf die Bestätigung der Abschussbereitschaft. Übermitteln Sie sofort die Koordinaten. Das ist ein Befehl."

Offensichtlich war die Tragweite der Durchsage noch nicht angekommen. Sergeant Lieber wiederholte nochmals: „Sir, wir können die gewünschten Aktionen nicht durchführen, wir sind selber in einer prekären Notlage. Vermutlich hat ein Meteorit unsere Stabilisatoren beschädigt."

„Das ist Befehlsverweigerung!", knurrte McGregor. Im Geheimen ahnte er den Zusammenhang und dachte: Die Kerle haben tatsächlich einen Weg gefunden.

„Wir sind bereits zwei Grad aus dem stationären Orbit gedriftet. Das heißt, wenn nicht ein Wunder geschieht, werden wir irgendwann abstürzen", erklärte Lieber nüchtern, wobei ‚abstürzen' eigentlich nicht das richtige Wort war und auch nicht der tatsächlichen Situation entsprach. Viel eher würden sie steuerlos ins All driften, bis Luft und Nahrungsmittel zu Ende gingen. Wie lange das andauern sollte, das wollte er sich besser nicht vorstellen.

„So eine Scheiße! - Geben Sie mir sofort den Commander!"

Merville meldete sich: „John, du hast gehört. Wir sind nicht in der Lage, die Militärsatelliten in die gewünschte Position zu manövrieren. Du wirst Jenkinson melden müssen, dass der nukleare Schlag verschoben werden muss."

„Der wird toben vor Wut, wird uns alle in den tiefsten Kerker fegen und den Schlüssel auf immer wegwerfen. Das heißt, wenn ihr da überhaupt wieder herauskommt. Was um Gottes Willen macht ihr dort oben? - Wie schlimm ist es Jean?"

„Na ja, wir werden den Schaden reparieren müssen. Ich werde hinausgehen und mir die Sache ansehen. Wenn alles gut geht, können wir die Abdrift vielleicht mit den Hilfsraketen wieder auffangen. Das braucht aber seine Zeit."

Der Admiral brummte und entgegnete sofort: „Hast du überhaupt schon einmal einen Außeneinsatz im Raum gemacht?"

„Nein, aber es gibt immer ein Erstmals. Ich muss es versuchen, ich trage auch die Verantwortung für Bob. Die nächsten Stunden sind wir also nicht erreichbar. Wenn alles gut geht, ist der nächste Kontakt in vier Stunden. - Wünsche uns Glück, John."

„Verdammt, Jean, macht dort oben keine Scheiße. Ich weiß was los ist, aber jetzt muss ich erst einmal Jenkinson durchstehen. Ich brauche also mehr als nur Glückwünsche."

„Ich kenn' dich doch. Du schaffst das."

Damit unterbrach Merville die Verbindung und drehte sich zu Bob Lieber um. Der junge Mann saß steif am Pult und starrte vor sich hin. „Sir, Sie wissen doch, dass das gar nicht notwendig ist, dieser Spacewalk. Wir können die Raketen doch vom Kontrollraum aus zünden. An den Stabilisatoren ist doch nichts kaputt."

„Klug gedacht!", grinste Merville. „Das wissen die dort unten aber nicht, und unser Ziel, das Lancieren der nuklearen Sprengsätze zu verzögern, ist erreicht."

Fast unmerklich begann sich die Kapsel zu drehen. Das war aber im Inneren kaum bemerkbar, da die künstliche Schwerkraft gut funktionierte. Der Blick durch die Luken verriet aber, dass sie definitiv aus dem Orbit der Erde wegdrifteten.

„Sir, haben Sie das gesehen?", staunte Bob. „Die Erde sieht aus wie ein Saturn, sie hat einen deutlich sichtbaren Ring. „Ist es das, was ich vermute?"

„Ich denke schon, da kreist schon derart viel Schrott um unseren Planeten, dass es bereits sichtbar wird. - Wenigstens vom All her. Es wird höchste Zeit, dass wir uns auffangen, bevor es zu spät ist."

„Ich dachte wir stürzen ab, aber..."

Bob Lieber machte sich nichts vor. Es konnte jetzt schon zu spät sein, denn ob die Triebkraft der Hilfsraketen ausreichen würde um die trudelnde Kapsel aufzufangen, war völlig ungewiss. Normalerweise wurden diese kaum einmal benutzt und wenn, dann nur für kleine Korrekturen zur Stabilisierung der Position. Ein geostationärer Satellit hat eine Geschwindigkeit von rund 11'000 km/h. Das entspricht der Erdumdrehung in 35'600 km Höhe, so dass er für den Beobachter auf der Erde immer am gleichen Ort am Himmel steht. Sie wieder dahin zurück zu dirigieren würde ein fragwürdiges und ungewisses Unterfangen sein.

Der Konferenzraum im Gebäude des Weltsicherheitsrates in Brüssel war an diesem Freitagmorgen in ein indirektes, schattenloses Licht getaucht. Um den ovalen Tisch herrschte ein dumpfes Raunen von eifrigen Diskussionen. Es war wie wenn die Auseinandersetzungen auf der spiegelglatten Platte widerstandslos abgleiten und im Raum verhallen würden. Es herrschte eine sterile, emotionslose, ja beinahe überirdische Stimmung.

Endlich beugte sich Sir Hobart Mountier, der Vorsitzende und Oberbefehlshaber zum Mikrofon vor und räusperte sich. „Meine Herren!", setzte er an, dann aber erneut, sich korrigierend: „Meine Damen und Herren, bitte!"

Hatte er übersehen, dass mehr als die Hälfte der Versammelten Frauen waren? War ihm unabsichtlich einfach die alte Floskel über die Lippen gerutscht, oder hatte er absichtlich seine Gesinnung, dass nur die Herren dieser Erde wichtige Entscheidungen treffen könnten, zum Ausdruck gebracht? Geboren um die Jahrtausendwende, war er noch immer von der Vorherrschaft des männlichen Geschlechts überzeugt, was er mit seiner Karriere und dieser höchsten Position auch bestätigt glaubte. Er deutete auf das zentrale Infocenter.

Auf dem, in der Mitte über ihnen schwebenden, dreidimensionalen Monitor, erschien eine detailgenaue Karte des östlichen Atlantiks, eingeteilt in Netzquadrate nach dem neuesten Geosystem. Es zeigte die aktuelle Situation des Sektors WO4 bis WO7. Eine dicke rote Linie entlang der afrikanischen Westküste verhieß nichts Gutes.

„Bitte beachten Sie die neuesten Aufnahmen und die dramatischen Verschiebungen der Erdplatten. Unsere Geologin, Frau Martina Oberfeld, wird ihnen den Verlauf und die daraus folgenden Gefahren erläutern. Aber zuerst möchte ich der Frage nachgehen, warum unsere angeordneten Maßnahmen nicht umgesetzt werden. Die Anordnungen des Weltsicherheitsrates haben immer Priorität, und diese Unterlassungen werden Konsequenzen auf höchster Ebene nach sich ziehen. Dafür werde ich persönlich sorgen.“

Es entstand ein betretenes Schweigen ob dieser politischen Machtdemonstration. Dennoch waren sich alle Anwesenden durchaus bewusst, dass sich der Vorsitzende hiermit sehr weit vorwagte und dass keiner, selbst er nicht, über eine solche diktatorische Macht verfügte.

Es war dann auch der ESAX-Operations-Verantwortliche Schermann, der sich räusperte und das Wort ergriff: „Herr Vorsitzender, verehrte Damen und Herren, die Situation ist leider nicht so einfach und entzieht sich teilweise auch unserer Kontrolle. Wie Sie alle wissen, ist die Weltraumbehörde immer um eine enge Zusammenarbeit mit den militärischen Instanzen bemüht, aber über unsere Strukturen bestimmen wir dennoch autonom. - Leider ist der Satellit OX15W momentan nicht in der Lage, dem Wunsch des militärischen Oberkommandos, die Koordination der Militärsatelliten durchzuführen, Folge zu leisten, da er durch unglückliche Umstände außer Kontrolle geraten ist. Die Ursache ist noch unklar. Selbstverständlich werden wir eine interne Untersuchungs-Kommission einsetzen, welche die Umstände, die zu dieser außerordentlichen Situation geführt haben, genauestens beurteilen wird. Inzwischen ist einfach der Tatsache ins Auge zu sehen, dass OX15W den stationären Orbit verlassen hat und in großer Gefahr ist, ins All abzudriften. Die

Crew, er suchte in seinen Unterlagen, ja, Major Merville und sein Assistent Bob Lieber, sind damit in eine sehr schwierige Lage gekommen und befinden in größter Lebensgefahr."

„Merde!", rief einer dazwischen. Es war der Heeresbefehlshaber West, verantwortlich für die militärischen Einsätze und in Vertretung von General Jenkinson anwesend. Sein Name war Lateron, er war Franzose und ebenfalls im Range eines Generals. „C'est inacceptable, was sind das für incapable Verantwortliche dort oben?"

Etwas aus der Fassung antwortete Schermann spitz: „Sir, die Besatzungen unserer Satelliten sind ausnahmslos erfahrene und sehr fähige Leute. Commander Merville ist einer der Besten, und von Unfähigkeit kann keine Rede sein."

Die Dame auf der linken Seite ergriff das kleine Kontrollgerät, welches nebst Mikrofon und Pointer auch die Kartenpräsentation steuerte. Sie hatte ihr schwarzes Haar straff zurückgekämmt, was ihr das strenge Aussehen einer dozierenden Professorin verlieh. Die lebhaften grauen Augen blitzten auf als sie mahnte: „Meine Herren, das bringt uns so nicht weiter. Wir sind nicht hier um über Kompetenzen und Fähigkeiten zu lamentieren, sondern wollen den Tatsachen objektiv und konstruktiv entgegentreten."

Sie deutete mit dem Laserpointer zur Karte und fuhr damit dem rot markierten Graben nach. „Hier sehen Sie die Gefahrenzone, welche mittlerweile vom Geo-Institut auf die höchste Stufe 10 der Skala gesetzt wurde. Es handelt sich dabei um die größte jemals gemessene Plattenverschiebung auf dieser Erde, wobei entlang diesem Graben die südamerikanische sich über die afrikanische schiebt. Dieser Vorgang verursachte bereits große tektonische Beben im Bereich des Ostatlantiks. Es ist zu Befürchten, dass die afrikanische Westküste dadurch abbricht und damit die größte Katastrophe der Erdgeschichte ausgelöst wird."

„Liebe Frau Professor, Sie skizzieren hier praktisch einen Weltuntergang. Ist das nicht etwas übertrieben?" Der Einwand kam von einer Dame gegenüber. Das Schild auf der Platte vor ihr wies sie als Ministerin für Ethik und Psychologie aus.

„Wollen Sie es drauf ankommen lassen!", bellte Lateron.

„Es ist keine Frage ob das Desaster passiert, sondern eher wann.“, versuchte Frau Professor zu beruhigen und zu erklären. „Mit den vorgeschlagenen nuklearen Verschmelzungen glauben wir, dass wir den Vorgang verhindern können, mindestens verlangsamen. Unser Institut stützt sich dabei auf Berechnungen, dass eine solche Schweißnaht, wenn man das so nennen darf, die Verschiebungen für lange Zeit aufhalten kann.“

„Wie lange?“, fragte ein unerkannter Teilnehmer leise.

„Jahre, Jahrhunderte oder Jahrtausende. Wir wissen es nicht.“, kam die ernüchternde Antwort.

Nun schaltete sich der Vorsitzende ein. „Meine Damen, meine Herren. Die Ausgangslage ist damit im Wesentlichen dargelegt. Das Hauptanliegen dieses Treffens ist aber klar das weitere Vorgehen. Es scheint im Moment unmöglich, die Satelliten mit den Sprengköpfen in die richtige Position zu bringen, da OX15W ausfällt. Ich stelle deshalb hiermit zwei zu beantwortende, grundlegende Fragen: Erstens, kann eine Lancierung dennoch erfolgen und wie? - Zweitens, wäre eine Verschiebung möglich und mit welchen Auswirkungen? - Bitte Herr General!“

Lateron erhob sich und nickte in Richtung des Vorsitzenden. „Merci Monsieur. Leider können unsere militärischen Satelliten ihre Sprengsätze nur lancieren, wenn sie in der genauen Position über dem Ziel sind. Da sie bekanntlich um die Erde kreisen, muss der genaue Zeitraum eingehalten werden. - Danach heißt es perdu, verpasst. Sie müssen also vorher mit den notwendigen Koordinaten programmiert werden. In sechs Stunden ist es zu spät, und die Satelliten brauchen eine weitere Erdumrundung.“

Sir Mountier unterbrach: „Könnten die Koordinaten nicht von einer anderen Quelle übermittelt werden, wenn OX15W ausfällt?“

„Nein Sir, das ist nicht vorgesehen.“

„Eine schwerwiegende Lücke in unserem Dispositiv!“, brummte Mountier ungehalten.

„Nun zur zweiten Frage, welche vielleicht eher die Geologen beantworten müssten“, fuhr Lateron fort. „Es würde eine Woche vergehen, bis alle Parameter wieder zutreffend wären.“

Die Ministerin für Ethik und Psychologie sprang auf. Ihre roten Haare standen etwas wirr von ihrem Kopf, aber sie strahlte zuversichtlich. Mit leicht schriller Stimme verkündete sie: „Das ist doch hervorragend. Damit haben wir auch genügend Zeit, alle Betroffenen aus der Gefahrenzone zu evakuieren. Die Menschlichkeit gebietet uns dieses Vorgehen sogar zwangsläufig."

Eisernes Schweigen breitete sich aus, aber die Frau war nicht zu bremsen. „Wir alle wissen, dass dort auf den Kanaren immer noch Menschen eingeschlossen sind und dass die Fregatte Farragora auch in der Nähe mit deren Rettung beauftragt ist. Eine Woche gibt uns Zeit, diese vordringlichen Aktionen abzuschließen. Dass diese Menschen einfach geopfert werden sollen, dem können wir hier nie zustimmen. - Wer kam denn eigentlich auf so eine schreckliche Idee?"

Alle wussten natürlich genau, wer gemeint war. Die beiden ungleichen Frauen starrten sich an. Frau Oberfeld, die Geologin, blätterte demonstrativ in einem Stapel Dokumente, welche vor ihr auf dem Tisch lagen. Sie zog ein Blatt heraus und las mit emotionsloser Stimme vor:

„Das Institut für Weltgeologie erkennt nach eingehender Untersuchung folgenden Sachverhalt:

1. Die südamerikanische Erdplatte schiebt sich unaufhaltbar über die afrikanische.
2. Der steigende Druck verursacht die tektonischen Beben und Vulkanausbrüche entlang des Grabens.
3. Das Absinken des afrikanischen Kontinentes mit unvorstellbaren Katastrophen ist vorhersehbar.
4. Nur durch sofortige Fusion des ganzen Grabens kann dieser Entwicklung Einhalt geboten und die Katastrophe abgewandt werden.

Damit ist wohl klar, dass eine Verzögerung der Sprengungen, wie sie Frau Minister anstrebt, nicht in Frage kommt."

Der Vorsitzende beugte sich vor. „Frau Oberfeld, damit ist nicht erklärt, ob eine Verschiebung um eine Woche Folgen mit sich bringt. Ich bitte Sie um die besten und die schlechtesten Aussichten."

„Ja", zierte sich die Geologin. „Die schlechteste Version ist der sofortige Kollaps der afrikanischen tektonischen Platte. Die zweitschlechteste wäre, wenn das Ereignis ein paar Tage oder Wochen

auf sich warten lassen würde. Eine gute Version gibt es schlicht-
wegs einfach nicht."

Nach einem Moment des betretenen Schweigens erklang ein leises Getuschel und Gemurmel. Ernste Gesichter blickten fragend in
die Runde. Fassungslos kamen langsam alle zur Ansicht, dass da
nichts mehr zu bereden und beschließen war. Die Situation war
nicht mehr unter ihrer Kontrolle, sondern war den unabänderlichen
Fakten ausgeliefert. Das Schicksal dieser Erde lag nicht mehr in ihren Händen.

Der Vorsitzende und Oberbefehlshaber, Sir Hobart Mountier,
beugte sich vor und stützte sich mit den Armen auf, wie wenn er
eigenhändig die Lage regeln wollte. Aufgeben war nicht seine Art
und deshalb klammerte er sich an die letzten, wenn auch nebensäch-
lichen Fakten.

„Diese Situation ist äußerst unbefriedigend", knurrte er. „Vor
allem ist unklar, wer für dieses Schlamassel eigentlich die Verantwortung trägt."

Demonstrativ blickte er in die Runde. „Lateron!", bellte er.
„Wer in ihrem Saustall hält die Verbindung mit der ESAX, und warum werden da solch wichtige Anliegen nicht sorgfältiger durchgeführt?"

„McGregor, Sir", entfuhr es dem Angegriffenen. „Admiral John
McGregor in Gibraltar."

„Schaffen Sie mir den Mann unverzüglich her! Die Angelegenheit wird Konsequenzen haben - auch für Sie Lateron..."

Kapitel 23

Auf dem Weg zum Marinestützpunkt, am Rande von Gibraltar, überlegte McGregor nochmals, was jetzt wohl richtig wäre. Das Ablenkungsmanöver draußen im Weltraum war geglückt. Das durfte er natürlich niemandem verraten, aber jetzt konnte er nur hoffen, dass Merville die Sache wieder in den Griff bekam und die Kapsel auffangen konnte. Er könnte es sich niemals verzeihen, wenn das schiefging, wo er doch hätte eingreifen müssen. War er aber dadurch nicht auch verantwortlich für einen möglicherweise zu späten Einsatz der nuklearen Sprengsätze und damit für eine Katastrophe von weltweitem Ausmaß. Daran wollte er erst gar nicht denken.

Sein überhasteter Aufbruch und diese Fahrt waren das Resultat eines instinktiven Entschlusses. Er musste versuchen, die Dinge auf der Farragora und auf Lanzarote in den Griff zu bekommen. Wenn das auch noch danebenging, dann hatte er auf der ganzen Linie versagt, und ob er damit weiterleben könnte, war äußerst fraglich. Noch wusste McGregor nichts von der Konferenz in Brüssel, aber ihm war schon klar, dass das ganze Gewicht der Vorwürfe auf ihn niederprasseln würde. Dennoch, er musste die Menschen auf Lanzarote, sowie auch die Besatzung der Farragora in Sicherheit bringen. Was danach kam, das würde man sehen. Im Moment ging es um Menschen, die er kannte und die er nicht einfach im Stich lassen konnte. Jean Merville war ein langjähriger Freund und Studienkollege. Die Zeit in Toulouse war eine der sorglosesten seines Lebens gewesen. An der Uni war Jean zwar einige Semester hinter ihm gewesen, aber irgendwie hatten sie sich gut verstanden. Sie waren durch die Lokale der südfranzösischen Stadt gezogen und gelobten sich gegenseitig enthusiastisch, die Welt zu erobern und zu verbessern. Für Jean war bald einmal klar, dass er sich gegen eine militärische Gewaltherrschaft stellen würde, weshalb er dann wohl auch bei der Weltraumorganisation ESAX gelandet war, im Gegensatz zu ihm, der eine militärisch Karriere anstrebte. Nun steckte Jean dort oben in der Klemme, und er hatte keine Möglichkeit, ihm zu helfen. McGregor hoffte insbrünstig, dass seinem Freund das entscheidende Manöver, die Kapsel aufzufangen, auch gelingen möge, besonders auch im Hinblick auf seine Verantwortung für den jungen Bob Lieber.

Dann war da das Problem Lanzarote. Dort waren, wie aus der kurzen Mitteilung hervorging, noch immer ein knappes Dutzend Menschen eingeschlossen. Dieses Teufelsweib Xenia, im Range eines Sergeants, hatte alle Regeln und Befehle missachtet und hatte es tatsächlich geschafft, in diese Höhle einzudringen. Scheinbar war aber eine Evakuierung zur Farragora gescheitert. Wenigstens da konnte er jetzt eingreifen.

Das Fahrzeug hielt kurz am vergitterten Tor zum Eingang des Stützpunktes, aber als er erkannt wurde, öffnete sich dieses geräuschlos, und der wachhabende Maat salutierte stramm.

Oberirdisch glich die Anlage eher einem Fabrikkomplex als einer Militäranlage. McGregor wusste aber, darunter befanden sich riesige Hallen und Becken für atomgetriebene U-Boote und Kriegsschiffe aller Art. Hier befand sich eines der größten Machtarsenale der Welt. Wie hier eine einzelne Unteroffizierin, durch alle Sicherheitsvorkehrungen hindurch, ein U-Boot klauen konnte, das war schier unvorstellbar. McGregor konnte ein kurzes Grinsen nicht unterdrücken, wurde dann aber wieder schlagartig ernst. Das würde schwerwiegende Auswirkungen haben, das war so klar wie das Wasser in der Südsee.

Vor dem Hauptgebäude lag ein großer Parkplatz. Sein Fahrer hielt aber direkt vor der Treppe, so dass McGregor über wenige Stufen die Büros erreichte. Durch eine unscheinbare Türe gelangte er in das Operationszentrum, eines der wichtigsten Stützpunkte der Welt. Modernste Monitore flimmerten vor den Wänden. Ein paar wenige Offiziere saßen vor schwarzen Tastaturen. Das Ganze sah eher einfach und bescheiden aus. Man durfte sich aber nicht täuschen lassen, die hochentwickelten Systeme kontrollierten von hier aus die ganze Welt. Die Geschwindigkeit der Rechner war heutzutage das Tausendfache, als diejenige vor ein paar Jahren. Die Übertragung von riesigen Datenmengen erfolgte ohne Verluste in Millisekunden. Für einen Laien war das kaum vorstellbar und durchaus beängstigend.

McGregor war sich dieser Machtkonzentration voll bewusst. In seinem Hauptquartier wurden die entscheidenden Maßnahmen getroffen, verschlüsselt und weitergeleitet. Hier aber war die Ausführung von unglaublicher Macht gebündelt und jederzeit einsatzbereit.

Er hielt sich aber nicht lange mit solchen Überlegungen auf, sondern wandte sich an einen Offizier im Range eines Colonels.

„Guten Tag, ich bin Admiral McGregor…“

„Sir, guten Tag!“, grüßte sein Gegenüber stramm. Natürlich kannte er den Admiral. „Was kann ich für Sie tun?“

„Ich brauche das schnellste Fluggerät, das zur Verfügung steht. Ich will in zehn Minuten zur Fregatte Farragora gebracht werden.“

„Sir, das wäre wohl der Hubschrauber mit Jetantrieb. Ob einer im Moment einsatzbereit ist…“

„Ist er genau jetzt!“, bellte McGregor. Dann etwas versöhnlicher: „Bitte bereiten Sie alles vor, Besatzung, Flugroute und Ankunft. Ich warte oben auf dem Heliport, in zehn Minuten.“

„Jawohl Sir!“ Er sprach bereits hektisch in ein Mikrofon.

McGregor, schon auf dem Weg hinaus, stoppte abrupt und sagte: „Sie sind doch der führende Offizier hier?“ Er starrte kurz auf das entsprechende Schildchen. „Ja, Colonel Masterson, wie kommt es eigentlich, dass jemand hier einfach ein U1P stehlen kann?“

Der Colonel wand sich sichtlich. „Ja, das ist rätselhaft, aber es wird natürlich…“

„Ach, lassen Sie das! Wir kommen später darauf zurück. Ich muss jetzt weg.“

Kurze Zeit später, im Helikopter, hatte McGregor Zeit zum Nachdenken. Was er vorhin dem verdutzten Colonel vor die Füße geworfen hatte, war schon eine Überlegung wert. Konnte sich Xenia tatsächlich mit ihrem ESAX-Ausweis so leicht Zutritt zu einer hochgesicherten Militäranlage verschaffen, und woher hatte die Dame überhaupt ihre Kenntnisse, um ein, zugegebenermaßen kleines, U-Boot zu führen. Da gab es einiges zu klären. Er durfte nicht vergessen, Xenias Akten anzufordern.

Der Hubschrauber schaffte die Strecke zur Farragora in knapp zwei Stunden. Die See war ziemlich ruppig, so dass die Landung auf dem Deck nicht ganz einfach war. McGregor, glücklich der schaukelnden Fahrt entronnen zu sein, begrüßte die wartende Delegation kameradschaftlich. Man war vom Stützpunkt vororientiert, und alle eilten unverzüglich zu dem kleinen Besprechungsraum auf dem Vorderdeck.

„Wir haben Sie schon erwartet Sir“, begann Capitan Santoso. „Wir können uns auch denken, weshalb Sie hier sind.“

„Also, kommen wir gleich zur Sache“, bestätigte McGregor. „Wissen Sie eigentlich, dass sie alle in höchster Gefahr schweben? Ist ihnen klar, dass dieses Schiff eigentlich schon nicht mehr existieren sollte? Es ist nur einem unvorhergesehenen Zufall zu verdanken, dass sie noch leben.“

Capitan Santoso starrte sprachlos über den Tisch. Die beiden weiteren Offiziere, welche an der Besprechung teilnahmen, erbleichten ebenso.

McGregor fuhr ungerührt fort: „Das Oberkommando hat vor zwei Tagen nuklearen Sprengungen entlang dem afrikanischen Plattengraben, zur Entlastung der entstandenen Spannungen, zugestimmt. Die Satelliten standen vor rund zwölf Stunden in der richtigen Position. Nur dem Umstand, dass wahrscheinlich ein Meteorit den geostationären OX15W beschädigt hat, verdankt ihr euer Leben. Die Sprengungen mussten verschoben werden.“

„Zum Teufel!“, knurrte Santoso. „Warum wurden wir nicht informiert?“ Dann sickerte langsam die Erkenntnis durch. „Das war gar nicht vorgesehen, denn wir hätten sowieso keine Zeit gehabt, um aus der Gefahrenzone zu kommen. Wir wären einfach geopfert worden, einfach so…“

„Hm... glücklicherweise ist es aber nicht dazu gekommen. Ihr hattet da oben wirklich einen Schutzengel."

Capitan Santoso steigerte sich in Wut und brüllte: „Diese Scheißbande in Brüssel scheint keine Grenzen zu kennen. Die spielen sich auf, wie wenn sie der Herrgott persönlich wären. Die schlachten nicht nur uns, ihre militärischen Untergebenen, sondern auch harmlose Zivilisten dort draußen ab..."

„Beruhigen Sie sich!", fuhr der Admiral ungewollt grob dazwischen. „Noch ist nichts passiert, aber wir sollten keine Zeit verschwenden."

Der Capitan schwieg. Dann stellte er die Frage: „Wie lange haben wir noch?"

„Nicht lange", stellte McGregor fest. „Die Satelliten sind nach einer Umlaufbahn innerhalb 24 Stunden wieder einsatzbereit. Aber ihnen fehlten die Daten, welche von OX15W kommen sollten. Es ist deshalb die Frage, wann Commander Merville seine Kapsel wieder im Griff hat."

„Und wann wird das der Fall sein?"

„Diese Frage kann nur Merville selber beantworten. Ich denke er wird sein Bestes geben, denn es geht schließlich um sein Überleben. - Zwei Tage, vielleicht drei."

Santoso knurrte: „Dann lasst uns so schnell wie möglich von hier verschwinden."

Die Offiziere in der Runde nickten einträchtig. Ihre Gesichter entspannten sich sichtlich.

„Moment!", bellte McGregor. „Sie wollen doch sicher nicht die eingeschlossenen Menschen auf Lanzarote ihrem Schicksal überlassen. Wir müssen sie da herausholen."

„Wie denn?", knurrte Santoso. „Wir haben keine Zeit zu verlieren, wir müssen hier weg. Die Aktion mit der neuen Drohne ist bereits gescheitert. Ich weiß noch nicht, wie ich diese Scheiße meinen Vorgesetzten erklären soll. - Außerdem ist anzunehmen, dass diese Personen inzwischen nicht mehr am Leben sind."

„Reißen Sie sich zusammen Santoso! Zu ihrer Information bin ich hier ihr Vorgesetzter, haben Sie verstanden?"

„Jawohl Sir!"

„Und wenn Sie jetzt diese Menschen im Stich lassen wollen, dann sind Sie keinen Deut besser, als diese Bande in Brüssel. Es ist unsere Pflicht sie zu retten, verdammt noch mal!"

„Ja Sir."

„So, und jetzt berichten sie, über die neueste Situation der Eingeschlossenen, dazu gehört auch Sergeant Xenia Fatiga, welche erstaunlicherweise mit dem U1P erfolgreich zu ihnen vorgedrungen ist."

Capitan Santoso berichtete: „Tatsächlich hätten wir die Unglücklichen ohne die Hilfe des Senders, den der Sergeant in Position brachte, nie geortet. Die Rettungsaktion war im vollen Gange, als der Vulkan mit seinem Ausbruch alles zunichte machte. Wir haben das teure Fluggerät verloren. Es zerschellte vermutlich an den Felsen und hängt jetzt nutzlos über der Höhle. Zu den Menschen ist jeglicher Kontakt abgebrochen. Wir müssen eigentlich annehmen, dass alle tot sind."

„Sie haben aber jetzt die genaue Position dieser Höhle. Also fahren Sie da hin und holen die Menschen dort heraus."

„Sir", widersprach der Capitan kopfschüttelnd, „eine weitere Drohne einzusetzen ist Unsinn. Es sind immer noch Eruptionen des Vulkans zu befürchten, und das abgestürzte Fluggerät steckt wahrscheinlich genau über der Höhle fest und versperrt den Zugang. Sergeant Fatiga schaffte es nur, weil sie mit dem Boot unter Wasser einen Zugang fand."

McGregor überlegte. Sie waren jetzt doch in einer weit besseren Lage. Diese Xenia, sie hatte keine Ahnung wo sie suchen sollte und hatte es trotzdem geschafft. Unglaublich, aber Tatsache. Die Frau würde dafür in Teufels Küche kommen, und die Militärjustiz würde über sie herfallen wie ein Rudel hungriger Hyänen, aber in seinen Augen war sie eine Heldin, so wie man sich im Einsatz eine Kameradin nur wünschen konnte. Sie hatte alle Vorbehalte über Bord geworfen, hatte alle Risiken in Kauf genommen und ihr Ziel erreicht. Ohne Leute wie sie, mit solchem Mut und dieser Selbstlosigkeit, wären seine Einheiten ein Haufen Schwächlinge und Nichtsnutze. Er würde sich zu gegebener Zeit schützend vor sie stellen, denn so etwas durfte nicht bestraft werden. Nun war aber die vordringliche Frage, wie verhielt sich dieser Santoso. Würde er einen weiteren Rettungsversuch wagen, auch auf die Gefahr hin zu scheitern. Klar, er hatte natürlich auch die Verantwortung für seine Besatzung, aber das Abwägen von Menschenleben gegen Menschenleben war eine uralte Zwickmühle und Frage, die nie gestellt werden sollte. Es galt alles zu tun, um niemanden zu opfern und alle zu retten. Würde Santoso dazu bereit sein?

„Capitan", begann er, „wir werden zur Insel fahren und versuchen, die dort herauszuholen. - Sie haben doch Schnellboote an Bord. Stellen Sie eine Patrouille von drei Booten mit je zwei Mann zusammen. Sobald es hell wird fahren wir dort hin und versuchen, in die Höhle zu gelangen. Ich fahre mit dem ersten Boot."

Santoso nickte zu seinen Offizieren. „Meine Herren, Sie haben gehört. Treffen Sie sofort die Vorbereitungen! Abfahrt zwei Stunden vor Tagesanbruch! - Vergessen Sie nicht Taucherausrüstung, Klettergerät und Sprengstoff. Wir müssen mit allem rechnen."

Sofort entstand eine Hektik, und die Offiziere verließen fluchtartig den Raum.

„Major Julliet, einen Moment", hielt Santoso den Nachrichten-Offizier auf. „Sie bleiben an Bord und überwachen die Kommunikation der Satelliten lückenlos. Sollte der Befehl zur Lancierung der nuklearen Bomben erfolgen, übernehmen Sie sofort das Kommando über die Farragora und hauen ab. Sie haben dann nur wenige Stunden bis es hier ungemütlich heiß wird, also mit aller Kraft weg von hier. Haben Sie mich verstanden?"

„Jawohl Sir!" Der Mann salutierte mit bleicher Miene und verschwand.

McGregor feixte und sagte beruhigend: „Capitan Santoso, es wird schon nicht so weit kommen. Ich vertraue da ganz auf unseren Schutzengel dort oben."

Kapitel 24

„Wir, wir sollen denen einen Schutzengel liefern?" geiferte Loa Agau und verdrehte die Augen. Er sprang von dem Felsensims der linken Seite der Höhle und kauerte nun lauernd vor Mama Fatiga.

In den wogenden Schatten war aber noch eine andere schwarze Silhouette zu erkennen. Eigentlich sah Mambo Fatiga nur zwei unheimliche Augen, die wie kreisrunde Kohlen glühten. Sie wusste, dort hinten lauerte auch El Diablo, der Teufel von Lanzarote. Sie ahnte schon, dass dieser mit seinem Anteil an der Tragödie nicht zufrieden war. Eine einzige Seele hatte er sich ausgehandelt und das erst noch wenn alle anderen in Sicherheit wären. Ein miserabler Deal für den schwarzen Schurken.

Mama Fatiga war an diesem Sonnabend spät doch noch aufgebrochen, denn sie war den ganzen Tag von einer inneren Unruhe geplagt worden, solange, bis sie es einfach nicht mehr weiter aushielt. Ihre Tochter war in großer Gefahr, und sie selber saß da in der mörderisch heißen Wüste und konnte nichts tun. Die Schatten wurden bereits länger, und es würde, wie in diesen Breiten üblich, die Nacht plötzlich hereinbrechen. Vorsorglich hatte sie eine Fackel mitgebracht. Sie hatte keine Angst, sich zu verirren, denn die Sterne spendeten draußen genügend Licht, so dass sie den Heimweg problemlos finden würde. In der Geisterhöhle, da war es aber stockfinster, und davor fürchtete sie sich nun doch.

Es war dann auch beinahe dunkel, als sie das versteckte Gemäuer erreichte und durch den engen Eingang trat. Von außen, hinter dem Gestrüpp verborgen, hätte man nicht vermutet, wie groß die Grotte dahinter war.

Mama Fatiga steckte die Fackel in eine Felsspalte und ging weiter hinein. Sie erwartete die dunklen Gestalten bereits und war nicht erstaunt, als sie die beiden im Hintergrund auch erblickte. Diesmal hatte sie keinen beschwichtigenden Teufelstrunk dabei, denn sie hatte sich vorgenommen, unerschrocken und konkret von den Kerlen die notwendigen Eingeständnisse zu verlangen.

Die Szene im schwachen, flackernden Licht war aber keineswegs dazu angetan, ihr Selbstvertrauen zu stärken. Vor Ihr der steinerne Altar, auf dem seit langer Zeit immer wieder größere und kleinere Opfer dargebracht worden waren. Er stand wie ein gedungener Wächter im Raum und mahnte die Eintretenden zur Demut. War es vielleicht der erschreckende Gedanke, dass die eigene Seele einmal darauf geopfert werden könnte. Waren die dunklen Flecken nicht Zeugen von sakrilegem Blut, welches unendliche Male hier vergossen wurde. Noch waren es vermutlich Hühner oder kleinere Tiere, die in satanischen Zeremonien abgeschlachtet wurden, aber wann waren die menschlichen Seelen dran?

Nachdem Loa Agau seinen Unmut lautstark kundgetan hatte und sich schnaubend aufrichtete, kam auch El Diablo aus dem Schatten hervor. Wie zwei teuflische Priester der Unterwelt standen die beiden scheußlichen Kreaturen jetzt hinter dem Altar. Der Eine in widerwärtigem nacktem Giftgrün mit einer geifernden Fratze und krummen Hörnern, der Andere pechschwarz mit feurigen Augen, peitschendem Schwanz und blechernem Gerippe.

Als Mambo Fatiga näher trat, erschien es ihr, wie wenn hier ein satanisches Tribunal abgehalten würde, mit Kräften, von denen kein normaler Mensch je etwas erahnen konnte.

Erstaunlicherweise hörten sich die beiden Schreckensgestalten, wenn auch widerwillig, an, was sie vorzubringen hatte. Die Welt schien aus den Fugen zu geraten, und Menschen sollten willkürlich geopfert werden. Auch wenn die Menschheit längst nicht mehr an einen Gott glaubte, so war es doch nicht richtig, sie alle zu vernichten. - Sie, die Mächte der Unterwelt, könnten dem Geschehen doch Einhalt gebieten und so etwas wie einen Schutzengel über sie stellen. Das würde doch ihre Macht, Ansehen und Größe außerordentlich erhöhen. Fatiga redete sich in Rage und appellierte an die Beiden: „So macht doch etwas, bevor es zu spät ist!"

Erneut heulte Loa Agau, der Dämon über Beben und Feuer scheußlich auf. „Wir sollen die beschützen? Sind wir jetzt plötzlich Retter und Erlöser? Mambo, du bist ja schlimmer als der Teufel."

„Lass das!", kreischte El Diablo blechern. „Der Teufel, das bin immer noch ich."

Loa Agau heulte erneut markerschütternd. „Keine solche teuflischen Ansprüche, du schwarzer Narr. Ich bin es, der betroffen ist. Ich, der Herr über Beben und Feuer. Heiaaaa… Die wollen mir ins Handwerk pfuschen und das ganze herrliche Feuerwerk vereiteln. Ich wollte schon lange einmal sehen, wie so ein Kontinent untergeht."

„Das ist aber mein Kontinent", wandte Mama Fatiga leise ein.

„Mein, mein, mein… Nichts ist dein, du alte Hexe. Du willst immer nur deine eigene Haut retten. Ich sage dir, die Tage deines alten Afrikas sind gezählt. Ich werde die Atombomben verhindern, so wahr ich Loa Agau heiße. Was sollen die? - Die beiden Platten verschweißen, so wie ein alter undichter Kessel wieder geflickt wird. Hi, hi, hiiii… So einen Blödsinn werde ich nicht zulassen, und dann kommt der Kollaps deines so geliebten Afrikas."

„Oh Gott!", stöhnte Mama Fatiga.

„Hör' sofort auf mit diesem, diesem…", heulte El Diablo los.

Aber Fatiga unterbrach ihn: „Gerade du müsstest doch ein Interesse am Erhalten der Menschheit haben. Stell dir mal vor, keine Menschen mehr, dann gibt es auch keine Seelen mehr, die du zu dir in die Hölle holen könntest."

„Du hast gehört, Loa! Dann lass doch die Bomben bleiben, und das Spiel kann weitergehen. Du kannst später noch viele Beben machen, zu deinem Spaß."

„Nein!", rief Mama Fatiga. „Das geht so nicht. Da sind noch Menschen bedroht, auch meine Tochter."

„Eijaaa...", heulte Loa Agau. „Was willst du nun, ein paar wenige retten und dafür die Welt vernichten? - Oder die Welt retten auf Kosten von ein paar Seelen?"

El Diablo sprang hoch und vollführte einen wilden diabolischen Tanz. „Uiii.... Das gefällt mir, entscheide dich du Teufelsweib! Wen willst du opfern?"

Mambo Fatiga sank auf die Knie und flehte: „Bitte, verschont sie doch alle. Bitte. Dir wurde doch schon eine Seele versprochen. Genügt es denn immer noch nicht? - Es sind doch nur ein paar, die eingeschlossen in der Höhle von Lanzarote auf die Rettung hoffen."

„Ha, ja, es werden immer weniger", knurrte der Teufel und fuchtelte mit seiner Forke. „Wieder ist einer so gut wie tot. Der Kerl ist abgehauen und hat die anderen im Stich gelassen. Den werde ich mir ganz besonders vorknöpfen."

„Richtig, mach das!", grinste Loa Agau. „Der kommt mit seinem Boot nicht weit. Nicht einmal ein kleines Beben wird notwendig sein, wenn ich das auch ganz gerne machen würde. Der wird aber jämmerlich ersaufen. - Geschieht ihm recht."

Fatiga stöhnte. „Hab' ich doch tatsächlich etwas Derartiges gesehen. - Xenias Boot ist weg, - oh mein Gott!"

„Lass endlich dieses Gottesgejammer! Du sprichst hier mit uns, den Herrschern der Finsternis. Dein Gott kann dir nicht helfen", wandte der Teufel höhnisch grinsend ein.

„Was sollen wir denn tun?"

„Nichts!", krächzte El Diablo zufrieden. „Nichts, rein gar nichts. - Oder doch! Loa, du könntest doch nochmals ein kleines Beben veranstalten, ein ganz kleines nur, nur so zum Spaß."

Mama Fatiga verließ die Grotte fluchtartig. Sie war wie von Sinnen und rannte planlos in die Wüste hinaus. Es war zwecklos, mit diesen Teufeln konnte man nicht verhandeln. Es war wie bei endlosen Debatten von Politikern. Die laberten großkotzig drauf los, um dann ohne Ergebnis auseinander zu gehen. Sturheit und Egoismus kannte keine Grenzen. Diese satanischen Gestalten waren genauso, oder sogar noch viel schlimmer, uneinsichtiger als alle anderen. Was hatte sie sich nur dabei gedacht, als sie glaubte, sie könnte die Beiden umstimmen und damit die schutzlos ausgelieferten Menschen retten.

Sie stolperte durch Sand und über Steine, ohne Ziel, ohne Hoffnung. Sie würde ihre Xenia verlieren und mit ihr viele andere Menschen. Was auch immer geschehen sollte, es würde in einer Katastrophe enden. Tektonische Verwerfungen, Versinken eines Kontinentes oder nukleare Explosionen mit fragwürdigem Ausgang. Die Menschheit war dem Untergang geweiht, und nichts konnte sie retten.

Lange Zeit irrte Mama Fatiga umher, aber irgendwie wiesen ihr die Sterne doch den Weg zu ihrer bescheidenen Hütte. Sie wusste nun, was zu tun war. Sie hatte das schützende Tuch unterwegs verloren, so dass der feine Sand in ihren Augen brannte. Fast blind tastete sie sich zu einem Gestell, hinten im einzigen Raum der Hütte. Was sie dort fand war ein schwerer irdener Topf. Sie berührte das Gefäß zögernd und strich beschwörend, beinahe zärtlich, über die bauchige Form. Er war so schwer, dass sie ihre ganze Kraft aufbieten musste, ihn herunter zu heben. Keuchend stellte sie ihn auf den Tisch in der Mitte. Der Deckel war mit hellgelbem Wachs versiegelt. Sie brach ihn auf, öffnete das Gefäß und beugte sich seufzend über den Inhalt. Ein lieblicher bitter süßer Geruch verbreitete sich. Minutenlang verweilte Mama Fatiga so, bis sie langsam auf den Stuhl sank und dort in lähmender Starre sitzen blieb. Ihr Geist floh in die Weite des Universums und ließ eine hohle Hülle zurück, eine Hülle ohne Sinn und ohne Leben. Mama Fatiga hatte mit dem Leben abgeschlossen.

Doch die Worte hallten wie aus weiter Ferne durch den Raum. Der überirdische Klang und die archaische Betonung waren kaum verständlich, aber das war auch nicht notwendig, denn es war ja niemand da, der zuhörte.

Ein einziger Satz verwehte unbeachtet im Raum, war aber von weltumfassender Bedeutung: „Mambo, so höre: Es soll den Geschöpfen dieser Erde der Lebensfunke Gottes nicht erlöschen."

Es war so etwas wie eine allumfassende Begnadigung, welche Mama Fatiga fast das Leben kostete.

Kapitel 25

Bob Lieber traute der Sache überhaupt nicht mehr. Seit Stunden drifteten sie nun durch das All, und Merville machte überhaupt keine Anstalten, das zu korrigieren. Immer wieder spähte Bob durch die kleine Luke zur Erde und fühlte sich verlassen, von allem losgelöst, wie ein heimatloser Nomade, der weiterzog, ohne zu ahnen wohin. Dieser blaue Planet dort draußen, im Moment noch riesig groß, war seine Herkunft, vor ihm lag aber nichts als die Weite des Alls.

Merville, sein Kommandant, kam ihm plötzlich unergründlich vor. Was führte der nur im Schilde? Der Zweck dieses außergewöhnlichen Manövers war doch längst erreicht. Auch er war sofort bereit, ein solches Risiko auf sich zu nehmen, und selbst die Gefährdung seines eigenen Lebens wollte er ohne zögern in Kauf nehmen. Die Menschen dort unten hatten ein Recht auf eine Chance. Für was sonst sollte man denn einstehen, wenn nicht für das Leben anderer. Der Schutz der Schwachen und der Verletzbaren, das waren doch die Aufgaben und das Ziel jedes Starken. - Aber jetzt, was sollte das? Sah Merville vielleicht weitere Gefahren, von denen er, Bob Lieber, nichts wusste? - Vielleicht für sich selber? Es war schon klar, dass sie sich mit diesem ungeheuerlichen Ungehorsam dem Zorn der Vorgesetzten ausgeliefert hatten, und dass sie bei ihrer Rückkehr ohne Zweifel in Teufels Küche kommen würden. Militärtribunal und harte Bestrafung war ihnen so gut wie sicher. Wollte sich der Mann davon einfach drücken und den Weg eines Schwächlings gehen, den Selbstmord der Verantwortung vorziehen? Und was in Gottes Namen war mit ihm? Er wollte leben, egal, was auf ihn zukommen würde. Selbstmord, das war doch Unsinn.

Bob Lieber beobachtete Merville von der Seite, so wie dieser zurückgelehnt, abwartend vor seinem Kontrollpult saß und die Augen halb geschlossen hielt. Es schien, als wäre er in einen bewegungslosen Zustand der Trance gefallen und hätte sein Umfeld völlig vergessen. Aber mit jeder Stunde länger, in der sie ins All drifteten, wuchs die Wahrscheinlichkeit, dass eine Rückkehr nicht mehr möglich war. Bob Lieber war kein Angsthase, aber dieses offensichtliche Wegtreten und unnötige Zögern seines Vorgesetzten war bedrohlich.

„Sir", begann Bob leise. „Sir, wir sollten etwas tun." - „Bevor es zu spät ist", fügte er noch hinzu.

„Sir! Sind Sie wach?"

Keine Antwort. Bob stieg aus seinem Sitz und beugte sich über Merville. Er rüttelte ihn. „Sir, hören Sie mich? - Was ist mit ihnen?"

Vom aufsteigenden Schrecken getrieben, schüttelte er den Bewusstlosen und brüllte: „Sie müssen uns auffangen! Sonst ist es zu spät."

Die Anstrengung trieb ihm den Schweiß aus den Poren. Der Atem ging schwer. Seine Kräfte schwanden. Der Sauerstoff…

Benommen suchte er auf der Tafel die entsprechende Anzeige. Es war zu spät, er würde es nicht schaffen. Die Sauerstoffkonzentration sank. Sie würden in Kürze…

Die entsprechende Anzeige war tot. Die Umschaltung zum nächsten Tank hatte vermutlich versagt. … So eine Lappalie … sie würden sterben wegen einem blöden Ventil…

Wo ist es? … Ich werde es nie erreichen… Die Gedanken schwebten wie weiche Watte durch seinen Kopf, wirbelten hoch und fanden keinen Sinn. - Hinten im Lager… dröhnte es hohl. Ich muss! Nicht aufgeben, ich muss!

Während Bob versuchte um die Sitze und zur Tür zu kommen, verließen ihn die Kräfte immer mehr. Jede Bewegung war eine noch größere Qual, und durch die Kehle ging ein Hecheln und Keuchen. Es raubte ihm die letzten Kräfte. Mitten in diesem Kampf zogen Bilder seiner Kindheit vorbei. Konnte er nicht einfach liegen bleiben und so wie der Commander das Bewusstsein verlieren? Wie schön wäre so ein Davongleiten in eine unbekannte Welt. Eine Welt voller Überraschungen und faszinierenden Entdeckungen. Das Weltall, davon hatte er doch immer geträumt, die Weite des Universums, der Kosmos, die Unendlichkeit…

„Nun werde endlich vernünftig!", schimpfte sein Vater und drohte mit erhobener Hand. „Was willst du mit deinen dreizehn Jahren schon wissen, über einen ordentlichen Beruf. Du bist ein Träumer, und deshalb wirst du tun was man dir sagt. - Astronaut! Dass ich nicht lache."

Ein gequältes Schluchzen. Mannhaft die Tränen unterdrückend stammelte der Junge eine Antwort: „Aber, die Sterne, die funkeln doch so schön. Und Mutter sagt auch, das dort weit draußen die Ewigkeit und das Paradies warten."

„Deine Mutter setzt dir Flausen in den Kopf. Du wirst gehorchen und nächstes Jahr eine Lehre in der Fabrik antreten. Damit kannst du dann ehrliches Geld verdienen und vielleicht einmal eine Familie ernähren."

Geld verdienen, Familie ernähren! Wusste der Vater denn wirklich nichts davon, dass Bargeld der Vergangenheit angehörte, und heutzutage Partnerschaften mit Kindern von Amtes wegen gefördert wurden, aber Familien praktisch nicht mehr existierten.

„Aber die anderen Jungs, die gehen doch auch in die Schule und studieren interessante Berufe, wie Digitaltechniker, Mobilitätsanalyst, Stellarastronom oder eben… Astronaut", stammelte der Junge.

„Unsinn!", knurrte der Alte. „Wir sind keine Millionäre, wie man die Reichen damals noch nannte. Wir verdienen unseren Lebensunterhalt als einfache Leute. Für Hirngespinste haben wir nichts übrig. Das gilt auch für dich."

Bob schwieg. Er wusste nur zu gut, wohin die Auseinandersetzung führen würde. Sein Vater war einer von denen, die an der Vergangenheit klebten und nicht verstehen wollten, dass die Welt weiter fortschritt. Seine alten Ideen von Rechtschaffenheit und Bescheidenheit hingen an ihm wie klebrige Kletten. Seine Generation war aber definitiv am aussterben, der Wandel der Zeit war nicht aufzuhalten und die neuen Errungenschaften waren doch allemal genial.

Er, Bob, wollte dabei sein und das große Abenteuer, den Aufbruch in das Universum mitmachen. Vater war ein guter Mensch… Erneut wollten sich Tränen in Bobs Augen stehlen. Verstohlen wischte er sie weg. Vater, er liebte ihn doch. Wie nur sollte er ihm klar machen, dass seine Zukunft ganz anders aussehen würde, als das eines Arbeiters in der Fabrik. Hatte Vater vielleicht vergessen, dass seine Noten immer gut waren. Galt das denn nichts.

Leise seufzte der Junge: „Vater, meine Schulzeugnisse sind doch gut. Ich möchte einfach studieren.“

Der Mann saß gebeugt in seinem Sessel und blickte auf seinen Sprössling. „Ja, deine Noten sind hervorragend. Das muss man dir lassen“, brummte er. „Aber wir können es uns ganz einfach nicht leisten.“

Mutter, die bisher schweigend zuhörte, schüttelte traurig den Kopf. „Papa hat recht“, sagte sie leise. „Ein Studium wäre sehr teuer, und du weißt doch, dass wir auch noch deine kleine Schwester Serina haben. Wie soll das denn gehen?“

Wie immer, wenn seine jüngere Schwester erwähnt wurde, spürte er einen leichten Stich von Eifersucht. Seit zwei Jahren war nun die Kleine immer an erster Stelle, und jede noch so blöde Untat wurde ihr einfach liebend verziehen. Wobei er, der Ältere, doch gescheiter sein sollte und deshalb für jede Kleinigkeit bestraft wurde. Er fühlte sich allein gelassen und unverstanden. So wie jetzt.

Abrupt drehte er sich um und rannte durch die Türe in den Garten und um das Haus. Die Wege waren voller Unkraut, und hinten am Zaun wucherten die Disteln. Ein alter Apfelbaum stand mit schiefem Stamm da, und ein paar angefaulte Früchte langen im Gras. Bob griff einen auf und schleuderte ihn mit einem unterdrückten Fluch weit über die Hecke. Ja, hier hätte er längst das Unkraut jäten müssen. Das Baumhaus hing verlottert dort oben in den Ästen. Seit einer Ewigkeit war er nicht mehr hinaufgeklettert. Mutter hatte es verboten. Es sei zu gefährlich. Dabei war einmal gerade dieser Hochsitz für Bob so etwas wie sein Ausguck gewesen, sein Observatorium, von dem er in Nachbars Garten, auf die hinteren Wiesen, die Dächer der weiter entlegenen Höfe und vor allem in den Himmel hinauf blicken konnte. Keiner im Hause ahnte, wie oft er nachts heimlich ins Freie schlich und von dort oben in die Weite des Sternenhimmels guckte. Die glänzenden Punkte vereinten sich dann in ein riesiges, funkelndes Dach. Besonders wenn Leermond war, schien das Gewölbe über ihm endlos, ein Universum, wohin noch nie ein Mensch gereist war. Was war dort draußen? Mittlerweile wusste er, dass es Millionen von Lichtjahren entfernte Galaxien gab. War es möglich, nur ein ganz klein wenig da hinaus zu fliegen, um eine Ahnung von dieser unendlichen Welt zu bekommen.

Ein Träumer, schimpfte ihn Vater und hatte damit vielleicht sogar recht. Seit vier Jahren war Bob nicht mehr in sein Baumhaus hinaufgestiegen und seinen Träumen nachgehangen. Seither hatte er das kindliche Gebaren aufgegeben und versuchte aus Büchern und am Computer diese Welt zu erforschen, zu ergründen, ob vielleicht eine Möglichkeit bestand, einen Schritt in diese Richtung zu wagen. Astronaut zu werden war nicht mehr nur ein Traum, sondern eine Zwangsvorstellung geworden.

Dort, mit dem Rücken an die Hauswand gelehnt, mit dem alten Baum im Blickfeld, wuchs seine Entschlossenheit, seinen Weg zu gehen. Er würde arbeiten, um das Studium zu bezahlen, würde sich einschränken so viel er konnte und die Universität in Toulouse besuchen. Gleich jetzt konnte er beginnen.

Bob kletterte auf den Baum, löste die letzten Streben und Stricke, warf die verwitterten Bohlen hinunter und sprang zu Boden. Dann stapelte er alles am Zaun, räumte die letzten Überreste weg und verließ das Grundstück. Die Zeit der Träume war endgültig vorbei.

Mit letzter Kraft erreichte Bob das Ventil und legte den Hebel um. Zischend strömte der Sauerstoff in den Tank, aber Bob war bereits in eine neblige Bewusstlosigkeit gesunken. Die Bilder der Träume verblassten und schwarze Nacht trat an deren Stelle.

Der herrliche Flug durch die Unendlichkeit des Universums endete abrupt. Keuchend und nach Atem ringend erwachte Bob. Was war geschehen? Immer noch am Rande der Bewusstlosigkeit versuchte er zu verstehen… Plötzlich die Einsicht: Der Sauerstoff! Sie wären um ein Haar erstickt. - Merville? Was war mit ihm?

Bob schwankte wie betrunken, aber er vergewisserte sich, dass das Ventil nun richtig stand. Dann kroch er zum Kommandoraum, wo Merville in seinem Sessel hing. - Lebte er noch? Bob riss grob am Arm des Vorgesetzten und schüttelte den Mann. Merville reagierte. Er schien bei Bewusstsein, hatte die Augen weit aufgerissen und keuchte nach Luft. Bob, selber geschwächt, sank auf die Knie. Besorgt erinnerte er sich, dass der Mann lange Zeit ohne genügend Sauerstoff verbracht haben musste, was zum Erstickungstod oder zu irreparablen Schäden am Hirn führen konnte.

„Commander!", rief er heiser und zerrte erneut an dem schlaffen Körper. „Commander, hören Sie mich?"

Ein gurgelnder Laut war die Antwort. Bob Lieber kämpfte sich hoch und schüttelte den Körper heftiger. Merville bewegte sich kaum. Er rang um Luft, sein Gesicht färbte sich rot, aber er reagierte nicht auf Bobs Bemühungen.

„Merville!", brüllte Bob in aufkommender Panik. „Merville! So hören Sie doch! Wir müssen handeln, zurück zur Orbitposition. Wir müssen…"

Noch immer hing der Körper bewegungslos im Sessel, und obwohl sich dessen Atmung langsam erholte, war nur ein unverständliches Keuchen und Hecheln die Reaktion.

Merville schien jetzt wach, aber seine weit aufgerissenen Augen blickten verständnislos ins Leere. Seine Glieder bewegten sich nach einiger Zeit wie Teile einer plumpen Stoffpuppe. Bob half ihm in eine bequemere Lage, aber es war offensichtlich, der Commander war schwer angeschlagen. Würde er in der Lage sein, die riskanten Manöver zurück in ihre ursprüngliche Position durchzuführen? Warum war Merville zuerst umgekippt und er, Bob, hatte es gerade noch geschafft, den Fehler der Luftzufuhr zu korrigieren? Vielleicht weil er näher am Zufuhrgitter war, oder einfach weil der jüngere Körper mehr aushielt. Das war aber jetzt eigentlich egal. Tatsache war, der Commander fiel aus, und er allein hatte die Aufgabe, die Kapsel heil zurück zu manövrieren. - Konnte er das überhaupt?

Bob blickte entgeistert auf das Kontrollpult an der Front. Die Leuchten verschwammen wie ein sich beschlagender Spiegel. Sein Herz schlug rasend. Er hatte Merville mühsam aus seinem Sessel gehievt und hinten auf seine Koje gebettet. Für weitere Pflegemaßnahmen erlaubte er sich keine Zeit. Würde ihm das entscheidende Manöver nicht gelingen, dann brauchte auch keiner von ihnen noch weitere Zuwendungen. Dann würden sie sich irgendwo im Weltall verlieren und mit Sicherheit dem eben knapp entronnenen Erstickungstod nicht mehr entgehen. Erinnere dich! Was hatte Merville vorher gemacht und erklärt?

Im Vordergrund der Konsole befand sich die Kommunikationseinheit. Die Versuchung war riesig, einfach den Kontakt mit der ESA-Zentrale aufzunehmen, ihre Situation und Position durchzugeben und auf Anweisungen zu warten. Das würde aber heißen, ihre Karten aufzudecken und den absichtlichen Kurswechsel zu gestehen. Ihre Ablösung und Verurteilung wäre damit vorprogrammiert. Das konnte er dem Kommandanten aber auf keinen Fall antun. Wenn er selber vielleicht auch als Untergebener einer Strafe entgehen konnte, Merville würde mit Sicherheit die ganze Macht der Militärjustiz zu spüren bekommen. Also versuchte Bob erst einmal, die Sache selber an die Hand zu nehmen.

Das Kontrolltableau vor ihm war verblüffend einfach. Für die Mission eines Satelliten erwartete man eigentlich hunderte von Schaltern, Anzeigen und Leuchten. Dem war aber nicht so. Die ganze Steuerung wurde durch intelligente Elektronik und vorprogrammierte Systeme vorgenommen. Der integrierte Bildschirm nahm die größte Fläche der Vorderfront in Anspruch. Seine matte Scheibe zeigte im Moment ein neutrales graphisches Bild an und verhieß, dass die Automatik eingeschaltet war. Das gaukelte aber eine Normalität vor, die überhaupt nicht existierte. Eine kurze Berührung bewirkte, dass ein umfangreiches Menü erschien.

Nun galt es die richtige Programmstelle für die Kontrolle der Hilfsdüsen zu finden. Durch einen weiteren Tastendruck schaltete Bob auf Manuell. Wieder leuchtete die rote Lampe auf. Damit hatte Merville ja vorher den abweichenden Kurs programmiert und eingeleitet. - Hatte er aber auch an die Rückkehr gedacht? Durch die kleine Luke nebenan war nichts als die Schwärze des Weltalls zu sehen. Die Erde lag auf der anderen Seite. Bob fühlte sich wie ein Schiffbrüchiger, der in einer völligen Flaute auf einem unendlichen Meer trieb und die Orientierung völlig verloren hatte. Steuerlos trieben sie dahin und wussten nicht, ob irgendeinmal Land in Sicht käme.

„Reiß dich zusammen!", stöhnte Bob und suchte fieberhaft nach dem entscheidenden Hinweis. - Himmel, das war nicht seine Aufgabe. Seine Ausbildung genügte dafür überhaupt nicht. Hunderte von Links, aber bei keinem war er sich sicher. Machte er einen einzigen Fehler, dann war's das. - Was hatte der Dozent immer wieder betont? - Immer ruhig und logisch vorgehen. Ha, der hatte gut reden. Der stand dort vorn an seinem Pult und gestikulierte mit den Händen. Er war ein kleiner magerer Mann mit schütterem Haar, der es teuflisch verstand, seine Studenten in den Bann zu ziehen. Ja, ein kleiner Teufel war er, mit spitzem Kinn und funkelnden Augen. Er trug immer etwas zu weit geschnittene, schwarze Hosen, so dass er aussah wie ein tanzender Totengräber.

Die Studienjahre waren für Bob tatsächlich ein Tanz auf dem Grat zwischen aufreibender Mühsal, himmlischem Erfolg und tödlichem Versagen gewesen. Nachdem seine Eltern ihre Vorwände resigniert und enttäuscht aufgegeben hatten und meinten, er solle doch machen was er wolle, war er in eine Wohngemeinschaft gezogen, hatte die unmöglichsten Hilfsarbeiten angenommen und sich endlich an der Uni eingeschrieben. Verbissen kämpfte er sich durch die ersten Semester, ergatterte ein Stipendium und studierte endlich Astrophysik.

Wenn er jetzt geglaubt hätte, er wäre an seinem Ziel angelangt, da lehrte ihn die raue Gegenwart, dass die Fahrt ins Weltall noch in weiter Ferne und sprichwörtlich in den Sternen lag. Es folgten Jahre harter Arbeit, nächtelanges Büffeln, enttäuschend missratene Examen und schlussendlich der bestandene Abschluss. Die ESAX brauchte junge Kräfte.

Die Welt war mittlerweile verrückt geworden. 2068 war das Jahr, in dem die UNO aufgelöst wurde. Erfolglos hatten die Staaten versucht, Einigungen zu erreichen. Bald wurde klar, dass Probleme wie Überbevölkerung, Energieversorgung, Natur- und Klimaschutz nur noch zentral kontrolliert werden konnten. Es wurde eine neue Weltordnung geschaffen, in der die Zentrale in Brüssel die Leitung übernahm. Die Gleichschaltung und globale Kontrolle der Menschen führte aber bald einmal zu Unzufriedenheit und Rebellion.

Die Menschen fühlten sich den Robotern gleichgestellt, programmiert, registriert und gesteuert. Der Ruf nach Freiheit und Aufbruch aus diesem Joch wurde immer lauter, und die Behörden reagierten mit Expansion hinaus in den Weltraum. Es gab ja keine andere Möglichkeit mehr. Mehrere Missionen brachen zum Mars auf, und verschiedene unbemannte Sonden suchten nach erdähnlichen Planeten. Die Raumfahrt war ein Hauptanliegen der Weltregierung geworden. Da waren Leute wie Bob Lieber gefragt, und das war seine Chance.

In diesem Moment fragte sich Bob aber, ob er nicht doch besser auf dem Boden geblieben wäre und seinem Vater gehorcht hätte. In so eine Situation wäre er dann sicher nicht geraten. Er hatte keine Ahnung, was zu tun war.

Nochmals kehrte er zu Merville zurück, rüttelte den Mann unsanft und flehte: „Sir, was muss ich tun? Wo finde ich das richtige Programm?"

Als Antwort kam ein schwaches Stöhnen. Mervilles Körper zuckte und sank zurück.

Bob wurde gröber. „Komm schon! Sag endlich was zu tun ist!"

Es war zwecklos. Merville war nicht in der Lage, auch nur ein Wort hervorzubringen. Vermutlich würde er fürs Leben behindert bleiben. Diese Wahrscheinlichkeit lag tatsächlich auf der Hand, obwohl die Neurotherapien große Fortschritte gemacht hatten. Das half jetzt aber überhaupt nichts.

Bob kehrte zum Kontrollpult zurück und saß versteinert vor dem Monitor. Was hatte der Professor damals gesagt? - Ruhig und logisch? - Logisch!

Er begann also die Anzeigen ganz logisch zu sortieren. Bald merkte er, dass viele dabei waren, die mit einer Kursänderung überhaupt nichts oder nur wenig zu tun hatten. ‚Außentemperatur‘, ‚Lichtermenge‘, ‚Raumfeuchtigkeit‘ und viele mehr, das waren solche, die ausgeschlossen werden konnten. Der Schweiß rann ihm von der Stirne, aber es ging weiter so. Großer Gott, wie viele verblieben da immer noch? War es wirklich so heiß in der Kapsel? Andere waren nicht so leicht einzuordnen, ‚Kapselgeschwindigkeit‘, ‚Fliehkraft‘ oder ‚Positionskontrolle‘. - Das Letzte, das könnte es sein. Nein, da waren noch mehr. Die Minuten verrannen wie Trop-

fen aus einem defekten Hahn. Nach einer Viertelstunde waren noch
ein halbes Dutzend übrig. Die Begriffe konnten alle für eine Kurs-
korrektur gelten. Er musste sich entscheiden.

Erschöpfung, Unsicherheit, Furcht und Ohnmacht bestimmten
sein Denken und die Frage nach dem Warum. Ja, warum musste gerade er in so eine Situation geraten? Das sichere Versagen war praktisch vorgegeben. Er hatte keine Chance, die Aufgabe richtig zu lösen. Er würde das Falsche tun, und das war's dann. Die pure Angst
saß ihm im Nacken. Gab es denn keinen Notfallplan, der ihm genau
vorgab, was zu tun war? Er war völlig allein auf sich selber gestellt,
und was immer er auch machte, er würde sie ins Verderben katapultieren.

Am naheliegendsten erschien ihm ‚Hilfsdüsensteuerung‘. Oder
war es doch ‚Kurskorrekturen‘? Noch einmal spähte er in Richtung
Koje, wie wenn er doch noch Hilfe von dort erwarten könnte.
Merville lag aber reglos und schien einer Ohnmacht nah. Der Mann
brauchte rasch Hilfe, und wenn er nicht bald eingriff, würde er sterben, - würden sie beide sterben. Mit praktisch blinden Augen tastete
er nach dem Bildschirm und berührte das erleuchtete Feld. Sofort
ertönte ein Alarm und ein roter Druckknopf blinkte hektisch.
Schlagartig war Bob hellwach. Das musste es sein! Er atmete tief
ein und drückte drauf.

Kapitel 26

Nachdem Beneton mit dem U-Boot verschwunden war, glaubte auch Mahud nicht mehr an eine Rettung. Irgendwie schien alles schief zu laufen. Er wollte den alten Mann wirklich nicht umbringen, aber dieser fiel so unglücklich, dass sein Tod unvermeidlich war. Was sollte er denn tun? Er hatte sich doch nur etwas Essbares ergattern wollen, und dass Ferguson sich ihm in den Weg stellte, das war doch völliger Schwachsinn gewesen. Der stolperte auf ihn zu, fiel, und das war's dann auch schon. - Ja hätte er denn zu den Anderen zurückkehren sollen, um zu melden, dass da ein Toter liege? Keiner hätte ihm geglaubt. Mörder, hätten sie geschrien, hätten ihn überwältigt oder gar totgeschlagen. Das war doch schon immer so, sein ganzes Leben lang wurde vorschnell verurteilt und Rache genommen und erst später überlegt, ob das Angenommene auch tatsächlich stimmte.

Dass er im Moment unbehelligt blieb, konnte er eigentlich nur dieser Xenia verdanken, die energisch die Führung übernommen hatte. Vielleicht auch noch dem Roger, der schien ein objektiv denkender Kerl zu sein. Natürlich würden ihn auch diese Beiden später, nach ihrer Rettung, zur Verantwortung bringen. - Ja, wenn überhaupt noch an eine Rettung geglaubt werden konnte. Es schien immer weniger möglich. Irgendetwas durchkreuzte schemenhaft seine

Gedanken, aber es war nicht zu fassen, und es schwebte wie eine flüchtige Fata-Morgana auf und davon.

Sein ganzes jämmerliches Leben war verpfuscht, und wenn das Unmögliche einer Rettung doch noch geschehen sollte, dann musste er damit rechnen, den restlichen Teil seines Daseins hinter Gittern zu verbringen. - Eine Möglichkeit blieb vielleicht noch. Seit einigen Jahren wurden Verurteilte, wenn sie nicht gerade die schlimmsten Morde begangen hatten, vor die Wahl gestellt, statt ins Gefängnis zu gehen, mit einem Raumschiff zu den Kolonien auf den Mond zu fliegen. Dort erwartete sie harte Arbeit unter schwierigsten Bedingungen, aber sie waren freie Männer und hatten alle Chancen auf ein zwangloses, gutes Leben. Eine Rückkehr war nicht vorgesehen, aber man hörte Berichte, dass es den Auswanderern in der neuen Welt bestens gehe.

Das war eine Zukunftsvariante, die Mahud seit längerem im Kopf herum spukte. Die Terroraktionen der baskischen Minderheit waren seit langem ein hoffnungsloser Kampf. Die Welt strebte nicht nach Autonomie für Wenige, sondern organisierte sich heute zentralistisch zum Wohle aller. - Ha! Zum Wohle aller! So ein Quatsch! Ein paar Wenige, Machtgierige rissen in ihrem Größenwahnsinn alles an sich und unterdrückten damit das einfache Volk. War es nicht immer so? Was den Basken im Kleinen passierte, das geschah nun einfach auf der ganzen Welt. - Scheiß Welt…

Das Gefühl, etwas übersehen zu haben verstärkte sich erneut. Nein, es ging nicht um Weltpolitik. Es musste mit dieser verdammten Höhle zu tun haben. Mahud rappelte sich hoch. Er hatte sich bewusst etwas abseits gehalten, denn die giftige Stimmung, die ihm von den Andern entgegenschlug, war deutlich genug. Mörder, dachten die offensichtlich erbarmungslos, und dass sie ihn in Ruhe ließen, war wohl einzig dem Umstand zu verdanken, dass sie alle so geschwächt mit ihren eigenen Problemen kämpften. Was nützte es, einen Mörder dingfest zu machen, wenn man selber kaum eine Chance sah, zu überleben.

In Mahud keimte aber die Hoffnung, doch noch zu überleben. Gerade er, der er doch einer Zukunft entgegensehen musste, die alles andere als großartig erschien. Er näherte sich der Gruppe und versuchte Xenia auf sich aufmerksam zu machen. Auch sie saß etwas abseits. Verständlicherweise, denn alle hatten ja die Szenen der beiden Frauen mitbekommen. Trotzdem wandte er sich an Xenia. Soweit er im schwachen Dämmerlicht ausmachen konnte, saß sie mit versteinertem Gesicht bewegungslos da. - War auch bei ihr das letzte bisschen Hoffnung gestorben?

Leise raunte er: „Xenia, hörst du mich?“

Ein unmutiges Brummen war die Antwort.

„Xenia, mir ist da etwas aufgefallen.“

„Ja, was denn?“, antwortete sie unwirsch, beugte sich aber leicht vor.

„Wir müssen hier raus“, begann er. „Lange halten wir nicht mehr durch.“

Xenia lachte gequält: „Ha, welche Erkenntnis.“

„Nein, nicht so… Doch! Wir müssen einen Weg finden. Da war doch Roger so komisch, mit seiner Aussage, als ihr zurückkamt und von dem Verschwinden des U-Bootes berichteten...“

„Ja und?“

„Er sagte ihm sei kalt.“

Xenia gluckste: „Ja, seine Kleidung war in Unordnung, deshalb fror er. Er hatte gerade Peinliches erlebt.“ In Gedanken durchlebte sie nochmals Rogers groteske Verurteilung.

„Ich dachte, er sagte etwas von einem kalten Wind…“

Jetzt horchte Xenia auf. Sie erhob sich und suchte nach Roger. „Roger! Komm doch her!“, rief sie.

Zögernd kam die dunkle Silhouette auf sie zu und kauerte sich hin. „Was ist?“, fragte er unwirsch.

„Du frierst?“, kam die ebenso knappe Frage.

Roger stockte für einen Moment des Unverstehens, schüttelte dann aber den Kopf. „Seid ihr jetzt alle schon verrückt?“ Dann murmelte er ergeben: „Eigentlich verständlich, wir drehen alle langsam durch.“

Xenia ignorierte die Bemerkung und sagte: „Mahud meint, du hättest etwas von einem kalten Wind gesagt.“

„Mahud?“, knurrte Roger. „Was weiß der schon? Will er uns jetzt endgültig in die Luft sprengen? - Würde ja zum Mörder passen.“

„Ich bin kein Mörder!", protestierte Mahud. „Der Alte ist gestürzt, aber das wird mir ja niemand glauben. Ja, ich wollte etwas zu Essen klauen, ich hatte Hunger. - Wichtiger ist jetzt aber doch, dass wir hier herauskommen."

„Da hat er nicht unrecht", brummte Xenia.

„Ha, die Geschichte muss man erst einmal glauben. Ein Terrorist, Bombenleger und Mörder - er hatte einfach Hunger!"

„Roger, du weißt ganz genau, dass eine solche Vorverurteilung nichts bringt. Gerade du müsstest heute erkannt haben, dass nur zuständige faire Gerichte entscheiden können."

„Hmm…", brummte Roger etwas ruhiger. „Was will er denn, dieser… Mahud?"

Xenia blickte in Mahuds Richtung. „Er sagt etwas von einem kalten Wind. Könnte da vielleicht ein Durchzug gewesen sein?"

Nun wirkte auch Roger neugierig und wandte sich direkt an sein Gegenüber: „Mann, natürlich war es dort vorne kalt, und es zog."

Xenia gluckste erneut: „Standst ja auch nur in Unterhose da."

„Hör' sofort auf damit! Ich glaube ich hab' verstanden. Es zog von irgendeiner Öffnung her. Das wolltest du doch sagen, Mahud."

„Ja, Sir, es ist mir irgendwann durch den Kopf gefahren, dass da doch logischerweise eine Öffnung nach außen bestehen müsste, wenn's derart zieht."

„Er hat Recht!", bestätigte Roger. „Wir müssen sofort nachsehen."

Im Licht einer schwachen Lampe machten sie sich zu dritt sofort auf den Weg zur vorderen Grotte. Die zertrümmerten Figuren der Guanchen beachteten sie kaum. Sie torkelten benommen darum herum in Richtung der Anlegestelle des U-Bootes. Das Wasser lag ruhig da. Die schwarzen Wände darüber schienen undurchdringlich. Dennoch verspürten sie den leichten Luftzug. Er kam von der linken Seite und ließ alle drei zittern.

„Tatsächlich", murmelte Roger. „Warum habe ich das nicht gleich gemerkt?"

„Los, lass uns den Durchgang suchen!", kommandierte Xenia.

Mahud war sich aber nicht so sicher. Der Optimismus der Beiden schien ihm etwas verfrüht. Was, wenn es einfach ein kleiner Spalt, ein unscheinbares Loch war, welches kein Durchkommen zuließ. Die Hoffnung konnte so schnell zerschellen, wie sie aufgeflackert war. Dazu kam der unangenehme Gedanke, dass man einen zu kleinen Durchlass möglicherweise mit einer Sprengung vergrößern möchte. Mahud graute es, eher wollte er hier drinnen verrecken, als noch einmal zu so etwas Hand zu bieten. Außerdem hatten sie den restlichen Sprengstoff irgendwo versteckt. Egal, er wollte nichts mehr damit zu tun haben.

Unmittelbar am Rande des Wassers fanden sie eine Spalte, halbwegs über und unter der Oberfläche. Der Luftstrom war hier stärker und bewies damit, dass es eine Öffnung über dem Wasserspiegel gab. Konnte man da hindurch kommen?

„Wir müssten tauchen", befand Roger. „Noch ist Ebbe und die Wahrscheinlichkeit für Hohlräume am größten."

Xenia schüttelte den Kopf. „Das ist lebensgefährlich", warnte sie. „Selbst wenn ich die Tauchausrüstung hätte, die liegt aber im U-Boot unerreichbar."

„Ich werde gehen", bestimmte Mahud und begann sich der Hose zu entledigen.

„Wie das? Bist du vielleicht ein geübter Taucher?", protestierte Roger. „Ich gehe, ich kann gut schwimmen."

„Blödsinn, das übernehme ich", erwiderte Mahud bestimmt. „Ihr seid alle beide viel zu sehr geschwächt, um da nur ein paar Meter weit zu kommen. Ich bin eindeutig der Stärkere und habe eine reelle Chance."

Es war Xenia, die entschied. Sie wollte keineswegs den Anschein erwecken, dass sie Roger schonen wolle, schon gar nicht irgendwie aus Liebe oder so. - Diese Phase war nun definitiv hinter ihr, aus und vorbei. - Sie könnte selber versuchen durch die Höhle zu tauchen, aber wenn das schief ging, dann hatten die Eingeschlossenen ihre letzte Hoffnung verloren. Sie musste bleiben und den Menschen Mut und Zuversicht geben. - Ja, sie könnte von allen noch am längsten ausharren…

„Mahud geht", entschied sie. „Er kann das schaffen."

„Aber…"

„Keine Widerrede, er ist am besten geeignet. Wir bleiben und schaffen in der Zwischenzeit alle hierher in die Grotte. Dazu brauche ich dich, Roger."

Mahud nickte und sagte: „Ich muss schwimmen, aber es sollte möglich sein, in der Kaverne immer wieder aufzutauchen, um Luft zu holen. Die Schwierigkeit wird sein, sich nicht dauernd an den Felsen zu stoßen und sich nicht zu verletzen. Aber es muss über dem Wasser ein Durchgang vorhanden sein, sonst wäre ja kein Luftzug zu spüren. Spätestens in einer Stunde bin ich zurück."

„Warte!", befahl Xenia. „Wir brauchen ein Seil."

Auch Roger erkannte den Sinn sofort, aber… „Wir haben kein Seil, und die paar Tücher, das bringt doch nichts."

„Das Kabel!", rief Xenia. „Die Rolle muss irgendwo bei den Strahlern, dort hinten, liegen. Bitte hol' sie! Bring auch eine der Lampen mit, mehr Licht können wir gut gebrauchen."

Es dauerte nicht lange, da hatten sie das Gesuchte herbeigeschafft. Rasch entledigte sich Mahud seiner Kleidung, und vereint knoteten sie das Kabel um seine Körpermitte.

„Wenn du nicht weiterkommst, kehrst du sofort um!", sagte Xenia. „Das ist ein Befehl." Sofort verwünschte sie sich über die unangebrachte Schroffheit. Der Mann wollte helfen und begab sich in große Gefahr.

Als Mahud in Unterhose ins kalte Wasser stieg, sah er keineswegs wie ein tapferer Held aus. „Brr… das ist ja scheußlich kalt", maulte er und hangelte sich vorsichtig zum Spalt hin. Dann tauchte er unter. Eine Zeit lang wogten noch Wellen, und Blasen stiegen gespenstisch auf. Dann wurde es ruhig. Die beiden Zurückgebliebenen sahen sich beklommen an. Nur das langsam vorrückende Kabel verriet, dass Mahud unterwegs war.

„Wir können nur beten, dass er durchkommt", murmelte Xenia vor sich hin und lenkte das Kabel ins Wasser.

„Ja, und dafür, dass er auch wirklich wieder zurückkommt", maulte Roger. „Der Mann ist ein Rätsel und völlig undurchsichtig."

„Aber was sonst hätten wir tun können? - Ist er in einer Stunde nicht zurück, dann bin ich die Nächste und danach kommst du und so weiter. Wir haben keine andere Wahl mehr, und die Flut kommt schneller als wir denken. Der Höhenunterschied ist ungefähr eineinhalb Meter, das kann man an den Felsen dort drüben erkennen. Das ist sehr wenig und könnte schnell zu einem nassen Grab für denjenigen werden, der dort drin ist."

Roger machte kehrt und brummte: „Ich werde nun die Anderen holen. Es wird seine Zeit brauchen, bis alle hier sind."

Xenia rief hinter ihm her. „Wir dürfen nicht vergessen, alles Material muss ebenfalls hergeschafft werden. Das ist wichtig."

„Ja, ja", brummte Roger und verschwand.

Plötzlich stand Xenia allein in der Stille. Nur ein leises Glucksen des Wassers war zu hören. Sie beobachtete gespannt das langsame Vorrücken des Kabels. Noch schien Mahud vorwärts zu kommen. Wie das wohl war, dort unten im kalten Wasser, über sich die schwarzen unsichtbaren Felsen, an denen man plötzlich den Kopf wundschlug, unter sich Riffe, an denen man unvorbereitet festhing oder sich die Beine verletzte. Eigentlich konnte sich der Mann nur tastend vorwärts arbeiten. Und wenn er dann noch die Orientierung verlor… Es war ein Himmelfahrtskommando, und sie wusste es. Hatte sie deshalb Mahud da hinein geschickt, da sie wusste, wie gering die Chancen waren, wieder heil herauszukommen?

Bewegte sich das Kabel noch? Sekundenlang starrte Xenia darauf, bis sie erfasste, dass es schlaff und bewegungslos dalag.

Wie ein herantreibendes Stück Schwemmholz erfasste Xenia die Wahrheit, dass sie komplett unüberlegt gehandelt und bestimmt hatte. Sie hatte einen Mann in den sicheren Tod geschickt. Er steckte fest. Er war ertrunken. Die Mission war gescheitert.

Benommen überlegte sie: Sollte sie versuchen, den Mann herauszuziehen? - Roger! Wo war der denn? Was sollte sie tun?

Schon fasste sie das Kabel, als sie plötzlich einhielt. Vielleicht war er draußen und hatte sich losgemacht. Das Kabel musste bleiben, wo es war! Noch ein Fehler! Sie hatten nicht einmal ein Zeichen vereinbart, wie zwei Mal ziehen: Ich bin draussen, drei Mal: Ich komme zurück. Wie konnte sie nur!

Als Roger zurückkehrte, fand er Xenia zusammengekauert, von Zweifeln geschüttelt, neben dem reglosen Kabel. „Was ist?", rief er erschrocken und nahm die kleine Gestalt in die Arme. Sie war wie ein Bündel trockenes Laub, leicht und aufgewühlt. Rogers Herz klopfte wild und seine Stimme zitterte: „Xenia, ich bin's. Du bist nicht allein. Wir sind bei dir."

„Ich… ich hab versagt", stotterte sie und hob den Kopf. „Und das passiert mir, die doch mit solchen Situationen zurecht kommen sollte. Der Mann ist tot…"

Roger versuchte sie zu beruhigen. „Das ist doch noch nicht sicher. Vielleicht ist er draußen und hat sich losgemacht. Wir müssen abwarten."

„Ich werde selber hineinsteigen."

Jetzt wurde Roger energisch. „Du bleibst hier und unternimmst nichts Überstürztes. Du bist überhaupt nicht in der Verfassung, etwas zu unternehmen. Ich verbiete es."

„Du, du willst mir etwas verbieten? Du weißt nicht mit wem du redest. Du hast mir gar nichts zu befehlen."

„So…! Diesmal wirst du tun was ich dir sage. Schon einmal habe ich mich deinem Willen gebeugt, diesmal nicht!"

Roger hielt sie fest umschlungen und strich sanft über ihr wirres Haar. „Und wenn es Gottes Wille ist, dass wir hier zusammen enden, dann will ich bei dir bleiben. Xenia, du bist…"

Erschrocken hielt er inne und ließ sie fahren. Das Kabel wurde energisch ins Wasser gezerrt. Er sprang auf und fasste das Ende mit aller Kraft. Noch waren etliche Meter übrig, aber es bestand die Gefahr, dass es ganz im Wasser verschwand.

„Verdammt, dieser Schweinehund will uns alle hier drin zurück- und verrecken lassen!", brüllte er grob. „Helft mit! Alle festhalten! Wir dürfen dieses Ende nicht verlieren."

„Mahud ist draußen", folgerte Xenia ernüchtert. „Er will uns dem Schicksal überlassen. Er ist und bleibt ein Verbrecher, ein Verräter und das soll er mir büßen, so war ich Xenia Fatiga heiße. Der wird sein Leben lang im Gefängnis schmoren."

„Abwarten meine Liebe!", versuchte Roger sie zu beruhigen. „Noch wissen wir nicht was passiert ist. Wir befestigen erst einmal das Kabel an den Felsen und sehen was kommt. Die Flut ist am steigen und ein Durchkommen ist wahrscheinlich die nächsten Stunden nicht mehr möglich."

Die Gruppe drängte sich eng zusammen. Eine einzelne Lampe erhellte die bizarre Szene und warf lange Schatten bis hinein in eine undurchdringliche Dunkelheit. Im Gegensatz zum vorherigen Standort auf der Bühne des Konzertsaales drang hier auch am Tag kein Schimmer Licht durch. Die Meisten der Eingeschlossenen hatten deshalb jegliches Zeit- und Orientierungsgefühl verloren. Nacht oder Tag, hier oder dort, es war egal, wo sie schlussendlich den Tod fanden. Nur gnädig und rasch sollte er sein.

Roger versuchte die Lage einzuschätzen. Die Möglichkeit, dass sie hier herauskamen, war durchaus vorhanden. Wenn Mahud es schaffen konnte, dann sicher auch die Anderen. Klar, da war Roj mit seiner Verletzung. Das würde ein Problem werden, den halb Bewusstlosen zum Tauchen zu bewegen. Es ging ihm zwar etwas besser, seit er die Medikamente bekam und das Fieber gesunken war, trotzdem, das würde schwierig werden.

Betty schien ähnliche Gedanken zu haben. „Da ist für Roj und für mich wohl kein Durchkommen", flüsterte sie Roger zu. „Ihr habt aber gute Chancen und solltet sie nutzen, bevor es zu spät ist."

Roger schüttelte unmerklich den Kopf. „Wir werden einen Weg finden", raunte er und fügte entschieden hinzu, „für alle. - Außerdem müssen wir jetzt auf das nächste Niedrigwasser warten. Das sind mindestens acht Stunden."

„Wir sollten die Batterien schonen", sagte Xenia neben ihm. Sie schien wieder ganz die Starke zu sein. „Es tut mir leid, wegen vorhin. Einen Moment lang war ich nicht bei mir…"

„Schon gut", raunte Roger. „Es wird alles gut. Ich meine es ernst, mit dem was ich sagte, ich werde dich nicht mehr im Stich lassen, wenn ich auch nicht ganz verstehe, was da war. Xenia, ich werde nicht zulassen, dass unsere Liebe zerstört wird, was immer auch noch kommen mag. Das versprech ich dir."

„Und Nahla?"

„Nein, Xenia, ich werde jetzt nicht einfach behaupten, da war nichts, es sei nur ein Ausrutscher oder eine Dummheit gewesen, so wie Männer es darstellen, wenn sie erwischt werden. Es war totale Verzweiflung, die uns die Sinne raubte. Nahla und ich, wir hatten nie eine Liebesbeziehung, es war einfach ein Ausbruch wie ein Vulkan, der dem Druck des Magmas nicht mehr stand hält und explodiert, egal was er damit anrichtet. Mit Liebe hat das nichts zu tun. Trotzdem habe ich dich verletzt, und das tut mir aufrichtig…"

Seine Beteuerungen wurden durch einen unerwarteten Laut unterbrochen. Das Wasser vor ihnen sprudelte und gurgelte und wie ein Dämon stieg plötzlich eine Gestalt heraus. Er kletterte auf den Felsen am Rand und sank kraftlos nieder.

„Mahud!", schrie Xenia auf. „Er ist zurück."

Während die Anderen teilnahmslos abwarteten, waren Roger und Xenia sofort neben dem Mann. Er atmete schwer, schien aber ansonsten unversehrt.

„Ich war draußen", keuchte er.

„Also doch! Er hat's geschafft. Und wir dachten…"

Xenia unterbrach Roger. „Gut, gut. Wie ging das, Mahud? Kommen wir da alle durch?"

„Klar", antwortete Mahud zitternd. „Ich bin ganz kalt."

„Schnell abtrocknen! - Hat jemand eine warme Jacke oder etwas Ähnliches?"

Sanders entledigte sich seiner Jacke, und alle bemühten sich fieberhaft um den Rückkehrer.

„Mahud, bist du sicher? Ist da wirklich ein Durchkommen?" Es war Nahla, die mit schriller Stimme fragte.

Mahud erholte sich zusehends und antwortete ruhig: „Ja, es ist einfacher als ich dachte. Gleich hinter dem ersten Felsen befindet sich ein großer Hohlraum, den man problemlos, im Wasser watend, durchqueren kann. Er macht einen scharfen Knick nach links und führt dort durch einen Spalt ins Freie. Ich habe das Kabel dort befestigt. Draußen liegt ein schwarzer Kiesstrand, das Meer war ruhig, und ein halber Mond schien hell genug, um die Umgebung zu sehen. Überall liegen Steine und Felsen, aber vom Vulkan war nichts zu sehen noch zu hören."

„Großer Gott!", flüsterte Morena. „Roy, wir sind gerettet. Du kommst in ein Krankenhaus und alles wird gut."

„Langsam!", brummte Mahud. „Dort draußen ist nichts, rein gar nichts. Da ist kein Ort, kein Hafen oder gar ein Schiff, das uns wegbringen könnte. Es ist kalt und windig dort draußen, und ich weiß nicht, ob wir hier drinnen nicht sogar sicherer und besser geschützt sind."

„Er hat Recht", sagte Roger. „Wir haben keine Ahnung, wie es mit den Eruptionen steht. Bei einem weiteren Ausbruch könnten wir alle erschlagen und verschüttet werden. Heiße Lava könnte uns einschließen oder heimtückische Gase uns vergiften. Außerdem erwartet uns dort keine Fähre, die uns wegbringen könnte."

„Nein natürlich nicht", bestätigte Xenia. „Aber wir können auch nicht hier drinnen bleiben. Wenn ein weiteres Beben kommt, könnte dieser Ausgang endgültig verschüttet werden. Außerdem können wir uns dort draußen besser bemerkbar machen. Ich werde versuchen, das Funkgerät mitzunehmen. - Es ist entschieden wir gehen raus, und ich gehe diesmal zuerst."

Vorerst aber dauerte es eine Ewigkeit, bis das Wasser wieder sank. Die Stunden verrannen, während die Menschen sich für dieses gewagte Unternehmen bereit machten. Sie versuchten das Notwendigste in einigermaßen dichte Beutel zu packen, wohl wissend, dass einiges vom Meerwasser verdorben werden würde, aber wer wusste schon, was sie dort draußen erwartete. Vielleicht endeten sie wie Schiffbrüchige auf einer einsamen Insel, ohne Wasser, ohne Nahrung und ohne Hoffnung, jemals gefunden zu werden. Trotzdem waren sich alle einig: Nur heraus aus diesem finsteren Loch, welches sich anfühlte als wäre man bei lebendigem Leibe begraben. Sie wollten hinaus ans Tageslicht, an die Sonne und wollten den weiten Himmel über sich haben.

„Wir tauchen kurz nacheinander!", bestimmte Roger. „Luft anhalten, und dann hangelt ihr euch dem Kabel entlang. Mahud meint, es seien kaum zwei Meter unter Wasser. Aber Vorsicht, nicht den Kopf gegen die Felsen schlagen. Dann klettert ihr durch den Stollen zum Ausgang. Zuerst Xenia und Mahud. Sie werden euch auf der anderen Seite behilflich sein. Das nächste Paar ist Roj und Sanders. Roj braucht sicher Hilfe, also gehst du Morena gleich hintennach. Ihr folgt sofort Nahla. Andoni begleitet Betty, und dicht dahinter bin ich selber als Letzter."

Betty zögerte. „Ich weiß nicht, ob ich das schaffe. Vielleicht ist es besser, ihr lässt mich zurück. Ich bin eine alte Frau, und es bleibt mir ja sowieso nicht mehr viel Zeit…"

„Unsinn!", sagte Xenia bestimmt. „Du warst bis jetzt sehr tapfer, da gibt man nicht einfach auf. Du schaffst das. Einfach Luft anhalten und untendurch."

„Ich bin gleich hinter ihr", raunte Roger Xenia ins Ohr. Im Notfall stoße ich sie einfach weiter."

„Noch etwas“, sagte Xenia laut. „Sollte etwas schief gehen, sofort zwei Mal am Kabel ziehen. Das ist der Alarm, was immer auch ist. Drei Mal heißt: Es ist alles wieder in Ordnung, und es kann weiter gehen.“ - Noch einmal sollte ihr so eine Unterlassung nicht passieren.

Das Unterfangen gelang leichter als gedacht. Die Ebbe hatte ihren Teil dazu beigetragen, dass das Tauchen einem kleinen „Kopf unter Wasser“ gleich kam. Selbst Roj grinste befreit, als er draußen zu Boden sank. Alle erlebten so etwas wie eine Auferstehung. Der Himmel im Osten war rot gefärbt, die Sonne tauchte als feurige Scheibe aus dem Meer und verkündete den neuen Tag. Möwen kreisten elegant in der Luft und verhießen ein glückliches Leben in freier Natur.

Betty hielt eine schluchzende Nahla in den Armen, und Morena kniete neben Roj, bettete dessen Kopf bequemer und küsste ihn innig.

Mahud stand etwas abseits und wirkte verloren. Roger ging zu ihm, nahm seine Hand und hielt sie dankbar fest. „Mahud“, sagte er. „Du hast viel für uns getan. Dafür sind wir dir ewig dankbar. Wir waren misstrauisch dir gegenüber, und dafür möchte ich mich entschuldigen.“

„Na ja, es war ja auch nicht gerate ein glückliches Zusammentreffen für uns“, antwortete der Mann. „Weiß der Teufel, in was wir uns da verrannt hatten.“

Roger zögerte und sagte: „Ohne dich wären wir jetzt alle tot. Du hast uns da herausgeholfen. Was davor passiert ist, das ist doch jetzt alles dort unten begraben, und ich denke keinem von uns liegt etwas daran, es hervorzuzerren. - Außerdem, wir sind noch immer auf dieser verfluchten Insel und keineswegs in Sicherheit.“

Während er diese Worte sprach, blickte Roger zu Xenia hinüber. Sie saß zusammengesunken am Boden und schien zu weinen. Sofort war er bei ihr.

„Xenia, Liebste, was ist? Wir sind doch draußen, es ist fast vorbei, die Sonne scheint, es wird wärmer und ich liebe dich...“

„Nichts ist vorbei“, stammelte sie. „Das Funkgerät...“

„Wie? Was meinst du mit dem Funkgerät?“

„Ich hab's verloren…", schrie sie wütend. „Ich kann nicht einmal…"

Das konnte kaum so schlimm sein, dachte Roger und blickte um sich. Irgendwo musste das Gerät doch sein. „Wo denn?"

„Unten im Wasser", schnaubte Xenia verzweifelt. „Es ist mir entglitten, und dann war es weg. - Damit auch unsere letzte Möglichkeit Hilfe herbei zu rufen."

Kapitel 27

Das Schnellboot schnitt mit hoher Geschwindigkeit durch die Nacht. An Bord waren außer McGregor ein Leutnant und ein einfacher Maat. Unweit dahinter folgten zwei weitere Boote im gleichen Tempo. Leider war die maximale Geschwindigkeit nicht möglich, denn die See war rau und die Nacht stockfinster. Die Gruppe verließ sich auf das Navigations- und Sonarsystem und hoffte, die Insel in weniger als drei Stunden zu erreichen.

McGregor saß in der engen Kabine unter Deck am Funkgerät und versuchte eine Verbindung herzustellen. Nervös tippte er einen Code ein und wartete auf die Bestätigung. Zum Teufel, was er da machte konnte ihm seine Karriere und seinen Kopf kosten. Die Nummer war mit der höchsten Stufe „Geheim" versehen, und nur wenige auf dieser Welt hatten Zugang. Er verdankte sie eigentlich nur einer alten Bekanntschaft und hatte geschworen, sie nie unnötig zu benützen. Die Dame, es war keine Geringere als seine Tante Elenora, bekleidete das höchste Amt dieser Welt, sie war Madame Präsident mit allen Machtbefugnissen, die es nur geben konnte. Sie musste von diesen überstürzten Plänen des Oberkommandos Kenntnis haben und war die Instanz mit dem letzten Wort. Dieses höchste Amt wurde alle vier Jahre durch eine weltweite Vertrauensumfrage besetzt. Jeder Weltbürger wurde nach seinen Lebensparametern gescannt und war damit automatisch an der Wahl beteiligt, welche alles umfassend war. Der Kandidat oder die Kandidatin, die diesem durchschnittlichen Ideal am nächsten kam, galt als gewählt, gleich einem absoluten Superweltpräsidenten. Tante Elenora bekleidete dieses hohe Amt seit drei Jahren. Sie war äußerst zurückhaltend und ließ die Behörden, militärische wie zivile, ihre Arbeit tun. Ihre Person war nur wenigen Eingeweihten bekannt.

„Farragora SB1 bitte um ihre Identität", hallte es plötzlich aus dem Gerät.

Nochmals tippte McGregor eine Zahlenreihe ein.

„Identität erkannt. Admiral McGregor. Bitte ihr Anliegen in Audiotransmission."

„Ja, McGregor hier, sagte der Admiral unruhig. „Ich wünsche Madame Präsident zu sprechen."

Eine Frauenstimme antwortete: „Sir, leider ist das nicht möglich. Bitte wenden Sie sich an die zuständigen Behörden."

„Sie sind die zuständige Stelle", knurrte McGregor ungeduldig. „Ich will mit Tante Elenora sprechen."

„Es tut mir leid, aber Madame Präsident ist nicht abkömmlich", flötete die Dame.

„Nun machen Sie keine Umstände!", brüllte McGregor. „Sagen Sie meiner Tante, John will sie sprechen. Es ist wichtig und äußerst dringend."

„Sir…"

„Nun machen Sie schon! Ich garantiere Ihnen sonst meine entsprechenden Empfehlungen bei Tante Elenora."

Keine zehn Sekunden später knackte es im Gerät, und die leicht heisere Stimme war zu hören: „John, was machst du denn für einen Aufstand. Natürlich bin ich für dich da. Wo brennt's denn?"

„Tante, ich weiß, das ist ein außergewöhnlicher Weg, dieser Anruf, aber es ist sehr wichtig."

„Ja, dann schieß los!"

McGregor berichtete kurz über das Vorgefallene. Er war in seiner Position durchaus gewohnt, sich auf das Wesentliche zu beschränken und brauchte kaum fünf Minuten bis Elenora die Situation begriffen hatte.

„Also", sagte sie. „Ich weiß durchaus Bescheid über die Maßnahmen des Oberkommandos, hatte aber keine Ahnung, dass dort
auf Lanzarote noch Menschen vermisst werden. Wir werden niemanden einfach so opfern, das versprech ich dir."

„Danke", antwortete McGregor. „Ja, dort liegt auch immer noch
die Farragora, welche eigentlich die überlebenden Menschen von
Lanzarote retten sollte. Glücklicherweise konnte Xenia die Position
übermitteln, so dass wir jetzt genau wissen, wo wir suchen müssen.
Wir sind auch schon unterwegs."

Die Präsidentin zögerte. „Du sagtest Xenia? Die ist auch dort?"

„Ja, die fand die Eingeschlossenen…"

McGregor erzählte von der unwahrscheinlichen Aktion der mutigen Frau und erfuhr danach Außergewöhnliches. Mit einem Seufzer beendete er das Gespräch und überlegte die weiteren notwendigen Schritte.

Die drei Schnellboote erreichten die Nordspitze von Lanzarote
am Dienstag 2. Februar gegen acht Uhr. Das Wetter hatte aufgeklart, und die See war ruhig geworden. Die Sicht war gut. Links
ragte ein Felsen aus dem Meer. Es musste der Roque del Este sein,
der sich dort standhaft behauptete. Rechts, wo eigentlich die vorgelagerte Insel La Graciosa wäre, sahen sie nur noch die beiden
höchsten Krater aus dem Wasser ragen. Der Rest, mit dem Ort
Sebo, war verschwunden. Vor ihnen aber erhob sich der Vulkan Corona in seiner ganzen schauerlichen Größe. Eine riesige Rauchfahne
hing über dem Kegel, und neue, vor kurzem entstandene Lavaströme reichten bis zur Küste hinunter. Da und dort stieg weißer Wasserdampf in die Luft, dort wo das glühende Magma aufs kalte Wasser traf und demonstrierte, dass der glühende Strom noch nicht völlig erkaltet war.

Der Leutnant erklärte McGregor, dass dieser Teil der Insel
schon früher als „Mal Paese", schlechtes Land, bezeichnet wurde.
Er hatte die Insel vor Jahren einmal besucht. Jetzt war der Name
noch treffender, denn die ganze Gegend war mit Felsen, Geröll, Lava und Picon überschüttet. Kein einziger grüner Halm hatte überlebt.

McGregor sprach aus, was alle dachten: „Ja kann denn hier überhaupt noch jemand überlebt haben. Die Menschen müssten ja förmlich aus Schutt und Asche auferstanden sein."

„Die angegebene Position ist noch etwas weiter südlich. Wir müssten jeden Moment da sein", erklärte der Leutnant. „Ich bin mir aber nicht sicher, ob wir wirklich an Land können. Der Vulkan könnte jeden Moment wieder ausbrechen."

Mit starken Ferngläsern suchten sie die Küste ab. Diese war aber derart zerklüftet, dass es an ein Wunder grenzen würde, Personen auszumachen.

„Wärmesensoren nützen auch nichts", klagte der Leutnant. „Da sind viel zu viele heiße Stellen."

„Wie genau können wir die Position bestimmen?", wollte McGregor wissen.

Der Leutnant wiegte den Kopf. „Na ja, auf etwa hundert Meter sollten die Peilungen schon stimmen. Sehen Sie dort drüben, diese helle Klippe, etwas links davon, da müsste es sein."

„Gut, wir gehen an Land", befahl McGregor. „Zwei Boote bleiben draußen. Wir fahren ran."

Aus dem zweiten Boot kam plötzlich ein greller Ruf: „Dort! Dort ist etwas. Etwas weiter links!"

McGregor riss das Fernglas an sich und schnaubte: „Tatsächlich, da sind sie!" Dann befahl er forsch: „Fahren Sie dort hin. Rasch! - Ich meine vorsichtig, da sind sicher Riffe unter Wasser."

Der kleine schwarze Strand erwies sich als perfekte Anlegestelle, so dass McGregor auch die beiden anderen Boote herbei rief.

Bald waren die gestrandeten Menschen umgeben von besorgten Helfern. Diese schafften Decken heran, verteilten Wasser und Biskuits. Ein Sanitäter kümmerte sich um das lädierte Bein von Roj und um ein paar Prellungen und Abschürfungen der bedauernswerten Menschen. Mitten in diesen Anstrengungen ertönte plötzlich ein dumpfes Grollen, dann kurz darauf eine Explosion.

„Der Vulkan!", schrie Roger. „Eine Eruption! Weg von hier, schnell."

Schlagartig verschwand die Sonne, und ein grauer düsterer Vorhang legte sich wie eine Decke über die Insel. Zuerst war nur ein dumpfes Poltern zu hören, dann aber immer mehr pfeifende Geräusche von fliegenden Brocken. Die Menschen hasteten wild durcheinander und zu den Booten. Krachend fuhr eine Bombe, unweit der Gruppe, in den Strand und grub sich in das Geröll. Weitere folgten. Feinere Teile prasselten herab. Selbst der kleinste Stein konnte tödlich sein. Morena schrie auf. Ein Geschoss hatte sie an der Schulter gestreift, während sie Roj zum Boot half. Nahla heulte unkontrolliert im Zustand eines schweren Schockes.

Eines der Boote wollte sich mit aufheulendem Motor aus dem Staub machen, was McGregor aber mit einem Schuss aus seiner Pistole verhinderte. Erschrocken drehte der Flüchtige bei und sackte zusammen, als er sich seiner Feigheit bewusst wurde.

Die Pistole wie eine Standarte schwenkend, dirigierte McGregor die Menschen an Bord. Roger und Xenia halfen Roj und Morena, während zwei Seeleute Betty an Bord hievten. Xenia schrie laut auf, als ein Felsbrocken unmittelbar neben ihr in das Boot krachte. Noch war niemand erschlagen, aber das konnte mit jeder Sekunde, die sie an Stelle blieben, passieren.

„Nichts wie weg!", kommandierte McGregor, als der Letzte, es war Mahud, an Bord gezogen wurde. Die Schnellboote heulten auf und stürmten, hohe Fontänen hinter sich lassend, dem freien Meer zu. Keiner schaute zurück. Es war wie wenn sie mit eingezogenen Köpfen vor einem wilden Geschosshagel der Feinde davon stürmten. Erst weit draußen in sicherer Entfernung drosselten sie die Geschwindigkeit. Der Anblick der tobend sterbenden Insel war überwältigend. Durch eine Wolke von Asche und Rauch zeichnete sich der Vulkan Corona nur schemenhaft ab. Der obere Teil war völlig zerrissen, wie wenn ein bösartiges Eitergeschwür geplatzt wäre. Ströme von gleißender Lava ergossen sich die Hänge hinunter, und immer wieder war ein Donnern und Krachen zu hören, dann wenn die Bomben einschlugen. ‚Bomben‘ war tatsächlich der treffende Name für die riesigen Magmagebilde, die aus dem tiefsten Inneren des Schlundes kamen und erst in der Luft sich zu runden Kugeln formten und erkalteten. Rund herum, um diese zerstörte, bebende Insel, brodelte das Meer wie ein Hexenkessel. Der Himmel über ihnen verdunkelte sich zusehends, wie wenn eine ewige Nacht das Tageslicht vertreiben wollte. Und über alles rieselte plötzlich ein grauer feiner Aschestaub und versuchte alles noch Lebende zu ersticken.

Als sie die Farragora erreichten, war es bereits später Nachmittag. Das Team des Lazarettes war bereits vororientiert und kümmerte sich sofort um die Verletzten. Kaum einer war ohne schmerzhafte Blessuren davongekommen. Die Sorge galt aber Roj Sovero und seinem Bein. Der behandelnde Arzt entfernte die notdürftigen Verbände und schüttelte den Kopf.

„Das sieht nicht gut aus", sagte der Doktor zu McGregor, welcher sich nicht nehmen ließ, seine Schützlinge persönlich zu begleiten. „Wir werden ihm schmerzlindernde Mittel spritzen und dann die Wunde säubern. - Aber wieso hat der Mann eine Schussverletzung? Ich dachte die Leute waren verschüttet."

„Woher soll ich das wissen", knurrte McGregor.

„Die Infektion mit gravierender Sepsis ist schon weit fortgeschritten. Das Bein ist wohl kaum zu retten. Wir müssen noch hier an Bord operieren."

„Gut, Doktor, tun Sie was notwendig ist", sagte McGregor und wandte sich zum Gehen.

Draußen erwartete ihn Morena. Ihre Schulter wurde gerade geröntgt. Der Stein hatte eine üble Prellung verursacht. „Wie geht es meinem Mann?", wollte sie sofort wissen.

„Er ist wohlauf", antwortete der Admiral. „Leider ist sein Bein kaum zu retten, aber er lebt."

Morena war bei diesen Worten bleich geworden, aber sie reagierte gefasst. „Ja, wir leben, und dafür wollen wir dankbar sein."

„Sie haben Recht", erwiderte McGregor. „Aber Sie entschuldigen mich jetzt, ich habe etwas Wichtiges zu besprechen."

Damit eilte er dem Gang entlang und steuerte zielgewiss die Kabine des Kapitäns an. Die Fregatte zitterte und stampfte mit höchster Geschwindigkeit gegen die Wellen. Sie waren also auf bestem Kurs aus der Gefahrenzone heraus. McGregor klopfte kurz und betrat die Unterkunft des Offiziers. Dort fand er Santoso mit besorgtem Blick über Seekarten gebeugt.

„Guten Abend Herr Admiral", begrüßte Santoso den Ankömmling.

„Herr Kapitän", erwiderte McGregor. „Warum denn so formell? Mein Name ist John. Wie weit weg sind wir schon?"

„Na ja, wir nehmen Kurs auf Gibraltar, in ein paar Stunden sollten wir dort sein."

„Sehr gut", sagte der Admiral. „Damit sind wir bald aus der Gefahrenzone heraus. Ich hoffe nur, die warten mit der großen Ballerei noch zu. Wenn Sie mich fragen, so ist das Ganze ein riesiger Blödsinn und dient nur den Machtgierigen in Brüssel."

Santoso nickte. „So ist es wahrscheinlich, aber laut dürfen wir das kaum sagen. Sind wir einfach froh, die Unglücklichen noch rechtzeitig gefunden zu haben. Damit hat sich das Ausharren doch gelohnt."

„Capitan, ich bin ihnen sehr zu Dank verpflichtet. Leider habe ich aber eine weitere Sorge. Commander Merville ist mit seiner OX15W in Schwierigkeiten. Ihr Kommunikations-Offizier hat doch Kontakt zum Satelliten. Gibt es da etwas Neues?"

„Ich werde den Mann gleich herbeordern", versprach Santoso.

„Danke Capitan! - Noch eine Bitte, wenn Sie gestatten. Ich brauche einen Ort, wo ich ungestört mit jemandem sprechen kann. Dürfte ich vielleicht ihr Quartier für eine Stunde benützen?"

„Selbstverständlich Sir", sagte Santoso sofort und begann Karten und Papiere vom Tisch zu schieben. „Diese Unordnung…"

„Lassen Sie nur", wehrte McGregor ab. „Das macht überhaupt nichts. Ich möchte einfach nicht gestört werden."

„Natürlich Sir, ich bin schon weg. Sie finden mich beim Funker, wenn Sie mich brauchen."

„Ach ja, und bitten Sie doch jemanden, mir Sergeant Xenia Fatiga zu schicken."

„Wird gemacht", versprach Santoso und verschwand leise durch die Tür.

McGregor setzte sich in den Sessel hinter dem Tisch und lehnte sich zurück. Seine Augen wanderten durch den spartanisch eingerichteten Raum. Früher waren in so einer Kajüte des Kapitäns massenhaft Geräte, Instrumente und Dokumente zu finden. Mit Wehmut erinnerte er sich an die Zeiten, als ,zur See zu fahren' noch ein richtiges Abenteuer war, mit Position bestimmen, Kurs berechnen, Wetter beurteilen und Nachrichten übermitteln. All das wurde jetzt mit viel digitalem Aufwand automatisch erstellt und dem Verantwortlichen in Sekundenschnelle auf dem Bildschirm präsentiert. Die Kabine glich eher einem Büroraum, als einer mit Holz getäfelten Kammer mit rundem Bullauge und Segelschiffmodellen auf dem Tisch. McGregor streckte seine Beine ergeben und wartete auf die Herbeigerufene. Er hatte Mühe, sich vorzustellen, wie er mit dieser Situation umgehen sollte. Aber außergewöhnliche Situationen gehörten nun einmal zu seinem Beruf, damit musste er klar kommen.

Als Xenia klopfte und kurz darauf eintrat, stand sie gefasst vor ihm, und grüßte. „Sie haben mich gerufen Sir?"

„Lassen Sie diesen Quatsch, Sergeant", sagte McGregor barsch. „Sie wissen genau, warum ich Sie rufen ließ."

„Sir?"

„Ich bin mir nicht sicher, ob es für mich eine Ehre ist, oder ob ich enttäuscht sein müsste. - Ich habe heute mit Elenora gesprochen."

Xenia stand nach wie vor ruhig. „Sie wissen also Bescheid."

„Ja, so ist es", brummte er. „Und ich weiß nicht einmal, welchen Rang Sie eigentlich innehaben."

„Sir, ich bin ein einfacher Sergeant, mit besonderer Funktion", begann Xenia. „Wie Sie sicher erfahren haben, unterstehe ich direkt der Präsidentin. Wir sind eine Gruppe Agenten in einer Sonderabteilung für schwierige Aufgaben. Folglich ist das alles streng geheim. Nicht einmal das Oberkommando in Brüssel weiß von unserer Existenz."

McGregor räusperte sich. „Setzen Sie sich doch …Sergeant…"
„Danke!"

„Es ist mir erst jetzt klar, wie es kommen konnte, dass Sie sich über alle Vorschriften und Sicherheitsstandards hinwegsetzen konnten. Ich verstehe durchaus ihre Motive, heiße ihr Vorgehen aber deshalb keineswegs gut. Sie hätten mich orientieren können."

Xenia saß immer noch mit steifem Rücken auf der Stuhlkante. „Leider war das nicht möglich, Sir. Als ich von der OX15W abkommandiert wurde, vermutete Elenora, dass da etwas Großes im Gange war. Der Einsatz nuklearer Sprengsätze war äußerst fragwürdig, und ob sie gerechtfertigt seien, musste zuerst abgeklärt werden. Dafür brauchten wir Zeit, natürlich auch, um die Menschen auf Lanzarote zu retten. - Sie selber, Sir, haben dabei mitgeholfen und die Lancierung der Bomben verzögert."

„Na ja, auf Kosten der Besatzung", gestand McGregor. „Wir wissen immer noch nicht, ob Merville die Kapsel wieder auffangen konnte."

„Keine Sorge Sir, OX15W ist wieder im stationären Orbit, und der Besatzung geht es soweit gut. Leider hatte ein unvorhergesehener Zwischenfall, ein Fehler der Sauerstoffzufuhr, für Commander Merville gesundheitliche Folgen. Er wird in den nächsten Tagen abgelöst und erhält die notwendige medizinische Versorgung."

Dann kam Xenia auf das grundlegende Problem zu sprechen: „Ein unabhängiges Geologenteam hat festgestellt, dass die Verschiebung der Erdplatten zum Stillstand gekommen ist. Die tektonischen Beben haben selber für einen Abbau des Druckes gesorgt. Sprengungen sind deshalb überflüssig. Elenora hat entsprechende Weisungen erteilt."

McGregor nickte. „Wir sind also aus dem Schneider. Aber noch eine letzte Frage zu der heutigen Rettungsaktion: Waren da nicht auch persönliche Motive im Spiel? Sie kennen doch diesen Roger Denaux, der war ja auch eingeschlossen, dort auf Lanzarote?"

Xenias Stimme wurde leiser, als sie sagte: „Ja, wir kannten uns, vor ein paar Jahren." Dann wurde sie wieder sicherer. „Das hätte aber auf meinen Einsatz keinen Einfluss gehabt."

„Verstehe", brummte McGregor.

Xenia schaute zu Boden. „Trotzdem, es sind hunderte von unschuldigen Menschen, die eigentlich nur ein Konzert besuchen wollten, umgekommen, und das stimmt mich traurig."

„Natürlich, das muss schrecklich gewesen sein. - Da kommt mir noch etwas in den Sinn. Was war das mit dieser Schussverletzung von diesem Roj? Es war ja kein Krieg. Weshalb wurde dort in dieser Höhle denn geschossen?"

Sie überlegte. „Na ja, ich war nicht dabei, kam ja erst später dazu, aber soviel ich gehört habe, war es ein Unfall. Mahud war daran beteiligt, und ich denke, dass wohl eine Untersuchung stattfinden wird. Der Mann war aber äußerst mutig und hilfreich, ohne ihn wäre niemand gerettet worden. Man sollte es dabei bewenden lassen.

Außerdem erwähnte er etwas von den Mondexpeditionen. So ein Mann könnte dort sicher seinen Weg finden."

„Ha, freiwillig würde ich da nie hinwollen", gestand McGregor. „Aber ja, es gibt immer welche, die das Abenteuer suchen."

Xenia lächelte. „Ja, ja, ich war selber schon halbwegs dort oben, im Satelliten, das genügt mir."

„Gut, damit wäre alles geklärt. Ich wünsche ihnen …Sergeant… weiterhin alles Gute, und grüßen Sie Elenora von mir."

Xenia erhob sich. „Danke Sir…"

„Lassen Sie das!", winkte der Admiral ab und grinste.

Nachdem sich die Tür hinter der Frau geschlossen hatte, sank McGregor zurück in den Sessel und schloss die Augen. Welch unwahrscheinliche Geschichte! Die Welt schien auseinander zu brechen, und machtgierige, größenwahnsinnige Despoten wollten ihr noch den letzten Stoß versetzen. Wie wichtig war es dabei, dass es immer noch Menschen gab, die sich für Recht und Ordnung, für Solidarität und Nächstenliebe, sowie für Moral und Anstand einsetzten. - Einen Gott hatten die Meisten leider ja sowieso nicht mehr.

So fand ihn Capitan Santoso, als er von der Brücke zurück kam. Aufatmend meldete der Letztere, dass sie nun endgültig aus der Gefahrenzone heraus wären. Gibraltar liege nur noch zwei Stunden vor ihnen.

„Danke Capitan", sagte McGregor. „Ich räume sofort ihr Revier. Die Gefahr…"

Im letzten Moment bemerkte er, dass er drauf und dran war, Staatsgeheimnisse auszuplaudern. Dass er Elenora kannte und vor allem, dass Xenia für sie arbeitete, das durfte niemand erfahren. Deshalb fuhr er fort: „Ach ja, was ich fragen wollte: Ist Merville wieder auf Kurs?"

„Der Satellit OX15W ist wieder auf Station, mehr konnte ich nicht in Erfahrung bringen", antwortete Santoso.

„Danke Capitan. Endlich eine gute Nachricht. - Ich werde jetzt nach den Geretteten sehen. Sind sie alle im Lazarett?"

„Nein, das war nicht notwendig. Sie befinden sich im Aufenthaltsraum der Mannschaft. Nur die Verletzten sind noch beim Doktor. - Soll ich mitkommen?"

McGregor wandte sich zur Tür. „Nicht notwendig, ich finde die Leute. War ja früher auch einmal auf einem Schiff.“

Damit eilte er den Gang entlang und stand kurze Zeit später im Vorraum zum Lazarett. Morena saß dort auf einem Stuhl. Sie hatte einen Arm in der Schlinge und weinte leise vor sich hin.

Der Admiral setzte sich daneben und wusste nicht so recht wie er sich verhalten sollte. Frauen trösten war nicht seine Stärke. Sein Beruf hatte ihn zum ungehobelten Einzelgänger gemacht. Was war zu tun? - Der Doktor musste das wissen. Die Frau war wahrscheinlich in einem Schockzustand.

„Frau Morena, kann ich irgendwie helfen?“, begann er dennoch. „Sie haben Schreckliches erlebt. Es wird eine lange Zeit dauern, darüber hinweg zu kommen. - Brauchen sie etwas? - Vielleicht ein Glas Wasser?“

„Danke, …ich brauche nichts“, flüsterte sie. „Roj, mein Mann, er ist dort drin, sie nehmen ihm das Bein ab…“

„Ich weiß, der Arzt sagte, es kann nicht länger warten. Er musste operieren. - Es tut mir leid.“

Morena wimmerte: „Warum Roj, er war so lebendig? Dieser Verbrecher ist schuld, dieser Mahud. Ich hasse ihn!“

„Ihr Mann lebt, liebe Morena“, tröstete McGregor. „Er lebt, das ist das Wichtigste, und dafür sollten wir dankbar sein.“

Kapitel 28

Die Sonderkommission des Weltrates tagte unter Ausschluss der Öffentlichkeit in einem Gebäude an der Rue de Montserrat, unweit des Justizpalastes. Den Vorsitz hatte kein geringerer, als der Justizminister persönlich. Er fühlte sich etwas genötigt, denn der Termin war so kurzfristig angesagt worden, dass er seine Reise durch China abbrechen musste. Die dortigen Organisatoren waren nicht gerade begeistert und ließen durchblicken, dass eine Weiterführung der Gespräche wohl kaum noch einen Sinn hätte.

Des Ministers Gefolge waren vier weitere Juristen, die Berge von Akten vor sich herschoben. Das ganze wurde außerdem durch die vollautomatische Audioanlage aufgenommen und sofort verschlüsselt.

Justizminister Gardier unterbrach das Gemurmel am ovalen Tisch ziemlich abrupt und verwies auf das einzige Traktandum: Die Fehlentscheidung des Weltsicherheitsrates, betreffend die tektonische Gefährdung vom 23. Januar 2089. Wer trug die Verantwortung?

„Sir", meldete sich die Geologin Frau Professor Martina Oberfeld, „es ist unbestritten, dass die Bedrohung bei den gewaltigen Beben und Vulkanausbrüchen im östlichen Atlantik zu suchen ist. Die Ursache war klar, die südamerikanische Platte drohte die afrikanische in die Tiefe zu drücken und dadurch eine riesige Katastrophe zu verursachen. Am 25. Januar beschloss der Weltsicherheitsrat, die Verschiebungen durch nukleare Sprengungen zu stoppen und die Platten zu stabilisieren. Der Beschluss wurde durch Mehrheit gegen eine Stimme gefasst."

„Ich nehme an", brummte der Justizminister, „dass man sich der weitreichenden Auswirkung dieses Vorhabens durchaus bewusst war. - Wer war denn dagegen?"

„Die Frau Minister für Ethik und Psychologie, Frau Dr. Ferrione. Sie ist Italienerin", fügte die Geologin unnötigerweise dazu. „Wir haben sie natürlich gebeten, heute hier auszusagen."

„Gut, das kann aber warten", antwortete Gardier. „Viel wichtiger scheint mir, wie es überhaupt zu so einem schwerwiegenden Entscheid kommen konnte. Waren nicht Sie Frau Oberfeld vielleicht zu schnell mit ihrer tragischen Beurteilung? Es war doch ihre, oder nicht?

„Na ja, aber wir sind natürlich eine ganze Gruppe namhafter Geologen", wehrte sich die Frau Professor. „Wir haben auch die verantwortlichen Leiter des Institutes heute vorgeladen. Sie sollen ihre Sicht zu Protokoll geben. Wir sind überzeugt, dass die Beurteilung richtig war."

„Dennoch mussten sie später zurückkrebsen", warf ihr der Vorsitzende vor. „Warum haben Sie nicht von Anfang an die Meinung eines unabhängigen Expertengremiums eingeholt?"

„Sir, wir waren uns der Sache hundertprozentig sicher. Wir sind nach wie vor die zuständigen Experten. - Warum werde eigentlich ich hier verhört?"

„Madam, Sie werden nicht verhört", sagte Gardier unwillig. „Es geht hier darum festzustellen, wo die verantwortlichen Schwachstellen sind. - Also, bringen Sie ihre Geologen, lassen Sie hören."

Es dauerte den ganzen Nachmittag, bis endlich die letzten Experten angehört, Berge von Dokumenten vorgelegt und alle Gutachten durchleuchtet und erläutert waren. Berechnungen und Statistiken wurden präsentiert, sowie Diagramme auf dem großen Monitor dargestellt. Es lief immer auf das Gleiche heraus, auf Prognosen, Annahmen und Wahrscheinlichkeiten. Die Geologen versuchten zu erklären, verhedderten sich aber in unverständlicher Beweisführung und widersprachen sich oft selber. Je länger je mehr versuchten sie ihre Ansichten durch riesige, verwirrende Zahlenberge zu untermauern.

Gegen Abend unterbrach der Vorsitzende die Flut der Informationen und ordnete an, dass sich am nächsten Morgen die militärischen Sachverständigen zu äußern hätten. Er dankte allen und wünschte einen schönen Abend.

Am Ausgang beobachtete die etwas gestresste Geologin erleichtert, dass keine Journalisten warteten. Das Hearing schien tatsächlich geheim geblieben zu sein. Sie war dennoch beunruhigt. Das ganze Theater wurde doch nur veranstaltet, weil der Justizminister sie von ihrem Posten jagen wollte. Es lag auf der Hand, sie war das leichteste Opfer, aber sie würde sich zu wehren wissen. Die Entscheidung war von allen getroffen worden. Nicht zuletzt auch von den Militärs. Die hatten bekanntlicherweise seit jeher gerne den Finger am Abzug. Nein, das konnte der Herr Justizminister nicht einfach ihr allein in die Schuhe schieben. Der heutige Tag war nicht gerade gut für sie gelaufen, aber noch war die Kommission an der Arbeit, und das konnte noch Wochen dauern. Niemand sollte sie so leicht in die Wüste schicken, das schwor sich die Frau Professor auf ihrem Weg zu ihrem Wagen.

Etwa zur gleichen Zeit machte sich auch General Jenkinson auf den Heimweg. Zufrieden lehnte er sich im Polster seiner Limousine zurück. Er beglückwünschte sich. Er war nicht dabei gewesen und sein Ersatzmann Lateron, der war nicht so wichtig. Vielmehr mochte er diesen französischen, aalglatten Streber sowieso nicht. Sollte der doch sehen, wie er seinen Kopf aus der Schlinge zog. Ein Köpferollen würde es auf jeden Fall geben, das wusste Jenkinson aus Erfahrung.

General Jenkinson war ein alter Haudegen. Er hatte damals im vierjährigen Türkenkrieg gedient und war mit hohen Auszeichnungen dekoriert worden. Er wusste auch schon, wen er morgen aufrufen würde. Admiral McGregor, den alten John. Der war genau sein Mann. Die Fäden liefen alle nach Gibraltar, das war offensichtlich, und selbst die Weltraumbehörde ESAX schien Kontakte dorthin zu unterhalten. Im schlimmsten Fall konnte man ja auch auf einen McGregor verzichten.

Später in der Nacht, in London, empfing Präsidentin Elenora
außerplanmäßig ihre Agentin Xenia. Nach einer herzlichen Begrü-
ßung wurde sie ernst und bat Xenia sich zu setzen.

„Xenia", begann sie. „Ich mache mir große Sorgen. Sie haben
da im Alleingang so viel ausgelöst, dass ich Sie eigentlich abmah-
nen müsste. Da es aber um eine absolut humane Aktion ging und
vor allem der Rettung von Menschen diente, bin ich sehr stolz auf
Sie. Erzählen Sie, ich will jedes Detail wissen."

„Da ist eigentlich nicht viel zu berichten", begann Xenia.
„Nachdem Sie meine Ablösung vom OX15W Satelliten veranlasst
hatten, und das Damoklesschwert der Weltregierung drohend über
uns hing, versuchte ich die auf Lanzarote Eingeschlossenen so
schnell wie möglich zu erreichen. Wie Sie bereits wissen, ist mir
das gelungen. Glücklicherweise konnten Sie diese voreiligen nuklearen Einsätze noch rechtzeitig verhindern. Es ist also meines Wis-
sens alles gut ausgegangen."

„Ja, das ist es wohl, aber wir sollten die vielen unschuldigen
Opfer nicht vergessen. Das stimmmt mich sehr traurig. Gegen solche Naturgewalten sind wir alle machtlos."

Elenora hielt einen Moment inne, bevor sie besorgt weiterfuhr:
„In Brüssel schlagen sie sich jetzt die Köpfe ein und lassen jegliche
Besonnenheit fahren. Ich bin mir nicht sicher, ob ich mich da ein-
mischen sollte."

Auch Xenia zauderte. „Wenn sie aber über die Falschen herfallen sollten, dann bitte ich Sie darum."

„Ja, und wer sind denn die Falschen?"

Xenia zögerte erneut. „McGregor sicher, vielleicht auch Roger
Denaux…"

„McGregor, klar, das ist ein guter Mann. Und Herr Denaux, ist
das nicht ein Bekannter…?"

„Ja, er ist ein Bekannter von mir… zumindest, er war einmal…"

Präsidentin Elenora lächelte. „Aha…"

Das Blut stieg Xenia flammend in den Kopf, aber rasch hatte sie
sich wieder in Gewalt und winkte ab: „Da ist nichts. Er war rein zufällig da."

„Na ja, Zufälle gibt es", sagte Elenora. „Was gedenken Sie jetzt
zu tun? - Der nächste Einsatz kann warten."

„Danke! Ich denke, dass ich erst einmal nach Hause fahre, nach Mauretanien, zu meiner Mutter. Ich brauche etwas Zeit, um über meine Zukunft nachzudenken."

„Ausgezeichnet, nehmen Sie sich diese Zeit, und grüßen Sie ihre Frau Mutter von mir."

„Sie kennen meine Mutter?"

„Mama Fatiga, ja, ich kenne sie. - Erstaunt? - Was glauben Sie denn, wen alles ihre Mutter dort in der Wüste empfängt?"

Kapitel 29

Sie waren angehalten worden, sich zur Verfügung zu halten und bis auf weiteres in Brüssel zu bleiben. Diese Weisung kam vom Justizministerium und vom Weltoberkommando gleichzeitig und konnte nicht einfach übergangen werden. Roger verfluchte diesen Befehl als reine Schikane, wusste aber nicht, wie er sich dagegen stellen sollte. Er war zwar kein Militär, aber den Anweisungen der Justiz war allemal Folge zu leisten.

Mehr durch Zufall war er in dieser zweifelhaften Absteige, einem kleinen Hotel am Boulevard Maurice Lemonnier, gelandet. Das Quartier schien im vorigen Jahrhundert zurückgeblieben und war ein Beispiel dafür, dass das Neue und Moderne nicht überall freudig begrüsst wurde. Zwielichtige Gestalten und Dirnen schienen hier ein und aus zu gehen, und die Straße weiter unten befanden sich Lokale orientalischer oder afrikanischer Abstammung. Nachts war ein ewiges Kommen und Gehen, und durch die dünnen Wände hörte man die Geräusche zweideutigen Treibens, wie auch hässlichen Streits. An ein Schlafen war für Roger kaum zu denken. Er warf sich unruhig im Bett umher, und sein Hirn marterte ihn, mit den Erinnerungen an das Erlebte der letzten Tage.

Bei der Ankunft in Gibraltar erwartete sie eine ganze Abteilung von Helfern, Sanitätern, Ärzten und Psychologen. Glücklicherweise war wenigstens den Journalisten der Zugang zum Marinestützpunkt verwehrt, so dass die Geretteten ohne Verzögerung versorgt werden konnten. Man brachte Roj, Morena und Betty sofort zum Lazarett, während die Anderen mit Getränken, schonender Nahrung und aufbauenden Medikamenten versorgt wurden. Die Gruppe ließ alles völlig teilnahmslos über sich ergehen. Sie tranken und aßen, ohne wirklich zu erfassen was. Trotzdem, es war erstaunlich, wie schnell ein Mensch, der solche körperliche Strapazen erlitten hatte, sich erholen konnte. Wie sich das mit den psychischen Auswirkungen verhielt, das war wohl kaum abzuschätzen. Die Frauen und Männer saßen oder lagen still auf den bereitgestellten Betten und starrten vor sich hin. Wie klein das Grüppchen doch geworden war, erkannte Roger und fragte sich, wo denn Xenia geblieben war. Sie war gleich bei der Ankunft in Begleitung eines hohen Offiziers verschwunden. Klar, sie war ja eigentlich auch die Retterin und kein Opfer. Trotzdem hatte Roger den Eindruck, dass sich auch ihre Verfassung gegen Schluss deutlich verschlechtert hatte. Er sah eine bedrückte, weinende Xenia vor sich, die sich mit irgendwelchen Vorwürfen quälte, seine Umarmung willenlos hinnahm, aber eigentlich seiner kaum bewusst war. Er spürte eine tiefe Sehnsucht nach dieser Frau, die er liebte. Aber wo war sie geblieben?

Xenia, das war der Gedanke, der ihm immer wieder wie ein drohendes Gewitter durch den Kopf geisterte. Er musste sie sehen, er konnte nicht mehr länger warten. Er musste mit ihr reden. Die kurzen Beteuerungen seiner Gefühle, drinnen in der Grotte, waren nicht nur aus der Not, aus welcher sie vielleicht nicht mehr entkommen konnten, entstanden. - Nein! - Ja, er meinte jedes Wort.

Zwei Tage nach intensiven medizinischen wie auch psychologischen Untersuchungen und Befragungen, wurde entschieden, dass Mahud und er selber nach Brüssel beordert würden. Die Anderen könnten sich in die Obhut ihrer Familien begeben. Die Tragödie, über welche sich die Medien mittlerweile genüsslich hergemacht hatten, war soweit abgeschlossen. Sie würde aber auf höherer Ebene noch ein Nachspiel erfahren, hieß es. Deshalb wurden die beiden Männer als eventuelle Zeugen nach Brüssel befohlen.

Ja, und jetzt saß er da in dieser Kaschemme und wartete. Worauf eigentlich? Glaubten jetzt ein paar selbstherrliche Politiker, sie könnten das Ganze ungeschehen machen, und hunderte von Opfern würden wieder auferstehen? Irgendwie erinnerte ihn dieses Gebaren an den El Diablo, diesen schwarzen teuflischen Kerl, von dem er je länger je weniger wusste, war er nur seiner Phantasie entsprungen oder hatte der tatsächlich um die Seelen gefeilscht. Dort unten in diesem schrecklichen schwarzen Loch, da erschien ihm diese Hölle tatsächlich Wirklichkeit. Jetzt musste er sich gestehen, dass er wohl einer Geistesverwirrung zum Opfer gefallen war.

Mit solchen Gedanken dämmerte Roger dahin. Der Lärm der Straße vermischte sich mit dem Gerumpel und Gelächter im Treppenhaus und in den Zimmern. Wie grelle Blitze flammten irgendwo Neonlampen auf, und schwarze schwere Wolken umnebelten seinen Geist. War er da doch wieder…?

Nein, das konnte nicht sein, der Teufel lag verschüttet und begraben auf Lanzarote und musste in seinen eigenen Sünden schmoren. Was da wie eine schwere Decke auf ihm lag, das war die Ungewissheit über Xenia. Wohin war sie entschwunden? Düstere Bilder schwebten heran, geboren im tiefsten dunklen Afrika. Da kam doch die Hexe her! Die war doch genauso schlimm wie der Teufel. Sie, die mit den Voodoo Geistern Verbündete, die hatte seine Liebe mit Füssen getreten und verhindert, dass Xenia die Seine wurde. Schwarze Magie, teuflische Macht, was konnte man dagegen tun?

Die schwarzen Geister schwebten lautlos, wie riesige Raben, heran und trieben einen Hauch von Verderbnis vor sich her. Hatte der Teufel jetzt auch noch Gehilfen? - Sie kreisten über ihm und verdunkelten mit ihren gewaltigen Schwingen den Himmel. Dort oben, wo das Licht und ein helles Strahlen schimmerten, dort war das Ziel, dort wollte, ja musste er hin. Wie in schweren Ketten gefesselt, wand er sich und schrie seine Qual hinauf, dass sie es hören und verstehen sollten: Er wollte zu ihr! Der quälende Wunsch wurde gnadenlos erwürgt von tausenden krähenden Vögeln mit Flügeln wie Pech und Schwefel. Ein brodelndes Meer von Fäulnis und Schrecken ergoss sich über die schwache Kreatur, und drohte ihn in seiner eigenen Ohnmacht zu ertränken. - Er hatte verloren, er musste weichen und kapitulieren. Es war vorbei.

Mitten in der Dunkelheit ein Blitz, ein Erschrecken, ein Erkennen. Nein, es war nicht vorbei. Die wogende Masse des Schreckens, die kreisenden Raben, auch sie waren nicht allmächtig. Eine Lücke war entstanden, und die Helligkeit eines entfernten Horizonts wurde sichtbar. Wie ein verheissungsvoller Strand lag es gleißend vor ihm und hatte eine Botschaft von Liebe und Hoffnung in den feinen Sand gezeichnet. - Nichts da, krächzten die Dämonen und wischten mit den Flügeln darüber. Die Zeichen verschwanden, wie wenn ein eisiger Wind darüber gefegt wäre. Schatten legten sich über das Meer, und ein böses Heulen kam auf. Wieder schrie die geschundene Kreatur unter der Macht des Bösen. Gott, lass es nicht zu, dass die Liebe vernichtet werde!

Der Albtraum dauerte an, über Äonen, und quälte den Menschen mit immer wieder derselben Frage. Siegte das Böse über das Gute oder war doch noch die Hoffnung, die weiterbestand. Die Schwingen der teuflischen Raben und deren Schatten waren überall, aber war da nicht auch ein Schimmer der Hoffnung, an dem sich der Mensch festklammern konnte und woran er glauben durfte, dass die Liebe doch noch siege. Verzweifelt bäumte sich Roger auf und schrie.

Schweißnass fuhr er hoch. Xenia? - Nein, er hatte geträumt. Doch das Klopfen war beharrlich. - Sie war an der Tür! - Nein, natürlich nicht! Roger quälte sich hoch und fuhr mit der Hand durch die wirren Haare. In seinem Kopf hämmerte es. Xenia... Xe... Nein, da war jemand an der Tür, nicht Xenia. Das musste Mahud sein.

„Ich komm' ja schon...", stöhnte er.

„Bin unten an der Bar", kam die Antwort durch die Tür. „Lass dir Zeit."

„Ja, ja", murrte Roger trunken. „Ich komm' ja schon."

Als er etwas später die Treppe hinunter wankte, befahl er sich zur Ordnung. Es war elf Uhr vorbei, und Mahud war sicher schon seit Stunden wach. Die Warterei musste auch ihm auf die Nerven gehen.

Roger fand Mahud in der hintersten Ecke der Bar, wo dieser ein Glas mit milchigem Inhalt vor sich hin- und herschob.

„Mir auch einen!", brummte er in Richtung des Mannes hinter der Theke. Ein Pernod, das war genau das Richtige, mit dem bittersüßlichen Anisgeschmack. Das würde das kratzende, faule Gefühl aus seiner Kehle vertreiben.

Nachdem er etwas Wasser nachgegossen und am Getränk genippt hatte, fragte er Mahud ohne Umschweife: „Etwas gehört, was jetzt soll?"

Der Mann winkte ab und stellte seinerseits eine Frage: „Hast du schon gefrühstückt?"

„Nein, hab keinen Hunger", antwortete Roger.

Ein Blick durch das Lokal ließ ihm auch jeglichen Appetit vergehen. Es war eines dieser Etablissements, welche jegliche Zeit überdauerten und die dem vorwiegend nächtlichen Treiben dienten. Obwohl das Sexgewerbe neuerdings streng geregelt, und in hygienisch und medizinisch modernen Einrichtungen stattfand, hielten sich solche Lokale, vor allem in den großen Städten, hartnäckig. Entsprechend war auch die Einrichtung. Nischen mit plüschbezogenen Sitzen reihten sich an der Wand entlang. Im düsteren Licht, es gab keine Fenster, hing die Holzdecke wie eine alte, ächzende Brücke über ihnen. Der lange Tresen war übersät mit Flecken und Ringen, wo Flaschen und Gläser gestanden hatten. Die Fläche hatte wohl seit langem keinen Putzlappen mehr gesehen. Der Mann dahinter machte auch nicht den Eindruck, als wären ihm Reinigung oder andere Arbeiten besonders wichtig. Er lehnte müde an einem Schrank und gähnte ungeniert.

Roger starrte in sein Glas und fragte sich, ob dieses wohl auch den Sauberkeitsstandards dieses Hauses entsprach. Egal! Hatte man den Albtraum von Lanzarote überstanden, dann kam es auf ein wenig Dreck auch nicht mehr drauf an. Er nahm einen großen Schluck und fühlte sich gleich besser.

„Also", hakte er nach. „Was ist jetzt? Haben sich die bei dir gemeldet? Ich hab' nichts gehört."

Mahud nickte. „Na ja, im Schlüsselfach lag ein Zettel mit der Aufforderung, mich morgens um acht im Commissariat de Police an der Rue du Marché zu melden." - „Die wollen mich wahrscheinlich hinter Gitter bringen", fügte er resigniert dazu.

„Nun mal langsam", beschwichtigte Roger. „Ich komme mit. Da musst du nicht alleine durch."

„Das wird nicht viel helfen. Wenn die mir mit Terrorismus kommen, dann bin ich geliefert.“

„Wir haben da aber auch noch ein paar Worte mitzureden“, versuchte sich Roger in Erklärungen. „Du hast niemanden umgebracht, das können wir alle bezeugen. Außerdem hast du uns nachher sehr geholfen. Das muss berücksichtigt werden.“

„Ja, ja, du hast gut reden“, sagte Mahud und nahm einen gewaltigen Schluck vom Pernod.

Roger tat es ihm gleich. „Na dann, lass es für heute gut sein! Wir nehmen einen Schritt um den anderen. „Prost!“

Nach der nächsten Runde sah die Welt schon etwas besser aus. Roger klopfte dem Basken auf die Schulter und versuchte sich in Aufmunterung. „Mahud“, sagte er. „Du bist ein Idealist, und solche Leute sind die Besten. Sie stehen für etwas ein, an das sie glauben und geben nicht gleich auf. Bei mir steht’s nicht so klar. Ja, ich lebe nach dieser Katastrophe, aber wofür ist mir eigentlich nicht klar.“

Mahud grinste. „Sei kein Jammerlappen! Du bist jung und hast noch ein ganzes Leben vor dir.“

„Hör auf mit solchen Sprüchen“, konterte Roger. „Was weißt du schon…“

„Noch eine Runde!“, rief er dem Barmann zu.

„Ja, Prost!“, verkündete Mahud. „Wir wollen doch nicht im Griesgram versauern, mein Freund. Prost!“

„Dieser Pernod ist ganz vorzüglich“, schwärmte Roger und goss nur wenig Wasser nach. „Der Anisgeschmack hat’s in sich.“

Drei Gläser weiter war das Leben noch viel rosiger. „Bin froh, einen Kumpel wie dich zu haben“, versicherte Mahud. „Schade, dass sich hier wahrscheinlich unsere Weg… Wege trennen.“

„Muss ja nicht sein“, beteuerte Roger.

Erneut überkam Mahud eine Welle des Selbstmittleides. „Vermutlich schicken sie mich morgen in die Wüste. - Ich meine zum Mond. - Ha… früher meinte man das als Witz, heute…“

„Der Mo…Mond!“, lachte Roger. „Du meinst wohl hi…hinter den Mond. Dort sind doch alle die Unwissenden, nicht Kerle wie wir.“

Mahud hieb ihn freundschaftlich in die Seite und grölte: „Kerle! Ja Kerle, von denen soll‘s dort viel zu viele geben, aber die Weiber, die fehlen noch. - Noch. Es sollen demnächst ganze Raumfähren mit Frauen hingeschickt werden. Freiwillige, und hübsche… hoffentlich. Ich…ich seh' sie schon vor mir, eine Prachtsladung von Busen und Hintern. Ha, Kumpel, am besten, du kommst gleich mit.“

„Brauchst gar nicht lange drum herum zu reden“, stöhnte Roger. Dann fasste er neuen Mut und winkte dem Kellner: „Monsieur, noch eine Runde!“

Der Pernod schmeckte immer besser, und als am späten Nachmittag das Lokal sich langsam zu füllen begann, hingen die Beiden Freunde nach wie vor an der Bar und tranken sich zu. Die Sicht war etwas verschwommen, und die Theke, an die sie sich klammerten, war auch nicht mehr so schlecht. Auf jeden Fall stand die Flasche gleich griffbereit vor ihnen, und der Kellner war eigentlich ganz nett. Gedämpftes Licht flackerte auf, und die Stimmen wurden immer lauter.

Roger überlegte hartnäckig, was das jetzt war, was dieser Mahud eigentlich ursprünglich wollte. - Ein eigenes Land? - Der musste verrückt sein, auf dem Mond gab's sicher genug davon. - Verrückte Basken, was wollten die dort oben? Dort war doch nichts als graue Wüste… Wasser gab's dort sicher nicht. - Pernod, das war's… Ja, noch zwei, aber schnell!

In dieser Nacht verfolgte ihn der Teufel wie nie zuvor. Der schwarze Satan winselte und heulte nach seiner verlorenen Insel. Er marterte den Betrunkenen mit Pech und Schwefel. Die Kreaturen sollten ewig leiden und büßen, für das Fürchterliche was geschehen war. Gnadenlos trieb er ihn durch die Hölle, jagte ihn in schwarze Schlünde, ohne Hoffnung auf Rettung. Die gequälten Sinne von Roger erlebten die ganze Tragödie noch einmal, nur noch schlimmer, noch teuflischer. Der tobende Vulkan schleuderte ihn hinunter, wo er von Feuer und Asche begraben wurde. Tief unten in einer Gruft lag er ausgeliefert, der Macht des Berges. Tonnenschwere Lavafelsen krachten auf ihn und nahmen ihm den letzten Atemzug. Der letzte Schrei galt der Verlorenen. „Xenia!“

Sein Schädel wollte explodieren. Grelles Licht, das war schlimmer als die Hölle. Es drang durch seine Lider wie feuriger

Stahl. Stöhnend drehte er sich zur Seite, um dem Hämmern im Kopf zu entkommen. Ein Blitz durchfuhr sein Hirn. Er lebte, aber wie…

Als er sich endlich aufraffte, war es Stunden später. Der Weg zum Bad war eine Reise zum Mond. Du bist immer noch völlig besoffen, hämmerte es in Rogers Kopf. Alkohol, nein, sein ganzes Leben lang wollte er keinen mehr anrühren. Wasser! Kaltes Wasser über den Kopf, das musste helfen. Ach, wie das hämmerte!

Roger streifte sich die Kleider über. Jeans, ein weißes Hemd und eine Jacke. Es waren geliehene Sachen, denn nach der Rettung hatte ja keiner mehr etwas Vernünftiges. Er brauchte dringend etwas Neues, aber zur Not ging's auch so. Wenn nur nicht dieses Pochen in seinen Schläfen wäre. Wie waren sie überhaupt auf die Schnapsidee gekommen, derart zu saufen? Mahud, der Kerl, nein, es war nicht dessen Schuld. Irgendwie war es wohl die Befreiung aus all dieser Not gewesen. In was für einem Zustand Mahud wohl war?

Mitten in diese Überlegungen hörte er ein Klopfen. Aha, da war er wohl. Roger riss die Tür auf.

„Mahud du…", begann er und hielt abrupt inne.

„Monsieur Roger Denaux?", erkundigte sich der Mann mit der Mütze in der Hand im Eingang. Er wartete die Antwort nicht ab, sondern fuhr weiter: „Monsieur, ihr Wagen steht unten bereit. Sie werden erwartet."

Roger zögerte. Sollte er zuerst noch nach Mahud sehen? Jetzt kam die Erinnerung. Der hatte ja bereits viel früher seinen Termin bei der Polizei. Eigentlich wollte er doch mit. Zu spät, er würde ihn halt am Abend aufsuchen. Sein Hirn war wie ausgelaugt. Wie konnte er das alles vergessen?

„Gut, ich komme sofort", versicherte der dem Chauffeur. „Bin in einer Minute unten."

Als er den Konferenzsaal betrat, wusste Roger sofort, wer nach ihm hatte rufen lassen. Die militärischen Abzeichen auf der Zeugenbank sprachen ein deutliches Zeichen. Dort saßen General Jenkinson und Admiral McGregor.

„Bitte nehmen Sie dort Platz, Monsieur Denaux", empfing ihn der Vorsitzende Justizminister sofort. „Sie gehören zwar keiner militärischen Einheit an, trotzdem hat Admiral McGregor uns gebeten,

Sie anzuhören. - Sie waren von Anfang an dabei, bei dieser Tragödie auf Lanzarote. Sicher muss ich Sie nicht belehren, dass Sie verpflichtet sind, uns die Wahrheit zu berichten. Fangen Sie einfach von vorne an und schildern Sie uns das Vorgefallene."

Etwas benommen begann Roger: „Es ist nicht ganz richtig, dass ich von Anfang an dabei war", korrigierte er. „Ich war ja noch auf dem Atalaya de Femés in unserer Messstation, als die ersten Beben begannen. Nachdem ich erfahren hatte, dass in den Jameos del Agua ein Konzert stattfinden sollte, eilte ich dorthin, um die Menschen dort zu warnen. Das war am Samstag, dem 23. Januar, um ca. 20:00 Uhr. Leider kam ich zu spät..."

Roger redete über eine Stunde, und während dieser Zeit wurde ihm die volle Tragweite der Tragödie erneut bewusst. Hunderte von Menschen waren einen fürchterlichen Tod gestorben, und nur eine Handvoll hatte überlebt. Seine Stimme wurde immer leiser, als er von den letzten Stunden auf dem schwarzen Strand berichtete, als plötzlich die unerwartete Rettung kam.

Im Saal war es still geworden, und selbst die hohen Offiziere brauchten einen Moment, um weiter zu machen. Es war General Jenkinson, der dann das Wort ergriff: „Ich danke Ihnen Denaux für ihren ausführlichen Bericht. Admiral McGregor hat mir schon von ihrem tapferen Verhalten berichtet.

Der Vorsitzende räusperte sich. „Ja, vielen Dank", sagte er. „Ich möchte nun aber zurückkommen, auf die Geschehnisse, welche dem Entscheid der Geologen folgten. Warum war plötzlich der Einsatz unserer Satelliten nicht möglich. Das deutet doch auf ein Versagen unseres kompletten Abwehrdispositives hin. Das kann doch nicht wahr sein!"

General Jenkinson bestätigte: „In der Tat, Sir, das darf nicht sein. Ich hatte Admiral McGregor mit der Koordination des Überwachungssatelliten OX15W und den militärischen Trägersatelliten beauftragt. Da ist dann etwas schief gelaufen."

„Admiral McGregor, bitte erklären Sie!", gebot der Vorsitzende.

McGregor erhob sich und sagte: „Tatsächlich ist etwas schief gelaufen. Im Nachhinein muss man sagen, glücklicherweise. Den Satelliten OX15W, unter dem Kommando von Major Merville, traf zu diesem Zeitpunkt ein Meteorit und beschädigte dessen Stabilisatoren. Er verlor vorübergehend seine geostationäre Position und war deshalb nicht in der Lage, den Trägersatelliten die notwendigen Koordinaten zu übermitteln. Wie wir alle wissen, mussten die nuklearen Sprengungen entlang dem Plattengraben deshalb verschoben werden."

„Das tönt alles sehr wissenschaftlich", warf der Vorsitzende ein. Gab es denn keine andere Möglichkeit?"

„Nein, Sir."

„Das ist ja unglaublich!", fuhr einer der beisitzenden Militärexperten dazwischen. „Sie erzählen uns hier, dass es keinen Plan B gab und auch Merville nichts machen konnte."

McGregor stand aufrecht aber bleich da. „Meine Herren, tatsächlich hatte Commander Merville selber ums Überleben zu kämpfen. Hätte er seine Kapsel nicht rechtzeitig auffangen können, wären er und sein Assistent jetzt irgendwo in der Weite des Weltalls verloren. - Außerdem gab uns dieser Umstand die Möglichkeit, die auf Lanzarote Eingeschlossenen zu retten. Durch den Befehl des Oberkommandos hätte man sie einfach so geopfert."

In den letzten Worten lag tatsächlich ein versteckter Vorwurf, aber das durfte man natürlich nicht zugeben.

Der Justizminister dachte angestrengt nach. „Admiral McGregor, ich frage Sie jetzt ganz offiziell: Sind Sie sicher, dass dem Befehl des Oberkommandos wirklich nicht gefolgt werden konnte? Waren wirklich alle Maßnahmen getroffen worden?"

Wenn jetzt der kleinste Zweifel an den Aktionen der Beteiligten entstand, dann waren sie geliefert. McGregor war aber Soldat genug, um Ruhe zu demonstrieren.

„Ja, Sir, wir hatten alles getan, was möglich war."

„Gut, lassen wir es dabei bewenden. Wir werden natürlich auch noch Commander Merville anhören müssen. - Kommen wir nun zu den Vorfällen während der Rettungsaktion. Es wurde protokolliert, dass die Eingeschlossenen nur mit größter Mühe gefunden werden konnten. Die Fregatte Farragora verlor dabei eine Drohne und auch ein U-Boot ist verschwunden. Wie sind diese Verluste zu erklären, McGregor?"

„Die Drohne wurde unvorhersehbar von Felsbrocken des ausbrechenden Vulkans Corona getroffen und stürzte ab. Der Einsatz
eines U1P führte dann aber zum Erfolg, die Eingeschlossenen konnten lokalisiert werden. Leider ist einer der bedauernswerten Menschen, ein Mr. Beneton, damit geflohen und muss aus naheliegenden Gründen als tot beklagt werden. Das U-Boot ist verloren.“

„Sie wollen mir also weis machen, man wäre ganz einfach mit
einem U-Boot zur Insel gefahren, hätte die Menschen in einer Höhle gefunden und hätte sie nach Hause gebracht?“

McGregor schüttelte den Kopf. „Nein Sir, so einfach war das
nicht. Die Eingeschlossenen fanden aus eigener Kraft einen Ausgang, und wir haben sie dann mit Schnellbooten der Farragora abgeholt.“

„Ja, die Farragora lag da immer noch vor Lanzarote. Warum eigentlich? Die hätte doch längst weg sein müssen, wenn dort Sprengungen geplant waren.“

„Die wussten nichts von den Sprengungen“, gestand McGregor.

„Das ist ja unerhört!“, rief der Vorsitzende. Man hätte die ganze
Mannschaft einfach geopfert.“

„Nein Sir, so war das nicht. Wir wussten ja, dass die Sprengungen nicht durchgeführt werden konnten. Es war also keine Notwendigkeit, die Farragora davon zu informieren und abzuziehen. Und
sie wurde ja für die Rettungsaktion noch gebraucht.“

„Admiral, machen Sie hier kein Katz- und Mausspiel. Was war
nun zuerst, der Sprengbefehl oder die Havarie des Satelliten?“

„Das kann ich nicht beurteilen“, sagte McGregor ruhig. „Ich
war weder in Brüssel noch oben im Satelliten. Es kann durchaus
sein, dass beides gleichzeitig geschah.“

„Na ja, lassen wir es dabei bleiben. Vielleicht bringen die Protokolle da noch etwas Licht ins Dunkel. - Danke Admiral.“

Der Vorsitzende schob seine Papiere zusammen und nickte den
Anwesenden zu. „Wir fahren morgens um acht Uhr weiter, mit einer nochmaligen Befragung der Geologen. Die Beurteilung einer
solch schwerwiegenden Situation ist doch sehr bedeutend und ungewöhnlich. Ich wünsche allerseits einen guten Abend.“

Auf dem Rückweg zum Hotel, der Transporter fuhr geräusch-
und hindernisfrei durch die Straßen, durchfuhr Roger der scheußli-

che Gedanke, dass wenn Admiral McGregor und Merville die Sache tatsächlich manipuliert hatten, dann Gnade ihnen Gott. Sie hatten dadurch eine der größten Katastrophen der Menschheit riskiert, und würden dafür in Teufels Küche kommen. Das Oberkommando würde so eine Befehlsverweigerung nicht tatenlos hinnehmen und die Schuldigen gnadenlos bestrafen. Dennoch, sie hatten das Richtige getan, die Katastrophe war nicht eingetreten, und viele, auch er selber, wurden gerettet. Er konnte nur hoffen, dass es beim heutigen Stand blieb und keine weiteren unbequemen Fakten hervor gezerrt wurden. Seiner Ansicht nach verdiente McGregor einen Orden. Er überlegte schon, ob er nicht nach Gibraltar fahren sollte, um dem General zu danken.

Dann aber konzentrierte er sich auf das Naheliegende. Was war mit Mahud geschehen. Zurück im Hotel erfuhr er, dass sein Gefährte am Morgen abgeholt und das Zimmer bezahlt wurde. Wohin, das wusste an der Reception natürlich niemand. Roger vermutete, dass er zum Commissariat de Police gebracht worden war. Seine telefonische Nachfrage ergab aber, dass der Mann nicht wie verlangt dort erschienen sei, und man nicht wisse, wo er sich zurzeit aufhalten würde. Eine Fahndung sei nicht angeordnet worden.

Ratlos und verlassen stand Roger da und wusste nicht was er tun sollte. Dieses fürchterliche Etablissement wollte er so schnell wie möglich verlassen. Aber wohin? - Xenia war verschwunden. Zurück nach Lanzarote konnte er nicht, das lag in Schutt und Asche. Nach Toulouse, zu Maria? Mein Gott, diese Beziehung lag doch genauso in Trümmern. Mahud, den Basken, den hatte er genauso verloren, wer wusste, was mit dem geschah. - Also, jetzt, wie weiter? - Ein schwacher Gedanke breitete sich in seinem müden Kopf aus und nagte beharrlich an dem überlasteten Gehirn. Am vorherigen Abend waren die Sprüche immer salopper geworden. Er hörte Mahud ergeben lallen: „Die Versager, so wie ich einer bin, werden alle in die Wüste oder auf den Mond geschickt." - Ha, wenn's so einfach wäre, aber… Ja, natürlich, das war's doch. Roger stöhnte. Jetzt wusste er genau was zu tun war.

Kapitel 30

Die Hauptstadt lag schon seit zwei Stunden hinter ihm, und nach wie vor erstreckte sich das Asphaltband einsam schnurrgerade vor ihm aus. Bis Atar würde er noch einmal gut drei Stunden brauchen. Am besten, dort übernachtete er.

Nach seiner Ankunft in Nouakchott hatte er sich, trotz des langen Fluges, sofort einen Transporter gemietet und war losgefahren. Leider waren in diesem Land noch keine Fahrleitsysteme, wie sie in Europa schon überall üblich waren, eingeführt, so dass er selber steuern musste. Das, obwohl eigentlich die kilometerlangen, geraden Strecken in diesem afrikanischen Land geradezu dafür wie geschaffen wären.

Während dem Flug waren ihm erhebliche Zweifel gekommen, ob er sich da nicht in etwas verrannt hatte, in etwas das nichts bringen würde. Wie war er überhaupt auf die Idee gekommen, dass er Xenia hier in der tiefsten Wüste von Mauretanien finden könnte. Er erinnerte sich schon, an dieses Geschwätz von Mahud über die Wüste und den Mond. - Aber, so im Suff schien das durchaus logisch. Roger grinste vor sich hin und schlug mit der Faust auf die Lehne, so dass die Flugbegleiterin erschrocken innehielt. Beschwichtigend winkte er ab, worauf sie ihm ein strahlendes Lächeln schenkte. Ja, die schlanken Frauen der Mauren waren Schönheiten, aber nicht zu vergleichen mit Xenia. Erneut durchfuhr ihn der glühende Wunsch, sie zu finden und endlich in seine Arme zu schließen. Ohne diese Frau war das Leben nichts. Er verstand überhaupt nicht, wie er vorher all die Monate durchgestanden hatte. Maria war doch kein Ersatz, zum Teufel.

Xenias Mutter lebte in Afrika, das wusste er ja schon, aber wo, das musste er mühsam erfragen. Die Behörden der ESAX schwiegen beharrlich. Sie durften private Adressen grundsätzlich nicht herausgeben, das wegen dem verfluchten, weltweiten Datenschutzgesetz. Wie wenn das etwas nützen würde, bei all den Angriffen auf die Netzwerke. Er hatte sich schon überlegt, ob er nicht einen Hacker aufsuchen sollte. Die waren ja bereits eine professionelle Zunft für sich und verfügten mittlerweile über eine Macht, die besorgniserregend war. Der zweite Gedanke schien ihm aber weit besser. Er wollte Admiral McGregor fragen, musste aber erfahren, dass dieser bereits nach Gibraltar abgereist sei. Er rief ihn also dort an und vereinbarte ein Treffen.

McGregor empfing ihn wie einen verlorenen Sohn und freute sich am Lob über die Rettungsaktion. Freimütig erzählte er, dass er in den Stützpunkt zurückgekehrt sei, um nach dem verschollenen U-Boot zu suchen. Bisher aber leider ohne Erfolg. Er machte kein Hehl daraus, dass er, einen Zivilisten, der ein U-Boot entführte, für ziemlich beschränkt hielt, und dass eigentlich ein Auffinden kaum erwartet werden konnte.

McGregor wurde aber sofort zurückhaltend, als es darum ging, den Aufenthaltsort von Xenia Fatiga anzugeben. Nach einigem Hin und Her und verschiedenen vertraulichen Telefonaten rückte der Admiral aber doch mit der Information heraus, dass Xenia um längeren Urlaub gebeten habe und sich angeblich zu ihrer Mutter in Mauretanien begeben habe. Es brauchte dann nochmals einige Rückfragen, bis Roger endlich den Zettel mit der Adresse in der Hand hielt. Mambo Fatiga, Chinguetti, Provinz Adrar, Mauretanien, las er da mit Mühe, und Oase El Qadir, 3 km West. Wenn das nicht eine Ortsbezeichnung war, aber er würde das Haus der Mama Fatiga finden, das schwor er sich.

„Roger“, sagte McGregor dann eindringlich, „es ist sehr ungewöhnlich, dass wir solch delikate Angaben weiter geben. Sie verstehen, dass ich Sie bitten muss, alles vertraulich zu behandeln und keinem Dritten die Herkunft zu nennen.“

Da will einer erneut seine Haut retten, folgerte Roger innerlich schmunzelnd und versprach Verschwiegenheit für immer. Voller Dankbarkeit verließ er den Stützpunkt und begab sich auf schnellstem Wege zum Flugplatz von Gibraltar, wo er mit einer Militärmaschine nach Süden fliegen konnte. Der Admiral hatte Wort gehalten und den Flug angemeldet.

Der Transporter fraß Kilometer um Kilometer durch eine Landschaft, die nicht urtümlicher sein könnte. Braune Flächen und grau spiegelnde Wüste in der Ferne, eine Weite, welche die Größe dieses Landes erahnen ließen. Vereinzelt breiteten sich Geröllwüsten aus, und manchmal schimmerten sanfte Dünen unter dem gleißenden Himmel. Die Straße war leer, kein anderes Fahrzeug war unterwegs, trotzdem musste Roger höllisch aufpassen, dass er nicht unversehens in eine Sandwehe fuhr. Der Wind schien den Sand wie einen sanften Schleier über das Land zu breiten. Roger konnte sich vorstellen, dass bei einem Sturm die Körner wie Nadeln auf die Haut prallen und Mund, Nase und Ohren verstopfen würden. Niemand wünschte sich hier eine Panne. Deshalb war Roger froh, um das, doch im guten Zustand befindliche, Asphaltband. Er kam gut voran und erreichte gegen Abend sicher, aber müde, den Ort Atar, wo sich die Straßen trennen. Die Nationalstraße N1, welch stolze Bezeichnung für das schmale Asphaltband, führte weiter nach Norden zu den großen Eisenbergwerken. Dort begleitete es kilometerlange Güterzüge mit ihren einheitlichen Loren.

Rogers Weg zweigte aber unmittelbar nach dem Ortsausgang ab und führte schnurrgerade nach Osten, den fernen bizarren Felsformationen zu. Hundert Meter weiter hörte die Asphaltstraße auf und mündete in eine ausgefahrene staubige Piste.

Bei Sonnenaufgang war der Wirt der Herberge mit zwei Kanistern Wasser aufgetaucht und hatte ihm dringend empfohlen, gegen ein kleines Entgelt, seinen Neffen Rasin als Begleitung mitzunehmen. Früher wären hier die Karawanen aufgebrochen und wären mit ihren Kamelen zur Hochebene gezogen. Der vierradgetriebene Transporter würde aber die Piste problemlos schaffen. Insh-Allah! Dennoch war Roger über die Begleitung des Jungen froh. Im schlimmsten Fall hätte er jemanden mit lokalen Kenntnissen dabei und würde sich nicht verirren. Ein nochmaliges katastrophales Abenteuer wäre einfach zu viel. Noch steckten ihm die schrecklichen Tage auf Lanzarote tief in den Knochen. Was er allerdings nicht verstehen konnte, warum lebte Xenias Mutter in so einer Einöde und mit ihr nun auch die Tochter. Was nur war an dieser gottverlassenen Wüste dran?

Während das Fahrzeug mühsam über die staubige Piste holperte, saß der Junge schweigend auf dem Nebensitz. Eine Unterhaltung war unmöglich. Roger sprach kein Wort Arabisch, und Rasin schien außer ‚Mister‘ über keine weiteren Sprachkenntnisse zu verfügen. Trotzdem war die Fahrt ein Abenteuer. Anfänglich behaupteten sich links und rechts noch ein paar struppige Büsche, bald aber lagen nur noch Steine und Geröll im Sand. Von den nahen Abhängen wehte ein heißer Wind und zwang sie, die Fenster geschlossen zu halten. Je näher die Hügel kamen, umso schroffer wurde die Landschaft, und als sie in ein trockenes Wadi hineinfuhren, ragten auf beiden Seiten die Wände steil auf. Die Piste plagte sich weiter hinauf und wand sich in ein paar Kehren in die Höhe. Erstaunlicherweise war die Straße in den Kurven asphaltiert, wohl um den wenigen durchfahrenden Lastwagen einen besseren Halt zu bieten. Niemand begegnete ihnen, und als sie nach drei Stunden zur Abzweigung in Richtung Chinguetti kamen, hatten sie die Höhe erreicht und fuhren zügig ihrem Ziel zu.

Gleich bei den ersten Gebäuden war eine Tankstelle. Zwei Säulen, eine für Diesel, die andere für Benzin. Roger hielt dicht dabei. Fahrzeuge waren keine zu sehen, und Roger fragte sich beklommen, ob da wohl überhaupt jemand sei. Er hatte gehofft, hier weitere Hinweise zum Wohnort von Mama Fatima zu bekommen.

Kaum hatte er angehalten, sprang Rasin aus dem Wagen und verschwand um das Gebäude. Ha, das war’s dann wohl, fluchte Roger schon vor sich hin, aber dann erschien der Junge in Begleitung eines großen Mannes wieder. Der graue Kaftan wehte flatternd im Wind, und den Zipfel des traditionellen Turbans hatte der Mann vor das Gesicht gezogen. Als er den Fremden sah, lies er das Tuch sinken und kam zum Wagen.

„Salem aleikum!“, begrüßte er den Ankömmling.

„Aleikum essalem!", antwortete Roger. Die einzigen arabischen Worte, die er kannte. Er kramte den Zettel hervor und reichte ihn dem Mann.

Lange studierte der Araber das Geschriebene, bis er plötzlich strahlte und in fürchterlichem Französisch rief: „Ah, Mambo, je la connais!"

„Wo denn?", fragte Roger ungeduldig, wohl wissend, dass der Mann ihn überhaupt nicht verstand.

Die darauf folgenden Erklärungen waren ein einziger Wortschwall mit wilden Gesten, dem Rasin interessiert zuhörte. Endlich ließ der Mann die Arme sinken und blickte fragend in die Runde. Mit der Hoffnung, dass Rasin nun den Weg wisse, bedeutete Roger dem ratlosen Mann, dass er den Wagen hier stehen lassen möchte. Es war offensichtlich, von da an ging's nur noch zu Fuß weiter. Rasin winkte und ging voran. Nach ein paar hundert Metern erreichten sie den alten Teil der Ortschaft. Dort ragte ein viereckiger Turm, aus getrockneten Ziegeln und grob gehauenen Steinen, über die alten Mauern. Offensichtlich war das die Moschee, mit einem ungewöhnlichen, eckigen Minarett. Links folgte nun ein Trampelpfad entlang einer trockenen Rinne und führte die Beiden in die Wüste hinaus. Bald hörte jegliche Vegetation auf, und sie wanderten entlang von sanften Dünen.

Roger blieb verunsichert stehen, aber Rasin winkte und eilte voraus. Sie schienen einem alten ausgetrockneten Bachbett zu folgen. Rechts, die niederen Dünen wogten auf und ab, wie Wellen auf einem sanften Meer. Plötzlich gewahrte Roger eine Gestalt dazwischen. Die schlanke Figur im hellgelben Kaftan leuchtete wie eine goldene Statue gegen den Himmel. Entgegen der Tradition trug sie kein Kopftuch, so dass das schwarze Haar leicht im Winde wehte und teilweise ihr Gesicht verhüllte. Als er näher kam, machte sein Herz einen Sprung. Sie musste es sein. Ja, sie war es, er hatte sie gefunden, seine Xenia.

Nun kam sie ihnen entgegen, ohne Hast und Eile, dann stand sie vor ihm, wie wenn jede Sekunde kostbar wäre. Auch sie hatte ihn erkannt. „Roger! Endlich..."

Es war kein stürmisches Aufeinanderprallen einer explodierenden Leidenschaft. Das käme der Stille und Würde der Wüste nicht gerecht. Nein, sie berührten sich zaghaft, fast schüchtern an den Händen. Die Liebe leuchtete aus ihren Augen, und kein Laut, keine Stimme, keine hastige Bewegung konnte diesen Moment verderben. Ihre Sinne, voller Sehnsucht und Erkennen, verschmolzen zu einer einzigen inneren Zusammengehörigkeit. „Nun bin ich bei dir für immer.“

Die letzten Worte flüsterte Roger, als er auf die Knie sank, den heißen, weichen Sand spürte und wusste, er war angekommen. Xenia beugte sich zu ihm, strich sanft über seine Wange und sagte mit fester Stimme: „Ja, so soll es sein. Ich heiße dich willkommen mein Mann.“

Sie zog ihn hoch und fuhr fort: „Komm, wir wollen meine Mutter begrüßen. Sie wartet schon.“

Kurze Zeit danach empfing sie Mama Fatiga in ihrem Haus am Rande der Dünen. Sie saß auf Kissen im hinteren Teil des Raumes und schien zu meditieren. Ein leichter Geruch von Kräutern und Weihrauch hing in der Luft. Der Raum war dunkel, aber das erschien den Ankömmlingen so, weil sie aus dem grellen Sonnenlicht eintraten.

„Kommt, setzt euch zu mir!“, murmelte die alte Frau. „Ich will diesen Mann kennenlernen, welcher so viel Aufregung verursacht. Komm her, neben mich.“

Roger sank auf die Kissen und fühlte, wie eine Ruhe in ihm einkehrte, eine Ruhe, welche all die Strapazen der Reise vergessen ließ, und ihn in dieser bescheidenen Umgebung willkommen hieß.

„Madam“, begann er. „Ich danke ihnen für den gütigen Empfang. Ich bin glücklich, Xenia endlich gefunden zu haben.“

„Nur langsam, junger Mann“, erwiderte Mama Fatiga. Wir haben einiges zu besprechen und zu klären. - Xenia, Liebes, bitte bring uns den Tee.“

Während Xenia aufstand und mit Gläsern hantierte, dachte Roger, ob jetzt die Mutter wieder davon anfangen wollte...

„Ich werde alles tun, um Xenia glücklich zu machen...“, begann er deshalb, wurde aber unterbrochen.

„Roger, jetzt trink erst mal deinen Tee“, sagte die Frau und schwieg.

Der einzige Raum in diesem einsamen Haus erschien Roger plötzlich eng zu werden. Jetzt, wo seine Augen sich an die Düsternis gewöhnt hatten, bemerkte er die Regale an der Wand, vollgepackt mit Gläsern, Beuteln und allerlei Utensilien. Von der Decke hingen zottige Büschel von getrockneten Gräsern oder Pflanzen. Unter den Kissen, auf denen sie saßen, breiteten sich dicke Matten und Teppiche auf dem Lehmboden aus. Das Ganze kam Roger vor, als wäre er in einem verwunschenen Zeitalter der Zauberer und Hexen gelandet. - Hexen! Ja hatte diese Alte vielleicht wieder so ein Höllending bereit, eine verfluchte Nadel, mit der man Puppen durchlöcherte. - Nein, diesmal würde er sich nicht so einschüchtern lassen, das war doch alles Schamanen- und Voodoozeug. Nein, diesmal nicht.

„Roger, was ist mit deinem Begleiter?", fragte Mama Fatiga unverhofft. „Der wartet draußen."

Roger sprang auf. „Du meine Güte, den hätte ich glatt vergessen. - Kann er irgendwo hier im Dorf unterkommen?"

Xenia wusste es besser. „Wir schicken ihn zurück zur Tankstelle, dort findet er sicher einen Transport zurück nach Atar."

„Ja, aber mein Transporter steht auch noch dort", überlegte Roger. „Irgendwann muss der auch wieder zurück nach Nouakchott."

„Keine Sorge, Liebling, wir lassen ihn dort stehen. Die Leute hier sind geduldig und ehrlich, und den Mann an der Tankstelle, den kennen wir."

Die Worte erwärmten sein Herz. Sie nannte ihn Liebling. Ja, ja, ja, sie gehörten endgültig zusammen. Niemand sollte sie je wieder trennen. - Die Mutter…?

Mambo Fatiga hatte aber ihre Pläne. Gegen Abend, die Sonne stand schon tief im Westen und warf goldene Strahlen durch den Eingang, erhob sie sich und verließ das Haus ohne weitere Worte.

„Was…?", begann Roger, aber Xenia hielt ihn zurück.

„Bleib bei mir", flüsterte sie.

„Xenia…"

Die Strahlen der untergehenden Sonne umfingen die schlanke Gestalt auf dem Kissen und tauchten sie in einen himmlisch leuchtenden goldenen Schimmer. Einer Göttin gleich lag die Frau da und streckte ihm die Arme entgegen.

„Komm zu mir, Liebling!", hauchte sie, „Mambo bleibt oft stundenlang weg. Wir sind allein..."

Eine sengende Glut wallte durch seine Adern. Allein, nein, er fühlte sich überhaupt nicht allein, sondern wähnte sich mitten in einem gleißenden Universum, einer endlosen, weiten Wüste, umgeben von Geistern, die ihm zuflüsterten, dass diese Göttin sein werde für immer und in alle Ewigkeit. Staunende Ungläubigkeit kämpfte mit der Lust auf Erfüllung. - Ja, hatte er sie verdient? War er wirklich für sie bestimmt oder war das Ganze ein nur Traum? Xenia war schon früher in seinen Armen gelegen, aber nun erschien ihm der Moment wie eine Wiedergeburt, ein Anbeginn aller Liebe.

Xenia wand sich aus den einfachen Stoffen, so dass ihre samte Haut golden aufleuchtete. Sie war so wunderschön, dass Roger auf die Knie fiel und seine Hände sanft liebkosend über den herrlichen Körper wanderten. Ein kehliger leiser Laut entwich ihren Lippen, als er die Brüste berührte und er sich über sie beugte zum leidenschaftlichen Kuss.

„Xenia", stöhnte er und küsste sie wilder.

„Xenia, ich brenne von Liebe..."

Als Antwort riss sie heftig an seinen Kleidern und bäumte sich auf. „Roger, bitte nimm mich und bleibe für immer bei mir."

Roger entledigte sich endgültig seiner Kleider und umfasste die herrliche Gestalt mit beiden Händen. Sie verschmolzen ineinander, und die Umwelt versank im Rausch der Lust. Egal wo sie waren, wann es geschah, oder wie, nur das Eine zählte, sie waren vereint in ihrer unendlichen Liebe.

Mittlerweile war die Sonne untergegangen, und die Nacht legte schützend ihre Decke über die Beiden. Nach geraumer Zeit löste sich Roger von seiner Geliebten, schlüpfte in die Hose und trat durch die Tür ins Freie. Die kühle Nacht empfing ihn. Das unendliche Gewölbe des funkelnden Sternenhimmels raubte ihm den Atem. Im schwachen Licht verloren sich dunkle Schatten und Konturen in der Weite der Landschaft vor dem Haus. Unbekannte Laute verkündeten von einem Leben dort draußen, welches selbst in der Nacht nicht zum Stillstand kam. Es war vielmehr wie wenn es jetzt erst richtig erwachen sollte. Ein Rascheln, Zirpen, Piepsen, Flüstern und Raunen, und in der Ferne, ein kurzes Heulen oder Bellen ließen die angebrochene Nacht lebendig werden. Roger traute sich kaum einen Schritt weiter. Was wusste er schon über die Wüste, was für welche Tiere sich da draußen versteckten oder tummelten, harmlose, giftige oder gefährliche. Er erinnerte sich an Skorpione, Schlangen und Spinnen. Wie sollte er wissen, was da alles lebte. Dennoch war es faszinierend, eine andere, völlig neue Welt. Er begann zu erahnen, was die Menschen hier bewog, in dieser Wüste auszuharren und ein karges Leben zu führen. Sie waren dem Sinn des Daseins einfach ein Stück näher, als diejenigen, die in den modernen Städten mit den neuesten Errungenschaften von Termin zu Termin rannten und keine Ruhe fanden. Trotz der vielen, wohl eher harmlosen Geräusche herrschte hier eine tiefe demütige Stille, die den Weg in die offene Seele fand.

Lange blickte Roger staunend hinaus, bis ihn plötzlich zwei sanfte Arme von hinten umschlossen, und ein Kopf sich an seine Schulter schmiegte. Xenia war lautlos hinter ihn getreten und teilte jetzt diese grenzenlose Erfahrung mit ihm.

„Ist das nicht wunderbar", flüsterte sie in sein Ohr. „Dieses Leben in der Wüste. Eigentlich ist es auch ein fortwährender Kampf, aber auch ein pulsieren der Herzen, so wie unsere Liebe.

Er drehte sich zu ihr und nahm sie in die Arme. „Mein Gott", murmelte er. „Wie ich dich liebe."

Kapitel 31

Mambo Fatiga war irgendwann in der Nacht zurückgekehrt, aber die beiden Schlafenden hatten nur ein paar nicht einzuordnende Geräusche vernommen und waren sofort wieder in ihre Traumwelt zurück gesunken.

Kurz vor Sonnenaufgang, die ersten zaghaften hellen Schimmer erschienen am Horizont, wurden sie durch Lärm und Gebrüll geweckt. Erschrocken schoss Roger hoch, wurde aber von Xenia rasch wieder beruhigt. „Das sind nur Kamele", murmelte sie und sank wieder in die Kissen.

Roger fand aber nicht mehr zurück in den Schlaf. Er stand auf und trat vor das Haus. Es war bitterkalt. Erstaunt erblickte er das emsige Treiben. Etwa zehn Kamele brüllten um die Wette, und mehrere vermummte unbekannte Männer waren eifrig mit Sätteln, Zelten, Taschen und Wasserbehältern beschäftigt. Die ungewohnten Laute der Tiere gingen Roger durch Mark und Bein, und das emsige Treiben machte ihn nervös.

Plötzlich stand Mama Fatiga neben ihm. Er hätte sie beinahe mit den Männern verwechselt. Sie war in einen weiten traditionellen Überwurf gekleidet, mit dem unabkömmlichen Gesichtstuch. Ihre Stimme klang rau: „Wir werden in einer Stunde aufbrechen."

Nun war auch Xenia vor das Haus getreten. Sie schien bereits zu wissen, um was es hier ging. Sie bedeutete Roger, ihr zurück ins Haus zu folgen. Dort lagen bereits Kleider und Ausrüstung bereit.

„Was soll das alles?", fragte Roger verwirrt.

„Wir machen eine kurze Reise", kam die Antwort von der Türe her. „Macht euch bereit. Wir wollen die kühlen Morgenstunden nutzen."

„Mutter", sagte Xenia. „Willst du Roger nicht erst erklären, was du vorhast?"

„Wir werden zehn Tage in der Wüste verbringen und das „Guelb er Richat" besuchen, das Auge der Welt. Dort wird die Entscheidung über eure Zukunft fallen. Auch Elenora war dort und fand ihr Licht."

„Elenora? - Das Guelb… wie denn noch? - Wer oder was ist denn das?", wunderte sich Roger.

„Eh, ja, ich erklär dir alles heute Abend", sagte Xenia. „Wir müssen los, die Führer warten schon."

Es dauerte eine ganze Weile, bis die Gruppe abmarschbereit war. Das Aufsteigen und der unbequeme Sattel bereiteten Roger einige Mühe. Dann aber bewegte sich die kleine Karawane ins offene Gelände hinaus. Die Kamele waren jetzt ruhig, und ihr leiser schwankender Gang passte genau in die wie schläfrig wirkende Landschaft. Vorne ging einer der Führer und wies den Weg. Sie hielten sich nordostwärts, soweit konnte sich Roger orientieren, aber bald hatte er jegliches Gefühl für Ort und Richtung verloren. Wie ein paar unscheinbare Sandkörner, vermischte sich die Gruppe mit dem Gelände voller Steine, Sand und einzelnen Felsen. Die beiden Frauen saßen auf den Kamelen weiter vorn und schienen mit dem Trott der Tiere völlig vertraut, während Roger sich schon nach zwei Stunden wünsche, er könnte absteigen und zu Fuß weitergehen. Gesäß und Beine schmerzten bald fürchterlich, und er musste sich zusammennehmen, um nicht dieses ganze Unternehmen zu verfluchen und auf Rückkehr zu pochen.

Irgendwann, nach Stunden, waren aber seine Glieder völlig taub und unempfindlich. Er staunte über seine Weggefährten, die scheinbar unbelastet und bequem ritten oder zu Fuß marschierten. Niemand sprach ein Wort, und es schien, dass der Mensch in dieser

Einöde tatsächlich nichts zu sagen hatte. Roger biss die Zähne zusammen, bis nach Stunden der erste Halt gemacht wurde. Er rutschte unbeholfen vom Kamelrücken und wäre beinahe stöhnend zusammengeklappt. Dank der Hilfe eines Führers, schaffte er es aber doch auf den Beinen zu bleiben. Er trank einen Schluck Wasser und humpelte ein paar Schritte.

Xenia kam zu ihm und tröstete ihn. „Tut mir leid, Roger. Es war mir nicht bewusst, dass du ja noch nie geritten bist. Es sind nur noch zwei Stunden, dann bauen wir das Lager auf. Morgen ist es dann nicht mehr so weit, bis zum Auge."

„Himmel, Xenia, ich weiß nicht einmal, was das mit diesem Auge soll, und ob ich überhaupt da hin will."

„Beruhige dich Liebster", antwortete sie über das Mundtuch hinweg. „Mama weiß was sie will."

„Ja, ja, Mama, und du?" Er war müde, und die Knochen schmerzten. „Was willst denn du hier? Haben wir nicht genug gelitten auf dieser Scheißinsel Lanzarote? Wieso tun wir uns das hier jetzt auch noch an?"

„Ich möchte meiner Mutter einmal, ein einziges Mal, zuhören", sagte Xenia leise. „Wenigstens einmal will ich ihre Art verstehen und nicht einfach alles ablehnen. Ich glaube doch dieses ganze Zeug von Geistern und Voodoo auch nicht, aber einmal möchte ich verstehen, was sie meint. Sie will ja nichts Schlechtes, - auch für dich nicht."

„Na ja, da weiß ich aber etwas anderes", brummte er.

„Hör' auf damit, das ist vorbei. Merkst du denn nicht, dass wir jetzt genau mitten in einer Prüfung stecken? Wir sollten nicht gleich aneinander geraten und aufgeben."

„Natürlich nicht", lenkte Roger ein. „Es tut mir leid, ich bin einfach fertig…"

„Weißt du was, ich werde die Führer bitten, hier das Lager aufzubauen. Mama wird nichts dagegen haben. In der Wüste ist Eile sowieso ein schlechter Ratgeber. Wir bleiben hier und ruhen uns aus."

Der Platz war so gut wie jeder andere. Am Rande einer niedrigen Sanddüne errichteten sie das Lager. Keiner der Führer machte Bemerkungen oder verurteilte den frühzeitigen Abbruch der Reise.

Ohne großes Aufhebens wurden die Kamele angepflockt und die Zelte errichtet. Da die Sonne noch hoch stand, ließen sich alle im Schatten eines aufgespannten Segels nieder. Einer kochte auf einem Gaskocher Tee und verteilte ihn an die Gruppe. Während die Männer leise tuschelten, saßen die beiden Frauen und Roger still etwas abseits.

Endlich brach Mama Fatiga das Schweigen. „Wir werden morgen den Rand des Auges erreichen", sagte sie. Da war kein Vorwurf oder gar Ärger ob dem abrupten Halt in ihrer Stimme. „Es wird Zeit, euch zu erklären, was wir dort suchen."

Roger beugte sich vor und wollte etwas einwenden, aber Xenia hielt ihn sanft zurück.

„Ja, es geht um euch beide", fuhr die alte Frau fort. „Diese Welt, eine weit fortgeschrittene Zivilisation, wie ihr wisst, wirft mehr Fragen auf als sie beantwortet. Die Menschen haben alles erreicht, so glauben sie wenigstens. Sie fliegen zum Mond, ins All, Satelliten werden bemannt. - Du Xenia warst ja selber dort oben. Sie glauben alles zu kontrollieren, zu wissen und zu verbessern. Aus den unterschiedlichsten Völkern glaubte man eine herrliche Einheitswelt gestalten zu können, eine, die für alle Gerechtigkeit bringen sollte. Man glaubte, wenn alles einheitlich geregelt werde, dann hätte man die Glückseligkeit erreicht. Aber ist es denn wirklich gut, wenn Mann und Frau gleich sind, wenn die Kinder staatlich gezeugt, geboren und erzogen werden, wenn die maximale Lebensdauer programmiert wird, und wenn man Gene von Mensch, Tier und Pflanzen manipuliert? Der Mensch hat verlernt, die Wunder dieses Daseins zu sehen und zu akzeptieren. Er meint alles selber zu erschaffen, als wäre er Gott."

Mambo Fatiga atmete schwer, fuhr aber unbeirrt fort: „So funktioniert dies Welt aber nicht. Ihr habt selber erfahren, wie plötzlich alles zusammenbricht, die Erde sich aufbäumt und Feuer und Asche speit. Lanzarote war ein Beispiel der Ohnmächtigkeit der Menschen. Geister und Teufel haben sich daran gelabt und gefreut. Die schwachen Opfer wurden auf einmal Bittsteller um ihr Leben. Viele sind verloren gegangen, und nur wenigen war die Rettung gewährt. Ihr beide wart dabei und habt in den Abgrund der Seelen geschaut. Ich hoffe, diese Lehre ist in eure Herzen eingedrungen und hat euch offen gemacht, für das Wichtige des Lebens. Diese Einsicht wird sich euch beiden morgen, im Zentrum des Auges dieser Welt, offenbaren. Das ist mein Wunsch, und deshalb sind wir hier."

Roger war sprachlos und betrachtete die alte Frau betreten. Nie hätte er so eine Weisheit und Weitsicht erwartet. Ihm selber waren öfter Zweifel, ob dieser Entwicklung der Menschheit, gekommen. Aber sie wurden eigentlich immer im Keime erstickt, denn es war nun einmal so, und damit musste man eben leben. Was die Alte da erzählte, dass grenzte an Weltrevolution, an eine Abkehr von allen Errungenschaften der Technik und Wissenschaft, von moderner Medizin und von gelenktem Ethikverstehen.

Wie wenn Mambo Fatiga seine Gedanken erraten hätte, brach es aus ihr heraus: „Ja, es ist eine schier unmögliche Aufgabe. Das habe ich auch zu Elenora gesagt."

„Elenora?", fragte Roger.

„Ich hab' dir gesagt, ich erklär dir alles heute Abend", sagte Xenia schnell.

„Ist schon gut, meine Liebe", fuhr Mama Fatiga weiter. „Elenora war nach ihrer Wahl zur Präsidentin hier…"

„Das ist doch Quatsch, es gibt keine Präsidentin mehr. Das oberste Gremium ist das Weltoberkommando", warf Roger unwirsch ein. „Alles ist streng demokratisch geregelt."

Xenia schüttelte den Kopf. „Das ist auch so", sagte sie. „In der Tat ist auch die Präsidentin demokratisch von der ganzen Erdbevölkerung gewählt. - Nur weiß niemand davon, da die Wahl auf geheimen Sinnesermittlungen beruht. Jeder Erdenbürger hat also eine Stimme."

„Das ist ja irre!", rief Roger. „Dann habe ich auch abgestimmt?"

„Ja natürlich", lächelte Xenia", „und ich bin eine Mitarbeiterin von Elenora."

„Du bist was?"

„Ja, ich arbeite als Agentin für das Büro der Präsidentin", erklärte Xenia. - Dann fügte sie zaghaft hinzu: „Noch bin ich es, aber ich weiß nicht, wie es weitergehen soll…"

Mambo Fatiga meinte nachdenklich: „Ein Grund mehr, um morgen eine Entscheidung zu finden. - Elenora hat auf jeden Fall dort im Auge ihren Weg gefunden. Sie ist eine wunderbare Frau und leitet die Geschicke der Welt sachte in die richtige Richtung. Leider gelingt ihr das auch nicht immer, aber einfach aufgeben, ist nicht der richtige Weg. Diese Erkenntnis kommt spät, aber es wird uns keine andere Wahl bleiben."

In dieser Nacht fanden sie wenig Ruhe. Sie waren beide todmüde, aber trotzdem hellwach. In Rogers Kopf geisterte der Name Elenora herum, wie ein Karussell, und auf einem der kreisenden Pferdchen ritte Xenia. Wie kam es, dass sie überhaupt darauf aufgesprungen war? Was wollte sie dort erreichen?

Xenia versuchte zu erklären. „Elenora sah den Wahnsinn der machtgierigen Elite, welche immer weiter wuchs und zu überborden drohte. Unter dem Deckmantel einer Demokratie wurden immer mehr Gremien, Kommissionen und Ausschüsse ernannt, die in gigantischen Organisationen, Foren und Kongressen sich tummelten und eigentlich weder für die Bevölkerung, noch für die Menschenrechte oder die Freiheit etwas erreichten. Vielmehr entstanden Entscheidungen, welche die Welt an den Abgrund brachten, so wie die, über die Sprengungen zur Stabilisierung der Erdplatten. Elenora ist der unsichtbare Gegenpol im Auftrag der Menschen, und da wollte ich mithelfen."

„Aber du konntest ja nur ein paar Wenige retten und schon gar nicht die Welt", warf Roger ein.

„Das ist genau der springende Punkt", ereiferte sich Xenia. „Nicht machtbesessen und möglichst in aller Öffentlichkeit, so weitgreifend wie nur möglich, sondern demütig für jeden Einzelnen da zu sein, das sollte unsere Politik sein. - Das hatte auch die Gesinnungsermittlung der Weltbevölkerung damals klar ergeben."

„Wau!", staunte Roger. „Was für eine edle Aufgabe. - Wirst du jetzt weiter machen?"

„Das weiß ich noch nicht", antwortete Xenia unsicher. „Ich denke, das hängt von uns Beiden ab. Ich habe vorerst einen unbefristeten Urlaub. Wir werden darüber reden müssen. - Was unternimmst denn du in Zukunft?"

Diese Frage beschäftigte Roger schon geraume Zeit. Seine Aufgabe als Geologe auf Lanzarote war wohl beendet. Wie also weiter?

„Würdest du denn mit mir kommen, wenn ich etwas Neues beginne?"

„Ja, Liebster, Ich möchte bei dir bleiben, und wenn ich richtig überlege, ist meine Aufgabe damit ja auch beendet. Elenora wird es zwar bedauern, aber sie wird es verstehen.“

„Ich habe mir Gedanken gemacht…“, begann Roger.

„Was denn?“, fragte Xenia lächelnd. „Ja, ich komme mit dir, wohin auch immer. - Sogar zum Mond…“

Nun lachte auch Roger. „Nein, nein, so dramatisch wird's wohl kaum. - Soviel ich erfahren konnte, steht das Observatorium auf dem Atalaya noch und ich möchte herausfinden, was aus Juan geworden ist.“

„Du möchtest die seismischen Überwachungen, dort auf Lanzarote, wieder aufnehmen“, staunte Xenia. „Und ich soll mitkommen. Auah, das ist ja noch schlimmer als der Mond.“

„Kann schon sein, aber es wäre ein Anfang für uns.“

Bis tief in die Nacht hinein flüsterten und debattierten sie über eine ungewisse Zukunft. Die Insel war praktisch zerstört, aber selbst aus den kahlsten, verbranntesten Abhängen würde irgendwann in hunderten von Jahren wieder Leben sprießen. Sie würden daran teilhaben, wenn auch ihre Zeit bemessen bliebe.

In den letzten Stunden der Nacht kuschelte sich Xenia an ihren Liebsten und flüsterte: „Schlaf schon, mein Geliebter, ich werde immer bei dir bleiben…“

Kapitel 32

Die „Guelb er Richat" ist eine riesige, im Durchmesser vierzig Kilometer messende, Kreisformation von Felsen in der Wüste von Mauretanien. Über deren Entstehung wird bis heute gerätselt. Es stehen drei Varianten im Fokus, ein Meteoriteneinschlag, eine riesige Vulkanexplosion, oder die Erosion verschiedener Gesteinsschichten. Seit der Entstehung sind vermutlich über hundert Millionen Jahre vergangen, und sie lag daher im Zeitraum der Bildung der Kontinente.

Mambo Fatiga kümmerten aber diese wissenschaftlichen Vermutungen wenig. Sie sah in diesem gigantischen Krater das alles erkennende magische Auge dieser Welt. Nichts blieb ihm verborgen, und alles Aufgenommene wurde im Inneren der Erde verarbeitet, wie in einem riesigen Hirn aus Feuer und Hitze. Es war, wie wenn die Erde auf alles Geschehen reagieren würde, genauso wie ein menschlicher Leib, mit Ausschlägen, Krankheit und Tod reagiert, wenn er schlechten Einflüssen ausgesetzt ist. Es geschieht so viel Böses auf dieser Welt, dass sich der Organismus verzweifelt wehrt, mit Grollen, Ausbrüchen und tödlichen Eruptionen. Die Katastrophen von Lanzarote waren nur ein Beispiel dieser Gewissheit und vieles mehr würde folgen.

Dem gegenüber wusste Mambo Fatiga aber auch über die herrlichen Momente und die Freuden, die das Auge auch entdecken durfte. Menschen, die einander zugetan waren, die in Harmonie und Liebe miteinander lebten und manch Schönes schufen. Pflanzen und Tiere, wahre Wunder der Natur, die es selbst in dieser Einöde der Wüste gab. Sie erfreuten das Auge, so dass es den Glauben an das Gute nicht aufgeben wollte. Die Welt existierte seit vielen Millionen Jahren und würde weiter leben, würde Freude und Leid erfahren. Manchmal erkannte Mambo Fatiga ein Zwinkern der Lider des Auges, dann wenn die Erosion ein paar Felsen in die Tiefe riss. Sie sah verstohlene Tränen in den Winkeln des Auges, wenn eine verirrte Wolke in ihrer Wüste tatsächlich einmal ein paar Tropfen fallen liess. Es lebte, dieses göttliche Auge, das Guelb er Richat, und das war gut so.

Als sie den Rand des riesigen Kreises erreichten, befahl Mambo Fatiga, die Zelte aufzustellen und das Lager für mehrere Tage einzurichten. Es war eigentlich noch früh am Tage, aber die Kameltreiber und Führer erstaunte nichts. Die alte Frau hatte eine solch unangefochtene Autorität, dass keiner ihre Entscheidungen hinterfragte oder gar ablehnte. Man hatte sich für eine Mulde nahe den Klippen entschieden. Dort war man vom stetigen Wind und vom feinen herantreibenden Sand etwas geschützt.

Gegen Abend bat Mambo Fatiga ihre beiden Gäste, ihr zu folgen und stieg auf die Felsen hinter dem Lager. Ein rutschiger Anstieg, ein paar mühsame Stufen, dann waren sie oben. Eine unglaubliche Szenerie breitete sich vor ihnen aus. Die Felsen formierten sich zu einem weiten Bogen gegen Osten und verschwanden in der Ferne, im Dunst der flirrenden Sonne. Der Kreis war eigentlich nicht richtig zu erkennen, er war viel zu groß. Aber die Formation offenbarte mehrere weitere Felsreihen, so dass ein fantastisches Bild, wie das einer riesigen Galaxie, entstand. Roger war völlig verblüfft über die Ausmaße dieses geologischen Ringes, und er ahnte, dass es aus dem Weltall durchaus wie ein Auge erscheinen musste.

„Guelb er Richat", murmelte er. „Welch ein Wunder der Natur."

„Verkenn' das nicht!", mahnte Mambo Fatiga. „Das hier ist nicht nur ein Wunder der Natur, sondern der Schlüssel zur gesamten

Welt. Hier ist der Ursprung von allem was existiert, aber auch von allem, was untergehen wird."

„Das stimmt", bestätigte Xenia und setzte sich auf einen großen Stein. „Der Geburtsort der Menschen wurde immer in Afrika vermutet."

„Ha, immer diese Wissenschaftler", kicherte Mambo. „Alles, wirklich alles, kommt und geht von hier. Ich sehe das und ich weiß das."

Roger blinzelte in die Ferne. „Gut zu wissen", sagte er. „Aber warum sind wir jetzt hierhergekommen? Was hat die Entstehung der Welt mit uns zu tun?"

„Das werdet ihr erfahren, wenn ihr die Mitte erreicht habt und dort dem Auge genau in die Pupille seht. - Es ist schon spät, ihr müsst morgen in aller Früh aufbrechen, um die Kühle der Nacht auszunutzen. Der Weg ist lang und steinig, und die Sonne wird mit aller Macht niederbrennen.

„Xenia und ich?", fragte Roger überrascht. „Wir sollen dort zum Zentrum? Es kommen doch alle mit, oder nicht?"

„Nein, da müsst ihr allein hin", antwortete Mambo Fatiga bestimmt. „Wir warten hier auf eure Rückkehr."

„Mama, das ist doch gefährlich", rebellierte Xenia. „Das sind mehr als zwanzig Kilometer. Warum denn das? Wir müssen doch nichts beweisen. Roger und ich haben uns gefunden, und das ist doch was zählt und nichts sonst."

„Du irrst, liebe Xenia. Ihr seid verliebt und habt euch Treue geschworen, aber das reicht nicht für das ganze Leben. Wenn ihr dort seid, dann werdet ihr verstehen."

Auch Roger protestierte nochmals: „Das ist doch Unsinn! Wir sind moderne, aufgeklärte Menschen in einer fortgeschrittenen Welt."

„Genau deshalb", murmelte die alte Frau. „Ich bitte euch."

Xenia erhob sich und nahm Roger an der Hand. „Komm Liebster, wir gehen. Ich sagte ja schon, wohin immer wir gehen, wir gehen gemeinsam."

„Gut", murmelte Mambo Fatiga. „Gut, nehmt alles mit, was ihr für den Fußmarsch und die Übernachtung braucht. Im Zentrum des Auges werdet ihr ein Loch und ein paar schwarze Felsen finden.

Das Loch dürft ihr auf keinen Fall betreten. Richtet euch dort im Schutze der Felsen für die Nacht ein. Es wird kaum Wind geben und deshalb nicht sehr kalt werden. Trotzdem, ihr braucht warme Decken, Proviant und natürlich genügend Wasser."

Sie nickte zufrieden. „Ich muss jetzt alleine sein", sagte sie noch, bevor sie sich abwandte. „Wir sehen uns in drei Tagen wieder, und dann ist alles gut."

Mit den letzten Worten stieg Mambo Fatiga den Abhang hinunter und verschwand im Schatten hinter einer Sanddüne.

Roger verstand das alles nicht. Die letzten, völlig praktischen Anweisungen und die unglaublichen Weissagungen, das passte alles einfach nicht so richtig zusammen. Ein Ausflug ins Zentrum des Auges der Welt, das hörte sich an, wie eine Expedition nach einem unbekannten Eldorado. Was sollten sie dort finden, Gold, Reichtum, Wunder oder Glück? Reichtum, wohl kaum. Dort draußen lagen nichts als Steine, Felsen und Sand. - Wunder, daran musste man zuerst einmal glauben. - Es konnte sich eigentlich nur um ihr Glück drehen, aber hatten sie dieses denn nicht schon gefunden?

Da war aber noch etwas, was Roger gewaltig zu schaffen machte. Der Aufbruch in die Wüste war so unerwartet gekommen, dass er jegliche Vorsichtsmaßnahmen vernachlässigt hatte. Er hatte nicht einmal ein Satellitentelefon dabei, womit er einen Kontakt mit dem Rest der Welt aufnehmen könnte. Er war ein Narr. Sollte er hier erneut in eine tödliche Falle tappen, wie damals auf Lanzarote? Was, wenn sich die ganze Gesellschaft einfach verdrückte und sie alleine in der Wüste zurückließe. Das wäre ihr sicheres Todesurteil. Dennoch, Mama Fatiga war Xenias Mutter. Eine Mutter überließ ihre Tochter sicher nicht einfach dem Schicksal.

Xenia brachte es aber auf den Punkt. „Komm Liebster! Wir wollen nicht länger streiten. Wir machen dieses Abenteuer, und wenn es nur deshalb ist, Mama glücklich zu machen."

Am nächsten Morgen, der Tag brach gerade an, verließen die Beiden das Lager und marschierten los. Das Gepäck war schwer, aber sie kamen gut voran. Das Terrain war sehr schwierig, und mehrere Male mussten sie die Richtung wechseln, um Felsen und Anhöhen zu umgehen. Roger konnte sich aber gut am Stand der Sonne orientieren, so dass sie die Richtung problemlos einhalten

konnten. Gegen Mittag hatten sie gut die Hälfte der Distanz geschafft, aber die Sonne brannte jetzt gnadenlos auf sie herunter.
Bald merkten sie, dass das kostbare Wasser sparsam getrunken
werden musste, wenn sie nicht Gefahr laufen wollten, den Rückweg
ohne einen Tropfen anzutreten. Ein paar Mal erwog Roger sogar, ob
es nicht vernünftiger wäre, umzukehren und das ganze hirnverrück-
te Unternehmen einfach abzublasen.

„Wir schaffen das", kommentierte Xenia seine Zweifel und
grinste. „Stammen wir denn nicht alle aus Afrika, so dass uns ein
bisschen Wüste doch nicht gleich abschrecken sollte."

„Du hast gut reden", gab Roger zurück. „Du bist tatsächlich eine Tochter der Wüste."

„Das tönt ja beinahe rassistisch", neckte sie, wurde dann aber
ernst. „Lass uns eine Rast einlegen. Danach schaffen wir den Rest
auch noch."

Gegen Abend fanden sie tatsächlich das Loch. Das musste es
sein, obwohl, es war eher eine längliche Mulde. Ja, mit etwas Phantasie konnte man sich darin eine riesige Pupille eines Auges vorstellen. Also, das war tabu, das durfte man nicht betreten.

Sie waren auch viel zu müde, um sich Gedanken über so etwas
Unwichtiges zu machen. Vielmehr galt ihre Aufmerksamkeit dem
Umstand, dass sie hier irgendwo die Nacht verbringen sollten. In
einer kleinen Mulde, neben schwarzen Felsen, schien der richtige
Platz zu liegen. Dort breiteten sie ihre Decken aus und fielen er-
schöpft darauf.

Als Roger aufschreckte, wusste er im Moment nicht wo er war.
Es war Nacht. Dann überfiel ihn die Erinnerung. Sie lagen mitten in
der Wüste und waren einfach eingeschlafen. - Xenia?

Die Silhouette der geliebten Frau lag friedlich schlummernd neben ihm. Wie konnten sie nur! Sie hatten keine Ahnung wo sie hier
lagen. Gab es hier Tiere, Skorpione, Schlangen oder was noch? Besorgt tastete er nach der Taschenlampe, welche er vorsorglich eingesteckt hatte. Dann blickte er auf die Armbanduhr.

„Lass das", murmelte Xenia verschlafen und richtete sich auf.
„Wir sollten den Frieden der Nacht nicht stören. Schau mal!"

Roger richtete seinen Blick nach oben zum Himmel. Millionen,
Milliarden von leuchtenden Himmelskörpern schwebten dort oben

über ihnen. Noch nie hatte er so etwas gesehen. Es war wie wenn sich der Himmel öffnen würde, um all seine Pracht und Größe den beiden Menschen zu offenbaren. Es mussten nicht nur Milliarden, sondern Billionen oder mehr funkelnde Sterne sein. Und wenn man bedachte, dass die Wissenschaft wusste oder erahnte, dass jeder von diesen Lichtpunkten, Sonnen, Planeten oder einfach riesige Gebilde von Materie, meist grösser als die Erde, waren und dass diese unendliche Lichtjahre entfernt lagen, dann begann das Staunen erst recht. Das Universum war einfach nicht fassbar, und der Mensch war ein Winzling, kleiner als ein Sandkorn in der Wüste, geringer als ein Tropfen Wasser im Meer. Er war ein Nichts, und doch ist er ausgerüstet mit Geist, Gefühlen und einer Seele, die für die Liebe geschaffen war.

„Sieh nur", flüsterte Xenia, „da gibt es solche die blinken, wie wenn sie besonders auf sich aufmerksam machen wollten. Das sind die Herzen des Universums, sie schlagen wie unsere Herzen, nur für die Liebe."

Roger war überwältigt. Langsam sickerte die Erkenntnis, dessen was Mama Fatiga gemeint hatte, in seinen staunenden Geist. Hier lag er und neben ihm seine Xenia, zwei unbedeutende winzige Wichte vor dem unendlichen göttlichen Altar. Hier und jetzt war der Moment, wo ihm bewusst wurde, dass ein großer Gott das alles in seinen Händen hielt und über ihnen wachte, auch über ihn und über Xenia. - Dann kam da noch ein Wunder dazu. Sie beide hatten einen Geist und eine Seele, welche fähig waren, zu sehen, zu erkennen, zu fühlen, zu lernen, zu entscheiden, zu handeln, zu lieben und noch viel mehr. Diese Fähigkeiten waren fast genauso unendlich, wie das Universum über ihnen. All dieses waren riesige Geschenke, für die er demütig dankbar war.

„Glaubst du an Gott?", fragte er seine Frau zaghaft in die Stille der Nacht hinein.

„Ja, das tue ich", flüsterte sie und tastete nach seinen Händen. „Ja, wir glauben an einen allmächtigen Gott."

Dieses Gelübde war tausendfach grösser, als die Heiratsversprechen, welche früher die Paare in der Kirche einem Pfarrer nachsagten. Die beiden Menschen unter dem Sternenhimmel der Wüste erkannten aber, was für Geschenke dieses Leben und die Liebe waren, Geschenke Gottes.

Lange staunten sie in das unendliche Firmament hinauf, schweigend, auf ihre eigenen Herzen horchend. Sie brauchten keine Worte mehr um zu verstehen, und vertrauten in die Gewissheit, dass sie in seinen Händen ruhten. Sie würden den Rückweg, wie neu geboren, problemlos bewältigen und würden Mama Fatiga dankbar mit anderen Augen begegnen. Irgendwann, gegen den Morgen schlummerten sie friedlich ein…

Kapitel 33

El Diablo, der Teufel von Lanzarote irrte durch die Lavahöhlen des Vulkans Corona und fand keine Ruhe. Er schwenkte seinen glühenden Fünfzack drohend in alle Richtungen. Aufspießen sollte man sie alle, diese Menschen! Er hatte sich mehr erhofft, denn die Brut hatte sich eigentlich genauso verhalten, wie er sich das vorgestellt hatte. Sie waren gemein, schlecht, egoistisch und schreckten vor nichts zurück, wenn es um ihren eigenen Vorteil ging.

Er, der Teufel, war aber schlau. Er hatte durchaus mitbekommen, wie die Eingeschlossenen doch noch gerettet worden waren. Die waren im Moment außer Reichweite, aber irgendwann gehörten sie ihm doch noch. Er brauchte nur zu warten. Pech und Schwefel sollte über sie alle kommen, aber jetzt hatte er ja noch den Einen, den Versprochenen, dessen Seele ihm allein gehören sollte. Der lag dort bei den Guanchen für ihn bereit, wenn nur dieser verfluchte Loa Agau ihm da nicht dazwischen gefunkt hätte, der, mit seinem blöden kleinen Beben. Damit hatte er ihnen, dieser ganzen Bande, ja erst ermöglicht, aus dem Loch zu entkommen, dieser blöde Dummkopf.

„Oohaa!", heulte es aus dem hinteren Teil der Grotte. „Du Teufel, du nennst mich einen Dummkopf... ha!"

Der Voodoo-Gott des Bebens und des Sturmes erschien aus der Dunkelheit, und seine Fratze glänzte zornig. Er sah noch schrecklicher aus als vorher. Seine blutenden Augen quollen hervor, und die Hörner zitterten gefährlich. „Ich werde euch allen zeigen, zu was ich fähig bin. Ihr sollt alle untergehen und vom Sturm zerschmettert werden. Keiner wird überleben, das schwör ich dir, du kleiner Wicht."

„Hör' auf du Ekel", kreischte El Diablo. „Lass doch die Erde beben und erzittern. Du selber wirst hier drin begraben werden, du Idiot."

Der Vulkan Corona bebte erneut und spie seine feurigen Eingeweide in die Luft. Die Grotte brach ein und begrub den Loa Agau unter tonnenschweren Felsen. El Diablo, der flinke und listige, sprang im letzten Moment in eine Nische und drückte sich flach an die Wand. Dadurch entkam er dem Untergang.

„Zum Teufel, das war knapp!", grunzte er. Aber dann ging ein Grinsen über seine flache Visage. „Hab's dir ja gesagt du seist ein Dummkopf. Jetzt hast du's geschafft du Esel."

Das Austeilen der Schimpfworte war für ihn ein richtiger Genuss. Trotzdem war El Diablo nicht ganz zufrieden. Jetzt war er allein, und wie er inzwischen wusste, war diese Mambo Fatiga auch nicht so zuverlässig. Die sollten doch alle zur Hölle fahren, durchfuhr es ihn. - Aber ja, natürlich, da war er ja Herr und Meister.

Nun sollte er aber schnellstens zum Schauplatz des Gerichtes eilen, denn dort erwartete ihn endlich sein Opfer.

Hämisch grinsend sah er die leblose Gestalt auf dem Altar liegen. - Das Weib, das schwarze, das schien mit den Andern das Weite gesucht zu haben. Na ja, egal, so waren die, wenn's ernst wurde. Was kümmerten ihn die Andern, er hatte seine Seele, wie versprochen. Langsam näherte er sich der Stelle. Die Guanchen, die waren alle hin, trostlose, kaputte Tonfiguren. - Komisch, normalerweise empfingen seine empfindlichen Sensoren die Signale eines leidenden Geschöpfes sofort. Hier war nichts, aber in dieser verdammten Finsternis war die Sicht auch miserabel. Da lag er doch, der Kerl, und regte sich nicht. Na ja, lebendig oder tot war egal, er würde seinen Spaß haben.

„Wach' auf, du Schwächling!", keifte der Teufel und stieß die Gestalt in die Rippen.

„He, was ist?" Er beugte sich über das Opfer und rüttelte es grob.

Plötzlich erkannte der Teufel den Schwindel. Da lag eine Tonfigur in den Kleidern des Menschen vor ihm. „Das kann nicht sein!", heulte er auf. Dann kreischte er noch lauter: „Diese Höllenbrut hat mich betrogen!"

El Diablo schrie und tobte. Er raste durch die Grotte, zertrümmerte die Reste der Figuren, warf mit Felsen um sich und schwor Rache. Sein Zorn war so groß, dass er kreischend aus der Höhle schoss, hinauf zum Vulkan Corona, wo er sich kopfüber in das glühende Magma des Kraters stürzte. - Nun wäre jegliche Kreatur am Ende, aber nicht so El Diablo. Er fuhr glühend rot hoch, irrte über die Lavafelder und erstarrte mitten auf einem mächtigen schwarzen Felsen. Dort brütet er jetzt Jahrhunderte lang, wie er seine Schmach tilgen könnte.

Epilog

Was zum Teufel hat mich eigentlich dazu getrieben, eine solch verrückte Zukunft und eine bedrohliche Apokalypse zu beschreiben?

Lanzarote, diese einzigartige Insel der Kanaren, ist uns doch so sehr ans Herz gewachsen, dass wir, meine Frau und ich, jedes Jahr den Winter dort verbringen. Wir hoffen, dieses auch noch viele weitere Jahre zu tun. Die vulkanische Insel, mit vielen Kratern, Höhlen und Lavafeldern, versetzt uns immer wieder zurück, in eine Zeit der Schöpfung, wo alles seinen Ursprung nahm. Durch riesige Eruptionen entstanden die markanten Vulkane und einsamen Täler, welche bis heute ihren schroffen, steinigen Charakter beibehalten haben. Wer hier Wälder, Wiesen und liebliche Auen sucht, der ist auf Lanzarote am falschen Ort. Und dennoch, wenn man genauer hinschaut, erobert sich die Natur kraftvoll die Erde wieder zurück. Flechten, Moose, Wolfsmilchgewächse und Kakteen finden in den kleinsten Ritzen ein paar fruchtbare Krümel, und nach einem der seltenen Regenschauer erblüht das Land plötzlich wie ein verwunschener Garten.

Leider hat der Tourismus in den letzten Jahren derart zugenommen, dass die Insel von Millionen Menschen heimgesucht wird. Sie tummeln sich an den Promenaden, Einkaufsmeilen und Stränden, in den Hotels, Cafés und Restaurants. Dass die Insel für diesen Ansturm überhaupt nicht gerüstet ist, geht völlig vergessen. Was für die Touristen ein Schnäppchen ist, erweist sich für die Einheimischen bald als unbezahlbar und verloren. Sie verarmen und ziehen weg. Die Infrastruktur wird überfordert, so dass Versorgung, Abfall, Abwasser, Verkehr und vieles mehr im Argen liegen.

Trotzdem harren wir aus. Der Architekt und Künstler César Manrique hat Lanzarote im letzten Jahrhundert sehr geprägt und das Schlimmste verhindert. Seinem Einfluss ist zu verdanken, dass kaum riesige Hotelbauten und Wohntürme entstanden sind. Weiße niedrige Häuser mit grünen oder blauen Fensterrahmen sind das Markenzeichen der Insel. Daneben schuf er einige Kunststätten von überragender Schönheit. Eine davon sind die Höhlen „Jameos del Agua". Diese liegen unterhalb des mächtigen Vulkanes „Monte Corona".

Ja, da beginnt meine Phantasie zu brodeln. Einerseits die phantastische Höhlenanlage, mit dem einmaligen unterirdischen Konzertsaal und andererseits die hemmungslose egoistische Vergnügungssucht der Touristen. Das kann ja nur zu einem zukünftigen Konflikt und zu einer alleszerstörenden Apokalypse führen. Dass aber nicht der Teufel das endgültige Wort spricht, sondern Gott, das erfüllt mich mit Zuversicht.